WHITLEY COX

Living with the SINGLE DAD

Aaron

Whitley Cox ist an der kanadischen Westküste geboren und aufgewachsen. Sie studierte Psychologie und unterrichtete zeitweise in Indonesien, bevor sie in ihre Heimat zurückkehrte. Heute ist sie mit ihrer Highschool-Liebe verheiratet und Mutter von zwei Töchtern.

Bei More Taschenbuch liegen bereits ihre Romane »Hired by the Single Dad – Mark«, »Dancing with the Single Dad – Adam« und »Saved by the Single Dad – Mitch« vor.

Aaron Steele ist eigentlich gar kein alleinerziehender Vater. Gerade aus den Navy Seals entlassen, verstirbt plötzlich seine Schwester und überlässt ihm ihr neugeborenes Baby. Und dabei hat Aaron keine Ahnung, was man als Vater zu tun hat, geschweige denn als alleinerziehender Vater. Schon bald wachsen ihm die Windelberge über den Kopf, und in schlaflosen Nächten stellt Aaron fest: Er braucht Hilfe – ein Kindermädchen muss her.

Kindermädchen Isobel Jones hat ein Herz aus Gold und liebt ihren Job. Tagsüber verbringt sie die Zeit mit ihren Schützlingen, nachts sitzt sie am Laptop, um als Grafikdesignerin zu arbeiten. Als sie von Aarons herzzerreißender Geschichte hört, zögert sie nicht lange und bietet ihm ihre Hilfe an. Niemals hätte sie allerdings damit gerechnet, dass Aaron ein derart gut aussehender Ex-Navy-Seal ist. Doch Aarons abweisende und launische Art machen es Isobel schwer, und immer öfter zweifelt sie an der Richtigkeit ihrer Entscheidung, ihm zu helfen …

WHITLEY COX

Living with the SINGLE DAD

Aaron

ROMAN

Aus dem Amerikanischen
von Ralf Schmitz

more
Immer mit Liebe

Titel der Originalausgabe
Living with the Single Dad

MIX
Papier | Fördert
gute Waldnutzung
FSC® C083411
FSC
www.fsc.org

ISBN 978-3-98751-022-9

More ist eine Marke der Aufbau Verlage GmbH & Co. KG

1. Auflage 2023

Umschlaggestaltung Grit Bomhauer
Graphische Adaption www.buerosued.de, München,
unter Verwendung von Motiven von © Halfpoint; Vitaly Korovin;
Ron Dale; Giamportone; photonova; autsawin uttisin
Satz LVD GmbH, Berlin
Druck und Binden CPI books GmbH, Leck, Germany
Printed in Germany

www.aufbau-verlage.de

For the husband,
because without you, life would seriously suck.

Kapitel 1

Seine Füße bestanden aus verfluchtem Beton.

Sein Herz auch.

Wer die Neugeborenen-Intensivstation besuchen wollte, sollte keine verdammte Parkgebühr zahlen müssen. So jemand sollte für *gar nichts* zahlen müssen. Ein menschliches Wesen, das nicht mehr wog als eine verdammte Hauskatze, kämpfte in einem verdammten Plastikkasten um sein Leben, an Gott weiß wie viele Elektroden und Monitore angeschlossen, und man berechnete ihm eine Gebühr, damit er das winzige Mädchen sehen konnte. Man würde ihm sogar in Rechnung stellen, dass sie dortbleiben konnte und man sie am Leben erhielt.

Und was, wenn er nicht zahlen konnte?

Würde man einem Kind, das erst einen Monat lebte, den Stecker ziehen?

Dieses Land war so was von am Arsch!

Man musste zahlen, um leben zu dürfen. Um am Leben erhalten zu werden.

Der hippokratische Eid bedeutete einen Scheißdreck.

Man wurde nur gerettet, wenn man es sich leisten konnte.

Aber Gott sei Dank konnte er zahlen.

Dina hatte als Rechtsanwältin genug Geld verdient, damit es Sophie an nichts fehlen würde.

Außer an ihrer Mutter.

Sie würde nach ihrer Mutter verlangen.

Sie würde ihre Mutter brauchen.

Fuck.

Und Aaron brauchte seine Schwester.

Trauer hielt ihn umfangen, grub ihre scharfen Krallen in jede Körperzelle und schüttelte ihn wie eine Flickenpuppe. Er schlug mit den Fäusten aufs Lenkrad und schrie aus vollem Hals, bis ihm Tränen über die Wangen liefen und ihm die Kehle wehtat.

Wie?

Wie hatte das nur passieren können?

Er hatte vor nicht einmal zwei Tagen mit Dina telefoniert, auf dem Rückweg von der Hochzeit eines Freundes, die ausgerechnet im Südpazifik hatte stattfinden müssen, voller Vorfreude darauf, Sophie endlich wiederzusehen. Dina hatte ihm gesagt, dass man die Kleine in Kürze vom Beatmungsgerät befreien wollte und dass sie sie, wenn der Blutzucker stabil bliebe und sie selbstständig atmete, schon bald nach Hause mitnehmen könnten.

Nach Hause. In Dinas Wohnung.

In das Kinderzimmer, mit dessen Einrichtung seine Schwester Stunden zugebracht hatte. Wo das Kinderbettchen, das er für seine Nichte gebaut hatte, darauf wartete, dass sie darin schlief.

Das Heim, das seine Schwester für ein Kind geschaffen hatte, nach dem sie sich ihr ganzes Leben gesehnt hatte, bis sie sich schließlich entschied, es allein zu bekommen, weil ihre Uhr tickte und sie den richtigen Mann noch nicht gefunden hatte.

Sie hatten Sophie gemeinsam großziehen wollen.

Sie würde die Mutter sein, die beste Mutter der Welt, und er der coole Onkel, der seine Nichte nach Strich und Faden verwöhnte. Er würde ihr das erste Tutu kaufen und für ihre ersten Reitstunden, ihr erstes Handy und ihr erstes Auto aufkommen. Und er würde der tätowierte Türsteher sein, der jeden Jungen zum

Teufel jagte, der mit seiner kostbaren Sophie anzubandeln versuchte.

Er hatte sich auf den ersten Blick in sie verliebt und geschworen, sie mit allem, was er war, und allem, was er hatte, zu beschützen. Für seine Nichte würde er freudig sein Leben opfern.

Genau so hatte er es zu Dina gesagt, auch wenn er wusste, dass sie den Großteil der Kindererziehung leisten würde, dass sie alles Unangenehme wie Windeln wechseln und Ermahnungen übernehmen würde.

Doch plötzlich war er alles, was Sophie noch blieb.

Er war alles für sie, Mutter, Vater, Onkel, Tante.

Die Rolle des *coolen Onkels* war vom Tisch. Was blieb, war die niederschmetternde Verantwortung, alles für sie sein zu müssen, was sie jemals brauchen würde.

Sophie würde nicht zu ihm kommen, wenn sie sauer auf ihre Mutter war oder jemanden brauchte, bei dem sie sich ausheulen konnte. Nun würde er derjenige sein, der sie ausschimpfte. Aber zu wem würde sie gehen, wenn sie reden wollte?

Zwei Tage.

Vor zwei Tagen war seine Schwester noch am Leben gewesen. Sie war glücklich gewesen, bis über beide Ohren in ihre Tochter verliebt, und hatte gleichermaßen aufgeregt und furchterfüllt ihrer neuen Rolle als Mutter entgegengeblickt.

»Gib ihr einen Kuss von mir«, hatte Aaron gesagt, als er mit seiner Bordkarte in der Hand in der Warteschlange stand. Er war zehn Tage lang nicht in der Stadt gewesen, um an der Hochzeit seines Kumpels Rob in Französisch-Polynesien teilzunehmen. »Ich kann es nicht erwarten zu sehen, wie groß sie geworden ist und wie sie sich verändert hat.«

»Es geht ihr so gut. Sie hat fast anderthalb Pfund zugelegt, die

Gelbsucht ist weg, und sie trinkt inzwischen auch ein bisschen. Was echt super ist, weil ich das Abpumpen hasse und meine Möpse davon andauernd wund sind. Ich sehe schon aus wie ein Pornostar.«

»Vielen Dank, aber das ist kein Bild, das ich mir von meiner Schwester machen will.«

Dina kicherte ins Telefon. Aaron hatte das Lachen seiner Schwester immer schon geliebt. Sie lachte so laut und immer aus voller Seele. »Egal. Irgendwann wirst du mal eine Frau oder so haben, die sich dann über denselben Scheiß beschwert.«

Aaron gab einen Kehllaut von sich, der besagte, dass er sich nicht sicher war, ob er mit ihr einer Meinung war. Er sah sich so bald noch nicht sesshaft werden – falls überhaupt jemals. »Wir werden sehen.« Er trat an das Pult vor dem Einstieg und gab der Flugbegleiterin seine Bordkarte und seinen Pass. »Aber, hör mal, Schwesterherz, ich gehe jetzt an Bord. Ich bin so gespannt auf das kleine Äffchen … und auf Sophie natürlich auch.«

»Haha.« Er konnte förmlich sehen, wie sie auf der anderen Seite des Erdballs die Augen verdrehte.

Sie hatten sich ihrer gegenseitigen Liebe versichert. Wie immer, wenn sie sich am Telefon voneinander verabschiedeten. Dann hatten sie das Gespräch beendet. Das war das letzte Mal gewesen, dass er mit seiner kleinen Schwester gesprochen hatte, bevor sie bei einem Amoklauf in einer Mall niedergeschossen wurde, während sie Sophies Erstausstattung aussuchte.

Seine kleine Schwester, der einzige Mensch, den er jemals geliebt hatte, seine beste Freundin auf der ganzen verdammten Welt, war in einem gottverdammten Einkaufszentrum niedergeschossen worden, als sie Babysachen für ihre Tochter kaufen wollte, die noch im Krankenhaus lag und beatmet wurde, weil sie als Frühchen zur Welt gekommen war.

Das würde er nie begreifen.

Niemals.

Wie konnte so eine Scheiße passieren?

Wie?

Immer noch unfähig, hinter dem Steuer seines schwarzen Chevy-Pick-up hervorzukommen, starrte Aaron Steele, Navy SEAL und Mitglied der Sondereinsatztruppe – im Ruhestand –, unverwandt auf das Hinweisschild zu den Krankenhausparkplätzen und überlegte, wie viel es ihn kosten würde, eine Stunde bei seiner vier Wochen alten Nichte zu sitzen, die einen Monat zu früh zur Welt gekommen war. Um ihren winzigen Körper zu betrachten, wie er um sein Leben kämpfte, und zu wissen, dass sie ihre Mutter niemals wiedersehen würde. Dass sie in ihrem Leben nie wieder die Stimme ihrer Mutter hören oder ihre Lippen auf ihren Babywangen spüren oder in ihren Armen liegen würde.

Sophie kämpfte dort drin um ihr Leben, während das Leben ihrer Mutter von einem Moment zum anderen geendet hatte.

Wie zum Teufel sollte das irgendeinen Sinn ergeben?

Wie sollte Aaron aus seinem Truck steigen, ins Krankenhaus gehen und Sophie ein Vater sein? Er hatte keine Ahnung, wie man sich als Vater benahm. Er hatte selbst keinen Vater gehabt, der ihm hätte beibringen können, was einen Vater ausmachte – geschweige denn einen *guten* Vater. Er konnte ja kaum auf sich selbst aufpassen. Und er war nicht mal sicher, ob er überhaupt jemals Kinder haben wollte.

Der coole Onkel zu sein hätte ihm genügt.

Kinder hatte man gern, bis sie einem auf die Nerven gingen, und dann reichte man sie an ihre Eltern weiter.

So gewannen alle. Vor allem er.

Aber das alles hatte sich in einer einzigen beschissenen Sekunde geändert, und jetzt war er Vater. Ein alleinerziehender Vater mit einer einen Monat alten Tochter, die ihre Mutter nie kennen würde, und er hatte nicht die geringste Ahnung, wie er das anstellen sollte.

Ein Klopfen gegen das Seitenfenster. Seine Hand glitt zu der Waffe an seiner Hüfte. Bloß dass er heute gar keine Waffe trug und auch nicht wusste, ob er jemals wieder eine tragen würde.

Einen schlechten Kerl mit einer Waffe hält nur ein guter Kerl mit einer Waffe auf.

Ja, alles klar. So ein Quatsch. Wo zum Henker war der gute Kerl mit der Waffe gewesen, als seine Schwester in der Babyboutique verblutete?

Waffen sollte nur ein Mann tragen, der noch alle Tassen im Schrank hatte, der daran ausgebildet worden war und einen verfluchten Waffenschein hatte.

Man brauchte eine Lizenz, um einen Hund zu halten, ein Fahrzeug zu führen oder einen Fisch zu angeln. Warum zum Teufel brauchte man keine, wenn man eine Waffe benutzen wollte?

Neuerliches Klopfen ans Seitenfenster und ein verwirrtes Gesicht brachten ihn zurück in die Gegenwart.

Durch das Fenster sah ihn Liam an, seine braunen Augen wirkten so leer wie Aarons Herz. Er war einer der engsten Freunde und Kollegen von Dina gewesen. Er war der Mensch gewesen, an den Dina sich in Notfällen wandte, weil Aaron so lange bei den SEALs und oft nicht daheim gewesen war. Und Liam hatte Aaron wegen Dina angerufen.

Aaron ließ das Fenster hinunter.

In Liams Hals steckte sichtlich ein dicker Kloß. Der Mann sah absolut verheerend aus. Dunkle Ringe unter den Augen, das dunkelblonde Haar zerzaust, seit Tagen unrasiert.

Er sah so aus, wie Aaron sich fühlte.

»Hey.«

Aaron nickte zum Gruß.

»Gehst du rein?«

»Ich hoffe.«

Liam überblickte den Parkplatz. Es war Ende August und glühend heiß. Auf dem Asphalt konnte man förmlich Spiegeleier braten. »Ich komme gerade raus.«

Aaron hob den Kopf und sah Liam aus schmalen Augen an. »Hast du Sophie gesehen?«

Liam nickte. »Ich war seit ihrer Geburt so oft wie möglich bei ihr. Dina hat immer dafür gesorgt, dass jemand bei Soph war, wenn sie wegmusste. Nicht bloß eine Krankenschwester oder ein Arzt. Eher ein Freund.«

Aaron zerriss es das Herz. Seine Schwester war die verdammt beste Mom auf der ganzen verdammten Welt gewesen. Was auch sonst? Schließlich wusste sie nur zu gut, was eine Rabenmutter war. Sie beide wussten das. Aaron und Dina waren in Pflegefamilien aufgewachsen und von den Behörden jahrelang herumgeschubst worden. Nie hatten sie eine Familie gefunden, die sie ihr *Zuhause* hätten nennen können. Aber wenigstens hatten sie einander gehabt.

Mit achtzehn Jahren hatte Aaron das Fürsorgesystem verlassen, besser gesagt, er war *auf die Straße gesetzt* und auf Gedeih und Verderb sich selbst überlassen worden.

Gott sei Dank auf Gedeih. Am Tag nach seinem Highschool-Abschluss hatte er auf dem Bau angefangen. Er war einfach auf einer Baustelle aufgekreuzt und erst wieder gegangen, nachdem der Polier ihm einen Job gegeben hatte. Um zwei Minuten vor vier, kurz vor Feierabend, hatte er seinen ersten Schutzhelm bekommen.

Während der darauffolgenden sechs Monate bewährte er sich, so dass der Boss der Baufirma ihm anbot, die Kosten für die Schreinerlehre zu übernehmen, während Aaron weiter für ihn arbeitete. Er erwarb den Gesellenbrief als Zimmermann und hatte im Alter von einundzwanzig Jahren sämtliche notwendigen Ausbildungsstunden geleistet.

Kurz nachdem er Aaron eingestellt hatte, half ihm sein Boss – der inzwischen zu einem Vaterersatz für ihn geworden war –, das Sorgerecht für Dina zu beantragen, das ihm schließlich tatsächlich zugesprochen wurde. Sie war damals erst fünfzehn gewesen, und er war froh, sie aus der Bruchbude herausholen zu können, in der sie zuletzt gelebt hatten: Acht Pfleglinge, eine Pflegemutter, ein Badezimmer und kaum genug zu essen, um einen Wurf Karnickel satt zu bekommen.

Auch wenn er und Dina nicht wie die Könige lebten, waren sie doch immerhin zusammen. Er fand eine bescheidene Zweizimmerwohnung – zwar in einem eher fragwürdigen Viertel von Seattle, aber die Wohnung war sauber, sicher und vor allem ihr gemeinsames Heim.

Aaron arbeitete und besuchte die Abendschule, um den Gesellenbrief zu machen. Dina ging auf die Highschool und arbeitete an den Wochenenden in einem Kino. So kamen sie über die Runden, ganz knapp nur, aber sie schafften es. Nie mussten sie hungrig ins Bett gehen, und nie blieben sie die Miete oder die laufenden Kosten schuldig. Irgendwie gelang es Aaron mit Gottes gnädiger Hilfe sogar, eine kleine Summe für Dinas Abschlussball zurückzulegen, so dass er sie mit dem Kleid überraschen konnte, von dem sie ihm seit über sechs Monaten vorgeschwärmt hatte.

Sie war seine Schutzbefohlene, er war ihr Schutzbefohlener.

Sie waren alles, was sie je haben würden.

Klar, er hatte seine Waffenbrüder. Er hatte Rob und Colt, Wark und Ash. Sie waren seine Kameraden.

Sie waren sein Team.

Aber blutsverwandt waren sie nicht.

Dina war seine Blutsverwandte.

Sie war die einzige Blutsverwandte, die er hatte. Seine einzige Verbindung mit der Vergangenheit.

Sie wussten nicht, wer ihre Eltern oder ihre Großeltern waren oder ob sie irgendwo da draußen weitere Geschwister hatten. Und so gab es immer nur sie beide. Aaron und Dina Steele, die es mit der ganzen Welt aufnahmen.

Nach Dinas Highschool-Abschluss sorgte er dafür, dass sie aufs College gehen konnte, während er sich bei der Navy verpflichtete. So wusste er, dass sie geborgen sein und Freunde finden würde. So würde sie nicht allein sein. Er begleitete sie durch vier Jahre Schule und anschließend durch das Jurastudium und schickte ihr Geld, wann immer er dazu in der Lage war. Er wollte ihr zeigen, dass er immer für sie da war, auch wenn sie sich manchmal monatelang nicht sahen. Dass er sie jederzeit unterstützte.

Noch nie im Leben hatte er so geheult – von der jüngsten Zeit abgesehen – wie an dem Tag ihrer Abschlussfeier, als sie ihr Juradiplom entgegengenommen hatte. Es war ihm scheißegal, wer mitbekam, wie er sich die Augen ausheulte. Seine kleine Schwester war eine gottverdammte Rechtsanwältin, und das wollte er von sämtlichen Dächern rufen und dabei schluchzen, bis seine Freudentränen versiegten, so verflucht stolz war er.

»Ich kann noch mal mit dir reingehen«, riss Liams Stimme ihn aus seinen Gedanken. Er hatte sich in den vergangenen Tagen weitgehend abgeschottet. Die Kombination aus Jetlag und Trauer hatte diese Wirkung auf Menschen. »Ich meine, wenn du noch nicht bereit bist, Sophie allein gegenüberzutreten, kann ich mit dir zurückgehen. Sie kennt mich. Und anscheinend kann sie mich gut leiden.«

Aaron schürzte die Lippen, dann schloss er das Seitenfenster des Trucks wieder, schaltete den Motor aus und öffnete die Fahrertür. »Danke, Mann, ich weiß momentan wirklich nicht, wie ich allein da reingehen soll.«

Er verschloss den Truck und suchte in seinen Taschen nach der Brieftasche, um für den Parkplatz zu bezahlen.

Liam legte eine Hand auf seine Schulter. »Mach dir deshalb keinen Kopf, ich bin bei dir. Ich gebe dein Kennzeichen ein und bezahle deine Parkgebühr. Geh du zu deiner Nichte.«

Aaron würgte die Rasierklinge hinunter, die sich in seiner Kehle festgesetzt hatte, nickte, brummte »Danke« und machte sich auf den Weg zum Haupteingang. Der Schmerz lastete nahezu mit dem Gewicht eines Ambosses auf seiner Brust.

Er war nicht für die Vaterrolle geschaffen.

Er würde versagen und Sophie enttäuschen – und Dina und alle anderen auch.

Genau wie er in Kolumbien versagt hatte.

Kapitel 2

»Zucchini-Nudeln mit Parmesan, Garnelen und sonnengetrockneten Tomaten«, flötete Isobel Jones, als sie den Teller vor ihrer Schwester und Zimmergenossin Tori abstellte. Dann stellte sie einen Teller mit demselben Gericht auf ihren Platz und dankte ihrer Schwester, die ihnen beiden Wein einschenkte.

»Oh«, sagte Tori. »Hast du den neuen Spiralschneider ausprobiert, den ich gekauft habe?«

Isobel nickte. »Klappt super. Ich überlege schon, was ich als Nächstes damit schneiden soll. Süßkartoffeln? Salatgurken?«

»Gurken wären vielleicht prima für einen Salat«, schlug Tori vor. Sie saßen sich an dem Bistrotisch in ihrer kleinen Wohnung gegenüber. Da Isobel normalerweise arbeitete und Tori entweder arbeitete oder mit ihrem sexy neuen Freund »Dr. Mark« zusammen war, war dies eine der seltenen Gelegenheiten für sie, gemeinsam zu essen.

»Wie läuft es mit dem neuen Auftrag?«, fragte Tori und fiel über ihre Zucchini-Nudeln her.

Isobel trank einen Schluck Wein. »Großartig. Paige ist ein Prachtstück. Man kann so gut mit ihr arbeiten. Bisher haben ihr all meine Entwürfe gefallen. Also danke noch mal, dass du mein Loblied gesungen hast.«

Tori zwinkerte. »Ich stehe immer voll hinter dir, Mädchen.«

Isobel wollte sich gerade in längere Erläuterungen ihres neuesten Auftrags als Grafikdesignerin stürzen, der darin bestand, das Logo für das Bistro Lilac & Lavender zu entwerfen, als Toris Handy summte.

Ihre Schwester warf einen fragenden Blick auf die Anrufanzeige. »Liam?«

Isobel war Liam bisher nur einmal begegnet. Er gehörte zu den Single Dads von Seattle, mit denen Mark samstagabends pokerte. Der Typ schien ganz nett zu sein. Sie hätte ihn wohl als »Anwalt mit frechem Mundwerk« beschrieben, weshalb sie annahm, dass er im Gerichtssaal vermutlich wie ein Hai und im Bett wie ein Tiger agierte. Die meisten Männer, die tagsüber im Beruf ihren Mann standen, taten das auch nachts auf besonders unanständige Weise.

»Geh ran«, sagte Isobel und wies mit dem Kinn auf Toris Handy.

Doch ihre Schwester verzog den Mund. »Es ist bestimmt nichts Wichtiges. Ich kann ihn auch nach dem Essen zurückrufen.«

Isobel verdrehte die Augen. »Geh schon ran.«

Tori schnaubte vernehmlich. »Na gut.« Sie nahm den Anruf an. »Hey, Liam, was liegt an?«

Isobel drehte weitere Zucchini-Nudeln auf ihre Gabel, spießte eine Garnele auf und schob sich das Ganze in den Mund, während sie zusah, wie der Gesichtsausdruck ihrer Schwester von traurig zu neugierig, von verständnisvoll zu aufgeregt wechselte. Was mochte Liam ihr mitteilen?

»Okay, sie ist hier«, sagte Tori dann, streckte ihren Arm über den Tisch und gab Isobel das Handy. »Er will mit *dir* sprechen.«

»Mit mir?« Aus irgendeinem blöden Grund deutete sie mit dem Daumen auf ihre Brust.

»Gibt es hier noch eine andere Isobel Priscilla Jones, die ich nicht kenne?«, erkundigte ihre Schwester sich grinsend.

»Woher kennt er meinen vollständigen Namen?«

»Jetzt nimm das verdammte Ding schon«, sagte Tori. »Ich hab nämlich Hunger.«

Mit einem verwirrten Stirnrunzeln nahm Isobel ihrer doofen Schwester das Handy ab und drückte es sich ans Ohr. »Hallo?«

»Hi, Isobel. Liam Dixon hier. Wir haben uns vor einiger Zeit bei einem von Marks und Toris Grillabenden kennengelernt.«

»Ja, stimmt. Wie geht es Ihnen?«

Rief er an, weil er mit ihr ausgehen wollte?

Liam sah gut aus. Sie war bloß nicht sicher, ob er ihr Typ war. Außerdem war er mindestens vierzig. War das nicht zu alt? Sie war schon länger nicht mehr mit einem älteren Mann ausgegangen. Das letzte Mal, als sie zwanzig gewesen war – und der Kerl dreißig. Selbst da hatte sie schon Mühe gehabt, irgendwelche Gemeinsamkeiten zu finden, außer dass sie beide auf Sex standen, während sie sich auf Netflix *The Office* ansahen.

Aber das hatte vielleicht nur an ihm gelegen.

Der Typ war schräg gewesen.

Schräg, aber sexy.

Verdammt, sie kam vom Thema ab. Hatte Liam schon irgendwas erwidert? Sie hatte nicht weiter zugehört und dachte nun stattdessen an Devon und seinen Waschbrettbauch sowie seine lange Zunge und den dicken …

»Isobel, sind Sie noch dran?«

Ups.

»Ja, bin ich. Sorry, Liam, war ein langer Tag, bin wohl gerade kurz eingenickt.«

Sein Kichern klang gezwungen. »Tut mir leid, dass ich Sie nicht mehr stimuliere. Also, was meinen Sie, sind Sie interessiert an dem Job?«

Job?

Sie sah über den Tisch ihre Schwester an, die mit den Augen rollte und mit den Lippen stumm das Wort »Kindermädchen« bildete.

Oh!

»Sie meinen, als Kindermädchen für Ihren Sohn?« Wenn sie sich richtig erinnerte, hieß Liams Sohn Jordan und war ein liebenswerter kleiner Junge, wenn auch ein wenig wild. Aber welcher Junge von fünf Jahren war das nicht?

»Äh, nein«, entgegnete er langsam. »Es geht um einen Freund von mir. Mark hat mal erwähnt, dass Sie Kindermädchen und auf der Suche nach einer neuen Familie sind.« Er räusperte sich. Seine folgenden Worte klangen schmerzerfüllt. »Mein Freund hat kürzlich bei der Schießerei in der Emerald City Mall seine Schwester verloren.«

»O nein.« Sie schlug sich die Hand vor den Mund. Sie hatte davon gelesen. Zwölf Tote, fünfzehn Verletzte. Ein SWAT-Team hatte den Einzeltäter ausgeschaltet, aber erst, nachdem er zehn schreckliche Minuten lang Hunderte Menschen in Angst und Schrecken versetzt hatte.

»Ja«, knurrte er. »Sie war eine sehr gute Freundin von mir.« Schluchzte er? »Meine beste Freundin. Und sie hat vor einem Monat ein Kind bekommen. Sophie kam einen Monat zu früh zur Welt und liegt noch auf der Intensivstation für Neugeborene.«

»O mein Gott.« Heiße Tränen stiegen Isobel in die Augen und brannten wie die Hölle. »Liam, nein, das ist ja furchtbar.«

»Dina hatte keinen Partner. Das Kind wurde mithilfe einer Samenspende gezeugt, so dass jetzt Dinas Bruder Sophies Vormund ist. Er hat allerdings keine eigenen Kinder, und Dinas Tod nimmt ihn sehr mit. Möglicherweise benötigt er für eine gewisse Zeit ein bisschen Hilfe.« Sie bemerkte, wie schwer es ihm fiel, die Worte herauszubringen, und dass es ihm körperliche Schmerzen bereitete, in der Vergangenheitsform von seiner Freundin zu sprechen. Isobel spürte seinen Kummer selbst übers Telefon. Der Gedanke, dass dieses winzige Baby wegen eines Psychopathen mit einem automatischen Gewehr niemals seine Mutter kennenlernen würde, erschütterte auch sie.

Fuck, die Waffengesetze mussten endlich geändert werden.

»Ja, ich mache es«, platzte sie heraus, wobei sie nicht mal mitbekam, ob sie Liam ins Wort fiel oder nicht. Teufel auch, sie würde es sogar umsonst machen.

Tori sah sie über den Tisch aus zu schmalen Schlitzen verengten Augen an, dann formten ihre Lippen: »Überleg dir das gut.«

Isobel verdrehte die Augen. Ihre Schwester war eine notorische Spaßbremse und Bedenkenträgerin.

Liam stieß einen erleichterten Seufzer aus. »Danke, Isobel. Ich weiß nicht, für wie lange es sein wird oder wie lange es dauert, bis Aaron wieder Fuß fasst, aber Sie sollen wissen, dass ich die Kosten übernehme, wenn er Sie nicht bezahlen kann.«

Sie wischte sich mit der Serviette die über ihr Gesicht strömenden Tränen ab und schniefte, bevor sie antwortete: »Das sehen wir dann schon, Liam. Machen Sie sich deswegen keine Sorgen. Ich habe auch noch andere Jobs, es ist also nicht so, dass ich bettelarm wäre.«

»Gut, dann schicken Sie mir, wenn Sie einverstanden sind, Ihren Lebenslauf und Ihre Referenzen, CPR-Zertifizierung und so weiter, das wäre wirklich toll. Dann kann ich Aaron klarmachen, dass ich nicht einfach irgendjemand Beliebiges von der Straße oder irgendeiner Website an Land ziehe, sondern dass Sie qualifiziert sind und Erfahrung haben. Ich meine, ich würde Sie auf der Stelle ohne den ganzen Mist nehmen, weil Mark und Tori sich für Sie verbürgt haben, aber Aaron will vielleicht irgendwelche Qualifikationen sehen.«

»Kein Problem. Das verstehe ich vollkommen. Ich schicke Ihnen heute Abend noch alles zu.«

»Cool. Vielen Dank. Sobald wie hier fertig sind, schicke ich Tori meine E-Mail-Adresse und meine Anschrift, dann können Sie mir Ihre Informationen zukommen lassen.«

»Okay.«

Er atmete hörbar auf. »Ich danke Ihnen sehr, Isobel. Geben Sie mir Bescheid, wenn Sie irgendwas brauchen. Sophie ist noch auf der Intensivstation, aber wir haben sie vorhin besucht, und man hat uns gesagt, dass sie in etwa fünf Tagen entlassen werden kann. Ich leite Ihre Info derweil an Aaron weiter, dann kann er Ihnen mitteilen, wann es für Sie losgeht.«

Sie konnte nur noch nicken.

»Sind Sie noch da?«

»Mhm.«

Liams Stimme war heiser und voller Gefühl. »Okay, danke, Isobel, ich weiß das wirklich zu schätzen. Sophie braucht so viele Menschen als Familie, wie wir zusammenbringen können. Dieses kleine Mädchen braucht eine ganze Armee Gewehr bei Fuß. Und ein ganzes Dorf, um es großzuziehen.«

Isobel schluckte und nickte abermals. »Ja. Armee. Dorf. Alles klar.«

»Okay, wir reden später.« Damit beendete er das Gespräch.

Tori gab Isobel ihre Serviette, weil Isobels eigene inzwischen durchgeweicht war. »Ich wusste gar nicht, dass Liams Freundin bei der Schießerei im Einkaufszentrum ums Leben gekommen ist«, begann Tori. »Er ist am Samstag, als Mitch sein Fotostudio eröffnet hat, ganz plötzlich verschwunden, nachdem er angerufen worden war. Wie schrecklich. Das arme Baby.«

Isobel liefen die Augen über, sie ließ den Kopf hängen und schlug die Hände vors Gesicht. Wurde vom Schluchzen überwältigt, von Kummer wegen Menschen verzehrt, die sie nicht einmal kannte.

Sie spürte einen Arm, der sich schützend um ihre Schulter legte, und Toris Lippen drückten sich zart auf ihre Schläfe. »Deine Empathie ist deine größte Stärke, aber auch deine größte Schwäche«, sagte ihre Schwester leise und wiegte sie beide in sanftem Schaukeln. »Bist du dir sicher, dass du dazu in der Lage bist?«

Isobel hob den Kopf und richtete den Blick auf ihre Schwester. »Ich muss das machen, Tor. Dieses Baby …« Sie holte schaudernd Luft. »O mein Gott, das arme Baby.«

Ihre Schwester drückte sie fester. »Du wirst mit einem Neugeborenen alle Hände voll zu tun haben. Hast du dir das auch gut überlegt? Ich meine, *wirklich* gründlich überlegt? Das ist eine sehr anspruchsvolle Aufgabe. Neugeborene sind anstrengend. Und dazu ein trauernder Bruder, der dachte, er wird Onkel, und der jetzt die Stelle des Vaters einnehmen muss, da kommt jede Menge Arbeit auf dich zu.«

Isobel schüttelte den Kopf. »Ist mir egal. Ich arbeite gern.«

Tori kicherte und drückte ihre Schwester fester. »Ich hab im Leben noch nie jemanden getroffen, der härter arbeitet als du, Iz.«

Isobel schob ihren Teller von sich. Sie hatte keinen Appetit mehr. Wieder ließ sie den Kopf hängen und starrte auf ihre nackten Knie. Dann hob sie den Kopf. »Meinst du, ich kann den Leuten helfen?«

Tori lächelte. »Wenn das jemand kann, dann du. Erinnerst du dich an die Tremmels? Bei denen lief nichts mehr, bevor du kamst. Dann hast du Keegan dazu gekriegt, Gemüse zu essen, Spencer hat aufgehört, die anderen Kinder in der Schule zu vermöbeln, und die kleine Melinda sprach in vollständigen Sätzen, als du wieder gegangen bist. All das war dein Werk. Du hast nicht bloß die Familie gerettet, sondern auch eine verdammte Ehe.« Nachdenklich presste sie die Lippen zu einer dünnen, weißen Linie zusammen. »Was ist, hast du deine Meinung geändert? Willst du Liam noch mal anrufen und absagen? Er kann bestimmt woanders ein Kindermädchen für diesen Aaron auftreiben. Es gibt Websites und Agenturen für so etwas.«

Isobel schüttelte den Kopf. »Nein, ich will für sie da sein.«

Tori entließ einen Schwall Luft, dann legte sie den Kopf an Isobels Schulter. »Ist es nicht erschöpfend, so empathisch zu sein? Mir kommt es ganz so vor. Jedermanns Gefühle zu teilen, als wären es die eigenen, das ständige Bedürfnis, die Welt zu retten.«

Isobel wusste, dass ihre Schwester sie aufheitern wollte. Ihr Tonfall verriet, dass sie sie auch ein klein wenig aufzog, aber Tori lag gar nicht so falsch. Isobel war immer schon hochsensibel gewesen, häufig sogar zu ihrem eigenen Schaden.

Mit blutendem Herzen.

Und einem fatalen Hang zu traurigen Geschichten.

Eine weichherzige Närrin, die immer nur das Beste in anderen sah, auch wenn sie sich noch so oft die Finger verbrannte.

Oder, wie ihre Mutter sie genannt hatte, *Mäusespeck, aber kein Fußabtreter.*

Denn sie war zwar kein Fußabtreter, aber ein Weichei.

Als Kind wäre sie um ein Haar aus dem Park verschleppt worden, weil sie einem fremden Mann geglaubt hatte, dass er Hilfe bei der Suche nach seinem entlaufenen Hündchen brauchte. Gott sei Dank war ihre große Schwester skeptisch gewesen und hatte dem Kerl gesagt, er solle sich verpissen, bevor sie die Polizei rief.

Man sollte denken, Isobel hätte daraus gelernt, aber nein. Sie war zwar nie entführt worden oder so, hatte sich im Lauf der Jahre aber immer wieder die Finger verbrannt, weil sie Menschen glaubte und vertraute, die das nicht im Geringsten verdienten.

Andererseits hatte sie auch wunderbare Menschen kennengelernt. Hatte einigen wahrhaft wundervollen Seelen geholfen, die danach im Gegenzug ihr beigestanden und geholfen hatten, ihre Leidenschaft zu finden. Aber obwohl sie die Kunst liebte und eine Ausbildung zur Grafikdesignerin machte, blieb es ihre größte Leidenschaft, anderen zu helfen. Insbesondere Kindern. Was dazu führte, dass sie nun eine sechsundzwanzigjährige Grafikdesignerin war, die lieber als Kindermädchen arbeitete, als sich eine Festanstellung in ihrem Beruf zu suchen.

Zittrig atmete sie aus. Sie musste sich zusammenreißen. Sie hatte durch das Telefon gespürt, wie sehr Liam litt, als er ihr von Aaron und Sophie berichtete, die körperliche Qual, die es ihm bereitete, von seiner verstorbenen Freundin und deren Baby zu sprechen. Wie würde sie reagieren, wenn sie Aaron und Sophie erst persönlich begegnete? Wenn sie die winzig kleine Sophie endlich sah, die vollkommen unschuldig war und sich verzweifelt nach ihrer Mutter sehnte?

»Ich beneide dich nicht«, flüsterte Tori. »Ich bewundere dich und bin irrsinnig stolz, aber beneiden tue ich dich nicht. Ich bevorzuge jederzeit meinen nachdenklichen, analytischen, zynischen Verstand.«

Isobel gab einen halb erstickten Laut von sich. »Manchmal wünsche ich mir, ich wäre so wie du. Wenn ich meine Verluste abgeschrieben hätte, bevor mir jemand wehtun konnte, wäre ich bestimmt nicht so oft enttäuscht worden.«

Tori reichte Isobel ihr Weinglas, bevor sie sich aus ihrer knienden Position auf dem Boden aufrichtete. Dann ging sie um den Tisch zu ihrem Stuhl, setzte sich und trank ebenfalls einen Schluck Wein. »Ja, aber wir sind aus gutem Grund, wer wir sind. Ich bin die abgebrühte Zynikerin, die alles bis ins Kleinste analysiert, ewig braucht, um ein passendes Restaurant zu finden, und selbst den alltäglichsten Kleinkram zu Tode recherchiert, ehe sie irgendwas unternimmt. Du dagegen bist der Freigeist, du folgst deinem Herzen, siehst in allen das Gute und suchst die Restaurants für uns aus, indem du die Augen schließt, dich im Kreis drehst und einfach blind auswählst.«

»Willst du damit sagen, dass wir uns ergänzen?«

Tori nickte. »Das tun wir. Du bist Yin, und ich bin Yang. Ich werde von der Schwerkraft beherrscht, du von der freien Luft, und zusammen schweben wir immer ein paar Zentimeter über dem Erdboden. Ohne mich würdest du längst durch die Stratosphäre trudeln, und ich wäre allein unfähig, einen Fuß vor den anderen zu setzen.«

In Isobels Augenwinkeln brannten neue Tränen, aber im Unterschied zu vorhin waren es diesmal Freudentränen. Woher kam das Glück, so eine umwerfende Schwester zu haben?«

Tori hob ihr Weinglas. »Auf die Balance.«

Darauf stieß Isobel mit Tori an. »Auf die Balance.«

»Ohne dich wüsste ich nicht, was ich tun sollte, Iz.« Ihre Blicke trafen sich. Blau in Blau. Sie konnte tief in die Seele ihrer Schwester blicken, durch das taffe Äußere mitten in das große, empfängliche Herz, das Tori, wie Isobel wusste, in ihrem Innern verbarg.

»Ich wüsste ohne dich auch nicht weiter.«

Während Tori sich wieder auf ihr Essen stürzte, starrte Isobel nur auf ihren vollen Teller. Sie hatte ihre Schwester, ihre Eltern, ihre Gesundheit, ihr Leben. Doch das Leben jedes Menschen konnte in Sekundenschnelle, mit der Geschwindigkeit einer Gewehrkugel, auf den Kopf gestellt werden. Die Welt jedes Menschen konnte zerstört werden.

Aaron hatte seine Schwester, Sophie ihre Mutter verloren.

Isobel führte dagegen ein reiches Leben.
Aarons und Sophies Leben indes war leer.
Wo war da die Gerechtigkeit?
Wie konnte das fair sein?
Aber die wichtigste Frage lautete: Wie konnte sie helfen?

Kapitel 3

Aaron schlug die hintere Tür seines Trucks zu, nachdem er den Schalensitz hervorgezogen hatte, in dem schlafend die winzige Sophie lag, ohne im Mindesten zu ahnen, wie chaotisch ihr Leben nun beginnen würde. Ein Leben mit einem ratlosen Onkel, der, auch wenn er sie mehr liebte als sein Leben, keine Vorstellung davon hatte, wie er ein Kind großziehen sollte, geschweige denn ein kleines Mädchen, und der sie schlussendlich nur fürs Leben verkorksen und sie auf Jahre therapiebedürftig machen würde.

Als am Straßenrand eine Autotür zufiel, beschleunigte sich sofort Aarons Pulsschlag.

War das das neue Kindermädchen?

Liam hatte alles geregelt. Aaron hatte sie gestern nur noch anrufen müssen, um ein Fünf-Minuten-Gespräch mit ihr zu führen und ihr mitzuteilen, dass sie heute anfangen konnte. Zum Teufel, wahrscheinlich hatte er eher nur drei Minuten mit ihr geredet. Er hatte sich vollständig darauf verlassen, dass Liam nicht irgendeinen Totalausfall von der Straße anschleppte. Aaron hatte weiß Gott keinen Schimmer, wie man ein gutes Kindermädchen fand, welche Fragen man stellen und welche Referenzen man sich anschauen musste.

Und selbst wenn, war ihm gegenwärtig nicht danach, Referenzen abzufragen und infrage kommende Kandidatinnen zu durchleuchten. Er hatte in der letzten Woche kaum ein Auge zugetan. Er konnte einfach nicht schlafen.

Wie hätte er ohne Dina schlafen können?

Während Sophie ihn brauchte?

Bis zu ihrer Entlassung hatte er jede Minute, die er sich freischaufeln konnte, bei ihr im Krankenhaus zugebracht. Vermutlich mehr, als eigentlich erlaubt war, denn die Krankenschwestern hatten Mitleid mit ihm – natürlich wussten sie von seiner Lage. Er dankte Gott für Liam, denn ohne ihn hätte Aaron nicht gewusst, wo anfangen, wie er hätte erklären sollen, dass seine Schwester tot war und nicht mehr wiederkommen würde, um Sophie zu stillen. Sie würde ihr Baby nie wieder halten, um eine Verbindung aufzubauen. Und sie würde sie am Tag der Entlassung nicht mit nach Hause nehmen.

Er suchte in allen Taschen nach seinen Schlüsseln, als ihn mit voller Wucht die Trauer traf, während er daran dachte, dass er Sophie ihr neues Zuhause ohne Dina würde zeigen müssen. Er fand die Schlüssel, doch sie fielen ihm aus der Hand, als er mit dem Sitz, einer Packung Windeln und einer Lebensmitteltüte voller Muttermilchersatz kämpfte.

»Scheiße!«

Dann fiel sein Blick auf Sophie.

Bitte nicht aufwachen! Bitte nicht aufwachen!

Er spürte eine Hand auf seiner Schulter. »Ich mach das schon«, sagte Liam, ließ Aarons Schulter los und bückte sich nach Liams Schlüsselbund. Aber statt ihm die Schlüssel zurückzugeben, ging er zur Haustür, schob den passenden Schlüssel ins Schloss und öffnete, schließlich hielt er Aaron und Sophie die Tür auf.

Aaron trat vor, blieb aber auf der Schwelle stehen,

Wieder Liams Hand auf seiner Schulter. »Ich weiß, Mann, das war nicht das Zuhause, in das Sophie einziehen sollte. Ich weiß.«

Aarons Stirn furchte sich, grimmig verzog sich sein Mund. »Ich habe nicht mal ein Bettchen für sie. Ich habe verdammt nochmal überhaupt nichts für sie.«

»Liebe haben Sie aber«, ließ sich hinter ihnen leise eine Frauenstimme vernehmen.

Aaron drehte sich um, achtete jedoch darauf, dass er dabei Sophie nicht weckte, und sah sich einer Frau mit langen, dunklen Haaren und hellblauen Augen gegenüber.

»Ah, Isobel, da sind Sie ja.« Liam hielt mit einem Fuß die Tür auf und reichte der Frau im schlichten weißen T-Shirt und einer Capri-Hose aus Jeansstoff die Hand. »Ich freue mich, Sie wiederzusehen.«

Mit schmalem, sprödem Lächeln nahm sie seine Hand. »Ich freue mich auch.« Ihr Blick flog zu Aaron, und sie streckte ihm ihre Hand entgegen, die er ergriff und kurz schüttelte. »Ich bin Isobel – oder einfach Iz. Freut mich, Sie kennenzulernen.« Ihr langer Hals zuckte, als sie schluckte und den Blick senkte. »Ich …« Sie stieß den Atem aus. Als sie Aaron wieder ansah, erkannte er, dass sie den Tränen nah war. »Ihr Verlust tut mir so leid.« Sie schüttelte den Kopf, schaute weg und wische sich die Augen. »Ich weiß, Sie haben es vermutlich gründlich satt, das zu hören, und es tut mir wirklich leid. Ich wünschte …« Ihre Kiefermuskeln spannten sich, als sie die Zähne zusammenbiss. »Ich wünschte, ich könnte etwas Tröstlicheres sagen.«

Wer war diese Frau? Sie sagte genau das, was er fühlte. Er konnte diesen Blödsinn wirklich nicht mehr hören. Er hatte genug von den mitleidigen Blicken und dem Tuscheln hinter seinem Rücken. Er hatte das alles so satt. Aber gleichzeitig wünschte er sich, dass irgendjemand etwas zu ihm sagte, das alles wieder gutmachte und ihm half, in alldem einen Sinn zu finden und allem seinen Platz zuzuweisen.

Aber das geschah nicht.

Dinas Tod war sinnlos und falsch gewesen. Der Tod seiner Schwester zu diesem Zeitpunkt und auf diese Weise war völlig grundlos und hätte vermieden werden können.

»Ich kann mir nicht vorstellen …« Sie verstummte und wischte sich wieder über die Augen. »Es tut mir leid.« Tränen rannen über ihre Wangen, und sie ging in die Hocke und blickte auf die in dem Schalensitz schlummernde Sophie. »Das hast du nicht verdient, kleiner Schatz«, flüsterte sie dann, streckte ihre Hand aus und strich mit der Fingerspitze sachte über Sophies zarten, winzigen Handrücken. »Du hast das alles nicht verdient.«

Liam und Aaron warfen sich über Isobels Kopf hinweg einen Blick zu.

Liams Augen schwammen ebenfalls in Tränen, und er biss die Zähne aufeinander.

Ah, fuck, auch Aaron war den Tränen nah.

Verdammter Mist.

Im Krankenhaus hatte er sich jeden Tag zusammengenommen. Er hatte für Sophie stark sein müssen. Doch sobald er nach Hause kam, die Tür hinter sich zumachte und in die kalte Leere seines Hauses starrte, war er ausgerastet, verzehrt von der Übelkeit erregenden Gefühlsverwirrung aus abgrundtiefer Trauer und rasendem Zorn. Er wälzte und warf sich im Bett herum, weinte, bis die Tränen versiegten, nur um in den ersten Morgenstunden in die Garage zu gehen und auf seinen Boxsack einzudreschen. Erst wenn seine Armmuskeln erlahmten und er zu keinem Schlag mehr fähig war, sackte er auf dem Boden zu einem heulenden Häuflein Elend zusammen, bis ihm endlich die Augen zufielen und er auf dem kalten Beton vielleicht eine halbe Stunde Schlaf fand.

Das endlose Hin und Her zwischen lähmendem Kummer und schierem Irrsinn laugte ihn aus.

Der Zorn jedoch tat ihm gut. Besser jedenfalls als der Schmerz, der ihm das Herz aus der Brust zu reißen drohte.

Dann stellte er sich den Boxsack als die Visage von Dinas Mörder vor. Als die Gesichter all derer, die glaubten, dass die Waffengesetze nicht verschärft werden müssten. Die Gesichter all derer, die den Tod seiner Schwester hätten verhindern können, die etwas dagegen hätten tun können, dass Sophie zum Waisenkind wurde, wenn sie bloß ihre gottverdammten Augen aufmachen und erkennen würden, in welcher Welt sie alle inzwischen lebten.

Er ballte die Fäuste und ließ die Knöchel knacken. Sein Körper schwankte angestrengt zwischen Wut und Trauer. Tränen wollten fließen, und Zorn kochte hoch.

Aber sie mussten das Baby ins Haus bringen. Und sie mussten das Thema wechseln, bevor ihm die verfluchten Sicherungen rausflogen.

Er gab einen Kehllaut von sich und hob den Schalensitz vom Boden auf. »Ich bringe Sophie jetzt rein und packe schon mal was aus.« Er räusperte sich noch einmal, dann drehte er sich um und ging rasch in sein Drei-Zimmer-Rancher-Haus, damit die beiden anderen die Träne nicht sahen, die ihm heiß über die Wangen lief.

Er stellte Sophies Schalensitz auf das braune Ledersofa, wischte sich die Augen, zog die Nase hoch und starrte zwanzig Sekunden an die Wand, um sich zu sammeln, dann erst wandte er sich wieder den anderen zu.

Isobel und Liam standen in seinem Wohnzimmer und hielten den Blick auf Sophie gerichtet.

»Ich habe Ersatzmilch besorgt, damit können Sie sie füttern, wenn sie wach wird«, sagte er und zog einige Fläschchen vorgemischten Muttermilchersatz aus der Einkaufstüte. »Dazu haben die Krankenschwestern mir geraten. Anscheinend schont sie den Magen.«

Isobel nickte. »Okay.«

»Das Schlafzimmer ist am Ende des Flurs. Ich bringe Sophie im Zimmer direkt neben dem Bad unter, Sie können das Zimmer beziehen, das ans Wohnzimmer angrenzt.« Er wies mit dem Daumen über die Schulter, um ihr zu zeigen, wo die Schlafzimmer waren, dann senkte er den Kopf, um die Windeltüte zu öffnen.

»Sie wollen, dass ich hier wohne?« Ihre Stimme klang wie ein leises Schlaflied. Sie hatte bestimmt eine hübsche Singstimme.

Er hob den Kopf. »Wollen Sie das denn nicht?«

Da sahen sie beide Liam an, der sofort abwehrend die Hände hob. »Ich bin lediglich der Vermittler. Die Bedingungen müsst ihr zwei schon selber aushandeln. Ich habe bloß den Kontakt hergestellt.«

»Ich schaffe das nicht allein«, flüsterte Aaron. »Ich kann das nicht. Ich weiß nicht, wie man so etwas macht.«

Sie schloss für einen Moment die Augen, und er hielt den Atem an. Wollte sie ihn im Stich lassen? Sagen, dass sie es auch nicht konnte?

»Wie wäre es, wenn wir das Woche für Woche entscheiden? Die ersten Nächte bleibe ich erst mal, bis Sie sich einigermaßen eingelebt haben, und danach sehen wir weiter.«

Die Spannung fiel von seinen Schultern ab, und er nickte. »Okay, Woche für Woche.«

Sie lächelte. »Ein Schritt nach dem anderen. Wir schaffen das schon. Wir finden einen Weg.«

Aaron schluckte, dann senkte er wieder den Kopf und begann, diverse Sachen aus der Einkaufstüte zu holen. Sophie würde sicher bald wach werden, und dann würde sie eine frische Windel und wahrscheinlich auch andere Anziehsachen benötigen. Und dann würde sie wachsen und neue, größere Sachen brauchen.

Und irgendwann würde er Dinas Wohnung aufsuchen müssen.

Eigentlich hätte er bereits in der vergangenen Woche, als Sophie noch auf der Intensivstation lag, dorthin fahren müssen, aber das hatte er einfach nicht über sich gebracht. Dreimal war er zu ihrem Haus gefahren, hatte sogar den Motor abgestellt, nur um dann eine Viertelstunde im Auto zu sitzen, fluchend, schreiend, mit beiden Händen aufs Lenkrad einprügelnd, bis er den Rückwärtsgang eingelegt hatte und mit quietschenden Reifen wieder davongefahren war.

Er konnte das Haus nicht betreten in dem Wissen, sie würde nicht da sein. Er konnte nicht hineingehen und die halb ausgetrunkene Tasse Tee auf dem Küchentresen stehen sehen, die er gewiss dort vorfinden würde, ihre Pflanzen, die bestimmt dringend gegossen werden mussten, oder die Post, die ihren Briefkasten verstopfte.

Er konnte es einfach nicht.

»Soll ich noch ein paar Sachen für Sophie kaufen?«, fragte Isobel mit beruhigender Stimme. »Neugeborene brauchen anfangs wirklich nicht viel außer Liebe, einen vollen Magen und haufenweise Windeln.«

»Da hat sie recht«, meldete sich Liam zu Wort. »Vielleicht noch Schlafsachen zum Wechseln, falls sie spuckt oder sich den Rücken vollkackt, aber davon abgesehen sind Säuglinge ziemlich pflegeleicht.«

»Wenn Sie einverstanden sind, können wir ein paar Sachen aus ihrem Kinderzimmer holen«, fuhr Isobel fort. »Wenn sie was braucht. Für den Moment braucht Sophie nur Sie.«

Er hob den Kopf und sah Isobel an. »Nein, das genügt nicht. Sie braucht ihre Mutter.«

Sie trat einen Schritt vor, ihre blauen Augen fixierten ihn entschlossen. »Sie werden ihr genügen müssen. Dieses kleine Baby braucht Sie jetzt mehr denn je. Und Sie kriegen das hin.«

Ein Quieken wie von einem Meerschweinchen lenkte aller Aufmerksamkeit auf das Ledersofa. Sophie streckte sich und verzog das Gesicht, bevor sie die dunklen Augen aufschlug. Dann schaute sie zu ihnen hoch, blinzelte mehrmals und gähnte dann.

Isobel bückte sich und befreite Sophie behutsam aus ihrem Schalensitz, dann hob sie das Baby heraus und wiegte es an ihrem Busen. »Hi, Super-Sophie«, gurrte sie und küsste die Kleine ein paarmal auf die Stirn. »Hast du gut geschlafen?« Sie schmiegte die Nase an den winzigen Kopf und atmete tief ein. »Mhm, es geht doch nichts über den Geruch von Neugeborenen.« Flatternd schloss sie die Lider und wiegte sich mit dem Baby vor und zurück. »Es müsste doch möglich sein, diesen Geruch auf Flaschen zu ziehen.«

Sophie gähnte wieder, präsentierte ihren gaumigen Mund sowie die winzige rosige Zunge.

Isobel öffnete die Augen erst wieder, als Sophie vernehmlich zu protestieren und den Kopf gegen ihre Schulter zu stupsen begann. »Oh, sie sucht nach etwas, wahrscheinlich hat sie Hunger. Dann schau dir mal deinen Onkel aus der Nähe an, Baby; ich mach dir inzwischen ein Fläschchen.« Damit reichte sie Sophie mit einer vorsichtigen, aber selbstsicheren Bewegung an Aaron weiter. Es schien ihr viel leichter zu fallen als ihm, mit so einem winzigen Wesen umzugehen. Er hatte ständig Angst, sie fallen zu lassen.

Kaum hatte er sie auf dem Arm, setzte er sich aufs Sofa und legte sie in seinen Schoß.

Isobel griff nach der Tüte mit Ersatzmilch und den Fläschchen, die er gekauft hatte, und ging damit in die Küche.

»Babys sind widerstandsfähiger, als man denkt«, bemerkte Liam. »Ich meine, sie prallen nicht gerade ab, wenn man sie fallen lässt, vor allem nicht, wenn sie auf den Kopf fallen, andererseits muss man sie aber auch nicht halten, als hätte man eine Ming-Vase im Arm.«

Aaron warf ihm einen ärgerlichen Blick zu. »Sie *ist* eine verdammte Ming-Vase. Sie ist viel *kostbarer* als eine Ming-Vase. Sie ist alles, was ich habe.« Den letzten Teil würgte er krächzend hervor, dann richtete er den Blick wieder auf die lebhaft und neugierig umherschauende Sophie. Ihre Ärmchen zuckten, ihre Finger schlossen sich fest um seinen Zeigefinger, als ginge es um ihr liebes Leben. »Du bist alles, was ich habe.«

Liam schaukelte hüstelnd auf den Füßen vor und zurück. »Ja, stimmt. Tut mir leid.«

Aaron entließ langsam den Atem, hob den Kopf wieder und fixierte Liam. Der Kerl sah echt beschissen aus. Höchstwahrscheinlich genauso beschissen wie er selbst. Tiefe Ringe unter den Augen, kurzer, ungepflegter Bart, Sorgenfalten, erschöpft.

»Mir tut es leid«, sagte er. »Du hast dich wirklich für mich und Soph eingesetzt. Ohne dich hätten wir es nicht geschafft. Du bist Dina ein wahrer Freund.« Er schluckte, da ihm die Gefühle die Fassung zu rauben drohten. »Du bist uns allen ein wahrer Freund.«

Liam setzte sich mit zitterndem Kinn auf das andere Ende der Couch und fuhr sich durch das dunkelblonde Haar, dann rieb er sich mit der Hand über das Gesicht und zupfte an seinem Kinn. »Ach, Mann, nichts an alledem ist richtig oder wahr. Das ist alles nur beschissen. Außer Dina. Alles außer Dina.«

Aaron biss die Zähne so fest aufeinander, dass er glaubte, die Augen würden ihm aus dem Kopf springen.

Alles außer Dina. Genau so war es.

Liam knurrte und lenkte Aaron von seinen finsteren Gedanken ab. »Also, hör zu, kein Stress oder so was, schließ dich an, wann du willst, komm dazu, wenn du so weit bist, aber … Ich bin auch ein alleinerziehender Vater, und während der letzten Jahre habe ich ein paar andere alleinerziehende Väter kennengelernt, durch die Arbeit, aber auch sonst. Ich habe einen Club gegründet. Die Single Dads von Seattle. Wir treffen uns jeden Samstagabend zum Pokern. Wahrscheinlich bist du noch nicht so weit, morgen schon zu uns zu stoßen, aber das Angebot steht, jederzeit.

Manche von uns treffen sich unter der Woche auch mit ihren Kindern zum Spielen oder was auch immer. Aber vor allem geht es um einen Haufen Männer, die verdammt nochmal was kapiert haben: Wie schwer es ist, ein alleinerziehender Vater zu sein. Manche von uns sind vollzeitalleinerziehend, andere nur in Teilzeit. Wir unterstützen uns gegenseitig. Passen, wenn nötig, auf unsere Kinder auf. Wir sind eine Art Bruderschaft. Oder besser eine *Vaterschaft*. Eine Familie.«

Eine Familie.

Aaron wollte schon sagen, dass er noch nicht bereit sei, unter Leute zu gehen, als Isobels Stimme seine Gedanken unterbrach.

»Na, wer möchte ein Fläschchen?«

Er hob den Blick von Liams Gesicht zu der umwerfenden jungen Frau, die da auf sie zukam. Fuck, sie war wirklich jung. Wie alt mochte sie sein? Fünfundzwanzig? Sechsundzwanzig? Diese Frau konnte keinen Tag älter als dreißig sein. Im Unterschied zu Aaron, der nicht bloß *einen Tag*, sondern gut *acht Jahre* älter als dreißig war. Er hob Sophie von seinem Schoß und stand auf, dann nahm – na ja, mehr noch entriss er Isobel das warme Milchfläschchen. »Ich mache das«, brummte er, ging zum Fenster, wiegte seine Nichte auf dem Arm und hielt ihr das Fläschchen hin.

»Okay«, sagte Isobel, der seine schroffe Art nichts auszumachen schien. »Also, möchten Sie, dass ich heute hier übernachte? Ich hab nämlich gar nichts dabei.«

»Ja, holen Sie Ihre Sachen.«

Es entstand eine Pause, dann hörte er Schritte auf die Haustür zueilen. »Gut, ich bin gleich wieder da.« Eine neuerliche Pause. »Schreiben Sie mir, wenn Sie irgendwas brauchen.« Dann fiel die Haustür zu, und Liam und Aaron waren wieder allein.

Aaron spürte die Gegenwart seines neuen Freundes, noch bevor Liam in sein Blickfeld trat. »Leg bloß nicht das Kindermädchen flach, Alter«, sagte Liam. »Ich weiß, sie sieht scharf aus. Fuck, rattenscharf, würde ich sagen, aber du kannst unmöglich dein Kindermädchen vögeln.«

Aaron legte sich Sophie zurecht, neigte das Fläschchen ein wenig mehr und funkelte Liam an. »Meinst du, das wüsste ich nicht?«

»Wissen ist das eine, entsprechend handeln was ganz anderes, also geh behutsam vor, mein Freund.« Er schlug Aaron auf die Schulter. »Und leg dich mal schlafen, du siehst beschissen aus.«

Aaron konzentrierte sich wieder auf die nuckelnde Sophie. »Ich sehe so aus, wie ich mich fühle.«

Liam ließ den Kopf hängen und drückte tröstend Aarons Schulter. »Das gilt für uns beide, Mann. Das gilt für uns beide.«

Kapitel 4

Isobel glitt hinter das Steuer ihres weißen Toyota Corolla und schob den Schlüssel ins Zündschloss. Den Rückwärtsgang legte sie jedoch nicht ein. Sie rührte sich nicht vom Fleck. Sie saß einfach da, blickte auf die Garagentür zu Aarons Haus und fragte sich, worauf zum Teufel sie sich da eingelassen hatte.

Er sah heiß aus.

Junge, Junge, sah der Mann heiß aus!

Groß, muskulös, eine echte Naturgewalt, wie sie noch keine zuvor gesehen hatte.

Und diese Haare. Dunkelrot, dicht und üppig und nur ein ganz klein wenig gewellt.

Seit jeher hatte sie eine Schwäche für rothaarige Männer. *Outlander* hatte sie für alle anderen verdorben. Seitdem war alles, wonach es sie gelüstete und wovon sie insgeheim träumte, ein hochgewachsener Schotte, der seinen Kilt lüpfte und sie in einem Bett aus Heidekraut hart und schnell nahm.

Sie presste die Lider fest aufeinander.

Was kein bisschen half.

Diese Arme. Heiliger Batman. Das waren eigentlich gar keine Arme. Das waren tätowierte Baumstämme, die ihr dünnes, schwarzes Baumwollgefängnis sprengten. Er sollte diese herrlichen Bestien freilassen, damit die ganze Welt sie bewundern konnte.

Und lecken konnte.

Oh, verfluchter Mist.

Sie schlug mit den Handflächen aufs Lenkrad und lehnte sich mit der Stirn gegen ihre Handrücken. »Nein, nein, nein.«

Am besten marschierte sie auf der Stelle ins Haus zurück und lehnte den Job ab. Sagte ihm, es wäre etwas dazwischengekommen und sie würde ihm ein Ersatzkindermädchen besorgen. Dass sie nicht für ihn arbeiten und schon gar nicht bei ihm wohnen konnte.

Heilige Mutter Gottes.

Aaron wollte, dass sie bei ihm wohnte.

Dann würde sie Tag und Nacht mit ihm unter einem Dach leben, mit dem erregendsten Mann, der ihr jemals unter die Augen gekommen war.

Trug er etwa auch Erkennungsmarken unter dem Hemd?

War er nicht Soldat? Kampfpilot? Scharfschütze? O lieber Gott im Himmel, SEAL? War er ein SEAL?

Wimmernd hob sie den Kopf und machte vor Schreck einen Satz, als sie sich dem Mann gegenübersah, der sie wimmern ließ. Er hatte irritiert den Kopf schräg gelegt und hielt ihre Handtasche in der Hand.

O Mist!

Nun kam er zur Fahrerseite herum und wartete darauf, dass sie das Seitenfenster hinunterließ.

»Alles in Ordnung?«

Sie schluckte, nickte und sagte: »Ja, ich hab nur, äh … ich hab nur etwas Kopfweh.« Er trug jetzt kein Baby mehr auf dem Arm. Wieso nicht? Ihre Blicke suchten seine große Gestalt nach Anzeichen eines irgendwo versteckten Babys ab. Oh, jetzt verlor sie wahrhaftig den Verstand.

Das widerfährt Menschen, die keinen Sex haben.

»Wo ist Sophie?«, fragte sie endlich, ohne abzuwarten, bis ausreichend Sauerstoff in ihrem Gehirn ankam, bevor sie dumme Fragen stellte. Sophie weilte bestimmt im Haus, faltete die Wäsche und sang Green-Day-Songs mit.

Sie ist im Haus und schläft, Närrin.

»Sie ist nach dem Fläschchen eingeschlafen. Liam passt auf sie auf. Ich wollte nur die Wiege holen, die ich gekauft habe, da habe ich gesehen, dass Sie Ihre Handtasche vergessen haben.« Der Blick seiner blauen Augen versengte ihr die Haut, bis ein ganz und gar nicht unangenehmes Kribbeln sie durchlief, das erst zwischen ihren Beinen haltmachte.

Er hielt ihr die Handtasche hin.

»Stimmt.« Sie nahm sie ihm ab. »Danke, die darf ich nicht vergessen.« Das Lächeln, mit dem sie ihn ansah, war von vorn bis hinten gezwungen und unglücklich. Am liebsten wäre sie mit ihrem Auto mit solcher Wucht geradewegs in sein Garagentor gerast, dass sie darüber das Bewusstsein verloren hätte, um ja nicht daran zu denken, wie seine Augen in der Sonne funkelten oder wie sich seine tätowierten, muskulösen Arme anspannten, als er sie vor der Brust verschränkte. Was hatten diese Tattoos zu bedeuten?

Ihr Blickwinkel und der Umstand, dass sie unter seinen Hemdsärmeln verschwanden, ließen kein rechtes Urteil zu. Sie konnte lediglich sehen, dass sie sexy waren.

Aber sie wollte seine Arme, seine Brust, seine Schultern, seinen Bauch, die kräftigen Oberschenkel, die Form seiner Beine nicht allzu lange anstarren … Fuck, wohin konnte sie überhaupt noch schauen?

In sein Gesicht.

Verflucht, auch sein Gesicht sah phantastisch aus, war aber immerhin ein sichererer Fixpunkt als irgendein anderer Teil seines Körpers.

Wieder lächelte sie unbehaglich, in der Hoffnung, dass er nicht mitbekommen hatte, wie sie seine Arme anglotzte.

Er erwiderte ihr Lächeln nicht, sondern kniff die Augen zusammen.

Isobel wand sich unter seinem eindringlichen Blick.

»Aber Sie kommen gleich zurück?«, fragte er.

Zum x-ten Mal nickte sie. »Ja.«

Er nickte einmal. »Gut.«

»Bett!«

Sie stöhnte innerlich, stöhnte noch einmal, heftiger sogar, als sie sah, wie er die Augen aufriss.

Mit glühenden Wangen schüttelte sie den Kopf. »Ich meinte, Bettzeug. Haben Sie Bettzeug für mich? Oder soll ich Kissen und Decke von mir mitbringen, und eine Luftmatratze oder so?«

Langsam breitete sich Verständnis auf seinem Gesicht aus. »Sie finden im Gästezimmer alles, was Sie brauchen. Sie müssen nur Klamotten mitbringen.«

Sie blickte zu ihm hoch, dann ließ sie den Blick wieder über seine Gestalt wandern und blieb natürlich wieder an dem hängen, was sie unmittelbar vor Augen hatte – an dem umgedrehten V seiner kraftvollen Schenkel in der abgetragenen Jeans.

Aaron räusperte sich, worauf Isobel sich beinahe das Genick brach, weil sie den Kopf viel zu schnell wieder hob. »Los jetzt!«, befahl er mit schroffer, fast drohender Stimme. »Und beeilen Sie sich!« Damit ließ er sie stehen, ging zu seinem Pick-up, der neben ihrem Wagen in der Doppeleinfahrt geparkt war, und hob die Babywiege von der Ladefläche. Dann ging er, ohne sie noch einmal anzusehen, vor ihrem Auto entlang und zum Haus zurück.

Sie wusste nicht, ob das besser oder schlechter war.

Sie wartete noch, bis sie hörte, wie die Haustür zufiel, dann legte sie den Rückwärtsgang ein und rollte aus der Einfahrt.

Erst da fiel ihr auf, wie nass ihr Höschen war und wie sehr ihre

Brustwarzen schmerzten. Sie schaute an sich hinunter auf ihre Brüste. Ihr BH war nicht gepolstert, so dass man alles sehen konnte. Junge, was man da alles sehen konnte! Stramme Spitzen bohrten sich in den weißen Baumwollstoff ihres T-Shirts.

Am Ende der Einfahrt hielt sie an und schlug abermals den Kopf gegen das Lenkrad. Das war so eine blöde Idee. So eine blöde, blöde, blöde Idee.

Als sie sich noch einmal nach dem Haus umschaute, sah sie Aaron hinter dem Wohnzimmerfenster stehen und ihr nachsehen.

Fuck.

Sie wandte den Blick ab, prüfte ihren toten Winkel, schaute in den Rückspiegel und tauchte dann so schnell wie möglich im fließenden Verkehr ab.

Sie musste weg von den Pheromonen und dem Testosteron und was auch immer dieses unglaublich männliche Aroma enthalten mochte. Und sie um den Verstand brachte. Sie konnte schon nicht mehr klar denken.

»Blöde Idee«, wiederholte sie. »Blöde. Blöde, blöde …«

Sie musste diesen Job ablehnen. Sie musste es einfach.

Doch dann wanderten ihre Gedanken zu der süßen kleinen Sophie und der Tatsache, wie dringend sie zu ihrer Erziehung ein ganzes Dorf benötigte. Menschen, die sich ganz ihrer Versorgung widmeten und sich darum kümmerten, dass sie all die Liebe bekam, die ihr zustand.

Sie konnte doch dieses Baby nicht im Stich lassen.

Das würde ihr Herz niemals zulassen.

In Aarons Küche hatte sie einen Blick in den Kühlschrank und in die Vorratskammer geworfen und gesehen, dass der Mann nichts zu essen im Haus hatte. Bier, zwei Zwiebeln, eine halbe Tüte Möhren, seltsam geformte Pasta, sechs Packungen Ramen-Nudeln, mehr hatte sie nicht finden können, daneben noch acht verschiedene Sorten Barbecue-Saucen sowie eine Flasche Frank's Red Hot. Hatte er sich in der Woche seit dem Tod seiner Schwester ausschließlich von Take-away ernährt? Hatte er überhaupt irgendwas gegessen?

Sie beschloss, auf dem Rückweg einen Umweg zu machen und am Supermarkt anzuhalten, um seinen Kühlschrank und seine Vorratskammer aufzufüllen. Vielleicht konnte sie ja auch für ihn kochen. Steak und Folienkartoffeln mit Pfannengemüse und zum Nachtisch vielleicht Apfelkuchen.

Die Uhr am Armaturenbrett zeigte erst ein Uhr an. Genug Zeit also, um einzukaufen, kurz heimzufahren und anschließend zu Aaron zurückzufahren, um noch einen Apfelkuchen zu backen.

Zu Aaron.

Ihr neues Zuhause?

Ihr *anderes* Zuhause?

Oder ihr Arbeitsplatz?

Sie schüttelte den Kopf und schaltete das Radio ein, um ihre Gedanken zum Verstummen zu bringen. Sie wurde ja schon wie Tori und ging im Kopf alles hundertfach durch. Dabei musste sie diesen neuen Job einfach auf sich zukommen lassen, Tag um Tag, Stunde um Stunde, Minute um Minute …

Aaron und Sophie brauchten sie.

Das Schicksal hatte sie nicht grundlos zusammengeführt.

Die beiden benötigten Hilfe, und helfen konnte sie.

Als sie vor einer roten Ampel halten musste, stand ihr plötzlich wieder Aarons breite Brust vor Augen. »Ja, klar, rede dir das nur weiter ein«, murmelte sie. »Du machst das *nur*, um den beiden zu helfen, *schon klar*! Und nicht etwa, weil du willst, was deine Schwester hat. Tori hat das Angenehme mit dem Nützlichen verbunden und ist die Beziehung ihres Lebens eingegangen. Sie treibt es mit ihrem Chef, schon ist das Leben eine Wonne.« Da sah sie im Seitenspiegel ihr Spiegelbild. Ihre Wangen glühten rot, die Pupillen waren riesengroß. Sie stieß den Atem aus und trat aufs Gaspedal, sobald die Ampel grün wurde. »Eine einzige Wonne.«

Wut durchbrauste ihn, als er, mit einem untröstlich schreienden, fast violett angelaufenen Baby an der Schulter, vor dem großen Wohnzimmerfenster auf und ab lief.

Wo zum Henker blieb sie denn?

Sie wollte gleich zurück sein, hatte sie gesagt. Wo wohnte sie? In Kanada?

Er streckte Sophie von sich und drehte sie in seinen Armen behutsam um, um zum millionsten Mal an ihrem Popo zu schnüffeln. Er hatte ihre Windel schon viermal gewechselt, seit Isobel fort war.

Und noch zweimal, seit sich vor einer halben Stunde auch Liam verabschiedet hatte. Das Baby konnte unmöglich noch mehr Kacke im Leib haben.

Er nahm das Fläschchen vom Couchtisch und bettete Sophie in der Armbeuge. »Hast du Hunger, Super-Sophie?«, fragte er, unfähig, sich bei dem unaufhörlichen Gebrüll und dem in seinen Ohren brausenden Puls über seine Gedanken klar zu werden.

Doch Sophie verweigerte das Fläschchen und steigerte dafür die Lautstärke und Eindringlichkeit ihres Wehklagens.

Er hatte Lärm noch nie leiden und noch nie gut mit schreienden Menschen umgehen können … erst recht nicht seit Kolumbien. Nicht seit dem Brand.

Er legte sich Sophie wieder an die Schulter, ließ sie auf und ab hüpfen und marschierte aufs Neue vor dem Wohnzimmerfenster auf und ab.

»Was ist denn, Baby?«, fragte er so ruhig, wie er nur konnte. Wieder nahm er sie von der Schulter und hielt sie mit ausgestrecktem Unterarm vor sich.

Sie hatte das ganze Gesicht verzogen, als litte sie Höllenqualen, die Augen hielt sie geschlossen, der offene Mund zeigte rosiges Zahnfleisch.

Was zur Hölle stimmte hier nicht?

Warum konnte er sie nicht beruhigen?

Er war doch sonst so ein Macher?

Ein Tisch kaputt? Ein sprödes Fundament? Kein Problem. Er kümmerte sich darum.

Fuck, er konnte sogar gegen eine korrupte Regierung etwas machen … nun, er und sein Team, um genau zu sein. Seine Brüder. Ein paar gut platzierte Sprengsätze, Scharfschützen auf dem Dach und ein scharfes Messer für jene, die ihnen entwischten, und schon war die Welt wieder einmal gerettet. Die bösen Jungs waren Geschichte.

Ja, er war ein Macher.

Nur bei Sophie richtete er nichts aus.

Hatte er irgendwas an ihr kaputt gemacht?

Konnte man ein Baby kaputt machen?

Das Geräusch einer zufallenden Autotür in der Einfahrt ließ ihn zur Haustür eilen. Er riss sie auf und sah Isobel mit vollen Armen den Fußweg heraufkommen.

»Wo zum Henker waren Sie?«

Sie hob den Kopf, Panik stand ihr ins Gesicht geschrieben, als sie die kreischende Sophie und sein offensichtlich überfordertes und beinahe irrsinniges Gebaren bemerkte.

»Ich war noch einkaufen«, erklärte sie. »Sie haben nichts mehr zu essen im Haus.« Sie stellte ihre Einkaufstüten zwischen ihnen ab, nahm Sophie und wiegte den schreienden Säugling an ihrer

Brust, gab gurrende, beruhigende Laute von sich, während sie sich schaukelnd und wiegend von Aaron ins Wohnzimmer entfernte. »Alles, gut, Baby. Alles gut. Hast du Bauchweh?« Sie legte Sophie aufs Sofa, öffnete die drei Druckknöpfe zwischen ihren Beinchen und zog ihr das Hemdchen über den Bauch. »Hast du Blähungen, Liebes?« Vorsichtig drückte sie die Fingerspitzen auf Sophies Bauch und bewegte sie prüfend. Dann wandte sie sich Aaron zu, der wie ein Trottel im Eingangsbereich herumstand. »In der grünen Stofftasche da ist eine Dose Kokosöl. Geben Sie mir die bitte!«

Was zum Teufel wollte sie mit Kokosöl?

Aber er fragte lieber nicht nach, sondern setzte sich wie ein guter Soldat in Bewegung. Er packte sämtliche Lebensmitteltüten und schleppte sie in die Küche, fand das Öl und brachte es ihr.

Sie hielt inzwischen Sophies winzige Füßchen in ihren Händen, fuhr mit ihnen Fahrrad und drückte ihr dabei die Knie bis an den Bauch. »Würden Sie mir die Dose bitte aufmachen?«

Er ging neben den beiden in die Knie und schraubte die Dose auf, dann sah er zu, wie sie mit den Fingern ein wenig davon nahm, um den Bauch des Babys damit einzureiben.

Sie lächelte. »Ah, da haben wir das Bläschen.«

Bläschen?

Sie drehte sich zu Aaron um. »Sie hat Blähungen. Wahrscheinlich von der Ersatzmilch. Es kann sein, dass sich ihr Magen erst mal daran gewöhnen muss, wenn sie im Krankenhaus Milchspenden bekommen hat. Ich massiere ihr die Luft aus dem Bauch.« Als sie abermals langsam über Sophies Bäuchlein strich, pupste das Baby, Isobel lächelte erneut, und Sophie hörte zu schreien auf. »Den wären wie los.«

»Und das war alles?«, fragte er, hypnotisiert von ihren Zauberhänden und der plötzlichen Stille im Haus.

Achselzuckend setzte sie die Babymassage fort. »Ja, schon möglich. Ich meine, sie ist erst einen Monat alt, in dem Alter geht es womöglich los, dass sie nachts nicht durchschlafen und schreien, bis sie blau werden. Vielleich war es auch das. Aber ich würde eher auf Blähungen setzen.«

»Blau werden? Ihr Gesicht ist tatsächlich blau angelaufen. Ich dachte schon, ich müsste sie wiederbeleben.«

Isobels Kichern löste und entspannte alles in ihm. »Nein, ganz so schlimm ist es nicht. Ich schicke Ihnen den Link zu einem Artikel darüber. Manche Babys brüllen nach ihrer Geburt ein paar Wochen lang zu einer ganz bestimmten Tageszeit Zeter und Mordio. Keiner weiß, warum. Meine Schwester war anscheinend auch so.« Ihr Grinsen wärmte ihn. »Ich nicht. Sie?«

Er schüttelte den Kopf. »Keine Ahnung.«

Und er würde es auch niemals herausfinden. Er wusste ja nicht einmal, wer seine Eltern waren, geschweige denn, wie er als Kleinkind gewesen war.

»Nehmen Sie mal ein bisschen Öl auf die Finger«, wies sie ihn an. »Ich zeige Ihnen, wie es geht.«

Er tat, wie ihm geheißen, und beobachtete, wie sie mit den Fingern sachte über den Bauch des Babys strich – Sophie hatte sich inzwischen beruhigt und sah die beiden neugierig an.

»I love you«, sagte Isobel leise.

Was? Abrupt hob er den Blick von Sophie und sah lediglich Isobels Profil. Ihr Ausrutscher schien ihr nicht das Geringste auszumachen.

Hatte er sie überhaupt richtig verstanden? Oder drehte er langsam durch?

Das würde ihn jedenfalls nicht überraschen.

»Man nennt das die ›I love you‹-Babymassage. Achten Sie auf meine Finger. Nach links hinunter, wie der Buchstabe I. Das machen Sie ein paarmal. Dann quer über das Bäuchlein und wieder abwärts. Wie ein auf dem Kopf stehendes, rückwärts geschriebenes L.« Sie schrieb das L einige Male, worauf Sophie zu strampeln aufhörte und stattdessen die Beinchen von sich streckte, die Knie schloss und Isobel mit der gleichen Faszination ansah wie Aaron. »Und schließlich das umgekehrte U für das U in ›I love u‹. Einmal rechts nach oben, über den aufsteigenden Strich, über den Bauch oder den Bogen, und dann abwärts über den absteigenden Strich auf der linken Seite. Auf, rüber, ab.« Sie griff nach seinen Fingern und legte sie auf Sophies weichen Bauch. Ihre Finger lagen auf seinen. »Nicht zu fest. Mit gerade genug Druck rauf, rüber und runter.«

Seine Hände unter Isobels zarten, kleinen Händen waren riesig und noch riesiger auf Sophies Bäuchlein. Doch er befolgte ihre Anweisungen und massierte mit den Fingerkuppen sanft Sophies Bauch. Als er seitlich darüberstrich, pupste das Baby erneut.

Aaron gluckste und hob den Blick zu Isobel, die ebenfalls lächelte. Ihr Lächeln war wunderhübsch.

»Gut gemacht, Onkel Aaron. Pupsen ist gut.«

»Pupsen ist gut«, murmelte er und bearbeitete weiter Sophies Bauch.

Isobel nahm ihre Hände weg und richtete sich auf, um ihm Platz zu machen. »Sie machen das toll.«

Er atmete rasselnd aus. Es kam ihm nicht so vor, als würde er irgendwas toll machen. Er hatte eher das Gefühl, die Elternschaft vom Start weg zu vergeigen. Sophie war nicht mal zwölf Stunden aus dem Krankenhaus, und schon traumatisierte er sie vermutlich für den Rest ihres Lebens.

»Das gefällt ihr. Sehen Sie, wie sie zu strampeln aufgehört hat und einfach ruhig daliegt und Sie ansieht? Weil sie Ihnen vertraut.«

Aaron langte schnaubend nach mehr Kokosöl. »Weil ich sie von ihren Blähungen befreie. Ich würde auch jeden ehrfürchtig angucken, der mich von Verdauungsbeschwerden erlöst.«

»Nein, das allein ist es nicht. Sehen Sie doch, wie sie Sie anschaut. Ihr Blick verrät Liebe. Vertrauen.«

Es fiel ihm erst in diesem Augenblick auf: Er hatte den Ellbogen auf Isobels Knie gestützt. Doch jetzt wurde es ihm schlagartig klar, er zog sich zurück und räusperte sich, als er vor ihr und dem blumigen, weiblichen Duft zurückzuckte, der sein Heim vom Moment ihres Eintretens an erfüllt hatte.

»Woher wissen Sie diesen ganzen Kram?«, fragte er und begann mit dem Buchstaben I auf Sophies Bauch wieder von vorn. Die Lider der Kleinen wurden schwer. Massierte er sie ernsthaft in den Schlaf?

Isobel bewegte sich auf dem Sofa, kam ihm aber Gott sei Dank nicht näher. »Ich bin schon eine ganze Weile Kindermädchen. Da schnappt man das eine oder andere auf. Aber nach dem Erste-Hilfe-Kurs habe ich noch einen Säuglingspflegekurs belegt. Weil ich dachte, das könnte nützlich sein, und das war es auch. Ich habe Kinder immer schon geliebt und will eines Tages selber mal Mutter sein. Warum also nicht die Grundlagen lernen, bevor man nachts keinen Schlaf mehr findet und an vorderster Front der Kindererziehung kämpft?«

»Ja, warum nicht«, brummte er.

»Ein bisschen sanfter«, wies sie ihn an, legte ihre Finger wieder auf seine und führte seine Hand erneut über Sophies Bauch, half ihm, ein wenig Druck nachzulassen. »Babys sind strapazierfähig, aber nicht unzerstörbar.«

Wieder knurrte er, das Gefühl ihrer mit seinen glitschigen Fingern verschränkten Finger verursachte ein dumpfes Pochen in seiner Brust.

Die Frau war die fleischgewordene Lieblichkeit. Lange dunkle Haare, durchdringende hellblaue Augen, rosige Wangen, herzförmiges Gesicht, weiche, volle Lippen. Sie war wie geschaffen für feuchte Träume.

Da zog sie die Hände weg und erhob sich. »Sie machen das schon. Ich gehe die Einkäufe auspacken.« Bevor er irgendwas wie ›Sie haben ja keine Ahnung, wohin das führt‹ murmeln konnte, überließ sie ihn seiner unterdessen eingeschlummerten Nichte und wackelte mit ihrem süßen Hintern in die Küche. Und ließ ihn mit der Frage allein, wie er es mit einer dermaßen hinreißenden und faszinierenden Frau unter seinem Dach schaffen sollte – wobei er nur allzu gut wusste, dass er es *ohne sie* bestimmt nicht schaffen würde.

Kapitel 5

Nach dem Gefühl seiner Finger unter ihren, der Nähe seines Körpers und seines Ellbogens auf ihrem Oberschenkel brauchte Isobel Abstand, und zwar *pronto*. Also stand sie eilig auf, entfernte sich von der schlafenden Sophie und dem nervösen Aaron und machte sich auf den Weg in die Küche, um sich ans Einräumen ihrer Einkäufe zu machen.

Dabei achtete sie darauf, sich nicht um das weitere Geschehen im Wohnzimmer zu kümmern. Der Mann war eine zu große Ablenkung, und sie hatte zu arbeiten. Aus dem Augenwinkel sah sie ihn mit der schlummernden Sophie an der Schulter den Flur hinuntereilen, ohne dass er danach noch mal zurückkam.

Was vermutlich besser so war.

So hatte sie Gelegenheit, ihre Gedanken zu sammeln und sich ein Bild davon zu machen, wo was in seiner Küche zu finden war. Außerdem musste sie das Essen zubereiten.

Sie hatte länger als erwartet gebraucht, um ihre Sachen von zu Hause zu holen und danach noch einzukaufen, so dass sie erst gegen halb fünf wieder im Haus gewesen war.

Aarons Gesicht, als er die Haustür aufgerissen und sie angeherrscht hatte, wo sie so lange gesteckt hatte, war gleichermaßen albern und bemitleidenswert gewesen. Der arme Kerl steckte bis zum Hals in der Klemme, und er wusste es. Er war schlicht überfordert und hatte Schiss; das hatte sie in dem Moment gemerkt, als sie sein Haus betrat. Er betrauerte nicht bloß den Verlust seiner

Schwester – was Isobel ihrem schlimmsten Feind nicht wünschen würde –, sondern stellte sich auch auf den Umstand ein, dass er neuerdings Vater war.

Ein *alleinerziehender* Vater.

Eines kleinen Mädchens.

Ein kleines Mädchen, das ihm absolut alles abverlangen würde.

Das wäre für jeden Menschen eine Belastung. Sie konnte sich nicht vorstellen, womit Aaron momentan fertigwerden musste. Und obwohl sie den Mann überhaupt nicht kannte, verspürte sie instinktiv den Drang, den tiefsitzenden Wunsch, ihm zu helfen. Ihm und Sophie.

Sie wusste, dass sie hier helfen musste, seit Liam ihr von den beiden erzählt hatte. Sie wusste, sie musste für sie da sein. Die ganze Woche seit Liams Anruf hatte es ihr im Herzen wehgetan, bis Aaron sich bei ihr gemeldet hatte, um ihr mitzuteilen, dass sie sich am Tag von Sophies Entlassung aus dem Krankenhaus bei seinem Haus treffen sollten. In der Woche war sie bei dem Gedanken, dass Sophie ohne ihre Mutter würde aufwachsen müssen, immer wieder in Tränen ausgebrochen.

Isobel liebte ihre Mutter. Sie liebte ihre Eltern gleichermaßen, aber mit ihrer Mutter und ihrer Schwester verband sie ein ganz besonderes Verhältnis. Daher konnte sie sich nicht vorstellen, wie es gewesen wäre, ohne eine von beiden aufzuwachsen.

Ihre erste Periode hatten Tori und ihre Mutter wie einen Lottogewinn gefeiert. Isobel und ihre Schwester hatten die Schule schwänzen dürfen, ihre Mutter hatte sich bei ihrer Stelle im Bürgermeisteramt krankgemeldet, und sie waren zu dritt losgezogen, um sich die Hände und das Gesicht kosmetisch verschönern und sich massieren zu lassen. Danach aßen sie im Elliott Bay Social Club, fuhren in die Emerald Bay Mall und kauften Unterwäsche,

BHs und Klamotten, in denen frau sich auch noch dann wohlfühlen konnte, wenn sie sich während ihrer Tage besonders aufgedunsen und abstoßend vorkam.

Das würde die arme Sophie niemals erleben. Niemals würde ihre Mutter einen derart bedeutenden Anlass mit ihr zelebrieren. Ihre Mutter würde ihr niemals bei ihren Hochzeitsvorbereitungen helfen oder ihr Enkelkind auf den Arm nehmen, falls Sophie später selbst mal Kinder haben wollte. All das waren Dinge, die Isobel kaum abwarten konnte, mit ihrer Mutter zu teilen, während Sophie nichts davon jemals gemeinsam mit ihrer Mutter erleben würde.

Nun stand sie am Küchentresen, schälte Möhren, und heiße Tränen strömten über ihr Gesicht, als sie an Sophie dachte, die ohne ihre Mutter groß werden musste. Und an den armen Aaron, der auf so fürchterliche Weise seine Schwester verloren hatte.

Es würde sie vernichten, wenn Tori jemals etwas zustieße. Sie war ihre beste Freundin.

Nachdem sie die Folienkartoffeln, die Kräutermischung für das Gemüse sowie die Trockenmarinade für die Steaks vorbereitet und den Apfelkuchen im Backofen hatte, begab sie sich auf die Suche nach Aaron, da sie wissen wollte, wie er sein Steak mochte.

Sie gehörte zu der Sorte Mädchen, die es medium mochten, aber wenn er nur annähernd ihrem Vater glich, würde er wohl zu den Männern zählen, die englisch oder sogar blutig bevorzugten.

Vorhin hatte er freundlicherweise ihre Taschen in das für sie vorgesehene Zimmer getragen, aber sie war bisher noch nicht dazu gekommen, es sich anzusehen oder irgendetwas einzuräumen. Das hatte noch Zeit. Leise rumorendes Schnarchen zog sie tiefer in den Flur zu dem Schlafraum neben dem Badezimmer, den er zu Sophies Kinderzimmer umwandeln wollte.

Da die Tür einen Spaltbreit offen stand, versetzte sie ihr einen sanften Stoß, und was sie dann sah, ließ um ein Haar ihre Eierstöcke detonieren und ihr Herz um das Vierfache anschwellen.

Aaron, ausgestreckt auf einem Doppelbett, schlafend, schnarchend und mit einem schlummernden Baby auf der Brust.

Sei still, mein Herz.

Sie schluckte, das Wasser lief ihr im Mund zusammen, und auch ihr Höschen wurde feucht.

Hatte sie jemals etwas so Erregendes gesehen?

Nein, das konnte sie nicht mit Überzeugung behaupten.

Sophies Wange war an sein Herz gedrückt, ihre Augen fest geschlossen. Ihr kleiner Schmollmund glich einer perfekten Rosenknospe. Aaron wirkte entspannter, als sie ihn irgendwann heute gesehen hatte. Etwas wie Frieden und Ruhe umgab ihn. Doch zugleich erkannte sie, dass er nicht zugelassen hatte, vollends unachtsam zu werden. Wofür auch immer seine Erkennungsmarken standen, auf jeden Fall war der Mann an leichten Schlaf gewöhnt und daran, sich seiner Umgebung sowie drohender Gefahren stets bewusst zu sein.

Wahrscheinlich wusste er sogar, dass sie hier stand, wahrscheinlich spürte er die Veränderung in der Luft oder vernahm ihr Herzrasen.

Denn bestimmt raste ihr Herz.

Sie gestattete sich einen weiteren Augenblick lang, ihn zu beobachten, studierte den einen sichtbaren Bizeps und die unter dem Ärmel hervorlugenden Tätowierungen, die aussahen wie Initialen oder Worte in einer wunderschönen schwarzen Kursivschrift, deren Bedeutung sie jedoch nicht bestimmen konnte. Sie wäre gern näher getreten, um den Ärmel zu heben und nachzusehen, wie weit die Tinte hinaufreichte. Um mit ihrer Zunge darüberzufahren …

Doch als würde ihr das Klarheit bringen, schüttelte sie den Kopf und zog sich zurück, bevor aus Gedanken Taten wurden und sie vor die Tür gesetzt wurde, weil sie ihren Arbeitgeber sexuell belästigt hatte. Also schloss sie die Schlafzimmertür hinter sich und ging zu dem Raum, der ihrer sein sollte.

Dort begann sie ihre Reisetasche auszupacken und alles in den Kommodenschubladen zu verstauen, anschließend platzierte sie ihre Toilettenartikel und Schminksachen auf dem Nachttisch. Sie konnte sich auch ebenso gut bequem einrichten. Schließlich war es unsinnig, aus dem Koffer zu leben, wenn man es nicht musste.

Ihr neues Zimmer war hübsch – karg, aber hübsch. Es gab keine Bilder an den Wänden oder überflüssige Möbelstücke, doch das Bett schien bequem zu sein, als sie sich auf die Kante setzte und ein paarmal darauf auf und ab hüpfte, und es gab eine Kommode und einen Nachttisch. Alles, was man vom Gästezimmer eines Junggesellenheims erwartete. Die Bettwäsche war weiß, die Tagesdecke dunkelblau. Sie entdeckte nirgendwo Zierkissen, und im Kleiderschrank fand sie weder zusätzliche Decken noch Überwürfe. Und wieso auch? Dies war das Zuhause eines Mannes, der vermutlich genau wusste, wie man mit dem Existenzminimum überlebte. Wahrscheinlich kam er eine ganze Woche mit einem Schokokeks aus, konnte im Matsch auf dem Boden schlafen, in Eiseskälte oder Gluthitze, und war stets für den Einsatz bereit. Bequemlichkeit war das Letzte, was Aaron in den Sinn käme.

Sie pustete sich eine Haarsträhne aus dem Gesicht. Sie würde, wenn sie das nächste Mal nach Hause fuhr, doch ein paar Accessoires für ihren Komfort mitbringen müssen.

Zu Hause.

Es war wirklich seltsam, dass sie heute Nacht nicht in ihrem Bett schlafen würde. Dass sie nach der Arbeit nicht heimfahren und erst am nächsten Tag zurückkommen würde.

Sie war noch nie ein fest angestelltes Kindermädchen gewesen. Wie mochte das zugehen?

Sie hatten noch nicht einmal über die Arbeitszeiten oder ihre Bezahlung gesprochen. Über freie Tage oder Urlaub. Sie musste auch noch Designaufträge fertigstellen. Würde er sie das nach Feierabend erledigen lassen?

Was machte Aaron eigentlich beruflich? Oder diente er immer noch in derselben Militäreinheit, zu der er früher gehört hatte? Würde er wieder monatelang in den Einsatz gehen, oder würde er sich Zeit nehmen, um sich mit Sophie bekannt zu machen und sich darüber klar zu werden, was es bedeutete, Vater zu sein? Gab es für ihn so etwas wie Elternzeit?

Sie hatte so viele Fragen.

Warum hatte sie nicht gefragt, als Liam sie angerufen und ihr den Job angeboten hatte?

Warum nicht, als Aaron angerufen hatte?

Sie hatte noch nie so impulsiv und verantwortungslos einen Job angenommen.

Warum?

Als sich hinter ihr jemand räusperte, machte sie einen Satz und ließ den BH fallen, den sie in der Hand gehalten hatte. Sie wirbelte herum und sah Aaron, der die erschöpfte Sophie trug und sie anblickte.

Ja, richtig, deshalb hatte sie ihr Verantwortungsbewusstsein und die übliche Vorgehensweise aus dem Fenster geworfen. Weil die Geschichte dieses Mannes und dieses Kindes ihr dermaßen zu Herzen ging, dass es darüber beinah zerbrach.

»Sie waren eingeschlafen.« Rasch stopfte sie den fallen gelassenen BH in eine Kommodenschublade und ging auf die beiden zu. Seine müden blauen Augen folgten jeder ihrer Bewegungen. »Wenn

Sie die Augen noch mal zumachen wollen, kann ich Sophies Windel wechseln und sie füttern.« Ohne um Erlaubnis zu bitten, nahm sie ihm das Baby ab und drückte sich an seiner breiten Brust im Türrahmen vorbei, wobei sie es sorgsam vermied, sein aufreizendes männliches Aroma einzuatmen, und begab sich ins Wohnzimmer.

Sophies Gesicht begann gegen ihre Schulter zu nicken, was bedeutete, dass sie wieder gefüttert werden wollte. Isobel lief in die Küche, wo sie die Fläschchen gelassen hatte. »Dann werden wir mit der Windel wohl warten müssen, bis wir dich satt bekommen haben.«

Sie hielt sich nicht damit auf, hinter sich zu blicken, wusste jedoch, dass Aaron ihnen durchs Haus folgte.

»Sie haben gekocht?« Seine Stimme war heiser vom mangelnden Gebrauch, aber auch so tief und rau, dass ihre Brustwarzen auf der Stelle steif wurden.

»Ich dachte, Sie könnten was Gutes gebrauchen. Wie essen Sie Ihr Steak am liebsten?«

»Steak?«

»Ja, ich hab welche besorgt. Dazu Folienkartoffeln, geröstetes Gemüse und zum Nachtisch Apfelkuchen.« Sie nahm das Fläschchen aus der Schüssel mit Wasser, in der sie es aufgewärmt hatte, und ging damit und mit Sophie zurück ins Wohnzimmer, wobei sie wiederum weder den Blickkontakt mit Aaron suchte noch auf ihn wartete. Er kam ihnen sowieso hinterher.

Sie setzte sich in seinen La-Z-Boy-Sessel und legte Sophie in ihre Armbeuge, der Magen der Kleinen knurrte mit jeder Sekunde lauter.

»Und los geht's.« Sie schob Sophie den Sauger in den Mund, und das Baby fing sofort an zu nuckeln. »Schon besser«, gurrte Isobel und begann, vor und zurück zu schaukeln. Dabei blickte sie in Sophies kleines Engelsgesicht, bekam aber mit, dass Aaron vor ihnen stehen geblieben war. Er sperrte ausreichend Licht vom Wohnzimmerfenster aus, zudem leuchtete sein rotes Haar so hell wie das Rotlicht auf einem Polizeiauto. Man konnte ihn schwerlich übersehen. Sie hob den Kopf und sah ihn an. »Beim Essen sollten wir die Einzelheiten meines Arbeitsvertrags besprechen«, sagte sie. »Arbeitszeiten, freie Tage und so was alles.«

Er starrte sie auf eine äußerst beunruhigende Weise an, allerdings nicht auf die beunruhigende Weise, mit der ein Serienmörder sie ansehen würde, der sie im Schlaf umbringen wollte, mehr auf die Art eines Panthers, der sich auf sie stürzen wollte. Doch als sie freie Tage erwähnte, zog er irritiert die Nase kraus, und der eindringliche Blick war verschwunden. »Freie Tage?« Er kratzte sich im Nacken. »Was soll das heißen, freie Tage? Was meinen Sie mit Arbeitszeiten?«

O Mann.

Sie ließ ein breites Lächeln aufblitzen. »Na ja, das hier ist ein Job. Also stehen mir freie Tage und feste Arbeitszeiten zu. Haben Sie einen Job? Wollen Sie, dass ich auf Sophie aufpasse, während Sie arbeiten, damit Sie übernehmen können, wenn Sie wieder zu Hause sind? Soll ich Essen kochen? Sauber machen? Was genau sind meine Aufgaben, abgesehen davon, Ihre Nichte am Leben zu erhalten?«

Nun machte er große Augen. »Ich, äh, ich habe keine Ahnung. Ich dachte irgendwie, Sie würden immer für uns hier sein. Für Sophie, meine ich.« Der Mann war so verloren.

Ihr Herz flog ihm zu.

Wie seltsam es doch war, einen so großen Mann, der über eine derart einschüchternde Ausstrahlung und enorme Muskeln verfügte, über ein aus Stein gemeißeltes Kinn und Augen, die, wie man sofort erkannte, absolut alles gesehen hatten, so klein zu sehen. So gebrochen.

Sie schüttelte den Kopf und lächelte wieder. »Darüber können wir reden, sobald wir etwas zu essen im Leib haben. Ich hab Ihren Grill gefunden, aber wenn Sie, was Fleisch angeht, besondere Vorstellungen haben, dürfen Sie das sehr gern selbst übernehmen.«

Er nickte. »Okay. Mach ich.«

Die Zeitschaltuhr des Backofens zeigte piepend an, dass ihr Kuchen fertig war.

»Klingt gut. Die Kartoffeln und das Gemüse sind schon so weit.«

Er nickte, wandte sich ab und ging in die Küche. Er wirkte verloren im eigenen Haus. In seiner eigenen Haut.

Isobel sah ihn, mit der Grillzange und dem Fleischteller bewaffnet, die Tür zur Terrasse öffnen. Sie sah ihn nur im Profil, aber was sie da sah, machte ihr das Herz noch schwerer.

Er weinte.

Kapitel 6

Nachdem er sich wieder gesammelt und das Fleisch auf den Grill geworfen hatte, öffnete Aaron die Terrassentür erneut und kehrte in die Küche zurück. Isobel hatte ihm den Rücken zugekehrt, summte leise ein Lied und wiegte sich dazu sanft vor dem Küchentresen.

So hatte er einen weiteren Augenblick, sich zu fassen und über die Augen zu wischen, bevor sie sich umdrehte.

»Was zum Teufel ist das denn?« Sofort tadelte er sich bis zur Schmerzgrenze für seinen schroffen Tonfall. Daran musste er eindeutig noch arbeiten. Hunger und Schlafmangel hatten ihm noch nie gutgetan, jetzt jedoch waren sie seine Todfeinde und ließen seine Stimmung im Sturzflug einbrechen.

Gott sei Dank ließ sich Isobel von seinem Ton nicht beeindrucken. Stattdessen lächelte sie einfach und küsste Sophie auf den Kopf. »Nur so ein Tragetuch für Babys. Neben dem Lebensmittelmarkt ist eine Baby-Boutique, da bin ich kurz rein und hab es gekauft. Die Frau in dem Laden hat mir gezeigt, wie man es umlegt. Sophie steht drauf. Ich hab sie nach dem Windelwechseln reingelegt, und da ist sie sofort wieder weggetreten. Und ist die Farbe nicht einfach toll? Ich liebe Immergrün.«

Was zum Henker war Immergrün?

Sie balancierte auf jeder Hand einen Teller und schwang ein bisschen die Hüften. »Und, sehen Sie – man hat die Hände frei.«

»Ich, ähm … ich gebe Ihnen das Geld dafür«, sagte er und stellte den Fleischteller ins Spülbecken. Dann räusperte er sich. »Wir können beim Essen auch über die Planung sprechen.«

»Sie müssen mir für das Tuch nichts bezahlen. Es wird mir sehr von Nutzen sein, und wenn sie herausgewachsen ist, kann ich es weiterverkaufen.« Sie hielt inne. »Oder ich behalte es für meine eigenen Kinder.« Ihre Wangen zeigten ein leuchtendes sexy Rosa, dann senkte sie den Blick auf Sophies kleinen Kopf. »Die Kleine hier lässt meine biologische Uhr nämlich rasant schneller schlagen.« Sie küsste Sophie erneut und bewegte sich mit gelassener Selbstverständlichkeit durch die Küche.

Aaron stand wie betäubt.

Er wusste auch nicht recht, was er von ihrer Selbstsicherheit in seinen vier Wänden halten sollte. Auch wenn er wusste, dass sie die dreißig noch nicht überschritten hatte, war sie doch todsicher eine erwachsene Frau. Und sie wusste, was sie tat. Vor allem, was Babys anging.

»Ich esse Steaks am liebsten medium«, sagte sie, während sie sich an einem Handtuch die Hände abtrocknete. »Falls Sie *das* von mir wissen wollten.«

Er nickte brummig. »Ja, genau. Gut.« Damit drehte er sich auf dem Absatz um, öffnete erneut die Terrassentür und sehnte sich dabei nach einem Bier … oder einer ganze Flasche Roggenwhiskey.

Minuten später trug er die auf dem Teller dampfenden Steaks mit dem Gemüse und den Folienkartoffeln ins Haus.

Isobel hatte inzwischen seinen kleinen Küchentisch für zwei Personen gedeckt und war sogar so vorausschauend gewesen, ihm eine Flasche Bier aufzumachen. Wenngleich es so aussah, als wollte sie selbst bei Wasser bleiben.

»Dauert noch einen Moment«, sagte sie, ohne sich ihm zuzuwenden. »Lassen Sie das Gemüse und die Kartoffeln lieber noch in der Folie, damit sie nicht kalt werden.«

Da drehte sie sich vom Spülbecken, über das sie sich gebeugt hatte, um, und er sah, dass Sophie nicht mehr in dem Tragetuch-Dingsbums steckte und Isobel sich ein blutgetränktes Papiertuch gegen einen Finger presste.

Aaron knallte den Teller mit ihrem Essen hörbar auf den Küchentresen aus dunklem Granit und war im Nu bei ihr, um umstandslos nach ihrem Handgelenk zu greifen. »Was ist passiert?« Er hob ihre Hand und löste das Papiertuch. Von der Kuppe ihres linken Zeigefingers lief Blut über ihre Hand und das Handgelenk.

Sie schüttelte den Kopf und wollte zurückweichen, doch er packte ihr Handgelenk fester. »Es ist nichts. Ich konnte bloß den Flaschenöffner nicht finden, für Ihr Bier, da hab ich es halt mit einem Messer probiert, wie ich es tausendmal bei meinem Vater gesehen habe, aber dabei hab ich mich irgendwie selbst erwischt.« Wieder wollte sie ihre Hand wegziehen, doch er fixierte sie mit einem Blick, den sie hoffentlich als strenges Nein auffasste. »Es sieht schlimmer aus, als es ist; ich schwöre, ich werde es überleben«, protestierte sie.

»Wo ist Soph?« Er betupfte den Schnitt mit dem Papiertuch, doch sofort floss neues Blut nach. Der Schnitt war tief und ging über ihre ganze Fingerkuppe.

»Uns ist in dem Tragetuch ein bisschen heiß geworden, und ich wollte auch nicht über ihr essen, um ihr nichts auf den Kopf fallen zu lassen, deshalb hab ich sie in ihr Körbchen gelegt. Sie ist jetzt im Wohnzimmer.«

Er blickte in die Richtung, die ihr anderer Finger ihm wies, wandte sich aber sofort wieder ihrem Gesicht zu. »Das muss vielleicht genäht werden.«

Sein Körper versteifte sich, als sie nach Luft schnappte.

»Nein«, hauchte sie. »Ich steh nicht auf Nadeln.«

»Nun ja, das geht aber ziemlich tief, und ich habe nichts in meinem Erste-Hilfe-Kasten, womit ich den Bereich veröden könnte.« Er drückte das Papiertuch diesmal fester auf die Wunde. Als sie zusammenzuckte, ließ er ein wenig nach und brummte: »Sorry. Aber da sollte wirklich jemand draufgucken. Vielleicht muss es ja nicht genäht werden, aber es kann bestimmt verödet werden.«

Ihre Augen wurden groß, ihre Lippe zitterte. »Nein. Keine Nadeln. Kein Veröden. Das bedeutet doch, dass es ausgebrannt wird.«

»Ich weiß, was veröden bedeutet«, sagte er ungerührt. Die Furcht in ihrem Blick rührte an etwas in seinem Innersten, und er mäßigte seinen Tonfall. »Wenn es vorher vereist wird, spüren Sie die Stiche überhaupt nicht.«

Ihre Unterlippe zitterte noch heftiger, ihre Augen weiteten sich und blickten ängstlich. »Aber die Nadel beim Vereisen spüre ich.«

»Nun ja, aber …«

Sie schüttelte den Kopf. »Kein Aber. Nein, ich mache einfach Mull und ein Pflaster und so drum. Damit kein Dreck reinkommt.« Ihr Lachen klang gezwungen, offenbar wollte sie so ihre Furcht kaschieren. »Dann habe ich eine coole Narbe, die ich bei Partys vorzeigen kann, und eine peinliche Geschichte, wie ich mir in den Finger geschnitten habe, weil ich zu faul war, Sie zu fragen, wo Ihr Flaschenöffner ist.«

»Ich habe gar keinen.«

»Und wie machen Sie Ihre Bierflaschen auf?«

Er hasste es, der Überbringer schlechter Nachrichten zu sein, andererseits musste sie es erfahren. »Die haben Schraubverschlüsse, andernfalls benutze ich meine Zähne.«

Sie ließ den Kopf hängen, dann hörte er sie »Fuck« nuscheln.

Er konnte nicht umhin, seine Lippen zu einem halben Grinsen zu verziehen. Sie war schon eine Marke. »Tut mir leid.«

Sie schüttelte den Kopf, dann hob sie ihn wieder und sah ihn an. »Damit machen Sie sich bloß die Zähne kaputt, dabei können Sie so nett damit lächeln.« Über saphirblauen Augen klimperten lange Wimpern. Er hätte sich leicht in diesen Augen verirren können. Er könnte sich ohne Weiteres vorstellen, wie diese Augen zu ihm hochschauten, während er ihren Körper in die Matratze presste, bis sie die prallen Lippen öffnete, um seinen Namen hinauszuschreien.

Fuck, woher kam denn jetzt die Idee?

Er ließ ihr Handgelenk los und wandte sich ab. »Fein, wenn Sie so ein Dickkopf sein und nicht in die Notaufnahme fahren wollen, gehe ich jetzt in die Garage und hole meinen Erste-Hilfe-Kasten.« Damit räumte er, so schnell er konnte, die Küche, blieb nur eine halbe Sekunde stehen, um einen Blick auf Sophie zu werfen, die in ihrem Körbchen schlummerte. Doch es genügte, um Isobel in der Küche murmeln zu hören: *»Ich bin hier nicht der Dickkopf, der Dickkopf bist du.«*

Kurz darauf kam er mit dem Erste-Hilfe-Kasten aus der Garage zurück, um Isobel das weinende Baby auf einem Armen wiegen zu sehen, während sie mit der anderen Hand ein neues Papiertuch auf den blutenden Finger drückte.

Er stieß ein dumpfes Grollen aus angesichts der unmöglichen Frau, die in sein Leben getreten war, stellte den Erste-Hilfe-Kasten auf den Küchentresen und klappte ihn auf. Isobel ging an ihm vorüber, nahm ein neues Fläschchen für Sophie vom Tresen und versuchte dann, den Säugling in der Armbeuge zu jonglieren, ohne dabei das Papiertuch loszulassen.

»Hey, hey …«, rief er, ließ den Kasten Kasten sein und eilte Sophie zu Hilfe, ehe sie mit dem Fußboden Bekanntschaft machte.

»Was zum Teufel?« Aaron war sich nicht sicher, aber wenn er nicht hinzugeeilt wäre, wäre das Baby womöglich kopfüber auf den Bodenfliesen gelandet, ehe einer von ihnen mit der Wimper hätte zucken können.

»Ich hatte sie«, grummelte Isobel.

»Nein, hatten Sie nicht. Lernen Sie gefälligst, um Hilfe zu bitten. Und lernen Sie einzusehen, wann Sie ins Krankenhaus fahren sollten. Seien Sie nicht so kindisch. Nur Kinder haben Angst vor Nadeln.« Nun bettete er Sophie in seiner Armbeuge und entriss Isobel das warme Fläschchen, bevor sie dagegen Einspruch erheben konnte. Dann kehrte er ihr den Rücken zu und setzte die Fütterung seiner Nichte fort. »Da Sie ja so eine Besserwisserin sind, können Sie sich jetzt selbst verarzten.« Damit schlenderte er ins Wohnzimmer, um Sophie in Ruhe das Fläschchen zu geben.

Isobel starrte Aarons Rücken an, als er, groß und sexy, mit Sophie ins Wohnzimmer stolzierte.

Was für ein Vollpfosten.

Ein Vollpfosten mit Knackarsch allerdings.

Sei still. Sei still. Sei still.

In der Hoffnung, dass sie vielleicht doch noch Laserstrahlen versprühen und ihm den Allerwertesten versengen konnte, öffnete sie den Erste-Hilfe-Kasten, ohne ihn aus den funkelnden Augen zu lassen.

Heilige Scheiße. Und was für ein Erste-Hilfe-Kasten das war!

So etwas sah man sonst nur in einem Notarztwagen oder so.

Da gab es mehr als die übliche kleine Pflasterrolle und Jod, wie sie Pfadfinder verwendeten. Nein, das hier war eine richtige medizinische Ausrüstung samt Defibrillator und einem großen, runden

Ballondings, das man benötigte, wenn jemand intubiert werden musste, und noch alles mögliche andere.

Während sie weiter auf die Wunde drückte, durchwühlte sie den Kasten nach Verbandsmull und Verbänden. Mit nur einer Hand stand ihr eine durchaus interessante Aufgabe bevor. Sie warf einen verstohlenen Blick auf den Mann, der sich sanft vor dem Fenster wiegte, aber nach seinem kleinen Wutanfall würde sie ihn bestimmt nicht um Hilfe bitten.

Ja, sie verstand schon, er trauerte.

Aber musste er deshalb so ein Arsch sein?

Jeder trauert anders. Es gibt keine richtige Art zu trauern. Keinen Zeitplan. Kein Allheilmittel. Trauer hat ihre eigene Wesensart. Ihr fielen die Worte ihrer Mutter wieder ein. Sie hatte diese Worte nach dem Tod ihrer Großmutter an Tori und Isobel gerichtet, als sie sich mühten, irgendeinen Sinn darin zu finden. Tori hatte wütend um sich geschlagen, während Isobel still und in sich gekehrt reagierte, und ihr Vater, der seine Mutter verloren hatte, hatte sich eine Woche lang in die Familiendatsche zurückgezogen und mit keiner Menschenseele gesprochen.

Isobel stieß den Atem aus. »Jeder Mensch trauert anders«, murmelte sie, und mit dem entweichenden Atem ließ auch die Anspannung ihrer Schultern nach.

Sie griff nach einer weichen, weißen Mullbinde und wollte sie ausrollen.

»So macht man das nicht.«

Himmel, der Mann glich einem Ninja. Wie hatte er sich so an sie anschleichen können?

Grunzend drückte er ihr das wieder eingeschlafene Baby in den Arm, nahm sich ihren Finger vor und machte sich daran, die Wunde zu reinigen.

»Danke«, sagte sie leise und legte die Nase an Sophies Köpfchen.

Wieder grunzte er, hob kaum den Blick zu ihr, und wenn er es doch mal tat, wanderte sein Blick rasch von ihr zu Sophie »Müssen Babys eigentlich so viel schlafen?« Dann senkte er den Kopf wieder und machte sich daran, ihren Finger zu verbinden.

»Die Wachphase liegt anfangs bei einer Dreiviertelstunde oder so«, antwortete sie. »Aber das kann auch bedeuten, dass sie heute Nacht andauernd wach wird. Der Tag-und-Nacht-Rhythmus könnte noch auf dem Kopf stehen. Nicht zu vergessen, dass sie *genau genommen* keinen Monat alt ist. Sie ist taufrisch, weil sie ein Frühchen ist. Da ist der Schlafrhythmus völlig aus dem Lot, und Frühchen haben ständig Hunger, weil ihr Magen nur ungefähr so groß ist wie ein Ei.«

»Woher wissen Sie das alles?« Er befestigte den Verband mit Pflasterstreifen; die Kraft, die er anwendete, als er den Verband von der Rolle abriss, ließ seine Armmuskeln unfassbar sexy hervortreten.

»Nachdem Liam angerufen hatte, ob ich den Job hier will, habe ich mir ein paar Bücher über Säuglingsbetreuung gekauft. Das kleinste Kind, um das ich mich gekümmert habe, war drei Monate alt, aber kein Frühchen, und es kam auch nicht von der Intensivstation, Sophie ist also Neuland für mich. Deshalb wollte ich mich vorbereiten.«

Er ließ ihren Finger los und begann, den Erste-Hilfe-Kasten aufzuräumen. »Ich hätte wohl besser auch ein paar Bücher lesen sollen.« Sie merkte, dass er den Blickkontakt mit ihr tunlichst vermied, denn er schaute alles Mögliche an, nur nicht sie.

»Sie hatten schon genug zu bedenken«, sagte sie leise, während sie dem schlummernden Baby mit der nun wieder freien Hand behutsam auf den Rücken klopfte. »Das macht gar nichts. Sie werden sich schon an sie gewöhnen, so wie sie sich an Sie gewöhnen und Sie im Nu um den kleinen Finger wickeln wird.« Gerne hätte sie gelächelt, aber angesichts seiner düsteren Miene und seiner Weigerung, sie anzusehen, sanken ihre Mundwinkel nach unten.

Aaron verschloss wortlos den Erste-Hilfe-Kasten und ging hinaus.

Machte er immer so wenige Worte?

Isobel ging zu dem Körbchen im Wohnzimmer und legte Sophie hinein. Das Baby quietschte ein wenig, doch als Isobel in der Windeltüte einen Schnuller fand und ihn Sophie anbot, beruhigte sie sich sofort wieder.

Isobel wanderte zurück in die Küche und verteilte das Essen auf Teller. Hoffentlich war das Fleisch inzwischen nicht zu durch oder, schlimmer noch, kalt geworden.

Diesmal hörte sie seine Schritte hinter sich.

Wie konnte er sich einerseits lautlos anschleichen und dann wieder wie ein Elefant angestapft kommen? Machte er das mit Absicht?

Sie stellte Aarons Essen vor sein Bier und nahm dann vor dem eigenen Teller Platz, ihm gegenüber.

Er setzte sich ebenfalls, griff nach Messer und Gabel und fiel über sein Essen her wie ein Mann, der seit Tagen, womöglich Wochen, nichts mehr zu sich genommen hatte.

Das Geräusch des Bestecks auf dem Teller, als er an seinem Steak säbelte, war enorm und klang wie eine Kreissäge, die einen alten Tannenbaum fällte.

Sie nahm sich ihr Steak mit weit weniger Elan vor.

Das Schweigen zwischen ihnen war ohrenbetäubend.

Zumindest kam es ihr so vor.

War es lediglich ihre Einbildung, oder nahm er die Spannung auch wahr?

Sie trank einen Schluck Wasser und räusperte sich. Sie hätte jetzt eine Flasche von seinem Bier vertragen können, andererseits arbeitete sie hier und wollte nicht schon an ihrem ersten Arbeitstag Alkohol trinken.

»Also, ähm …« Sie atmete aus, biss die Zähne aufeinander, entspannte den Kiefer wieder und sah ihn unverwandt an, bis er den Kopf hob, um sie seinerseits anzusehen. Es dauerte allerdings eine verdammte Ewigkeit, bis er sich dazu aufraffte. Doch als es so weit war, versuchte sie, seine Stimmung zu ergründen. Es stand zu hoffen, dass er nun, mit vollem Bauch, ein bisschen besser gelaunt war.

Er hob eine Braue. Offenbar wartete er darauf, dass sie weitersprach.

Richtig.

Sie schluckte. »Sollen wir, da wir zusammen an einem Tisch sitzen und Sophie schläft, die Gelegenheit ergreifen und über meinen Arbeitsvertrag reden? Arbeitszeit, Lohn, Erwartungen.« Verflixt, der Mann hatte hübsche Augen. Hellblau und um die Mitte golden. Die Farben passten zu seinem dunkelroten Haar und der Sonnenbräune.

Aaron kaute fertig, trank einen Schluck Bier und richtete den Blick dann wieder auf sie. »Was wollen Sie?«

Nun, das war nicht die Antwort, mit der sie gerechnet hatte.

»Was soll das heißen, was ich will?«

»Welche Arbeitszeiten Sie gern hätten. Welche Bezahlung.«

Immer noch verwirrt, schüttelte sie den Kopf. »Ich bin nicht diejenige, die ein Baby hat und Hilfe benötigt. Was machen Sie überhaupt beruflich?« Sie deutete auf seine Brust. »Sind Sie Soldat? Werden Sie monatelang fort sein, weil Sie in irgendeinen Einsatz gehen? Was wollen Sie von mir? Fangen wir damit an. Was erwarten Sie von mir?«

Etwas Animalisches blitzte ihn seinen Augen auf, doch er erstickte den Funken sofort, legte die Bestie wieder an die Kette und sperrte sie weg. Doch was sie gesehen hatte, genügte, um ihren Herzschlag durch die Decke schießen zu lassen.

Er trank noch einen Schluck Bier. Diese Verzögerungstaktik hätte sie ärgern müssen, aber das tat sie nicht. Es gab ihr, als er schluckte, die Gelegenheit, ausgiebig die lange, muskulöse Linie seines Halses und das mächtige Auf und Ab seines großen Adamsapfels zu mustern.

Heilige Mutter Gottes!

»Ich möchte, dass Sie für Sophie da sind«, sagte er schließlich. »Wann immer sie Sie braucht.«

Isobel kämpfte gegen den Drang an zu meckern, stattdessen biss sie sich einen Moment heftig auf die Zunge. »Dann wollen Sie, dass ich nicht nur die übliche Achtundvierzigstundenwoche hier zubringe? Wollen Sie das damit sagen? Zahlen Sie mir einen Monats- oder einen Stundenlohn? Ziehen Sie mir die Lebenshaltungskosten vom Lohn ab? Weil ich nämlich ein Zuhause habe, und wenn Sie mir Kost und Logis in Rechnung stellen, wohne ich lieber weiter mit meiner Schwester zusammen und komme morgens her und gehe wieder, wenn Sie abends von der Arbeit kommen.« Sie rümpfte die Nase. »Dabei fällt mir ein, dass Sie mir immer noch nicht verraten haben, was Sie arbeiten.«

In seinem Kiefer zuckte ein Muskel. »Ich arbeite auf dem Bau. Ich bin Zimmermann.«

Wieder deutete sie auf seine breite Brust. »Aber Sie haben gedient?

»Früher mal. Bin ausgeschieden.«

»Armee? Luftwaffe? Marine?«

»Navy.«

Zuckte da was in ihrer Vagina?

Sollte sie es wagen, die nächste Frage zu stellen? Sollte sie ihn fragen, ob er ein SEAL war?

»Ich arbeite von Montag bis Freitag von acht bis sechs, manchmal auch am Wochenende. Hängt vom Auftrag ab. Wenn ich arbeite, will ich, dass Sie hier bei Sophie sind, und danach auch, weil ich abends den Papierkram erledige.«

Okay, jetzt war endlich Land in Sicht.

»Dann haben Sie eine eigene Baufirma?«

Er nickte.

Stand dem Kerl pro Tag nur eine begrenzte Anzahl Wörter zur Verfügung, und bezahlte er mit einem Körperteil, wenn er die Grenze überschritt?

»Montags bis freitags von acht bis sechs ist in Ordnung. Aber ich brauche auch freie Tage. Schließlich habe ich ein Leben und auch noch einen anderen Job.«

Er machte große Augen, dann zog er die Stirn in Falten. »Was für einen anderen Job?« Seine Stimme klang keineswegs wütend, allerdings auch nicht unschuldig neugierig.

»Grafikdesign. Ich bin Kleinunternehmerin, aber ein paar Klienten und Aufträge hab ich. Und nebenbei führe ich Hunde aus. Aber ich habe schon jemanden, der meine Aufträge übernehmen will, falls Sie mich für mehr als eine volle Stelle benötigen.«

Neuerliches Knurren, und diesmal schob er auch noch ein Grollen nach. Dann schaufelte er Sauerrahm und Schinkenstückchen auf seine Folienkartoffel. »Sie können samstags und sonntags frei haben, aber am Samstagabend brauche ich Sie hier. Ich zahle Ihnen dann mehr. Und Ihren Designkram können Sie erledigen, wenn Sophie schläft.«

»Das heißt, ich habe frei, sobald Sie nach der Arbeit zur Tür hereinkommen? Wenn das so ist, kann ich auch abends heimfahren und am nächsten Morgen wiederkommen.«

»Fuck«, brummte er. »Daran habe ich nicht gedacht.« Er hob den Kopf. »Ich brauche Sie aber auch nachts.«

Oha.

Als ihm aufging, wie das geklungen haben musste, färbten sich seine Wangen anbetungswürdig rosa. »Ich wollte sagen, ich brauche Sie *wegen Sophie* auch nachts, weil sie nach ihr sehen sollen, wenn sie nachts aufwacht. Ich kann nicht die ganze Nacht wach bleiben und dann tagsüber arbeiten. Dann säge ich mir am Ende bloß mit der Kreissäge meine verfluchten Hände ab.«

»Deshalb führen wir ja dieses Gespräch.«

Sein Blick wurde hart. »Ihre Einstellung gefällt mir nicht.«

Isobel blinzelte, lehnte sich zurück und ließ klirrend die Gabel auf ihren Teller fallen.

Welche Einstellung? Hatte sie denn eine Einstellung?

»*Meine* Einstellung?«

Er nickte. »Glauben Sie nicht, Ihr Sarkasmus wäre mir entgangen.«

»Tut mir leid«, sagte sie leise. Nun legte sie auch ihr Steakmesser hin und die Handflächen auf den Tisch und blickte ihm geradewegs in die Augen. »Hören Sie, ich verstehe ja, dass Sie trauern, ich verstehe auch, dass Sie mit der Situation hier überfordert sind. Und ich *will* Ihnen helfen. Als Liam mir Ihre Geschichte erzählt hat, und von Sophies Mutter …« Sie schluckte, und ein Schluchzen blieb ihr im Hals stecken. »… ist mir das wirklich an die Nieren gegangen. Niemand sollte durchmachen müssen, was Sie und Sophie durchmachen. Ich will helfen.«

Schlagartig schloss sich ein Schutzschirm um Aaron. Seine Augen schlossen sich. Der Kiefer wurde hart. Seine Haltung steif. »Meinen Sie, mir gefällt das?«, knirschte er dann.

Kopfschütteln. »Wie um alles in der Welt kommen Sie darauf, ich könnte annehmen, dass Ihnen das hier Spaß macht? Weil ich dann nämlich denken müsste, dass mit Ihnen etwas gründlich nicht stimmt. Ihre Schwester ist kürzlich gestorben. Sie ziehen ihr Kind groß. Ihr Leben steht kopf. Aber ich bin hier nicht der Feind. Seit ich hier bin, habe ich Sie nur unterstützt. Und etwas anderes hatte ich auch nicht vor. Nur … Sie machen es mir sehr schwer. Ich weiß nichts über Sie, ich habe keine Ahnung, was Sie von mir erwarten, trotzdem versuche ich immer noch, das Beste daraus zu machen. Sie dagegen zeigen mir seit meiner Ankunft die kalte Schulter, was ich allerdings kein bisschen verdient habe.« Sie schüttelte den Kopf und schaute auf ihre im Schoß verschränkten Finger. »Ich weiß, Sie trauern, aber –«

»Sagen Sie das ja *nie wieder.*« Seine Worte kamen leise, aber glasklar, und trafen sie mit der Schärfe eines frisch gewetzten Messers.

Sie holte Luft und hob langsam den Blick zu ihm.

»Sie werden von Dienstag bis Samstag arbeiten«, sagte er. »Ich nehme mir Sonntag und Montag frei. Sie werden von sieben Uhr früh bis sieben Uhr abends arbeiten, und wenn Sophie nachts nach Mitternacht und vor sechs Uhr morgens wach wird, werden selbstverständlich Sie aufstehen und nach ihr sehen. Alles, was über vierzig Stunden hinausgeht, vergüte ich Ihnen als Überstunden. Sie haben Anspruch auf zwei Wochen Urlaub, wirksam nach einer Probezeit von drei Monaten. Finden Sie heraus, was ein fest angestelltes Kindermädchen verdient, und machen Sie mir einen Gehaltsvorschlag. Kost und Logis werde ich Ihnen nicht in Rechnung stellen. Für Lebensmittel komme ich auf, und Sie essen hier. Ich besorge einen Kindersitz für Ihr Auto, und Ihre Spritkosten übernehme ich.« Er stand auf, schob den noch halb vollen Teller von sich, griff nach der Bierflasche und stolzierte Richtung Garage. Sie blieb zurück, starrte auf ihren Teller und fragte sich, worauf zum Teufel sie sich eingelassen hatte.

Kapitel 7

Aaron trank die Bierflasche leer und schleuderte sie dann quer durch die Garage gegen die rückwärtige Tür, an der sie zerschellte und sich über den Betonfußboden zerstreute. Was einigermaßen befriedigend war, aber längst noch nicht ausreichte.

Er wollte etwas zertrümmern. Er wollte jemandem wehtun. Er wollte verstümmeln und zerstören. Er wollte etwas zerbrechen. So wie sein Herz vor etwas mehr als einer Woche zerbrochen war. So wie es jedes Mal wieder und wieder und wieder aufs Neue zerbrach, wenn er seine Nichte betrachtete und sich von seiner Schwester angeblickt fühlte. Und es würde weiter zerbrechen, bis nur mehr Staubpartikel übrig waren. Weil der Schmerz niemals aufhören würde. Der Schmerz mochte mit der Zeit nachlassen, ganz vergehen würde er jedoch niemals. Eher würde er in den bevorstehenden Tagen, Wochen, Monaten und Jahren unzählige Male neu erstehen. Die Wunde würde verschorfen, aber dann, wenn Sophie alt genug war – und unweigerlich ihrer Mutter gleichen würde – und die Wissbegierde sie zu verzehren begann und er ihr erklären müsste, was ihrer Mutter zugestoßen war, würde das den Schorf lösen, und die Wunde würde sich aufs Neue öffnen und bloß liegen.

Er würde lernen müssen, mit dem Schmerz zu leben. Von nun an würde jeder Tag von Schmerz begleitet sein. Seine Gegenwart und seine Zukunft.

Als er auf die zerschmetterte Bierflasche schaute, geriet er langsam so richtig in Rage.

Für wen zum Henker hielt sich diese Isobel Jones eigentlich?

Sie kam mit ihrem strammen kleinen Hintern in sein Haus gewackelt und richtete sich heimelig darin ein. Was zum Teufel?

Sie kaufte ein.

Sie kochte.

Sie bot ihm die Stirn.

Sie … wollte helfen und für einen Wildfremden bis über ihre Grenzen gehen. Für einen *trauernden* Wildfremden. Einen *wütenden* Wildfremden. Der bis zum Hals in einem Leben steckte, das er sich so niemals vorgestellt oder gewünscht hätte und von dem er ganz gewiss nicht wusste, wie er sich darin einrichten sollte.

Es war das Mitgefühl in ihrem Blick, das ihn rotsehen ließ. Die Traurigkeit und der unbedingte Wille, seine Lage zu verbessern. Als Nächstes würde sie noch ihn selbst, sein Herz, besser machen wollen.

Aber der Macher war er. Nicht sie. Und bei ihm war sowieso nichts mehr zu machen.

Sein Herz gab es zum größten Teil nicht mehr. Und was davon noch übrig war, gab er Sophie, wobei er sehr gut wusste, dass es nicht ausreichen würde. Dass er ihr niemals genügen würde.

Er fuhr sich mit den Händen übers Gesicht und durch die Haare, zog daran, bis es wehtat. Er schrie und zog fester. Dann schrie er noch lauter und zog noch fester.

Aber nichts, was er unternahm, konnte ihn von der qualvollen Leere in seiner Brust ablenken. Kein Schmerz in einem anderen Teil seines Körpers vermochte die Qual über Dinas Verlust zu verdecken.

Er ging zum Kühlschrank in der Garage, in dem er Bier aufbewahrte, öffnete ihn, nahm eine neue Flasche San Camanez Lager heraus und schraubte den Verschluss auf. Nicht ganz ein Lächeln, aber doch der Anflug von etwas Leichterem als seinem Zorn, regte sich in ihm, als er auf den Schraubverschluss blickte, und seine Lippen lösten und lockerten sich ein kleines bisschen.

Diese Frau war so ein verfluchter Dickschädel.

Wer verweigerte schon die ordentliche Behandlung einer Schnittwunde?

Er hatte die Angst mancher Menschen vor der modernen Medizin oder gar vor Spritzen noch nie verstanden. Schließlich brauchte man den Kram, wenn man überleben wollte. Reiß dich zusammen, Schneeflöckchen, beiß auf ein Stück Leder, und lass den, der die Nähnadel führt, die klaffende Wunde schließen, bevor dir die Eingeweide auf die Füße fallen.

Fuck, sie hätte eine örtliche Betäubung bekommen und nicht das Geringste gespürt. Im Unterschied zu ihm selbst, als ihm in Medellín der Handlanger eines kolumbianischen Drogenbarons eine rostige Machete in den Leib gerammt hatte.

Gott sei Dank war damals Colton, der Arzt ihres Teams, bei ihm gewesen. Und da die Verletzung nicht bloß oberflächlich war, hatte Colton alle Hände voll mit ihm zu tun gehabt. Aaron hatte ihren Erste-Hilfe-Kasten für den Notfall gepackt, die Zähne in ein Stück Leder geschlagen und sich von Colton, einem seiner Waffenbrüder, den Wanst zusammenflicken lassen, als wäre es nur ein löchriger Strumpf.

Zuerst hatte Colton so viel Brandy in die Wunde gegossen, dass ein Sumoringer davon betrunken geworden wäre, dann hatte er die Nadel erhitzt und das Fleisch mit einem Feuerzeug kauterisiert, um die Blutung zu stoppen. Alles ohne Schmerzmittel oder Betäubung. Die einzige Betäubung war der Rest auf dem Boden der Schnapsflasche gewesen. Trotzdem hatte Aaron ein paar Tage darauf einen septischen Schock erlitten und musste mit dem Hubschrauber nach Bogota ausgeflogen werden, um sich dort operieren zu lassen.

Sich im Krankenhaus den Finger nähen zu lassen war dagegen ein verfluchtes Kinderspiel.

Er war noch nicht bereit, wieder ins Haus zu gehen und sich Isobels mitleidigem Blick auszusetzen.

Er ließ langsam Luft ab, als er an dem Kühlschrank hinunterglitt und sich mit dem Rücken gegen das kühle Metall lehnte. Dann strich er mit der freien Hand über die Tätowierung an seinem linken Arm.

Vos potest conteram ferro.

Stahl kann man nicht brechen.

Oder die bestmögliche Übersetzung, die sich finden ließ.

Dina hatte ihn seit ihrem zehnten Lebensjahr mit der Idee genervt, sich zueinanderpassende Tattoos stechen zu lassen, um ihre Bindung als Geschwister und als der jeweils wichtigste Mensch im Leben des anderen zu festigen. Er fand nicht, dass sie Tätowierungen benötigten, um das zu symbolisieren, aber das spielte keine Rolle. Das erste Tattoo hatte er mit achtzehn erhalten. Eine schwarzweiße Rose – Dinas Geburtsblume – auf der rechten Schulter. Sie war gleichermaßen erfreut und eifersüchtig wie sonst was gewesen. Sein neuestes Tattoo war ein Rittersporn an der anderen Schulter, er hatte ihn sich eine Woche nach Sophies Geburt stechen lassen.

Der Rose damals hatte er mit einundzwanzig weitere Tattoos folgen lassen; zur Feier des Tages, an dem er den Gesellenbrief für das Baugewerbe bekommen hatte und an dem Dina achtzehn geworden war. Hammer und Säge bildeten auf seinem rechten Oberarm ein X, darunter stand das Datum der bestandenen Prüfung, und am anderen Oberarm prangte der lateinische Spruch *Vos potest conteram ferro.*

Dina hatte ihn begleitet, als er sich das letzte Tattoo machen ließ, und zu ihrem Geburtstag hatte er sie damit überrascht, dass er für ihr erstes Tattoo bezahlte.

Sie hatte danach denselben Spruch auf dem Brustkorb.

Ein dummer Spruch, ja, aber auch das Mantra, das sie ihr ganzes Leben lang befolgt hatten. Sie waren die Steeles. Sie waren stahlhart. Widerstandsfähig. Man konnte sie beugen, aber um sie zu brechen, müsste man sich schon ordentlich ins Zeug legen.

Nachdem sie binnen anderthalb Jahren in ihre dritte Pflegefamilie gesteckt worden waren, entwickelte Dina, die damals erst sechs gewesen war, Angstzustände, die sich nur durch den Mangel an Sicherheit und familiären Bindungen erklären ließen. Damals begann Aaron ihr jeden Abend vor dem Zubettgehen klarzumachen, dass man Stahl nichts anhaben konnte.

Er erklärte ihr die Eigenschaften von Stahl und wie sehr er Aaron und Dina glich.

Genau wie seine Schwester, die ein zäher Brocken mit harter Schale und einem Charakter war, der sich nichts bieten ließ, besaß auch Stahl ein hohes Maß Biegsamkeit, der ihn praktisch unzerbrechlich machte. Um Stahl zu brechen, brauchte es großen Druck und Kraft. Und Dina war genauso. Die Jahre im Fürsorgesystem, in denen sie nie wusste, wem sie – außer Aaron – trauen konnte, hatten sie gezwungen, schneller erwachsen zu werden, als es gut für sie war, mit dem Ergebnis, dass sie nicht schnell Vertrauen fasste, sich nicht schnell für andere Menschen erwärmte und noch länger brauchte, um Hilfe anzunehmen. Sie weinte nur selten, offenbarte ihre Verletzlichkeit ungern, es sei denn, vor Aaron. Ihre äußere Schale war fünfzehn Zentimeter dick und so gut wie undurchdringlich.

Und während Dina der Welt gegenüber immer zynischer wurde, sah sich Aaron gezwungen, sich um des lieben Friedens willen zu beugen und anzupassen. Biegsam wie Stahl. Und wann immer es nötig war, gab er den großen Bruder, Vater oder besten Freund. Gelegentlich musste er sogar die Mutter mimen und Dina Dinge wie Menstruation und Sport-BHs erklären.

So wahrte er den Frieden zwischen Dina und ihren Pflegefamilien. Wann immer Dina dichtmachte, keine Hilfe annehmen wollte oder frustriert oder verletzt um sich schlug, musste er seinen Willen, *zur Familie zu gehören*, steigern – so sehr er sich auch etwas anderes wünschen mochte.

Dinas schönste Eigenschaft, die sie mit Stahl gemeinsam hatte, waren ihre Strahlkraft und ihr Glanz. Sie kicherte jedes Mal vergnügt, wenn Aaron sie mit einer chromglänzenden Stoßstange verglich, die nach der Wagenwäsche funkelnd in der Sonne trocknete.

Dann warf sie kopfschüttelnd die roten Locken über ihr Kissen, verdrehte die Augen und nannte ihn »Doofkopp«.

»Und du bist strapazierfähig«, sagte sie. »Langlebig und widerstandsfähig gegen Verschleiß.«

Er steckte sie ins Bett. »Ich versuche es jedenfalls.« Dann zeigte er ihr die Narbe, die er sich zugezogen hatte, als er in der Schule vom Klettergerüst gestürzt war. »Hier siehst du den Verschleiß, aber noch bin ich ganz gut in Schuss.«

Sie nahm seine Hand und zog ihn an sich, bis ihre Nasen sich berührten, und gemeinsam flüsterten sie das Mantra, das sie am Leben hielt: »Stark wie Stahl, den niemand brechen kann.«

Jedes Mal sagten sie es dreimal, dann küsste er sie auf beide Wangen und auf die Stirn und sagte ihr, dass er sie lieb hatte.

Sie sagte ihm dasselbe, schloss die Augen und schlief ein, während er ihre Hand hielt. Bis er wusste, dass sie im Traumland angekommen war und von ihrer gemeinsamen Zukunft und ihrem

Leben jenseits der Pflegefamilien und ohne die Unterstützung der Fürsorge träumte.

Aaron wusste nicht, wie spät es war, als er sich endlich wieder aufrappelte. Er war auf dem Betonboden der Garage eingenickt, und sein Hintern, der Rücken und die Hüften zahlten jetzt die Zeche.

Er hatte nicht mal sein Bier ausgetrunken.

Das Bier war inzwischen warm wie Affenpisse, also kippte er es in die Wiese hinterm Haus, deckte den Grill ab und kehrte durch die Terrassentür ins Haus zurück.

Im Haus war es dunkel und still. Die Küche aufgeräumt und sauber.

War sie fort?

Panik machte sich in ihm breit, als er dachte, Isobel könnte verschwunden sein, und er rannte zum Wohnzimmerfenster auf der anderen Seite.

Ihr Auto stand noch vorm Haus.

Gott sei Dank.

Nach seiner blödsinnigen Idee, das Abendessen stehen zu lassen, knurrte sein Magen, also ging er in die Küche zurück und machte den Kühlschrank auf.

Dickköpfig, ja, aber auch vorausschauend.

Sie hatte seinen Teller unter Plastikfolie im Kühlschrank verstaut. Er nahm ihn heraus, zog die Folie ab und stellte den Teller in die Mikrowelle, dann nahm er sich ein neues Bier aus dem Kühlschrank, schraubte es auf und trank einen großen Schluck, während er darauf wartete, dass sein Steak sich erhitzte. Wahrscheinlich würde es in der Mikrowelle zäh wie Gummi werden, aber das geschah ihm nur recht. Er hatte vorhin nur einen Bissen Fleisch gekostet, doch Isobels Marinade war einfach umwerfend gewesen. Soweit er es sagen konnte, verstand die Frau sich aufs Kochen.

Das Piepsen der Mikrowelle lenkte seine Gedanken von seiner neuen Hausangestellten/Mitbewohnerin ab, er nahm sein Essen heraus und entschied sich, lieber am Küchentresen zu speisen statt am Tisch.

Nach zwei Bissen seufzte er, weil es so gut schmeckte, da ließ ihn das Weinen eines Säuglings am anderen Ende des Flurs innehalten.

Mist.

Er ließ die Gabel auf den Teller fallen und lief den Gang zu Sophies Zimmer hinunter.

Er war fast da, als das »Wiegenlied« von Brahms ihn wie angewurzelt stehen bleiben hieß.

»*Guten Abend, gut Nacht, mit Rosen bedacht, mit Näglein besteckt …*«

Er hatte gewusst, dass sie eine beruhigend schöne Singstimme haben würde.

Sie wechselte zwischen zartem Summen und dem leisen, stillen Liedtext.

Mit einem Ziehen im Herzen trat er vor und lugte in das dunkle Zimmer. Isobel stand mit dem Rücken zu ihm und wiegte sich sanft.

Als er eintrat, ließ seine mächtige Gestalt die Türschwelle knarren, so dass Isobels Körper sich versteifte und ihr Gesang verstummte. Mit Sophie auf dem Arm drehte sie sich zu ihm um.

Sofort machte Aarons Penis in seiner Hose einen Satz.

Fuck.

Isobels Schlafsachen waren, auch ohne durchsichtig zu sein, brandheiß – sie trug ein tief ausgeschnittenes schwarzes Tanktop, dazu eine blau-schwarz karierte Schlafanzughose, die ihr katastrophal tief auf den Hüften hing und eine überaus schmale, überaus sonnengebräunte Taille offenbarte, und, Allmächtiger, sah er da ein Bauchnabelpiercing?

So gut er konnte, unterdrückte er das Stöhnen, das ihm in die Kehle stieg, und lenkte den Blick auf den Fußboden, dann auf Sophies Köpfchen und schließlich auf die dunkle, leere Wand hinter Isobel.

»Ich wollte sie füttern, aber sie hatte keine Lust dazu«, flüsterte sie. »Sie wollte wohl nur auf den Arm.« Wieder begann sie sich zu wiegen und summte dasselbe Schlaflied wie zuvor.

Sophies Augen waren offen, aber schläfrig verhangen. Sie ließ alle viere hängen und gähnte unablässig.

»Dina hat dieses Lied Sophie immer vorgesungen, als sie mit ihr schwanger war. Vor dem Schlafengehen hat sie sich immer den Bauch gerieben und das ›Wiegenlied‹ von Brahms gesungen.«

Ihr Blick traf seinen, ihre Miene verriet Unbehagen. »Soll ich lieber etwas anderes singen?«

Er schüttelte den Kopf und trat einen Schritt vor, so dass er ihr Haar und die sinnliche Waschlotion riechen konnte, die sie zum Duschen verwendete. »Soph scheint es zu mögen.«

»Wollen Sie sie nehmen?«

Wieder schüttelte er den Kopf. »Nein, dazu wirkt sie viel zu zufrieden.« Um nicht in Isobels Ausschnitt zu glotzen, richtete er den Blick auf ihre verbundene Hand. Wie hatte sie damit duschen können? Er nahm ihre Hand. »Was macht der Finger?«

Sie schnitt ein Gesicht, zog die Hand aber nicht weg. »Tut weh. Puckert richtig da drin, und ich weiß auch nicht, ob es noch blutet oder nicht. Duschen war spannend. Das ging nur mit Plastikhülle, wiederverschließbarem Beutel und Gummiband.«

Sein Mundwinkel zuckte. Ganz wie MacGyver.

Dann blitzte ihr Bild vor seinem inneren Auge auf, wie sie nackt und eingeseift unter der Dusche stand, und er ließ ihre Hand fallen und wich rasch mehrere Schritte zurück.

Er war seit einiger Zeit nicht mehr mit einer Frau zusammen gewesen, ganz zu schweigen von einer so jungen und attraktiven Frau wie Isobel.

Aber das war keine gute Idee. Er benötigte ein Kindermädchen, also würde er sich keine feuchten Träume mit ihr in der Hauptrolle erlauben. Er brauchte eine Mrs. Doubtfire, keine Mary Poppins.

Er biss sich in die Wange, bis er Blut schmeckte. Mit dem Schmerz bestrafte er sich für seine schmutzigen Gedanken. Verdammt nochmal, seine Schwester war noch nicht lange tot und hatte ihre Tochter seiner Obhut überlassen, trotzdem waren die Gedanken, die ihm beim Anblick von Isobels Ausschnitt in den Sinn kamen, alles andere als rein.

Entschlossen, die Wand hinter ihr nicht aus den Augen zu lassen, räusperte er sich. »Hören Sie, wegen vorhin … es tut mir leid.«

Sie hob Sophie ein wenig höher auf den Arm, wobei sie eine Brust leider noch ein Stück weiter aus dem Tanktop drückte.

Fuck.

»Schon gut. Mir tut es leid, wenn ich etwas gesagt habe, was Sie wütend gemacht hat. Wir können auch morgen alles Weitere besprechen. Liam meinte, er würde meinen Lohn übernehmen, falls Sie nicht zahlen können. Ich sorge mich nicht darum, kein Geld zu bekommen, ich möchte bloß wissen, was Sie wollen.«

Was er wollte …

Was er wollte, war, Sophie in ihr Körbchen zurückzulegen, Isobel umzudrehen, ihr die Hose herunterziehen und sie über das Bett zu legen, um sich in der süßen Wärme ihres Körpers zu verlieren. Er wollte die letzte Woche vergessen und sich gut fühlen, auch wenn es nur vorübergehend sein würde. Er wollte sie seinen Namen schreien hören, während sie um seinen Schwanz erschauerte und der Orgasmus sie so ungestüm durchströmte, dass ihre Knie einzuknicken drohten und er einen Arm um ihre Taille schlingen musste, damit sie nicht hinfiel.

»Ich kann es mir durchaus leisten, Sie zu bezahlen«, sagte er und verschob die schmutzigen Gedanken auf einen späteren Zeitpunkt. »Liam muss nicht einspringen.«

Sie lächelte abwehrend. Sie mussten dringend ein anderes Thema anschneiden.

Ihre ausdrucksvollen blauen Augen wirkten müde, das Gähnen, das ihrem Lächeln folgte, bestätigte seinen Eindruck. Aaron war ebenfalls müde. Das behelfsmäßige Nickerchen in der Garage hatte weder seinen Energiehaushalt in Ordnung gebracht noch die Erschöpfung vertrieben. Wenn überhaupt, fühlte er sich noch ausgelaugter als vorher, und jetzt tat ihm auch noch der Rücken weh.

Isobel nahm einen von Sophies Armen und ließ ihn wie eine gekochte Nudel wieder fallen. Dann hob sie den Blick lächelnd wieder zu ihm. »Vollkommen weggetreten.« Mit langsamen, vorsichtigen Schritten ging sie zum Körbchen auf dem Bett und beugte sich darüber, um Sophie hineinzulegen. Nur dass diese Bewegung ihm ihren üppigen Hintern präsentierte und ihre Hose gerade so weit verrutschen ließ, dass sie ein kleines, diskretes – und frisch wirkendes – Tattoo an der linken Hüfte entblößte.

Aarons Jeans saßen plötzlich überaus unbequem.

Trotzdem konnte er unmöglich wegschauen. Stattdessen glotzte er auf ihren Hintern. Er glotzte auf das sieben Zentimeter große Tattoo eines Strichmännchen-Mädchens mit einem I in der Mitte ihres dreieckigen Kleidchens. Anscheinend wollte sie mit jemandem Händchen halten, lugte aber ganz allein von Isobels Hüfte.

Wer mochte die dazu passende Tätowierung haben?

So langsam ihre Bewegungen bisher gewesen waren, so rasch richtete sie sich jetzt wieder auf und trat zurück, wobei sie sich die Hose hochzog und die Tätowierung verdeckte.

»Ihr Essen habe ich in den Kühlschrank gestellt«, sagte sie leise, als sie auf den Gang hinaustraten. Da er das Babyphone noch nicht aus Dinas Wohnung geholt hatte und sie deshalb nicht wusste, ob sie Sophie durch die geschlossene Tür weinen hören würde, ließ sie sie offen stehen.

»Danke, schon gesehen und aufgewärmt. Sie fürchten sich vor Nadeln, trotzdem haben Sie ein Tattoo und ein Bauchnabelpiercing?« Die Worte platzten aus ihm heraus, bevor er sie aufhalten konnte. Nun würde sie wissen, dass er ihren Hintern und ihren Körper begafft hatte.

Sie wirbelte herum, hob ihr Tanktop und zog die Schlafanzughose so weit hinunter, dass er die ganze Tätowierung sehen konnte. Jetzt saß ihm die Jeans erst recht zu eng. »Ja, aber ich war hackedicht, als ich das gekriegt habe.«

Er zog die Brauen zusammen. »Man darf Betrunkene eigentlich gar nicht tätowieren oder piercen.«

Achselzuckend ließ sie ihre Klamotten wieder los. »Ich hab mich vorher schon damit einverstanden erklärt. Tori und ich wollten immer schon zueinanderpassende Schwestern-Tattoos, also haben wir es letzten Monat an meinem Geburtstag durchgezogen. Eine Freundin von uns lässt sich zur Tätowiererin ausbilden, sie hat uns in ihrem Studio tätowiert. Ich hab zuerst die Verzichtserklärung unterschrieben und dann Tequila gesoffen, als wäre es Wasser, bis ich sie an mich herangelassen habe, ohne um mich zu treten. Das Bauchnabelpiercing war dagegen ein Klacks. Da hab ich bloß die Augen zugemacht, und Sekunden später war alles vorbei. Das Tattoo war schon eher eine Herausforderung.«

Er nickte. »Verstehe.«

»Ich hab als Kind schlechte Erfahrungen bei einer Blutabnahme gemacht«, erklärte sie, in ihren Augen blitzte die Erinnerung an ein vergangenes Trauma auf, und in ihrem Kiefer begann unwillkürlich ein Muskel zu zucken. »Wir waren damals mit der Familie in Zentralamerika im Urlaub, und in Guatemala hat mich irgendwas gestochen. Die Krankenschwester oder wer auch immer mir Blut abnehmen wollte, konnte keine Vene finden und stach immer wieder zu und zog die Nadel dann wieder heraus, und dann, als sie gerade wieder stechen wollte, ist sie mit der Nadel ausgerutscht und hat mich richtig übel erwischt. Danach war mein ganzer Arm blau. Ich war damals kaum vier, und ich war ziemlich traumatisiert. Seitdem habe ich eine Riesenangst vor Nadeln. Heute muss man mich meist erst mal betäuben, bevor ich mir Blut abnehmen oder mich gegen irgendetwas impfen lasse.«

Aaron rieb sich den Nacken. Jetzt fühlte er sich echt beschissen, weil er sie vorhin verurteilt hatte. Manche Ängste oder Traumata blieben unerklärlich, ohne erkennbare Ursache, während andere tief in einem ganz bestimmten Ereignis unserer Vergangenheit wurzelten und uns für immer verfolgten.

Aaron hatte auch so ein Trauma – und es suchte ihn regelmäßig heim.

»Was Ihnen passiert ist, tut mir sehr leid«, sagte er schließlich. »Hört sich wirklich furchterregend an.«

Sie nickte. »Das war es auch. Und ich weiß auch, wie dumm es ist, dass ich als Frau von sechsundzwanzig Jahren immer noch Angst vor Nadeln habe, aber die Erinnerung an damals ist sofort wieder da, sobald ich sehe, wie sich jemand Gummihandschuhe überstreift und mit einer Spritze auf mich zukommt.«

Er nickte. »Verständlich.«

Sie räusperte sich. Er sah, dass das Gesprächsthema sie nicht gerade begeisterte. »Aber Sie haben auch ganz schön viel Tinte am Leib.« Das war keine Frage. Nur ein Teil seiner Tattoos schaute aus seinen Hemdsärmeln hervor. Der Rest verbarg sich auf Rücken und Schultern. Wollte sie ihn fragen, was sie zu bedeuten hatten? Er hasste es inbrünstig, wenn Leute das taten. Tätowierungen waren eine persönliche Angelegenheit, so dass ihre Bedeutung manchmal eben nicht der ganzen Welt offenstand.

Grunzend erwartete er den Ansturm ihrer Fragen.

Doch nichts geschah.

Stattdessen gähnte sie wieder und streckte sich, reckte die Arme über den Kopf und stelle sich auf die Zehenspitzen. Ein Streifen Haut am Bauch wurde sichtbar und führte ihn in Versuchung. Der Piercingring funkelte, als wollte er ihm spöttisch zuzwinkern.

Oh, fuck!

»Ich gehe ins Bett«, sagte sie und rieb sich die Augen.

Bett.

Warum nur war dieses Wort ein Weckruf für seine sämtlichen Muskeln?

Er war hundemüde. Er musste schlafen. Seine Muskeln sollten nicht munter werden, sie sollten sich vielmehr bereit machen zu ruhen.

Das liegt daran, dass du sie ins Bett bringen willst. Und gemeine, schmutzige Sachen mit ihr anstellen willst, bis die Sonne aufgeht und du dich nur noch entfernt menschlich fühlst.

Er schaute auf ihre Füße. Fuck, sogar die waren hübsch. Die Zehennägel waren hellrosa lackiert, und an zwei Zehen trug sie Ringe.

Er räusperte sich und blickte abermals auf die Wand hinter ihr.

Verdammt, was war er doch für ein Feigling.

»Okay, dann also gute Nacht.« Damit drehte er sich auf dem Absatz um und lief in die Küche zurück. Hoffentlich war sein Bier noch kalt und das Essen noch warm.

Er hatte das Steak gerade angeschnitten, als das Weinen eines Säuglings ihn aufs Neue beim Essen störte.

Er wartete, bis er hörte, wie Isobel sich in ihrem Zimmer regte und er ihren Schatten durch den Flur huschen sah, ehe er einen weiteren Bissen Steak vertilgte.

Würden sie jemals wieder Schlaf finden?

Wie machten richtige Eltern das?

Wie konnte irgendwer mehr als ein Kind haben?

Diese Fragen plagten ihn, bis er aufgegessen hatte, dann sprang er unter die Dusche, wo er Isobels nach Mandeln und Honig duftendes Duschgel auf dem Bord entdeckte. Sofort fiel ihm wieder etwas anderes ein, und während das Wasser heiß auf ihn herunterprasselte, verschaffte er sich mit seinem Schwanz in der Hand Erleichterung.

Er hoffte bei Gott, dass sein Kindermädchen morgens nicht genauso scharf aussehen würde, wusste aber zugleich, dass er fürstlich gefickt war.

Kapitel 8

Nachdem Sophie wieder in dem elastischen Tragetuch lag, hatte Isobel die Hände frei, um sich im Haus zu schaffen zu machen. Nicht, dass sie viel zu tun gehabt hätte, denn schließlich war es nicht ihr Haus, und Aaron hatte ihr auch keine Liste mit Dingen gegeben, die erledigt haben wollte, trotzdem wollte sie sich produktiv fühlen. Daher beschloss sie, das Abendessen vorzubereiten, und als sie vor seinem kleinen Kühlschrank stand, um sich inspirieren zu lassen, bemerkte sie einen Stapel Schmutzwäsche auf der Waschmaschine in der Garage und startete eine Waschladung.

Er hatte bestimmt seit einer Woche nicht mehr gewaschen.

Sie nahm an, dass er in der letzten Woche praktisch jede freie Minute im Krankenhaus zugebracht hatte, wahrscheinlich genau wie Sophies Mutter, bevor …

Lieber Gott, jedes Mal, wenn sie an Aarons Schwester dachte, tat ihr das Herz weh, und ihr traten Tränen in die Augen.

Als es leise an der Haustür klopfte, verließ sie die Stellung am Küchentresen, wo sie Salat gewaschen hatte, und tappte auf bloßen Füßen durchs Haus.

Tori hatte heute früh geschrieben und angefragt, ob sie vorbeikommen könnte, um mit dem Baby zu schmusen.

Isobel freute sich auf die Gelegenheit, ihre Schwester wiederzusehen. Tori wollte sie so vieles fragen. Vor allem, wie sie es schaffte, für einen dermaßen heißen Typen zu arbeiten, ohne sich jedes Mal, wenn er sie ansah, in eine Geleepfütze zu verwandeln.

»Hey!«, rief Tori strahlend, als sie über die Schwelle ins Haus trat. Es war erst neun Uhr am Samstagmorgen, aber die Sonne knallte bereits heiß vom Himmel herab. So war es immer in den letzten Augusttagen im schönen Seattle.

»Hey.« Isobel verkniff sich ein Gähnen und beugte sich vor, um ihrer Schwester einen Kuss auf die Wange zu drücken, den Tori zurückgab.

Toris Blick wurde weich, als sie die im Tragetuch schlummernde Sophie entdeckte. »O mein Gott, sie ist perfekt.« Sie strich leicht über Sophies flaumig behaartes Köpfchen, dann beugte sie sich über sie und roch ausgiebig an ihr. »Meine Eierstöcke …«, winselte sie. »Oje, Mark will noch ein paar Jahre warten, bis wir Kinder bekommen, dabei sage ich ihm schon dauernd, dass er auch nicht jünger wird.«

»Wenigstens ist er inzwischen mit an Bord, das war ja nicht immer so.«

»Stimmt.«

»Außerdem konzentrierst du dich gerade auf die Graduiertenschule. Und auf deinen BWL-Kursus. Wie um alles in der Welt könntest du da eine Schwangerschaft gebrauchen, ganz zu schweigen von einem Baby? Ihr wohnt ja noch nicht mal zusammen.«

»Touché. Aber das dauert nicht mehr lange. Ich will bloß noch den Kursus beenden, bevor wir zusammenziehen.«

Sie gingen in die Küche, und Tori nahm am Küchentisch Platz, von wo aus sie zusehen konnte, wie Isobel Essen machte.

»Also, ich bin hier, um mit dem Baby zu schmusen. Gib, gib, gib …« Sie streckte die Hände aus und wackelte mit dem Finger. »Wenn sie aufwacht, kann ich ihr das Fläschchen geben, ich will einfach nur kuscheln.«

Grinsend hob Isobel Sophie aus dem Tragetuch, ihr kleiner Körper war ganz zerknittert und warm. Sie wurde nicht einmal wach, als Tori sie nahm. Stattdessen streckte sie sich nur, verzog schmollend das Gesichtchen und kehrte ihre Wange dann Toris Brust zu.

»Sie ist wunderschön«, flüsterte Isobels Schwester, stand mit dem Baby auf dem Arm auf und griff nach einer leichten Decke, die über einem der Stühle hing. »Dieses perfekte Näschen.« Sie legte Sophie die Decke um, dann ließ sie sich wieder auf ihrem Stuhl nieder. »Also, raus damit, wie ist der neue Job?«

Isobel wollte gerade den Mund auftun, als die Terrassentür aufging und der schweißgebadete, brandheiße Aaron hereinkam. Das graue Tanktop war klatschnass, sein Gesicht rot gefleckt und schweißbedeckt, auch sein Haar war feucht. Er hatte Kopfhörer in den Ohren und Laufschuhe an den Füßen.

Sie hatte gedacht, er würde noch schlafen.

Sie hätte nicht weiter danebenliegen können.

Tori klappte die Kinnlade runter.

Aaron sah sie aus schmalen Augen an, dann funkelte er Isobel an. Er wollte wissen, wer zum Henker da mit *seinem* Baby auf dem Arm in *seinem* Haus saß.

Isobel lächelte so breit und beruhigend, wie sie konnte, trocknete sich an einem Geschirrtuch die Hände ab und kam hinter dem Küchentresen hervor. »Aaron, das ist meine Schwester Tori; Tori, das ist mein Boss, Aaron.« Es fiel ihr schwer, ihn nicht anzusehen. Wie das Tanktop an seinem Bauch und der Brust klebte, überließ sehr wenig der Phantasie, und seine Oberarmmuskeln und Tattoos waren deutlich zu erkennen. »Sie hat mir geschrieben und gefragt, ob sie Sophie kennenlernen darf, um ihre Baby-Sucht zu befriedigen. Sie haben hoffentlich nichts dagegen.«

Tori stand auf und streckte Aaron ihre Hand hin. »Sie haben es wirklich schön hier.«

Knurrend nahm er ihre Hand, auch wenn seine Körpersprache keinen Zweifel an seiner Abneigung ließ.

»Ich geh mal duschen«, sagte er. »Ich muss heute noch Zeug für Sophie aus Dinas Wohnung holen.« Damit lief er an ihnen vorbei und den Flur hinunter.

Tori und ihre Schwester verhielten sich still, bis sie die Dusche rauschen hörten.

»Onkel John ohne Hemd, wie er im Planschbecken hockt und triefende Chicken Wings mit Sauce verspeist«, sagte Tori endlich.

Hatte ihre Schwester der Schlag getroffen?

Isobel sah Tori an, als würde sie Chinesisch reden. »Hä?«

»Das hab ich mir immer vorgestellt, wenn ich schmutzige Phantasien über Mark hatte. Bevor wir … du weißt schon …«

Isobel verdrehte schnaubend die Augen und kehrte zu ihrem Salat zurück. »Tja, und sieh dir an, was das gebracht hat. Jetzt bist du bis über beide Ohren in deinen Chef verliebt und planst eine gemeinsame Zukunft mit ihm.«

Tori hob eine Schulter. »Ich sage bloß, dass du dich irgendwie ablenken musst, wenn dieser verflixte Sexgott dein Boss ist. Vor allem, wenn er *in dem Aufzug* im Haus herumrennt. Aber war er gestern auch schon so missmutig? Irgendwie wirkt er grantig auf mich.«

»Er hat gerade seine Schwester verloren, da ist er natürlich nicht gut drauf. Er trauert.« Bei der Erinnerung daran, wie Aaron sie gestern angefahren und sie aufgefordert hatte, dieses Wort nicht mehr in den Mund zu nehmen, stockte sie. »Ich wäre auch nicht gut drauf – verflucht, ich wäre am Boden zerstört, wenn dir etwas zustoßen würde. Ich weiß, woher das kommt, also versuche ich, etwas Abstand zu halten und ihm aus dem Weg zu gehen.«

Toris Blick verriet, dass sie verstand. »Ich wäre auch ein verdammtes Wrack, wenn dir etwas passieren würde.«

Isobel pustete einen Luftkuss in ihre Richtung.

Tori fing ihn auf.

»Aber du brauchst etwas, um dich von diesem hinreißenden Adonis abzulenken, sonst sitzt du am Ende bis zum Hals in der Scheiße.«

»Und du meinst echt, an unseren widerwärtigen Onkel John mit seinem haarigen Brustkasten zu denken, könnte helfen?«

Tori senkte den Kopf und rieb die Nase an Sophie. »Kann nicht schaden. Dann wäre er wenigstens mal für was gut.«

Isobel grinste schief. »Stimmt.«

Nach jedem großen Familienfest dankte ihre Familie dem Herrn, dass der *Eklige Onkel John* kein Blutsverwandter war. Leider hatte die Schwester ihres Vaters eine ungünstige Wahl getroffen und die Pest auch über den Rest der Familie gebracht.

Als sie hörten, wie die Dusche versiegte, drückte Tori den Rücken durch. »Und wie sind jetzt deine Arbeitszeiten? Und an welchen Tagen arbeitest du hier? Mark fährt heute Abend zum Pokern. Aaron auch? Musst du währenddessen auf Sophie aufpassen? Gabe ist heute Abend versorgt, ich hab also Zeit, wenn du frei hast und essen gehen oder dir einen Film ansehen möchtest.«

Isobel knabberte nachdenklich an ihrer Lippe, dann sagte sie: »Wir haben gestern Abend erst angefangen, über meine Arbeitsbedingungen zu sprechen, aber dann hat er sich plötzlich aufgeregt und ist davongestürmt. Aber nach dem, was er gesagt hat, will er, dass ich von Dienstag bis Samstag arbeite, auch samstagabends – damit er endlich auch zum Pokerabend fahren kann, nehme ich an. Aber Sonntag und Montag habe ich frei. Egal, davon abgesehen hat er gemeint, dass ich zwischen Mitternacht und sieben Uhr morgens nach Sophie sehen soll, wenn sie aufwacht. Ich weiß allerdings nicht, ob das auch für die Sonn- und Montage gilt.« Sie schüttelte den Kopf. »Das ist alles ein Riesendurcheinander. Ich arbeite

Zwölfstundenschichten, von sieben bis sieben, und er hat gesagt, ich soll ihm einen Gehaltsvorschlag machen.« Ihre Augen traten hervor. »Das musste ich bisher noch nie. Unangenehm.«

Tori presste die Lippen zu einem schmalen Strich zusammen. »Ja, das hört sich chaotisch an. Vielleicht ist er heute ja in einer besseren Verfassung. Gestern war vielleicht alles ein bisschen zu viel für ihn.«

Sie nickte. »Ja, ich werde ihm vorschlagen, dass ich in die Wohnung seiner Schwester fahre. Wären die Rollen anders verteilt, wüsste ich nicht, ob ich deine Wohnung jemals wieder betreten und deine Sachen durchgehen könnte.«

»Soll ich dir helfen?«

Als die Tür zum Badezimmer aufging, hätte Isobel sich unmöglich zurückhalten können. Sofort hob sich ihr Blick vom Gesicht ihrer Schwester, und sie sah zu, wie der nur mit einem Badetuch bekleidete Aaron seinen großen, feuchten Körper den Gang hinunter zu seinem Zimmer schob.

Seinen Rücken zierten noch mehr Tattoos. O mein Gott …

Erst als seine Tür zufiel, entließ sie den angehaltenen Atem.

Tori gab ein leises Pfeifen von sich. »Du weißt, dass du gefickt bist, oder?«

Isobels Blick fiel auf ihren Salat. »Und ob.«

Als Isobel das Tragetuch an Aarons Rücken befestigte, achtete sie sorgsam darauf, unter seinem frisch gewaschenen männlichen Duft oder der von seinem Körper ausgehenden Hitze nicht allzu sehr ins Wanken zu geraten. »Machen Sie ruhig mit Soph einen Spaziergang. Tori und ich kümmern uns derweil um alles andere, okay?«, sagte sie und vermied es, nach Luft zu schnappen, als Aaron sich umdrehte. Der tiefe Schmerz in seinem Blick weckte in ihr den

Wunsch, alles Menschenmögliche zu tun, um ihn von seinem Leid zu befreien.

Er hatte seinen Bart getrimmt und so weit gestutzt, dass sich nun nur noch ein kurzer Bartschatten an das wie gemeißelt wirkende Kinn schmiegte.

Sie unterdrückte den Impuls, in Ohnmacht zu fallen. Sie standen vor dem Haus, in dem Dina gewohnt hatte, und Aaron benahm sich seit ihrer Ankunft ganz besonders reizbar und griesgrämig.

»Wenn wir hier fertig sind, schicke ich Ihnen eine Nachricht, dann können Sie sich auf den Rückweg machen«, sagte Isobel und trat einen Schritt von Aaron zurück.

Er nickte, dann küsste er Sophie auf den Kopf. »Und es wird ihr nichts ausmachen? Ihr wird nicht zu heiß?«

»Sie trägt eine Windel und einen Einteiler. Das müsste hinkommen. Wenn ihr trotzdem zu heiß wird, können Sie ihr das Tuch von den Beinen ziehen. So …« Sie zeigte es ihm. »Oh, das hätte ich fast vergessen: Das hier lag noch auf dem Rücksitz in meinem Wagen. Von meinem letzten Kind.« Sie setzte Sophie einen großen, gelben Sonnenhut auf den Kopf. »Der ist ein bisschen zu groß, aber bis wir einen anderen besorgt haben, wird er genügen.«

Sein Lächeln war schmallippig. »Danke.«

Ihr Kopf wippte auf und ab. »Gern geschehen.«

An der Straße schlug eine Autotür zu und lenkte ihre Aufmerksamkeit voneinander ab. Sekunden später kam Tori den Weg herauf, gefolgt von Mark, dem umwerfend aussehenden Arzt, mit dem sie zusammen war.

»Ich hab Verstärkung mitgebracht«, rief sie. »Gabe ist für die nächsten Stunden bei Marks Mom. Mark kann also entweder mit anpacken, oder er …« Ihr Blick flog zwischen den beiden Männern hin und her.

Oder er kann auf Aaron aufpassen.

»Ich brauche keinen Babysitter«, grollte Aaron.

Mark verpasste ihm einen freundlichen Schlag auf den Rücken. »Hab ich auch nie behauptet. Aber wie wäre es mit einem Freund? Wie wäre es mit einem Kerl, der die Säuglingszeit überstanden hat und alleinerziehender Vater ist? Ich bin eine Quelle unversiegbaren Wissens.« Er grinste breit und jungenhaft.

Tori verdrehte die Augen. »Und kein bisschen bescheiden.«

»Nicht sehr weit von hier gibt es eine Sportbar, und auch wenn der Besitzer es nicht gerade hinausposaunt, gibt es dort einen kleinen Bereich, in dem auch Kinder zugelassen sind. Der Besitzer gehört zu den Single Dads, aber aus freien Stücken.« Mark schüttelte ungläubig den Kopf. »Er hat ein Baby von einer Leihmutter. Süßes kleines Ding. Willow. Wir könnten da ein Bier trinken, auf den Verkehr draußen starren und kein verfluchtes Wort miteinander wechseln. Wie hört sich das an?«

Aarons harter Blick wurde ein klein wenig weicher, dann wandte er sich ab und setzte sich in Bewegung. »Na schön, aber Sie geben mir einen aus.«

Marks Grinsen wurde jetzt sogar noch breiter, seine grünen Augen blitzten verschmitzt in der Sommersonne. »Der Mann gefällt mir.« Er verfiel in einen stetigen Galopp, um zu Aaron aufzuschließen.

Isobel wandte sich Tori zu und legte ihrer Schwester eine Hand auf die Schulter. »Danke.«

Tori zuckte die Schultern, dann gingen die beiden auf den Eingang zu Dinas Wohnhaus zu. »Ich glaube, auch wenn Aaron sagt, dass er lieber allein sein möchte, will er das eigentlich gar nicht. Und Mark hat das alles schon hinter sich. Auch wenn ich das vor ihm niemals zugeben würde, ist er tatsächlich ein Quell des Wissens.«

Isobel schloss die Haustür auf, und sie näherten sich dem Aufzug.

»Ja, das Ego deines Freundes ist so schon groß genug. Da musst du ihm nicht noch mehr Flausen in den Kopf setzen.«

Sie betraten den Aufzug.

Isobel spürte, wie die Hand ihrer Schwester ihre streifte, und sie verschränkten die Finger miteinander. Tori drückte ihre Hand, und Isobel erwiderte den Händedruck.

»Danke, dass du mitgekommen bist. Ich konnte mir nicht vorstellen, wie Aaron das hier allein machen sollte, aber ich habe mich auch nicht gerade darauf gefreut, herkommen zu müssen. Ich habe die Frau ja nicht gekannt, aber ich kenne zwei wichtige Familienmitglieder, und ich weiß, dass ihr Tod ein gewaltiges Loch in ihr Leben gerissen hat.«

Wieder drückte Tori ihre Hand. »Du bist ein erstaunlicher Mensch, Iz. Du hast ein riesengroßes Herz und bist eine phantastische Freundin. Ich hoffe bloß, Aaron erkennt das auch, wenn sich der Trauernebel ein wenig lichtet. Ich möchte nämlich nicht, dass du verletzt oder ausgenutzt wirst.«

Ich auch nicht.

Die Fahrstuhltüren glitten zur Seite, und die beiden traten, sich an den Händen haltend, auf den Gang hinaus. Dinas Wohneinheit lag ein paar Türen weiter den Korridor hinunter. Vor Nummer 409 blieben sie stehen.

»Bereit?«

Isobel steckte den Schlüssel ins Schloss, drehte ihn um und schob die Tür auf. »Nein.«

»Ich auch nicht.«

Dann gingen sie hinein.

Kapitel 9

»Das scheint der Letzte gewesen zu sein«, sagte Mark, wischte sich die Hände an seiner Khakishorts ab und lehnte sich gegen Aarons schwarzen Truck. »Braucht ihr Hilfe, um das alles zu Hause wieder abzuladen?«

Aaron schüttelte den Kopf und hob gegen die gleißende Sonne die Hand vor die Augen. »Nein, wir kommen schon klar. Danke.« Zum ersten Mal seit einer gefühlten Ewigkeit, die in Wirklichkeit erst eine Woche andauerte, tat ihm das Herz nicht mehr annähernd so weh wie bislang. Mit Mark auf der Terrasse der Prime Sports Bar and Grill zu sitzen war wie eine Therapie gewesen.

Und dass Mason, der Besitzer der Bar, ebenfalls ein frischgebackener Vater war, kam noch erleichternd hinzu, denn als Sophie die Geduld verlor und herumzufuchteln begann wie ein Ameisenbär im Erdboden, rannte Mason nach hinten in sein Büro und holte ein Milchfläschchen.

»Man kann nie gut genug vorbereitet sein«, sagte er grinsend. »Und wir Väter müssen zusammenhalten.«

Mark hatte sich angeboten, Sophie zu füttern, so dass Aaron in Ruhe sein Steak-Sandwich aufessen konnte.

»Kommen Sie heute Abend zum Pokern?«, fragte Mason und drückte seine neugeborene Tochter Willow an seine Brust. »Meine Mutter passt ein paar Stunden auf Willow auf, deshalb kann ich mich verziehen.« Er gähnte. »Ich muss schon sagen, auch wenn es immer heißt, dass nichts besser ist als Stillen und so, hat Ersatzmilch doch gewisse Vorteile. So kann jeder mein Baby füttern, und ich habe etwas mehr Freiheit.«

»Ersatzmilch rettet Leben«, sagte Mark und neigte das Fläschchen für Sophie ein wenig höher.

»Wohl wahr«, stimmte Mason ihm zu und legte sich Willow zurecht. Sein neues Tattoo am linken Unterarm, neu zumindest verglichen mit den älteren, verblassten Tätowierungen am anderen Arm, verkündete hell und glänzend *Willow*. Nun wandte er sich Aaron zu. »Also, Poker?«

Aaron wischte sich mit der Serviette den Mund, dann antwortete er: »Heute Abend nicht. Aber bald. Ich bin momentan nicht besonders gesellig, aber mir ist auch klar, dass ich kein Einsiedler werden darf. Schließlich muss ich Freunde für Sophie finden.«

Die beiden anderen Männer schnaubten.

»Das kommt schon noch. Nehmen Sie sich einfach einen Tag nach dem anderen vor«, gab Mark zurück. »Die Einladung steht jedenfalls.«

Aaron nickte. »Danke. Ich behalte es im Hinterkopf.«

»So, jetzt ist sie gefüttert, gewickelt und angeschnallt«, sagte Isobel und holte Aarons Gedanken damit ins Hier und Jetzt und zu dem Umstand zurück, dass sie zu viert auf dem Gehweg vor Dinas Haus standen. Sophies Sachen, darunter das Kinderbettchen, die Kommode sowie Kleidung und Spielzeug, waren samt und sonders auf der Ladefläche von Aarons Truck verstaut.

Tori rieb Marks Rücken und sah so liebevoll zu ihm auf, dass jeder zufällige Passant sofort erkannt hätte, dass sie verrückt nacheinander waren. »Abfahrbereit?«

Er wackelte mit den Augenbrauen. »Klar, aber ich denke, ich werde mein Mädchen noch auf ein Eis einladen, ehe wir zurückfahren und Gabe einsammeln.«

Toris blaue Augen leuchteten auf. »Wie wäre es mit italienischem Eis?«

Aaron musste nicht hinsehen, um zu wissen, dass Mark Tori gerade in den Hintern gekniffen hatte.

»Für dich tu ich doch alles, mein Schatz«, schnurrte Mark förmlich.

Aaron widerstand dem Drang, eine angewiderte Grimasse zu schneiden, und schaute stattdessen einfach weg. Aber das bedeutete, dass sein Blick auf Isobel fiel, die sich angesichts des romantischen Wechselspiels zwischen ihrer Schwester und Mark ebenfalls nicht wohlzufühlen schien.

Interessant.

»Ruf mich an, wenn du was brauchst«, sagte Tori, beugte sich vor, umarmte ihre Schwester und küsste sie auf die Wange, bevor sie sich wieder von ihr löste. Dann wandte sie sich an Aaron. »Dasselbe gilt für Sie. Wenn Sie irgendwas brauchen, geben Sie einfach Laut.«

Es fiel ihm schwer, doch er zwang sich, zu lächeln und ihr zu danken.

Mark und Tori schlangen die Arme umeinander und gingen über den Gehweg zu seinem Wagen, wobei seine Hand vorwitzig den Weg in die Gesäßtasche ihrer Jeans fand.

Isobel stieß die Luft aus. »Die zwei verhalten sich wie Teenager.« Sie öffnete die Beifahrertür von Aarons Truck und kletterte hinein.

Er ging zur Fahrertür und setzte sich hinters Lenkrad. »Wie lange sind sie schon zusammen?«

Warum zum Henker interessierte ihn das? Warum fragte er sie danach?

»Sie arbeitet jetzt seit Januar für ihn, aber ich glaube, sie haben erst Februar oder März angefangen, miteinander zu schlafen. Irgendwann im März haben sie es *exklusiv* und *offiziell* gemacht, glaube ich. Es gab damals jedenfalls ein Riesentheater.«

Aaron hasste die Neugier, die die Frage, wie die beiden ihre ›Arbeitsbeziehung‹ handhabten, in ihm weckte, war jedoch nicht so dumm, sie auch noch zu stellen.

»Hungrig?«, fragte er, als er den Truck startete. Essen schien ihm ein geeigneteres Gesprächsthema als Sex und Beziehungen zu sein.

Teufel noch mal, *absolut alles* war ein geeigneteres Gesprächsthema als Sex und Beziehungen.

»Am Verhungern. Aber haben Sie nicht gerade erst was gegessen?«

»Ich kann immer essen.« Er zuckte die Achseln.

Vor allem, weil er die ganze letzte Woche kaum etwas gegessen hatte. Daher musste er jetzt Kalorien nachlegen.

Sie verrenkte sich den Hals, um sich nach dem Rücksitz umzuschauen. »Sophie schläft.«

Er sah sich im Rückspiegel nach dem am Kindersitz angebrachten Spiegel um. Wahrhaftig, seine kleine Nichte befand sich wieder im Traumland, mit schmollend aufgeworfener Schnute sägte sie Holzscheite. »Lust auf Burger?«, fragte er, stoppte vor einer roten Ampel und orientierte sich. Ein paar Blocks von hier gab es einen ganz anständigen Burgerladen, wo man gottlob auch vom Wagen aus bestellen konnte.

Sie machte ein unverbindliches Gesicht. »Burger wären okay.«

Als die Ampel umschlug, bog er scharf rechts ab. Kurz drauf gelangten sie zu Ralph's Burger Barn und reihten sich vor der Essensausgabe ein.

»Und was wollen Sie?«, fragte er und bedauerte den schroffen Tonfall im selben Moment, als es raus war.

Sie lehnte sich über die Mittelkonsole, um das Angebot zu studieren. Es entging ihm keineswegs, dass ihr Körper und der unglaubliche Mandel-Vanille-Duft ihm so viel näher kamen – und seinem Penis entging es auch nicht.

Fuck.

»Ich nehme den Sesam-Thunfisch-Burger mit Süßkartoffel-Fritten«, sagte sie und setzte sich wieder auf ihren Platz.

»Thunfisch?«, fragte er und sah sie angewidert an.

»Ich hatte gestern rotes Fleisch, das ich nicht häufiger als einmal pro Woche zu essen versuche. Und Fisch hatte ich schon länger nicht mehr.« Sie sah aus dem Fenster und schenkte seiner unverhohlenen Missbilligung keinerlei Beachtung.

Aaron fuhr kopfschüttelnd zur Gegensprechanlage und gab ihre Bestellung durch.

Im Nu waren sie wieder auf der Straße und fuhren schweigend weiter, wie es Aaron am liebsten war, doch zum ersten Mal, seit Isobel in sein Leben getreten war, hieß er die Stille nicht willkommen. Sie hatte heute entschieden mehr getan, als ihr Job vorsah – und gestern eigentlich auch schon –, und dabei unausgesetzt seine schlechte Laune ertragen. Sie verdiente mehr als sein Knurren und seine kalte Schulter.

Er wusste bloß nicht recht, wie er ein Gespräch anfangen sollte. Hatte er den Weg dorthin mit seinem früheren Gebaren verstellt? Gab es überhaupt eine gemeinsame Grundlage für ein platonisches, freundschaftliches Verhältnis?

Irgendwie fühlte es sich für ihn leichter an, sich ihr gegenüber kurzangebunden und verschlossen zu geben, denn tief im Innern hätte er am liebsten ihren dunklen Pferdeschwanz gepackt, ihre blauen Augen gen Himmel gekehrt und seinen Mund brutal auf ihren gepresst. Gab es für ihn einen Mittelweg zwischen Wut und dem Wunsch, sie zu vögeln?

Aber mit Mittelwegen hatte er sich noch nie ausgekannt.

»Wie hätten Sie es gern?«, brach sie das Schweigen, während er den Truck durch den Verkehr lenkte. »Ich hab Essen vorbereitet, das nur noch auf den Grill muss. Salat ist fertig. Hühnerbrust mariniert. Ich denke, da es jetzt schon vier ist, könnten wir spät zu Abend essen.« Sie kehrte ihm das Gesicht zu. »Aber ich meine, das kann auch noch bis morgen warten, und die Burger sind unser Abendessen. Wenn wir später noch mal Hunger bekommen, gibt es noch eine Kleinigkeit.«

Aaron grunzte und nickte einmal kurz. Das hörte sich prima für ihn an. Er aß sowieso, wenn er hungrig war, nicht wenn die Uhr es ihm befahl.

»Würden Sie gern das Kinderbett zusammenbauen, während ich mich um Sophie kümmere, oder wollen Sie lieber noch etwas mehr Zeit mit ihr verbringen, und ich setze das Bettchen zusammen?«, fragte Isobel und reckte den Hals, um sich nach der Rückbank umzusehen. Aaron sah im Rückspiegel und in dem Spiegel vor Sophie, dass bei ihr immer noch alle Lampen aus waren.

»Das Bett baue ich zusammen«, brummte er, froh, dass sie ein Gespräch angefangen hatte, aber ohne genau zu wissen, wie viel Geschmack er daran fand. »Das ist Männersache.«

Sie gab einen Kehllaut von sich, dann wandte sie sich ihm zu. »Diesen frauenfeindlichen Standpunkt geben Sie besser ganz schnell auf, Freundchen. Schließlich erziehen Sie ein kleines Mädchen, das lernen sollte, dass es so etwas wie *Männer-* oder *Frauensache* überhaupt nicht gibt.« Sie schüttelte den Kopf. »Fuck, selbst wenn Sophie ein Junge wäre, sollten Sie ihm beibringen, dass es nichts gibt, was Mädchen nicht können.« Wieder hielten sie vor einer roten Ampel. Er warf ihr einen Blick zu. Jetzt war sie sauer. In ihren strahlenden Augen loderte Zorn, Hitze rötete ihre Wangen. Sie sah ganz so aus, als wollte sie ihm jede Sekunde die Drosselvene herausreißen.

Himmel, ihre Wut war ganz schön leicht zu entfachen.

Kapitulierend hob er die Hand. Das Letzte, was er jetzt brauchte, war eine stinksaure Feministin. »Sorry, sorry, so habe ich das nicht gemeint. Fuck.« Er fuhr sich mit den Fingern durchs Haar. »Ich wollte nicht die Feministin in Ihnen wütend machen.«

Hörte er da ein Knurren?

Ja, er war ziemlich sicher, dass sie ihn anknurrte.

»*Die Feministin wütend machen*? Verdammt, wollen Sie mich jetzt auf den Arm nehmen? Jeder gottverfluchte Mensch auf dieser Welt müsste Feminist sein. Es geht bei Feminismus nicht um weibliche Überlegenheit, sondern um Geschlechtergerechtigkeit. Dass Sie nichts tun können, was ich nicht auch könnte. Um gleichen Lohn für die gleiche Arbeit und um Chancengleichheit.« Schnaubend verschränkte sie die Arme vor der Brust. »In welchem Jahrhundert leben Sie, Kumpel?« Sie sah aus dem Fenster. »*Die Feministin wütend machen*. Tja, die haben Sie jetzt todsicher wütend gemacht.«

Heilige Scheiße. Eine unangenehme Hitzewelle brauste durch seinen Körper, nicht bloß aus Scham, sondern auch aus Furcht, er könnte sie dermaßen sauer gemacht haben, dass sie ihn sitzen ließ.

Er durfte sie nicht verlieren. Das durfte einfach nicht passieren.

»Ich habe lediglich gemeint, dass ich das Bett gebaut habe, also kann ich es auch wieder zusammensetzen.«

Sie machte ein spöttisches Geräusch, verschränkte die Arme so fest unter der Brust, dass ihr Ausschnitt verrutschte. »Blödsinn, Sie rudern jetzt bloß zurück. Ich habe das Bett auseinandergenommen, da werde ich das Ding wohl auch wieder zusammensetzen können. Sie werden besser schleunigst Feminist, sonst werden Sie erleuchtet, und wie das geschieht, wird Ihnen nicht gefallen.«

Er schluckte. »Tut mir leid.«

Wieder schüttelte sie frustriert den Kopf und deutete auf die Straße. »Es ist grün. Fahren Sie!«

Er räusperte sich und nickte. Es kam ihm vor, als hätte er soeben nicht nur einen Nackenschlag kassiert, sondern auch noch gründlich den Hintern versohlt bekommen.

»Ach, und noch was …«

Oh, verflucht. Er gab sich alle Mühe, nicht die Augen zu verdrehen und sie stattdessen auf die Straße gerichtet zu halten.

»Es gibt genau *drei* Dinge, die ein Mann einem Jungen, aber keinem Mädchen beibringen kann.« Aus dem Augenwinkel sah er die drei ausgestreckten Finger ihrer Hand. »Drei.«

Sie verstummte kurz. Wartete sie darauf, dass er sie fragte, welche drei Dinge sie meinte? Wollte er das überhaupt wissen?

Aber Gott sei Dank wartete sie seine Frage nicht ab, sondern begann sie an ihren Fingern abzuzählen. »Als da wären: im Stehen pinkeln, wie man sich unter der Vorhaut wäscht und wie man aufwächst, ohne ein potenzieller Vergewaltiger zu werden. Alles andere, und damit meine ich *alles andere,* können Sie einem Mädchen genauso beibringen.«

Potenzieller Vergewaltiger?

Er nickte, die Straße fest im Blick. »Okay, es tut mir leid. Ich. Ähm, ich habe mich geirrt. Es gibt so etwas wie Männersachen gar nicht. Ich werde mich für Sie und für Sophie bessern.«

»Ist das ein Versprechen?«, fragte sie, ein wenig milder gestimmt, aber nicht vollends besänftigt. Wieder kamen sie zu einer roten Ampel. Er drehte den Kopf und betrachtete ihr Profil, bis sie zu ihm herumfuhr. »Nun?«, fragte sie und hob eine Augenbraue.

Er nickte abermals. »Und wie, absolut ein Versprechen. Ich gelobe Besserung.«

In ihrem Blick flackerte Triumph. »Gut.« Sie schaute nach vorne. »Die Ampel ist grün.«

Er richtete den Blick wieder nach vorne, warf ihr dann aber noch einen Seitenblick zu, als er darauf wartete, dass der Wagen vor ihnen nach links abbog. »Vergeben Sie mir?«

Ihre schmalen Augen verrieten ihm, dass sie ihre Möglichkeiten abwog. »Ja, aber ich will aus Ihrer Kauleiste keinen weiteren chauvinistischen Blödsinn mehr hören.« Sie warf einen Blick nach hinten. »Insbesondere nicht vor Sophie.«

Er atmete auf, als sie gerade in seine Einfahrt einbogen. »Niemals wieder.«

Sie stieß die Beifahrertür auf, noch ehe der Truck ganz stand. »Gut, und jetzt verbringen Sie etwas Zeit mit Ihrer Nichte. Weil *ich* jetzt nämlich das Bett aufbauen gehe.« Damit lief sie zur Ladefläche, ließ die Klappe herunter und begann Sachen herunterzuheben. Aaron saß noch hinter dem Steuer, starrte die Garage an und verarbeitete die letzten fünf Minuten, als er sie auch schon mit voll beladenen Armen auf die Haustür zuhalten sah.

Da drehte sie sich zu ihm um, erneut funkelte Wut in ihrem schönen Gesicht. »Zackzack.«

Zackzack.

Noch nie hatte eine Frau so mit ihm geredet. Keine Frau außer Dina jedenfalls. Und nicht mal Dina hatte ihm so den Arsch aufgerissen wie Isobel.

Die Frau hatte Feuer. Nicht nur eine einzelne flackernde Kerze auf einer Geburtstagstorte. Nein, sie war so unaufhaltsam, erbarmungslos und ungestüm wie ein Waldbrand.

Sie war nicht temperamentvoll, nein, dieses Wort wurde einer Frau wie ihr nicht gerecht.

Sie war eine Naturgewalt, mit der man rechnen musste. Sie steckte seinen Bockmist weg, zeigte ihm aber auch, wo der Hammer hing. Und Frauen, die beides draufhatten, waren rar gesät. Er konnte sich ohne Weiteres vorstellen, wie Dina die Faust gereckt und sie abgeklatscht hätte.

Isobel, warmherzig und sanftmütig, aber auch eine Kämpferin, wurde für ihn zu einem attraktiven Gesamtpaket.

Nun öffnete er die Wagentür, stieg aus und sah sie vor der Eingangsstufe stehen.

»Sie haben die Schlüssel«, rief sie ihm zu, Ärger ging in Wellen von ihr aus. »Zackzack.«

Zackzack.

Als er sich näherte, ließ er, um sein Grinsen zu verbergen, den Kopf hängen.

Und da fiel es ihm auf: Zum ersten Mal seit über einer Woche musste er sich nicht zwingen zu lächeln. Stattdessen versuchte er das Lächeln zu verbergen, und das alles nur, weil eine Frau, die er kaum kannte, ihn in vierundzwanzig Stunden so viel über Freundlichkeit, Mitgefühl und Feminismus gelehrt hatte, wie er zuvor in achtunddreißig Jahren nicht gelernt hatte.

»Lecken Sie Ihre Wunden?«, fragte sie, die Schärfe war jetzt fast vollständig aus ihrer Stimme verschwunden.

Er hob den Kopf und genoss ihren herausfordernden Blick. »So was in der Art.«

Sie zog die Stirn kraus, neigte den Kopf zur Seite und musterte ihn. Besorgnis erfüllte ihren Blick, wo vorhin noch Wut und Ärger geherrscht hatten. »Sie wirken verändert. Alles gut?«

Du meinst, abgesehen von der verbalen Tracht Prügel, die du mir eben verabreicht hast?

Er langte um sie herum, schloss auf, ließ sie aber nicht aus den Augen. Sein Lächeln war breit und aufrichtig. »Ja, ich glaube, es wird tatsächlich alles gut.«

Kapitel 10

Fünf Wochen nach dem Beginn der neuen Regelung hatten Aaron, Isobel und Sophie sich dankenswerterweise ein Stück weit an den gemeinsamen Alltag gewöhnt.

Sophie erwies sich als ein überaus pflegeleichtes und umgängliches Baby, wie Mason und Mark bestätigten, auf deren Kinder beides anscheinend nicht zutraf. Wenigstens hatte Aaron das behauptet, als er mit breitem, dreistem Grinsen im Gesicht vom Pokern zurückkam.

Isobel war müde, hatte jedoch gewusst, dass damit zu rechnen sein würde; außerdem hatte sie nun eine klare Vorstellung davon, wie es ihr irgendwann mal als Mutter eigener Kinder ergehen würde.

Es war der letzte Tag im September. Die erste Monatshälfte war glühend heiß gewesen, doch als Isobel an diesem Mittwochmorgen die Jalousien öffnete, sah sie einen bedeckten Himmel, und ihr Handy meldete angenehme 18 Grad Celsius.

Die Glocke des Lilac & Lavender klingelte, als Isobel mit dem Fuß die Restauranttür aufstieß und den großen, schicken Laufkinderwagen hindurchrollte.

Da die Mittagszeit bereits vorüber war, saß nur noch eine Handvoll Leute in dem kleinen Gastraum.

»Bin gleich bei Ihnen«, rief eine vertraute Stimme aus dem Hintergrund.

»Lass dir Zeit«, rief Isobel zurück und bestaunte mit großen Augen das dekadente Konfekt und die Nachspeisen in der Glasvitrine neben der Registrierkasse.

»Iz, bist du das?« Ein dunkler Lockenkopf erschien in der Türöffnung. Paige lächelte, ihre goldbraunen Augen funkelten. »Wurde auch Zeit, dass du mal wieder auftauchst.« Sie kam um die Ladentheke herum und drückte Isobel. »Ich kann dir gar nicht genug für das wunderschöne Logo danken. Wir werden mit Komplimenten dafür förmlich überhäuft.« Sie deutete auf das kürzlich an der Eingangstür angebrachte Logo.

Isobel bemerkte, dass besagtes Logo – zwei Lavendelzweige und ein nach unten geneigter Fliederbusch über dem Schriftzug *The* L&L Bistro – auch links oben auf Paiges Kochjacke gestickt war. »Ich freue mich sehr, dass es dir gefällt.«

Paige strahlte übers ganze Gesicht. »Ich liebe es.« Dann klatschte sie in die Hände. »Gut, dann wollen wir dir mal den Bauch füllen. Natürlich auf Kosten des Hauses, wie versprochen.«

Isobel lächelte, im selben Moment knurrte ihr Magen.

Da ließ sich hinter ihnen abermals die Türglocke vernehmen.

Wieder lächelte Paige und verdrehte die Augen. »Wie immer?«

Isobel drehte sich um und sah eine schöne Frau mit sandfarbenem Haar im Ballettdress, die indes ein wenig kränkelnd wirkte. »Du kennst mich. Und von dem Ingwer-Eistee, bitte.«

Paige nickte und kehrte in die Küche zurück.

Die Nachzüglerin schnitt ein Gesicht und ließ sich auf dem nächsten Stuhl nieder. »Nach dem Essen müsste die Morgenübelkeit vorbeigehen, nicht?«

Isobel lächelte mitfühlend. »Oh, verflixt, das tut mir leid. Aber herzlichen Glückwunsch.«

Der Blick der Frau flog von Isobels Gesicht zum Kinderwagen. Dann stand sie auf und betrachtete die schlafende Sophie. »Wie alt?«

»Drei Monate, glaube ich.«

Die Augen der Frau wurden schmal. »Sie wissen nicht, wie alt Ihr Baby ist?«

Paige kam zurück. »Das ist nicht ihr Baby, sondern Aarons. Besser gesagt, Aarons Nichte.« Sie reichte der Frau ein großes Glas Ingwer-Eistee. »Das ist Toris Schwester, Isobel.«

Die Fremde nickte, nahm wieder auf dem Stuhl direkt am Eingang Platz und trank einen großen Schluck Eistee.

»Ich bin das Kindermädchen«, bekräftigte Isobel. »Sie ist am einundzwanzigsten Juli zur Welt gekommen, allerdings vier Wochen zu früh, ihr berichtigtes Alter liegt bei ungefähr acht Wochen.« Sie nahm die Finger zur Hilfe. »Ja, achteinhalb Wochen. Sorry.«

Paige wandte sich Isobel zu. »Iz, das ist Violet, Adams Freundin und Mitchs Schwester.«

Ah, gut, jetzt fügte sich alles zusammen. Sie hatte von all diesen Leuten gehört, kannte aber nur ein paar von ihnen.

Als die Türglocke abermals klingelte, worauf sich die drei Frauen umwandten, kam Tori mit Gabe im Schlepptau hereingeschlendert. »Hey, wird das ein Treffen Gleichgesinnter? Der besseren Hälften?«

Gabe lief sofort nach hinten, wo ein kleiner Tisch mit Spielsachen aufgestellt war, und machte sich daran, rote Bauklötze zu stapeln. Tori setzte sich Violet gegenüber. »Macht das Baby noch Kummer?«

Violet nickte und wischte sich mit dem Handrücken über den Mund. »Ich finde keinen Moment Ruhe. Ich fühle mich rund um die Uhr wie seekrank.«

Paiges Gesicht bekundete vollstes Verständnis. »Ja, so ging es mir auch, als ich mit Mira schwanger war. Ein verfluchter Horror. Ich wette, es wird ein Mädchen.« Damit beugte sie sich vor und nahm etwas sündhaft köstlich Aussehendes aus der Vitrine, legte es auf einen Teller und trug es zu Violet. »Einmal Karamell-Apfel-Krapfen.«

Violet lächelte sie an. »Danke.«

»Ist es okay, wenn ich mich freue, dass du dick wirst?«, fragte Tori, stand wieder auf und stieß Isobel spielerisch mit der Hüfte an, als sie vorbeiging, um einen Blick in die Vitrine zu werfen.

Violet fiel über den Krapfen her, während ihr Blick alles sagte, was sie nicht aussprechen konnte.

Paige brach in Lachen aus. »Ich muss gestehen, ich freue mich auch darauf, wenn dieser perfekte Tänzerinnenkörper kugelrund wird.«

Violet schluckte. »Ihr zwei seid echte Zicken.«

Tori deutete auf etwas Interessantes in der Vitrine. »Hast du noch ein paar von den Flieder-Churros?« Ihre Augen wurden groß und wirkten hungrig. »Die sind immer schon aus, wenn ich herkomme.«

Paige wackelte vielsagend mit den Augenbrauen. »In der Annahme, dass du und Gabe vorbeischauen würdet, habe ich ein paar davon zur Seite gelegt.« Sie legte die Churros auf einen Teller und schob ihn über die Theke.

Tori kicherte entzückt, griff sich den Teller, lief wie ein Eichhörnchen mit seinen Nüssen zu Violets Tisch zurück und biss ein Riesenstück ab. Dann schloss sie seufzend die Augen. »Die sind fast besser als Sex.« Sie schlug die Augen wieder auf. »Wohlgemerkt fast, denn etwas Besseres als Sex mit Mark gibt es überhaupt nicht.«

Violett leckte Karamell von ihrem Daumen. »Ich kann momentan nicht mal an Sex denken. Ich fühle mich viel zu abstoßend dafür.« Ihr Blick flackerte, dann richtete sie ihn auf Paige. »Ich will eigentlich auch nicht hören, wie explosiv der Sex mit meinem Bruder ist. Mir reicht sein Grinsen, wenn er heimkommt. Weitere Einzelheiten benötige ich nicht.«

Paige biss sich auf die Lippe. »Nun ja, da du mit meinem Ex-Mann schläfst ...«

Violet rülpste leise, ihr Gesicht nahm eine beunruhigend puterrote Färbung an. »Nein, zurzeit nicht.«

Isobels Blick war die ganze Zeit zwischen den drei Frauen hin und her gesprungen. Tori hatte sie ansatzweise über das aus Paige, Violet, Adam und Mitch bestehende Gespinst aufgeklärt, doch ihm unmittelbar ausgesetzt zu sein, bescherte ihr einen Brummschädel.

»Was kann ich dir bringen?«, fragte Paige und lenkte Isobel damit von dem in ihren Gedanken wuchernden Stammbaum ab. »Deine Schwester hat den letzten Churro mit kandiertem Flieder bekommen, ich habe aber noch ein paar mit Lavendel, außerdem Lavendel-Scones, Sfogliatelle und Sandkuchen-Cupcakes mit weißer Schokolade.«

Isobel lief das Wasser im Mund zusammen. »Ich kann mich nicht entscheiden. Das hört sich alles ganz wunderbar an.«

»Ich kann dir auch was Herzhaftes machen. Da oben hängt die Menütafel. Such dir was aus.«

Ihr Magen knurrte, als sie »Garnelen-Taco mit Ingwer und Zitronengras und hausgemachtem Apfelkrautsalat« las. »Ich nehme einen Garnelen-Taco«, sagte sie rasch, bevor sie es sich anders überlegen konnte oder wegen ihrer Unfähigkeit, sich zu entscheiden, riskierte, vom Schlag getroffen zu werden. Normalerweise fiel ihr die Auswahl leichter. Dann schloss sie einfach die Augen und überließ die Entscheidung ihrem Zeigefinger.

Paiges Augen leuchteten. »Ausgezeichnete Wahl. Ich bin gleich wieder da.«

»Nimm dir einen Stuhl«, sagte Tori und schob sich den letzten

Bissen Churro in den Mund. Sie rückte einen Stuhl zurecht, und Isobel rollte den Kinderwagen heran und setzte sich.

»Wolltest du Gabe nichts davon abgeben?«, fragte sie und sah hinter sich, um sich zu vergewissern, dass es Gabe in der Spielecke gut ging. Sein Turm aus Bauklötzen hatte jedenfalls eine eindrucksvolle Höhe erreicht.

Tori zog eine Wasserflasche aus ihrer Handtasche und trank einen Schluck. »Er mag die gar nicht. Paige gibt ihm einen ›Keks‹ mit roten Streuseln, bevor wir gehen, damit ist er überglücklich.« Das Wort Keks begleitete sie mit in die Luft getupften Anführungszeichen. »Die sind sogar sehr gesund. Das Rezept enthält gerade mal eine Vierteltasse Kokosblütenzucker oder so. Außerdem gibt sie noch Chia und Flachs und einen Haufen anderes Gesundzeug dazu, wälzt das Ganze dann aber in Streusel, damit die Kids nichts merken.«

»Die Kinder meiner Tanzschülerinnen stehen total darauf«, ließ sich Violet vernehmen. »Für mich sind die nicht süß genug, aber ich bin ja auch immer schon voll auf Zucker abgefahren. Aber jetzt lässt dieses Baby mich nichts anderes mehr bei mir behalten. Süßes und saure Gurken.« Sie schüttelte den Kopf. »Wie soll ich bei der Ernährung ein gesundes menschliches Wesen heranwachsen lassen?«

»So ...« Tori stützte die Ellbogen auf die Tischplatte, verschränkte die Finger und stützte das Kinn darauf. »Und, wie ist das Leben mit deinem heißen, mürrischen Chef so? Es kommt mir wie eine Ewigkeit vor, seit wir uns gesehen haben. Fühlt sich echt komisch an.«

Es fühlte sich eindeutig komisch an. Normalerweise vergingen kaum ein oder zwei Tage, ohne dass Tori und Isobel sich sahen. Nun hatten sich die Tage bereits zu mehreren Wochen summiert.

Isobel wandte stöhnend den Blick ab. »Alles prima.«

Violet beugte sich vor. »Heißer, mürrischer Chef? Oh, raus damit.«

Isobel warf ihrer Schwester einen Blick zu, der besagte, dass sie nicht glücklich war über Toris kleinen Ausbruch. »Mein Boss – Sophies Onkel – sieht unfassbar gut aus. So mit Tattoos, Muskeln, militärischen Erkennungsmarken, Dreitagebart, hellblauen Augen, ein bisschen brummig – einfach heiß.«

Violet nickte. »Weiter.«

Isobel verdrehte die Augen. »Die ersten Tage waren echt hart. Er war sehr distanziert und wütend. Aber das verstehe ich. Schließlich hat er gerade erst seine Schwester verloren, und jetzt muss er nicht nur um sie trauern, sondern auch noch ihr Baby großziehen. Das muss man erst mal verkraften. Aber inzwischen …« Sie sah zu, wie Paige mit ihrem Essen durch das Restaurant kam.

»Hab ich was verpasst?«, fragte sie und stellte einen prächtig zusammengestellten Teller vor Isobel hin.

»Wir erfahren gerade alles über Isobels scharfen Boss und wie schwer es den beiden fällt, die Finger voneinander zu lassen«, antwortete Violet und dankte Paige für den zweiten Eistee.

Paige nahm sich einen Stuhl und trug ihn zum Tisch. »Okay, dann mal her mit den Details!«

Ah, verflucht nochmal.

Isobel stöhnte, dann funkelte sie Tori an, die von einem Ohr zum anderen grinste. »Es ist uns *bestens* gelungen, die Finger voneinander zu lassen, vielen Dank. Ich glaube auch nicht, dass er sich auf die Art zu mir hingezogen fühlt. Das Problem ist, ich weiß nicht mal, ob er mich überhaupt leiden kann. Nicht einmal auf freundschaftliche, geschweige denn auf eine irgendwie romantische Weise.«

Alle drei Frauen runzelten die Stirn.

»Was soll das heißen?«, fragte Tori.

Isobel biss von ihrem Taco ab und schloss einen Moment die Augen, so wie Violet zuvor. Einfach unglaublich. Sie kaute langsam, schmeckte jedem Aroma nach.

»Gleich nehme ich dir das weg«, sagte Violet. »Ich habe noch einen Tanzkurs, und ich gehe hier erst weg, wenn ich alles gehört habe.«

Isobel schluckte, stibitzte ihrer Schwester einen Schluck Wasser, dann fuhr sie, wenn auch ein wenig widerwillig, fort: »Er ist einfach seltsam. Nicht gemein oder so was, aber auch nicht besonders gesprächig oder freundlich. Aber *irrsinnig* höflich. Also, geradezu lächerlich höflich und anständig. Ich könnte darüber ausrasten.«

Die drei Frauen wechselten gleichermaßen neugierige wie wissende Blicke.

»Kommt mir vor, als würde er dich mögen«, sagte Violet und trank von ihrem Ingwer-Eistee.

Isobel schüttelte den Kopf. »Nee. Ich hab schon genug erlebt, um mitzubekommen, wenn mich ein Mann anziehend findet. Zuerst hab ich ja auch gedacht, er würde auf mich stehen. Ihr wisst schon, die alte Nummer, am Pferdeschwanz ziehen und so …«

Die Frauen stöhnten unisono.

Das gehörte nicht zu den Dingen, die sie ihren Töchtern beibringen wollten. Gewalt war niemals angemessen, um einer Frau zu zeigen, dass man sie attraktiv fand. Die Gesellschaft war dermaßen abgefuckt.

»Aber dann wechselte er von grob und wütend zu übertrieben höflich und distanziert. Aaron Steele fühlt sich nicht zu mir hingezogen. Zum Beispiel, wenn Sophie im Bett ist, sitzen wir nicht zusammen und unterhalten uns oder so, um uns kennenzulernen – als Freunde, meine ich. Er geht dann lieber schlafen oder laufen oder verschwindet in der Garage, um an Gott weiß was zu arbeiten. Papierkram vielleicht oder so etwas.«

»Und was machst du dann?«, fragte Paige.

»Ich arbeite an meinen Grafikdesign-Aufträgen. Wovon wir schätzungsweise beide profitieren. Trotzdem kommt es mir komisch vor, wisst ihr? Ich wohne mit diesem Mann zusammen, koche für ihn, mache sauber, kümmere mich um seine Nichte, als wäre sie mein eigenes Kind, aber er behandelt mich wie seine Hilfskraft.«

»Aber du *bist* seine Hilfskraft«, sagte Violet bedächtig.

Isobel stieß frustriert den Atem aus. »Weiß ich doch. Was ich nicht weiß, ist, was ich will, ich weiß bloß: Das, was momentan abläuft, ist es nicht. Unser gemeinsamer Alltag ist so geschäftsmäßig. Er weiß nichts über mich, und er hat mir keine Gelegenheit gegeben, mich nach ihm zu erkundigen. Ich habe keine Ahnung, für wen ich arbeite.«

»Was erwartest du denn?«, fragte Tori. »Der Mann *trauert*. Außerdem versucht er, eine Firma zu leiten und herauszufinden, wie er sich vom Onkel in einen Vater verwandeln kann. Er macht gerade eine Menge durch.«

Isobel schmollte und biss noch einmal von ihrem Taco ab. »Ich weiß. Es ist nur so, dass die anderen Familien, für die ich bisher als Kindermädchen gearbeitet habe, immer Wert darauf gelegt haben, mich kennenzulernen. Wir sind immer eine Verbindung eingegangen, so wie ich mit ihren Kindern, bis ich irgendwann zur Familie gehörte.«

»Irgendwann«, sagten alle drei Frauen wie aus einem Mund.

»Es sind doch erst ein paar Wochen. Lass ihm noch etwas Zeit.« Paige legte ihre Hand auf Isobels.

»Ich glaube aber schon, dass er dich vögeln will«, sagte Tori. »Du denkst vielleicht, dass er nicht an dir interessiert ist, aber ich habe an dem Tag, an dem ich ihm begegnet bin, so einen gewissen Ausdruck in seinen Augen gesehen. So ein Funkeln oder wie auch immer man das nennen will, als er dich angeschaut hat.«

Violet und Paige lachten schnaubend.

»*Du* willst *ihn* ganz sicher vögeln«, ergänzte Isobels Schwester. »Und wer wollte das nicht? Der Mann ist *toll.*«

Paige leckte sich die Lippen. »Dann müssen wir wohl am Pokerabend einen Hinterhalt oder so planen, wenn wir diesen geheimnisvollen Single Dad treffen und sehen wollen, ob er wirklich so scharf aussieht.«

Violet räusperte sich, dann stemmte sie spielerisch die Hände in die Hüften. »Ähem. Und was ist mit Mitch?«

Paige grinste anzüglich. »Hey, solange du zu Hause isst, spielt es keine Rolle, wo du dir den Appetit holst.« Sie wackelte scherzhaft mit den Augenbrauen.

Tori warf lachend den Kopf zurück. »Das gefällt mir. Das werde ich mir merken. Und vor Mark wiederholen, wenn ich nach einem Grillabend mit Mason und Willow mal wieder ganz wuschig bin. Der Kerl ist *verflucht* heiß.«

Paige und Violet nickten.

Isobels Lippen zuckten, während sie überlegte. »Zuerst dachte ich, er wäre sauer auf mich, weil ich vor ein paar Wochen auf ihn losgegangen bin, dass er deshalb so zugeknöpft war, aber so benimmt er sich eigentlich gar nicht.«

Tori schlug mit beiden Hände auf die Tischplatte. »Du bist auf ihn losgegangen?«

»Weil er gesagt hat, ein Kinderbett zusammenzubauen sei Männersache.«

Rund um den Tisch wurden Augen verdreht, und Lippen formten schockierte Ohs.

»Nein, das kann nicht wahr sein«, rief Violet kopfschüttelnd.

»Keine Sorge. Ich habe ihn zurechtgewiesen und dann noch eine Schippe draufgelegt.«

Paige nickte knapp und legte die Stirn in Falten. »Gut.«

»Ein paar Tage darauf kam er sogar mit einem Werkzeuggürtel für Babys und einem Einteiler nach Hause, auf dem *Future Handyman* stand. Aber dann hat er mit Filzstift so einen Pfeil nach oben und ein W und ein o dazu gemalt, so dass es am Ende *HandyWoman* hieß.«

Alle lachten.

»Nun, dann ist er immerhin lernfähig. Wie man sieht, kann man einem alten Hund doch neue Tricks beibringen.« Tori kicherte. Ihr Blick folgte Gabe, der vorsichtig an den anderen Tischen vorbei auf sie zuhielt. »Hey, Kumpel, wollen wir los?«

»Tooori!«, rief er mit rosigem Gesicht und breitem Lächeln.

»Willst du deinen Keks für unterwegs?«, fragte Paige, stand auf und verschwand hinter der Desserttheke.

Gabe nickte und lief ihr hinterher.

»Okay, dann sag mir mal, welchen du möchtest. Zeig einfach drauf, dann hole ich es raus.«

Tori wandte sich wieder an Isobel. »Und wie oft hat dir in den letzten Wochen Onkel John gute Dienste erwiesen?« Sie grinste allzu vielsagend.

Isobel funkelte die immer noch schlafende Sophie an. »Häufiger, als ich zugeben möchte.«

Tori lachte. »Das kenne ich, Schwesterherz. Du bist echt gefickt, allerdings nur im übertragenen Sinn.«

Isobel schnaubte. »Als wüsste ich das nicht selbst.«

Kapitel 11

Als Isobel samt Kinderwagen und Baby zu ihrem Auto zurückging, blieb sie vor einem augenscheinlich neuen Geschäft stehen. Im Innern war es hell, das Konzept schien recht offen, und die Einrichtung war spärlich. Es gab mehrere Räume, abgetrennt mit Stellwänden aus Acryl, dazwischen Tische mit Geschirrstapeln, Glaswaren, Porzellan – alles zerbrechlich. Sie hob den Blick zu dem Ladenschild: *»The Rage Room. Du hast es bezahlt, du darfst es kaputt schlagen.«*

Ohne zu zögern, öffnete sie die Tür und manövrierte, in der Hoffnung, dass das leise Klingeln Soph nicht weckte, behutsam den großen Kinderwagen hinein.

Eine umwerfende Frau mit tätowierten Armen, einem Haarschopf in leuchtendem Pink, zwei Ringen in einem Nasenflügel und tadellosen Smokey-Eyes trat aus dem rückwärtigen Bereich ins Licht. Ihr Lächeln verwandelte sie von »umwerfend« in »atemberaubend«.

»Hi, ich bin Luna. Willkommen im Rage Room. Wollen Sie ein bisschen Dampf ablassen?«

Isobel machte große Augen und grinste noch breiter.

Aaron wollte gerade in seinen Truck steigen, um nach Feierabend heimzufahren, als auf seinem Handy eine Textnachricht erschien. Es war Isobel.

Ich habe eine Überraschung für dich. Triff dich bitte hier mit mir und Sophie.

Auf ihre Nachricht folgte eine Karte samt Adresse. Einen Namen für den Treffpunkt gab es jedoch nicht.

Genervt von ihrer kryptischen Botschaft, schrieb er zurück.

Ich bin müde. Ich will nur noch duschen, essen und schlafen.

Darauf schickte sie ihm ein Bild von ihr und der gewissermaßen lächelnden Sophie. Isobel verzog das Gesicht, als würde sie schmollen, während Sophie aussah, als wollte sie jeden Moment ihre Windel vollmachen.

Sie schrieb zurück.

Bitteeeee. Ich schwöre, es wird sich lohnen.

Grummelnd tippe er die Koordinaten in sein GPS und startete den Truck. Von seiner Baustelle bis dorthin waren es nur zehn Minuten, und es lag auf seinem Heimweg. Sie war wirklich der am wenigsten fordernde und lästigste Mensch der Welt.

Er schaltete in den ersten Gang, rollte auf die Straße und sendete eine Sprachnachricht. »Bin in fünf Minuten da.«

Eine Minute später gab sein Handy erneut Laut und zeigte abermals ihr Gesicht, doch diesmal lächelte sie.

Er war versucht, dieses Foto zu seinem Hintergrundbild zu machen.

Was sein mördermäßig hinreißendes Kindermädchen anging, hatte er während des vergangenen Monats alles Menschenmögliche getan, um sich professionell zu verhalten. Freundlich, höflich und vor allem *verflucht professionell.* Klar, dafür hatte er sich jeden Abend unter der Dusche einen runtergeholt. Aber wenn das bedeutete, dass er Isobel als Kindermädchen behalten konnte und am Ende keinen Prozess am Hals hatte, würde er das durchstehen. Außerdem schien sie sich sowieso nicht auf diese Weise für ihn zu interessieren. Dafür war sie dauernd mit Sophie beschäftigt, ging mit ihr in die Krabbelgruppe und zum Vorlesen in die Stadtbücherei. Es schien, als wären sie täglich den ganzen Tag zusammen unterwegs. Wenn es acht wurde, war die Frau fix und fertig, zog sich in ihr Zimmer zurück und kam erst wieder heraus, wenn Sophie nachts weinte.

Exakt zehn Minuten später hielt er vor einer lang gezogenen Ladenzeile. Eine Menge Geschäfte hier. Ganz am Ende eine Tanzschule, ein Fotostudio, ein Bistro, ein Spirituosenladen sowie ein brandneues Geschäft: »The Rage Room«.

Was zum Henker sollte das sein?

Er schaltete den Motor ab und stieg aus, dann sah er auf dem Handy nach, ob er hier überhaupt richtig war, doch als er Isobel und Sophie aus dem »Rage Room« kommen sah, steckte er das Handy wieder weg.

»Guck, da ist Onkel Aaron«, gurrte Isobel und kam mit Sophie auf dem Arm auf ihn zu.

Dann gab sie ihm das Baby, und er drückte einen Kuss auf die weiche Wange. »Und was machen wir hier?«

Isobels Lächeln linderte den Zorn, der wie ein brennender Reifenstapel in ihm loderte, beinah zur Hälfte.

»Komm mit rein, dann zeige ich es dir.« Wie es aussah, war sie versucht, nach seiner Hand zu greifen, stattdessen klatschte sie in ihre Hände und hüpfte dann, jawohl, sie *hüpfte*, zur Ladentür.

Die Glocke läutete, dann erschien eine Frau mit rosa Haaren und Tattoos. »Ihr Raum ist jetzt so weit«, sagte sie lächelnd. »Der große ganz hinten. Ihre Frau hat für Extrakram bezahlt, Sie können sich also ordentlich austoben. Alles ist erlaubt.« Sie zog ihre gepiercte Nase kraus. »Na ja, abgesehen von den Glaswänden.« Achselzuckend legte sie ein Klemmbrett mit einer Verzichtserklärung vor ihm auf die Ladentheke und wandte sich an Isobel. »Ich meine, *Sie* können gern versuchen, das Acrylglas zu zerschmettern, aber ich glaube nicht, dass es bricht«, sagte sie zu ihr. Aarons Oberarmmuskel wölbte sich, als er Sophie höher an seine Schulter hob und die Erklärung unterschrieb, und die Frau wandte sich an ihn. »Nun, aber *Sie* schaffen es womöglich, also versuchen Sie es erst gar nicht, bitte.«

Wovon zum Teufel redete diese Frau überhaupt? Was hatte ihm Isobel nun wieder eingebrockt?

Er wollte wirklich nur nach Hause, duschen, essen und schlafen gehen. Er hatte einen langen Tag auf dem Bau hinter sich, und sein Rücken brachte ihn noch um.

Isobel kicherte neben ihm. »Gib mir Sophie.«

Er reichte das Baby weiter und folgte der rosahaarigen Lady und Isobel durch den kurzen Gang nach hinten in einen Raum zwischen vier Acrylwänden, der Tische und Regale mit Geschirr aller Art, Vasen, Lampen, Glas und Holz beherbergte.

Die Rosahaarige zeigte auf ein Gestell mit unterschiedlichen Gegenständen, darunter Baseballschläger, Brecheisen, Reifenstangen und Vorschlaghammer. »Ihre Waffen.« Grinsend gab sie ihm ein Paar Arbeitshandschuhe, eine Schutzbrille und einen Bauhelm. »Und Ihre Schutzvorrichtung.« Damit wandte sie sich ab, Isobel und Sophie folgten ihr.

Aaron blieb verwirrt im Eingang stehen. »Iz, was hat das alles zu bedeuten.«

Sie tätschelte Sophies Rücken und ließ sie auf und ab wippen. »Das ist ein Rage Room, ein Raum, an dem man seine Wut auslassen kann. Ich dachte mir, das könntest du gebrauchen.« Ihre blauen Augen glänzten. »Ich gehe mit Sophie spazieren. Du hast eine halbe Stunde, um so viel Schaden anzurichten, wie du kannst. Es ist auch kein Problem, wenn du mehr Zeit brauchst. Sie hat meine Kreditkarte und wird mir die zusätzliche Zeit berechnen.« Sie wollte schon gehen, drehte sich aber noch mal um, in ihren Augen stand Hoffnung. Augen, die ihn problemlos durchschauten, die ihm Angst einjagten, in denen er sich unaufhörlich verlor und in denen er beinahe jeden Abend ertrank, wenn sie ihm beim Abendessen gegenübersaß. Ihr Lächeln war schmal, aber aufrichtig. »Ich hoffe, es hilft.« Dann verließ sie den Laden mit Sophie und ließ Aaron mit seinen Dämonen allein zurück.

Isobel war nicht sicher, was sie nach ihrem Spaziergang vorfinden würde. Aaron hatte verwirrt und verärgert ausgesehen, als sie gegangen war und ihn in einem Raum voller Old-Country-Roses-Porzellan und mit einem Baseballschläger allein gelassen hatte.

Würde es ihm gelingen, seinen Zorn rauszulassen, oder würde er bloß noch wütender werden?

Isobel lächelte Luna an, die hinter der Theke stand, als sie den Kinderwagen in den Empfangsbereich des Rage Room rollte. »Und, wie schlägt er sich?«, fragte Isobel und lauschte. Sie hörte weder Krachen noch Klirren noch Scheppern. War er schon fertig?

Luna zuckte die Achseln. »Er ist vor ungefähr zehn Minuten gegangen.«

Isobel kniff die Lider zusammen, dann musterte sie Lunas Gesicht, als würde die Frau plötzlich eine Fremdsprache sprechen. »Er ist was?«

Neuerliches Achselzucken. »Als ich ihn fragte, ob er auf Sie warten möchte, hat er Nein gesagt. Dass Sie beide eigene Fahrzeuge hätten und sich zu Hause treffen würden.«

Isobels Mund öffnete und schloss sich mehrmals. »Hat er denn wenigstens irgendwas zerdeppert?«

Luna nickte. »Hat er, aber sehen Sie selbst.« Sie wies mit einem Kopfnicken auf Aarons Rage Room am Ende des Gangs. »Nicht allzu viele Leute zerschmettern auch den Tisch. Der Mann hat jede Menge Kraft in seine Wut gelegt.«

Isobel ließ Sophie in ihrem Kinderwagen an der Ladentheke stehen, lief den Korridor hinunter und versuchte, sich auf den Anblick gefasst machte, der sich ihr bieten würde.

Trotzdem traf es sie unvorbereitet.

Jeder einzelne Gegenstand war zerstört.

Zerschlagen, zerschmettert. Zerfetzt und zerstört. Jeder Versuch, noch etwas zu erkennen, wäre vergeblich gewesen. Nicht einmal der Tisch sah noch wie ein Tisch aus. Sie sah nur noch einen Haufen Scherben von Zahnstochergröße und über den verwüsteten Raum verstreute Schrauben.

Isobel schluckte den Kloß im Hals hinunter.

Vielleicht war dieser Rage Room doch keine so tolle Idee gewesen.

Hatte ihn dies hier womöglich noch mehr erzürnt? Würde sie zu Hause einen Mann auf dem Kriegspfad vorfinden?

Sie kehrte mit forschen Schritten nach vorn zurück. »Wie hat er gewirkt, als er ging?«

Luna verzog nachdenklich die Lippen. »Es schien ihm gut zu gehen.«

»Nicht wutschnaubend, als wollte er zu Hause noch mehr zerschmettern?«

Sie schüttelte den Kopf. »Nein. Ich hab ihn sogar gefragt, ob er noch mehr Zeug kaputt machen wollte, aber er meinte nur, er hätte genug. Er wirkte mehr so, als wollte er schnell weg.«

Isobel verstand überhaupt nichts mehr.

»Wollen Sie noch einen Tag buchen?«, fragte Luna. »Wir richten auch Partys aus. Geburtstage, Junggesellinnenabschiede, Networking, Team-Building, so was alles. Nichts verbindet Leute so sehr, wie zusammen etwas zu zerschlagen.« Als sie lachte, wurde ein glänzend grünes Zungenpiercing sichtbar. Sie gab Isobel ihre Geschäftskarte. »Wir haben auch ein Bonusprogramm. Wenn Sie neun Termine buchen, kriegen Sie den zehnten gratis.«

Isobel schob die Karte in die Gesäßtasche ihrer Jeans. »Danke. Das werde ich mir merken.«

Luna strahlte über das ganze Gesicht. »Ihren ersten Termin habe ich schon abgestempelt. Bleiben nur noch acht.«

Isobel drückte lächelnd die Ladentür auf. Ein kühler Wind wehte durch die Stadt, und es begann zu regnen. »Danke, Luna, hat mich sehr gefreut.«

Luna winkte. »Mich auch. Passen Sie auf sich auf.«

Isobel zog den Regenschutz über Sophies Kinderwagen und näherte sich im Laufschritt ihrem Auto.

Als sie Sophie untergebracht und den Kinderwagen verstaut hatte, tat sich der Himmel auf, und es schüttete wie aus Eimern. Der Wind trieb ihr die Riesentropfen ins Gesicht, als sie die Fahrertür öffnete und rasch hinters Lenkrad glitt.

Die Straßen waren vom Berufsverkehr verstopft. Sie lehnte einen Moment lang die Stirn ans Lenkrad und holte ein paarmal tief Luft.

Vielleicht war es ja gut, wenn sie so bald nicht heimkamen. Vielleicht konnte Aaron so erst einmal wieder runterkommen.

Was man nur hoffen konnte.

Als sie nach Hause kam, drehte Sophie auf dem Rücksitz durch, und auch Isobel war den Tränen nah.

Es goss noch immer in Strömen, als sie vor der Garage hielt, in die Parkposition schaltete und die Fahrertür aufstieß. Sie hatte ihre Regenjacke im Haus vergessen, der Regenschirm im Auto war kaputt, einen neuen hatte sie noch nicht besorgt, also würde sie, nass, wie sie bereits war, komplett durchnässt werden.

Als sie sich auf den zweiten Guss gefasst machte, sah sie einen Schatten im schwarzen Regenmantel auf sich zueilen. Der Schatten öffnete die Hintertür auf der Beifahrerseite, beugte sich herein und zog sich dann so schnell, wie er aufgetaucht war, mit der immer noch wehklagenden Sophie ins Haus zurück.

Isobel krabbelte nach ihm ins Freie und bedeckte das Haupt mit ihrer Handtasche – auch wenn es ihr nicht sehr viel nützte.

Sie stürzte ins Haus und schlug gegen den anstürmenden Wind die Tür ins Schloss, wischte sich das nasse Haar aus den Augen und schüttelte Regentropfen aus ihrem Sweater.

Sophies Weinen war, zusammen mit Isobels griesgrämigem sexy Chef, den Flur hinunter verschwunden und leiser geworden.

Die Uhr im Wohnzimmer verkündete halb sieben. Ihre Arbeitszeit endete genau genommen erst in einer halben Stunde. Sollte sie also zu Aaron gehen und ihn ablösen?

Wollte sie ihn überhaupt sehen?

Bevor sie sich mit den Folgen dessen herumschlagen konnte, was sie Aaron zugemutet hatte, musste sie erst mal aus ihren nassen Klamotten raus.

Als sie ihre Zimmertür öffnete, beförderte sie das, was da auf ihrem Bett lag, um ein Haar rückwärts auf ihre vier Buchstaben – ein riesiger, wunderschöner Blumenstrauß aus Pfingstrosen und Lilien, Ranunkeln und Maßliebchen. Ihre Lieblingsblumen. Ein überwältigender Anblick.

Oben steckte eine Karte in dem Strauß, die sie herauszog.

Wie der Mann, der die Blumen hier zweifellos für sie abgelegt hatte, kam die Karte ohne Umschweife auf den Punkt. Ohne Schnickschnack und ohne Gefühlsduselei.

DANKE!

Das war alles.

Aber es genügte vollauf.

Sie entließ die lange angehaltene Luft, ihre Schultern ließen endlich ihre Ohren in Frieden. Sie war auf der gesamten Heimfahrt angespannt gewesen. Und das nicht bloß, weil Sophie hinter ihr ausflippte. Isobel hatte voller Nervosität befürchtet, dass Aaron wütend auf sie war, weil sie den Rage Room für ihn gebucht hatte, um ihm zu helfen, ein Ventil für seinen Kummer zu finden.

Aber obwohl er womöglich trotzdem noch sauer auf sie war, war er ihr offenbar auch dankbar.

Sie schälte sich aus ihren nassen Klamotten und zog eine blau und weiß karierte Schlafanzughose und einen dunkelblauen Kapuzenpulli an. Dann band sie den feuchten Pferdeschwanz zu einem losen Dutt auf dem Kopf zusammen und schleppte ihren inzwischen trockenen Körper und die exquisiten Blumen in die Küche.

Gottlob war sie heute Morgen so vorausschauend gewesen, im Schongarer einen herzhaften Truthahn und Quinoa-Suppe vorzubereiten. Und während Sophies Vormittagsschläfchen hatte sie auch noch Käse-und-Jalapeño-Cracker gemacht.

Sie hoffte inständig, dass Aaron nicht auf sie gewartet und sich bereits selbst bedient hatte.

»So, das hätten wir, Baby«, vernahm sie seine tiefe, beruhigende Stimme, als sie barfuß durch den Flur und ins Wohnzimmer tappte. »Eine frische Windel und auch was im Bauch, du bist leicht zufriedenzustellen, mein Mädchen.«

Seine Stimme klang munterer. Okay, »munter« war vielleicht nicht das richtige Wort, aber er klang jedenfalls nicht mehr wütend oder verärgert. Was allerdings nicht viel zu sagen hatte, weil er mit seiner Nichte immer freundlich und liebevoll umging.

Isobel näherte sich ihm langsam von der Seite, versuchte einzuschätzen, was seine Körpersprache signalisierte und ob er seine Mauern hochzog, während sie auf ihn zukam. Er sah sie nicht an, schien sich aber in ihrer Gegenwart auch nicht zu wappnen. Sie holte tief Luft. »Und, wie war es?«

Als er zu ihr hochschaute und sein Blick auf Isobels Gesicht fiel, ließ das Lächeln, mit dem er Sophie bedacht hatte, ein klein wenig nach. »Gut.« Er neigte den Kopf den Blumen zu. »Danke.«

Sie drückte den Strauß an sich. »Die sind superschön. Vielen Dank.«

Er nickte, dann wandte er sich wieder Sophie zu. »Iss etwas, du musst halb verhungert sein.«

Wieder holte sie tief Luft und verdrängte einen seltsamen Schmerz aus ihrer Brust. Anscheinend hatte er schon gegessen.

Sie nickte wortlos und ging in die Küche.

»Ich füttere Sophie eben noch zu Ende, dann komme ich zu dir«, rief er ihr hinterher. »Die Suppe riecht phantastisch.«

Fast wäre sie über ihre bloßen Füße gestolpert und mit der Hüfte gegen die Tischkante geprallt. Sie wirbelte herum. »Du hast noch nicht gegessen?«

Nun blickte er sie an, das Blau seiner Augen glühte förmlich, das Lächeln in seinem Gesicht galt ihr. »Nein, ich habe auf dich gewartet.«

Kapitel 12

Es war Samstagabend, und Isobel faltete Wäsche. Im Hintergrund lief der Fernseher und feuerte die täglichen Nachrichten auf sie ab.

Sie war in letzter Zeit geradezu besessen von der jüngsten Zunahme der Kriminalität in Seattle. Beinah wöchentlich wurden Juweliergeschäfte ausgeraubt, und noch war es der Polizei nicht gelungen, den oder die Täter dingfest zu machen.

Allerdings wussten die Behörden auch noch nicht, ob es sich um einen Einzeltäter oder um eine organisierte Bande handelte. Sie fand die Geschichte so oder so spannend. Kriminalfälle hatten sie schon immer fasziniert, vor allem die ungelösten. Sie liebte Rätsel jeglicher Art. Vielleicht stand sie deshalb so auf Aaron, mochte er auch noch so launisch und manchmal wütend sein. Der Mann war ein gewaltiges Rätsel, und sie ertappte sich dabei, sich zu fragen, wann er ihr wohl den nächsten Hinweis lieferte, damit sie der Lösung des Falls einen weiteren Schritt näher kam – oder in diesem Fall der Sprengung seiner harten, gepanzerten Schale.

Sie wollte den Fernseher gerade lauter stellen, als auf dem Couchtisch ihr Handy zu vibrieren begann.

Die Anrufanzeige verriet ihr, dass es ihre Freundin Mercedes war.

Sie nahm den Anruf an und hatte das Ohr kaum ans Telefon gedrückt, als Mercedes' Stimme aus dem Lautsprecher platzte. »Warum antwortest du eigentlich nicht auf meine Nachrichten?«

Isobel zog die Nase kraus. »Welche Nachrichten?«

Man hätte ihre Freundin vermutlich noch in Australien schnauben hören können. »Guck mal auf dein Handy, *Liebelein*. Ich schreibe dir seit fast zwei Stunden.«

Und tatsächlich, da waren um die zwanzig entgangene Textnachrichten von Miss Mercedes Porter.

»Mist, tut mir leid, aber Sophie war quengelig und wollte ihr Fläschchen nicht, obwohl ich wusste, dass sie hungrig war. Dann hat sie ihre Windel geflutet, also musste ich ihr was anderes anziehen – und mir selbst auch –, dann musste ich die Wäsche machen, sie füttern und hinlegen –«

»Schon klar, du bist im Pseudo-Mama-Modus. Hast du *jetzt* Zeit?«

»Hab ich. Was gibt es denn?«

»Zieh deine Tanzschuhe an, meine Hübsche. Wir machen heute Abend die Stadt unsicher. Ich bin nämlich befördert worden. Du bist neuerdings mit der Chefeinkäuferin der Damenkollektion von Orchid Apparel befreundet.«

Isobel ließ das Handtuch fallen, das sie gerade faltete. »Ach, geh doch weg.«

»Geh doch selber weg.«

»Du meinst, befördert, mit eigenem Büro und Namensschild?«

»Mhm, plus Firmenkreditkarte.« Sie pfiff. »Ich werde bei Modenschauen aufschlagen und mit potenziellen Vertriebshändlern und Modeschöpfern auf Tuchfühlung gehen.«

Mercedes und Isobel kannten sich von der Kunstschule. Mercedes hatte damals Modedesign studiert und nebenbei ein Fernstudium in Fashion Merchandising belegt, während Isobel ihren Abschluss in Grafikdesign machte. Sie waren schnell Freundinnen geworden, denn Mercedes' Herz erwies sich als noch größer als ihr Mundwerk. Sie war die *perfekte* Freundin, wenn es mal nicht so gut lief. Dann war sie die Erste, die mit einer Flasche Wein und einem Eimer Eiscreme unter dem Arm auftauchte und ihre Hilfe anbot. Und wenn eine Beziehung zerbrach, erschien sie sogar mit einem kleinen Abfalleimer aus Metall und einem Feuerzeug und ermutigte Isobel, oder wer sonst sitzen gelassen worden war, die Hinterlassenschaften des Verflossenen zu verbrennen.

Dabei hatten sie einmal den Sprinkler in Isobels Wohnung ausgelöst.

»Wir stehen im Emerald, im Social Club, im Touch und im Ballroom auf der Gästeliste. Wir müssen nicht überall rein, aber wir können es, weil wir für alle Fälle überall auf der Gästeliste stehen. Ich kann dich frühzeitig abholen. Bevor wir losziehen, können wir in der Prime Bar was trinken. Der Barkeeper da ist ein echter Hingucker.«

Isobel schnaubte. Sie war ziemlich sicher, dass Mercedes von Mason sprach.

Sie wollte schon antworten, dass sie es nicht erwarten könne, als sie Sophie aus dem Babyphone gurren und trällern hörte und ihr wieder einfiel, dass sie samstagabends Babydienst hatte. Und dass Aaron mit den anderen Single Dads pokerte.

Mist!

»Ich kann nicht«, sagte sie niedergeschlagen, schob das Babyphone in die Gesäßtasche ihrer Jeans und lief den Flur entlang, um Sophie zu holen. »Ich muss arbeiten. Und Aaron geht zum Pokern.«

»Fuck, ich hasse es, wie viel du schuftest. Ernsthaft, das ist nicht normal.«

Wie gesagt, großes Herz, große Klappe.

Isobel hob Sophie aus dem Körbchen. »Hey, Baby.« Dann bettete sie sie an ihrer Schulter und kehrte mit ihr ins Wohnzimmer zurück. »Es tut mir leid, Mercedes. Können wir nicht am Sonntag ausgehen?«

Mercedes jammerte: »Ich habe für heute Pläne gemacht. Alle anderen können heute Abend.«

»Es tut mir wirklich leid. Ich würde liebend gern deine Beförderung mit dir feiern, aber …« Sie küsste Sophies Köpfchen. »Die Arbeit geht vor.«

»Geh ruhig mit.«

Die tiefe Stimme hinter ihr ließ sie aufkreischen, fast hätte sie das Telefon und das Baby auf ihrem Arm losgelassen. Als sie herumwirbelte, sah sie nicht nur Aaron, dem die Stimme gehörte, sondern einen weiteren Mann, einen sehr attraktiven, sehr breitschultrigen, sehr großen Mann neben ihm stehen.

»Was war das?«, schrie Mercedes ins Telefon. »Was läuft da gerade?«

»Ich rufe zurück. In einer Minute …« Und ehe Mercedes protestieren konnte – denn das würde sie –, unterbrach Isobel das Gespräch.

»Das ist mein Freund Colton«, sagte Aaron. »Wir haben zusammen gearbeitet.«

Colton trat mit breitem, perfektem Lächeln vor und streckte seine Pranke aus. »Freut mich, Sie kennenzulernen. Ich habe nur Gutes über Sie gehört.«

Prompt regte sich Isobels Lustzentrum. Gutes? Von Aaron? Was hatte er wohl über sie gesagt?

»Sie beide haben zusammen auf dem Bau gearbeitet?«, fragte sie und reichte Sophie Aaron, als er sie darum bat.

Colton schüttelte den Kopf. »Nein.«

Er beließ es dabei, und der Ausdruck in seinen Augen beschied ihr, besser nicht nachzufragen.

»Liam hat mich heute zum Gastgeber bestimmt«, erklärte Aaron, als er mit Sophie und einem Fläschchen zurückkam. »Seine Wohnung wird gerade renoviert. Der Boden wird neu verlegt. Ich hab ihm gesagt, dass ein Freund von mir in der Stadt ist, und er meinte, Colton – der keine Kinder hat – wird nur zum Pokerabend zugelassen, wenn er mit der dreifachen Summe einsteigt und ich den Gastgeber mache.«

Isobel schüttelte den Kopf und fuhr fort, die Wäsche zusammenzulegen. »Oh, dieser Liam. Wer nicht mehr Single ist, muss mit dem Doppelten einsteigen, und wer keine Kinder hat, zahlt das Dreifache. Der Typ ist wirklich ein Genie.«

»Wo willst du denn hin?« Aaron ließ sich in seinem La-Z-Boy-Sessel nieder und begann, Sophie zu füttern. Aaron war seit dem Abend im Rage Room in ihrer Nähe erheblich entspannter, noch immer nicht superfreundlich, aber immerhin entspannter – und definitiv immer noch überaus höflich.

»Meine Freundin Mercedes will heute Abend ihre Beförderung feiern. Wir stehen in einem ganzen Haufen Spitzenläden auf der Gästeliste. Die Frau hat irrsinnige Beziehungen. Ich weiß echt nicht, woher sie all die Leute kennt.«

Aaron sah nicht zu ihr hoch, aber an seinem Kiefer zuckte kraftvoll und sexy ein Muskel. »Dann geh mit.« Endlich hob er den Blick. »Nicht, dass du dazu meine Erlaubnis bräuchtest.«

Nun war es an Isobel, den Blick abzuwenden. Sie fuhr sich mit der Hand über den Mund, um ihr Lächeln zu verbergen. Er war so süß, wenn er »feministisch« sein wollte.

Es bestand noch Hoffnung für diesen Mann.

»Danke, aber ich gehe sowieso erst später am Abend. Wenn du möchtest, kann ich Sophie noch ins Bett bringen.«

Er nickte. »Tu, was du kannst, bevor die Jungs eintrudeln, danach nimmst du dir den Rest des Abends frei.« Er tippte Sophie auf die Nase und lächelte sie an. Isobels Innerstes verflüssigte sich, und ihr Herz zog sich zusammen.

»Du gewöhnst dich echt an die Vaterrolle, wie?«, sagte Colton und schlenderte zum Sofa. »Steht dir jedenfalls gut.« Damit warf er den Kopf zurück und lachte schallend. »Ich hätte nie gedacht, dass ich mal sagen würde, dass dir die Vaterrolle steht.« Er schüttelte den Kopf. »Und Cahill ist jetzt auch verheiratet, die beiden erwarten ein Kind. Wer wohl der Nächste ist?«

Aaron sah seinen Freund an und hob eine Augenbraue.

Isobel beobachtete den Blickwechsel.

Colton schüttelte den dunklen, kurz geschorenen Kopf. »Sieh nicht mich an. Nie im Leben. Ich bin ein einsamer Wolf. Junggeselle. In meiner Zukunft ist kein Platz für dreckige Windeln und Hochzeitsglocken – im Leben nicht.«

Aaron verdrehte die Augen. »Sag niemals nie, Alter. Rob sagt, er war noch nie so glücklich.«

»Ja, das hat bestimmt damit zu tun, dass er eine verdammte Milliardenerbin geheiratet hat«, höhnte Colton und verdrehte seinerseits die Augen.

Aaron schürzte die Lippen. »Ich glaube nicht, dass ihn das interessiert. Mir wäre es jedenfalls egal.«

Isobel fragte sich, ob die beiden überhaupt mitbekamen, dass sie auch noch anwesend war. Wie sie sich über ihren gemeinsamen Freund Rob und seine reiche Frau unterhielten, aber auch Aarons offenherzige und optimistische Redeweise, zeigte eine Seite von ihm, die sie bisher noch nicht erlebt hatte, die ihr aber gut gefiel.

Isobel räusperte sich. »Kommen sechs Leute zum Abendessen hin?« Gott sei Dank hatte sie, in der Absicht, morgen die Reste zu vertilgen, mehr als genug Fleisch aufgetaut. Aaron konnte einiges verdrücken, und sie nahm an, sein Kumpel mit den bernsteinfarbenen Augen konnte, wenn er wollte, ebenfalls ordentlich zulangen.

Aaron knurrte, ohne zu ihr hochzublicken. »Sechs passt.«

Mit einem Ziehen im Herzen, weil er sie noch immer so kühl abfertigte, wandte sie sich ab. Würde sich das jemals ändern? Mochte er sie überhaupt?

»Iz?«

Als sie sich noch einmal umdrehte, sah sie, dass er sie jetzt unverwandt anschaute. »Danke. Für alles.« Sein Lächeln war schmal, aber aufrichtig und ließ sämtliche Schmetterlinge in ihrem Bauch gleichzeitig aufflattern.

Sie wankte kurz auf plötzlich unsicheren Füßen, erwiderte sein Lächeln und schob sich verlegen eine Haarsträhne hinters Ohr. »Gern geschehen.« Dann lief sie mit beschwingten Schritten den Flur hinunter, um erst auf der Schwelle ihres Zimmers innezuhalten. Lauschen gehörte sich nicht, aber sie konnte sich nur sehr schwer beherrschen.

»Sie ist süß«, meinte Colton, der seine Stimme um mehrere Oktaven senkte. »Irrsinnig süß sogar. Muss hart sein, da professionell zu bleiben.«

Sie spitzte die Ohren, bis ihr von der Anstrengung, Aarons Antwort mitzubekommen, der Kopf wehtat, doch sie hörte kein Wort. Wusste er etwa, dass ihre Tür noch offen war?

Wahrscheinlich.

Der Mann war irgendwas Militärisches außer Dienst. Da verfügte er vermutlich über ein besonders trainiertes Gehör. Vermutlich hörte er wie ein Rotkehlchen die Würmer unter der Erde.

»Und, was führt dich hierher?« Das war Aarons Stimme, die, wenn auch leise, deutlich zu verstehen war. Also hatte er auf Coltons frühere Frage nicht geantwortet, oder er hatte seine Erwiderung in der Annahme, dass sie lauschte, lautlos formuliert. Verflucht schlau, der Mann.

»Robs altes Mädchen kotzt sich morgens die Seele aus dem Leib. Wark ist im Einsatz, Blaze und Ash genauso.«

»Und da haben sie dich geschickt, um nach mir zu sehen. Damit du dich überzeugst, dass ich hier nicht die Wände hochgehe?« Sie hörte das sanfte Klopfen, mit dem Aaron Sophies Bäuerchen provozierte. »Ich brauche keinen Babysitter. Ich werde mich nicht selbst ausknipsen wie Brandon. Es geht mir gut.«

»Sagt wer?«

»Sage ich.«

»Verflucht, Alter, deine Schwester ist gestorben. Und das auch noch bei einem Amoklauf. Und sie hat dich mit ihrem Neugeborenen alleingelassen. Darüber würde jeder irre werden, vor allem jemand, der so viel durchgemacht hat wie du. Hast du jemanden, mit dem du darüber reden kannst? Einen Therapeuten oder so? Hast du dich damit ans Veteranenzentrum gewendet?«

»Wann zum Henker soll ich dafür Zeit finden? Ich arbeite den lieben langen Tag, und abends bin ich zu Hause bei Sophie. Sie soll wissen, dass ich immer für sie da bin. Dass sie wenigstens *einen* Menschen hat, der sie nicht alleinlässt.«

Isobel griff sich ans Herz und lehnte sich gegen den Türrahmen, als ihr eine Träne über die Wange lief. Er litt solche Qualen, und sie konnte nichts für ihn tun.

»Du bist nicht ihre Eltern, Mann. Und die wirst du auch niemals ersetzen können. Sophie ist nicht, wie du und Dina früher, auf die Fürsorge angewiesen, weil sie dich hat. Du weißt, was es heißt, ein Waisenkind zu sein, und mir ist klar, dass du dir nicht das Leben nehmen und sie im Stich lassen wirst, aber das heißt nicht, dass du keine Hilfe benötigst.«

Aaron und seine Schwester hatten bei Pflegeeltern gelebt? Was mochte seinen Eltern zugestoßen sein? Wie lange hatten sie ohne eine Familie zugebracht, die sie liebte? Und hatte Aaron nun, nachdem Dina gestorben war, überhaupt noch eine Menschenseele auf der Welt?

Da tönte ein Grollen, das sie inzwischen gut kannte, den Flur herauf. »Ich tu gerade alles, was ich verdammt nochmal kann. Und jetzt verschwinde. Wenn du nur gekommen bist, damit ich dir mein Herz ausschütte und mich an deiner Schulter ausheule, kannst du dich gleich wieder in deinen beschissenen Mietwagen setzen und dich verziehen. Ich hab dir schon gesagt, dass ich keinen Babysitter brauche.«

»Okay, okay, ich verschwinde ja schon … vorläufig. Aber du kommst am besten über diesen Mist hinweg, wenn du mit jemanden darüber sprichst.«

»Ach ja? Und von wem zum Teufel hast du das? Schaust du dir im Fernsehen Dr. Phil an oder was?«

»Eigentlich von Rob. Und von Admiral Cahill. Ich war einige Male auf der Farm bei seiner Familie. Der Admiral hat mich zum Veteranenzentrum in Texas mitgenommen. Was sehr geholfen hat. Vor allem, was den Scheiß angeht, der damals in Kolumbien passiert ist.«

Als Isobel Aarons Sessel knarren hörte, gefolgt von einem ruppigen Knurren und gestiefelten Schritten, zog sie sich in ihr Zimmer zurück, ohne jedoch die Tür zu schließen.

»Du kannst auf dem Sofa pennen«, sagte Aaron. »Ich gehe Sophies Windel wechseln.« Seine Schritte wurden immer lauter, als er näher kam. Schnell schloss sie bis auf einen kleinen Spalt die Tür.

»Du kannst deiner Vergangenheit nicht entkommen!«, rief Colton ihm nach. »Du musst ihr ins Gesicht sehen, oder du wirst bis in alle Ewigkeit davon heimgesucht.«

Aaron kam brummend an Isobels Tür vorbei. »Dämlicher, geschwätziger Mistkerl mit seinem dauernden Gequatsche über Gefühle und den ganzen Scheiß.« Isobel hielt die Luft an, bis sie wusste, dass er Sophies Zimmer betreten hatte. Dann hörte sie: »Na schön, Super-Sophie, dann wollen wir mal deine Windel wechseln. Ich hab da jede Menge Donnergrollen gehört. Hast du es vorher auch blitzen lassen? Oh, wow, krass, Baby. Krass!«

Isobel grinste und verbiss sich das Lachen, während ihr eine neue Träne über die Wange lief. Er litt Qualen, er wurde von Erinnerungen heimgesucht, aber wenn das Baby ihn am dringendsten brauchte, riss er sich zusammen, pappte sich ein Lächeln ins Gesicht und gab der Kleinen, was sie brauchte. Er gab alles für sie.

Und wenn es ihm alles abverlangte, was er besaß.

Kapitel 13

Um halb acht war das Haus voll.

Und Aaron hasste es.

Menschenaufläufe hatte er noch nie gemocht, auch nicht in seiner Zeit vor der Navy, und ebenso wenig vor seinen Einsätzen im Nahen Osten und Südamerika.

Auch wenn die Single Dads von Seattle nicht unbedingt ein Menschenauflauf waren – sein Haus war nicht annähernd so groß wie Liams, und daher fühlte er sich eingeengt.

Colton hatte alle Hände voll damit zu, den Barkeeper zu spielen, Drinks zu mixen und trockene Kehlen zu befeuchten, während Liam Sophie auf den Armen auf und ab hüpfen ließ und Isobel sich in ihrem Zimmer fertig machte. Als es an der Tür zu klingeln begonnen hatte – wussten diese Typen es nicht besser, als bei einem Haus, das ein Baby beherbergte, die Türklingel zu benutzen? –, hatte sie sich rar gemacht und war den Flur hinunter verschwunden, um sich umzuziehen.

Eine Weile hatte er sich gefragt, wie viel von seinem Gespräch mit Colton vorhin sie belauscht haben mochte. Insbesondere dachte er dabei an den Teil über seine Fähigkeit, sich ihr gegenüber professionell zu verhalten. Colton hatte extrabreit gegrinst, als Aaron ihn entrüstet angesehen und mit den Lippen lautlos »Mörderaufgabe« geformt hatte. Gott bewahre, dass Isobel das gehört hatte. In dem Fall würde er wahrscheinlich noch vor Sonnenuntergang den Anzeigenteil nach einem neuen Kindermädchen durchstöbern müssen.

Dabei war es zwischen ihnen zuletzt ganz gut gelaufen. Zumindest hatte er sich das eingebildet. Im Grunde traf »qualvoll platonisch« es am besten.

Professionell, freundlich und absolut *bieder*.

Was das genaue Gegenteil dessen war, was er sich eigentlich wünschte.

Aber wenn er sie behalten wollte, musste er seine Triebe und diese Anziehungskraft zwischen ihnen verleugnen und Abstand halten. Nach ein paar Wochen jedoch schien eine Armlänge Abstand nicht mehr genügen zu wollen. Denn er konnte sie bei einer Armlänge Abstand noch immer riechen, und sie roch einfach phantastisch.

Zuerst war er wütend auf sie gewesen, weil sie den Raum in diesem Rage-Room-Laden für ihn gebucht hatte. Wie konnte sie? Dann aber hatte er darüber nachgedacht und – ging es nicht eigentlich genau darum? Wollte er denn nicht wütend sein? Und je wütender man war, desto mehr Zeug demolierte man.

Kleine Ursache, große Wirkung.

Und wenn er erst mal loslegte, flogen echt die Fetzen.

Er hatte in dem Raum richtig was kaputt geschlagen. Und er hatte in dem Aluminiumschläger ein Ventil für all seinen Zorn, all seinen Hass und Schmerz wegen Dina, wegen Kolumbien und der Familie Velasquez gefunden und war vollkommen ausgerastet. Er hatte nicht lange gebraucht, um alles zu zertrümmern. Vielleicht zehn Minuten – wenn überhaupt. Die nächsten zehn Minuten hatte er dann an seiner taktischen Atmung gearbeitet. *Die Luft vier Sekunden lang in der Lunge halten. Dann vier Sekunden ausatmen, dabei die Lunge vollständig leeren. Die Lunge weitere vier Sekunde lang leer lassen, und dann wieder von vorne.*

Auf diese Weise reduzierten sie im Gefecht den Stress und zentrierten sich wieder. So meisterten er und seine Waffenbrüder die unaufhörlich auf sie niederprasselnde Scheiße.

Ihm war erst klar geworden, wie viel Zorn und Schmerz er aufgestaut hatte, als er ihn herauszulassen begann, den Schläger nahm und auf die hässliche gelbe Lampe in dem Bücherregal drosch.

Dieser erste Schlag, das Geräusch, mit dem die Lampe zerbarst und das Bücherregal brach, hatten etwas in ihm aufs Neue geweckt. Die Bestie. *Die* Bestie. Dieselbe Bestie, die in Kolumbien zum Vorschein gekommen war. Damals hatte er sich in eine Tötungsmaschine verwandelt und Menschen gerächt, die er liebte, und in diesem Rage Room hatte er sich noch einmal in diese Tötungsmaschine verwandelt. Der Anblick der hässlichen Lampe, die zu gezackten Porzellanscherben zerplatzte, hatte Genuss in ihm geweckt.

Blutdurst.

Und er brauchte mehr davon.

Danach hatte er gebrüllt, ja, er hatte tatsächlich gebrüllt und sich darangemacht, mit dem Schläger auf alles Zerbrechliche – also auf alles in diesem Raum – einzudreschen, einzuschlagen und einzuhämmern. Und er hörte erst auf, als er Tränen in den Augen, Schweiß auf der Stirn und nur mehr Scherben und Splitter vor den Füßen hatte.

Eine zertrümmerte Welt für ein zertrümmertes Herz.

Als es nichts mehr zu zerschmettern gab, ließ er den Schläger mit ohrenbetäubendem Klappern zu Boden fallen, sank auf die Knie, barg den Kopf in den Händen und weinte. Um Dina. Um Valentina und um Miguel. Um José und Rosita. Und um Sophie, die ihre Mutter niemals kennenlernen würde. Er weinte um seinen Kumpel Brandon, der sich das Leben genommen hatte, weil er mit der richtigen Welt nicht mehr zurechtkam, nachdem er das Schlachtfeld hinter sich gelassen hatte. Er hörte erst auf, als seine Brust bebte und ihm die Knie wehtaten.

Aber auch dann stand er noch nicht auf.

Er behielt den Kopf unten und begann zu atmen.

Einatmen. Luft anhalten. Ausatmen.

Erst als er seinen Pulsschlag am Ticken seiner Uhr abzählen konnte, erhob er sich, wischte sich über die Augen und verließ das Zimmer.

Dann fuhr er zum Blumenladen, kaufte den größten Strauß, den es gab, und fuhr zurück nach Hause. Ihm war bewusst, dass Isobel wahrscheinlich enttäuscht sein würde, weil er nicht auf sie gewartet hatte – und der Gedanke, er könnte sie verletzt haben, drehte ihm den Magen um –, aber er benötigte noch etwas Zeit, um sich zu beruhigen und zu sammeln, bevor er sie sah. Er wollte nicht, dass sie seine verheulten Augen und seine fleckige Haut sah. Sie besaß die unheimliche Gabe, ihn zu durchschauen, und er wusste: Wenn sie in den Rage Room spazierte und ihn nach seiner »Sitzung« dort sah, würde sie auf der Stelle erkennen, dass er mehr getan hatte, als irgendwelches Zeug zu zerschmettern.

Er wollte nicht, dass sie die Bestie entdeckte.

Dass sie seinen Blutdurst oder die Folgen seines Wutausbruchs sah.

Denn der Rage Room war mehr für ihn gewesen als bloß ein Ventil für seinen Zorn, er hatte ihm erlaubt, sich aufs Neue dem Schmerz seiner jüngsten Vergangenheit zu stellen. Die Vergegenwärtigung seiner Verluste – die zahlreich waren – riss alte Wunden wieder auf, die noch nicht ganz vernarbt, aber wenigstens nicht mehr frisch gewesen waren. Nun waren sie wieder frisch und drängten sich in den Vordergrund, daher brauchte er Zeit, damit sich neuer Schorf bilden konnte, bevor er ihr begegnete.

Bevor sie ihn ansah, mit ihrem Lächeln, das die Welt zu einem besseren, lichteren Ort machte.

Sie hatten an dem Abend gemeinsam gegessen, und auch wenn sie nicht viel sprachen, hatte er es doch genossen, einfach mit ihr zusammenzusitzen. Zu sehen, wie ihr Mund sich regte und ihr langer Hals sich bewegte, wenn sie schluckte.

Er hatte bisher nicht gewusst, dass er auf Frauenhälse stand. Aber Isobels Hals gefiel ihm irgendwie, so lang und höllisch sexy. Er liebte es, zu beobachten, wie sie ihr Essen runterschluckte, und sich dabei insgeheim vorzustellen, wie sie *etwas anderes* schluckte.

Gab es überhaupt so etwas wie Halsfetischisten?

Dankenswerterweise drängte sie ihn nicht, sich mit ihr zu unterhalten, was er durchaus zu schätzen wusste. Sie schien zu erkennen, dass er grundsätzlich nicht besonders redselig war und nach der Erfahrung im Rage Room *erst recht* keine Lust zu reden hatte.

Der Rest der Woche war wirklich nett gewesen. Als seine Wunden sich wieder geschlossen hatten und es ihm gelang, zuerst Minuten, dann ganze Stunden lang nicht an Brandon oder die Velasquez-Familie zu denken, fühlte er sich allmählich besser. Er schlief auch besser. Manchmal riss er auf der Arbeit einen Witz, worauf seine Kollegen ihre Tätigkeiten unterbrachen und ihn anstarrten wie einen Außerirdischen.

Allerdings hatte er sich fragen müssen, ob es wirklich nur der Rage Room war, der ihm half. Oder doch eher Isobel. Allein ihre Gegenwart beruhigte ihn, nordete ihn ein und gab ihm die Sicherheit, dass er das alles nicht allein würde bewältigen müssen.

Er wusste, es würde immer Auslöser geben, die seine entsetzlichen Erinnerungen an Brandon, Dina und die Familie Velasquez wachriefen. Der Rage Room war lediglich ein *besonders großer* Auslöser gewesen. Morgens und abends mit Isobel zusammen zu sein war dagegen seine ganz eigene Therapie. Zu sehen, wie Isobel Sophie vergötterte, als wäre sie ihre eigene Tochter, bescherte ihm einen inneren Frieden, den er nicht mehr empfunden hatte, seit er Dina aus ihrer letzten Pflegefamilie geholt hatte und ihr rechtmäßiger Vormund geworden war.

Und jetzt wollte Isobel um die Häuser ziehen, flirten, trinken und tanzen. Aaron hasste die Vorstellung, wie sie von übergriffigen Verbindungsstudenten angegafft und befummelt wurde, die nur noch lallen konnten und ihre Drinks über sie verschütteten. Sie verdiente so viel mehr als das.

Du meinst dich, wie?

Fuck, nein. Aaron war ihrer nicht würdig. *Er* war derjenige, der *sie* nicht verdiente.

Andererseits – wie sie ihn so leidenschaftlich über die Gepflogenheiten des modernen Feminismus aufgeklärt hatte, bewies, dass sie nicht auf seine Erlaubnis angewiesen war, wenn sie ausgehen wollte. Schließlich war er ihr Boss, nicht ihr Aufpasser. Also hatte er in dieser Sache nichts zu sagen, auch wenn ihm die Vorstellung noch so wenig behagte.

Trotzdem machte es ihn fuchsteufelswild.

»Nett hier«, sagte eine ruhige Stimme leise und riss ihn aus seinen Gedanken. Aaron drehte sich um und erkannte Atlas, einen hoch aufgeschossenen, schlanken Mann mit grauen Augen, der den Kopf ins Esszimmer steckte. »Hast du das selbst gemacht?«

Aaron nickte. »Nachdem ich das Haus gekauft hatte, hab ich es komplett entkernt und umgestaltet.«

Atlas nickte. »Cool.«

Er war kein Mann vieler Worte, und das war Aaron ganz recht. Die beiden verstanden sich auf Anhieb. Und so hielt sich Atlas auch nicht mit weiterem Geplauder auf, sondern nickte ihm bloß noch mal zu und schlenderte zur Bar.

Liam hatte seine Pokerchips und den Kartentisch mitgebracht, da Aarons kleiner Küchentisch für zwei Personen nicht mal für ihn selbst, Colton und Isobel genügte. Die drei hatten stattdessen im Wohnzimmer gegessen.

Aaron war gerade damit beschäftigt, Kartoffelchips- und Brezeltüten aufzureißen, als ein schrilles Pfeifen sämtliche Gespräche im Haus verstummen ließ. Als er aufblickte, sah er Isobel, die schärfer denn je aussah und mit klappernden Absätzen den Flur heraufkam.

Sie trug ein irgendwie schräges, rotes, tief ausgeschnittenes Jumpsuit-Dingsbums. Hieß so was unter Mädels nicht eigentlich *Romper*? Scheiß drauf, wie so was hieß, auf jeden Fall schmiegte es sich an ihre Kurven, zeigte ihre sexy Hüften und den strammen Hintern, während der Stoff sich zugleich auf schlichte, feminine Weise fließend bauschte. Aaron hatte keinen Schimmer von Mode, aber er wusste, was ihm gefiel, und ihm gefiel, wie Isobel darin aussah. Sogar sehr.

Und den anderen Männern im Haus anscheinend auch.

Als er sah, wie Zak sie anschaute, geriet sein Blut in Wallung. Wie eine reife rote Himbeere am Himbeerstrauch, die er am liebsten gepflückt und vernascht hätte.

Fuck, Zak.

»Sie sehen toll aus, Miss Jones«, sagte Zak jetzt und näherte sich ihr, während Isobel einen Wodka-Soda von Colton entgegennahm. »Wollen Sie heute Abend ausgehen?«

Isobel lächelte über das ganze Gesicht. »Und ob. Eine Freundin von mir will ihre Beförderung feiern. Und ich muss mal wieder tanzen. Ich habe schon viel zu lange nicht mehr getanzt.«

Zak musterte sie von Kopf bis Fuß, sein Lächeln wurde noch eine Spur breiter, als sein Blick auf ihren Busen fiel. »Na, Sie dürften kein Problem damit haben, einen Tanzpartner zu finden. Sie sehen nämlich ganz reizend aus.«

»Danke, aber meistens tanze ich lieber nur mit meinen Freundinnen. In den Clubs herrscht oft die pure Fleischbeschau. Und mit den Kerlen da will ich eigentlich auch nichts zu tun haben, wissen Sie?«

Zak nickte. »Da bin ich ganz Ihrer Meinung. Ich will gerade auch niemanden kennenlernen, deshalb halte ich mich lieber fern von solchen Läden. Aber wenn *Sie* mich zum Tanz auffordern würden, würde ich wohl eine Ausnahme machen.«

Aaron hätte ihm am liebsten das Genick gebrochen.

»Wir haben Sie schon im Fitnessstudio vermisst. Haben wir irgendwas falsch gemacht?« Zak trat noch einen Schritt näher an Isobel heran, als Mark hinter ihm an den Tresen drängte und Colton einen Drink abnahm, wich jedoch nicht wieder zurück, als Mark sich wieder verzog.

Zak war ein Arsch.

»Nein, nein.« Isobel gluckste vergnügt. »Ich habe momentan einfach keine Zeit für die Muckibude. Aber wenn Aaron morgens zur Arbeit gefahren ist, lege ich Sophie meistens in den Kinderwagen und gehe mit ihr laufen. Solange das Wetter mitspielt, komme ich so zu meinem Training.« Sie trank einen großen Schluck Wodka-Soda, und als sie schluckte, geriet die Linie ihres Halses in schönste Wallung. Dann trank sie das Glas aus, stellte es auf den Tresen und nickte, als Colton sie fragte, ob sie noch ein Glas wollte.

»Gut, aber sagen Sie Bescheid, wenn Sie wiederkommen wollen. Dann buche ich für Sie einen Preisnachlass in der Kinderbetreuung, wenn Sie wollen.«

Sie klimperte mit ihren langen Wimpern und warf lachend den Pferdeschwanz über die Schulter. »Danke, Zak. Es ist immer gut, Freunde in wichtigen Positionen zu haben.«

Flirtete sie etwa mit ihm?

Stand Isobel womöglich auf Zak?

Dass Zak auf Isobel stand, konnte man indes aller Wahrscheinlichkeit nach sogar von der verdammten Internationalen Raumstation aus erkennen.

Hatten sie vielleicht schon etwas unternommen?

Womöglich miteinander geschlafen?

Schliefen sie regelmäßig miteinander?

Auf jeden Fall war Zak ein Frauentyp und wurde bestimmt nur selten zurückgewiesen. Der Junge hatte Muskeln ohne Ende. Sogar mehr als Aaron. Und größer war er auch. Tattoos an beiden Armen, rothaarig, blauäugig und ein Megawattlächeln. Außerdem gehörte dem Kerl eine verfluchte Fitnessstudiokette. Vermutlich sprangen morgens, mittags und abends kleine Muckibuden-Häschen um ihn herum.

Aaron hätte am liebsten ein Loch in die Scheißwand geschlagen. Noch besser ein Loch im Zaks verfluchte Flirtvisage.

Er hörte Isobels und Zaks Unterhaltung nicht länger zu. Dazu war er zu tief in eigene Gedanken versunken. Doch als sich Isobels Lachen, warm und sorglos, wie er es noch nie von ihr gehört hatte, in der Küche ausbreitete, begann Aarons Blut wieder zu kochen. Nun würde er jeden Moment die Nerven verlieren.

»Ich brauche Eis«, knurrte er niemanden im Besonderen an und machte sich in halsbrecherischer Geschwindigkeit auf den Weg in die Garage. Es würde weder für ihn noch irgendwen sonst etwas verbessern, wenn er die Faust in Zaks Gesicht schlug. Er würde sich vielleicht eine halbe Sekunde lang besser fühlen, danach jedoch würde es ihm noch viel schlechter gehen als jetzt. Abgesehen davon konnte sich Zak in einem Faustkampf vermutlich behaupten, so dass Aaron sich schneller mit gebrochener Nase und einem blauen Auge auf seinen vier Buchstaben wiederfinden würde, als er den offiziellen Wahlspruch der Navy SEALs, *The only easy day was yesterday*, aussprechen konnte.

Er entließ einen langen Atemzug, schloss die Garagentür hinter sich und lief dann rastlos vor seinem Pick-up auf und ab. Wo war der Rage Room, wenn man ihn am dringendsten benötigte? Er könnte auf seinen Boxsack einschlagen, aber das würde man im ganzen Haus hören und wissen, dass irgendwas im Busch war. Das Gleiche galt, wenn er mit irgendetwas schmiss oder seine Wut herausbrüllte. Er brachte ein Kissen, in das er hineinschreien konnte. Er musste die Garage schalldicht renovieren und den Balken verstärken, damit nicht gleich das komplette Haus erschüttert wurde, wenn er den Boxsack malträtierte.

Warum hatte er sich den Single Dads von Seattle bloß so schnell angeschlossen? Er war nicht bereit, schon wieder unter Menschen zu gehen. Er war nicht bereit, Kindergärten, vollgeschissene Windeln, schlaflose Nächte und Tanzabende zu erörtern. Er war noch zu überhaupt nichts bereit.

Und scheiße, er glaubte auch nicht, dass er es je sein würde.

Er war kein »Dad«. Er war allenfalls ein Onkel, und der seidene Faden, an dem er hing, war gerade mal so dick wie ein Schamhaar.

Jeden Morgen wachte er mit der Hoffnung auf, dass der kommende Tag leichter sein würde als der letzte. Dass gestern nicht leichter gewesen sein würde als der heutige Tag. Dass er sich endlich wie Sophies Vater fühlen würde, nicht bloß wie der Trostpreis, dem sie unweigerlich eine jahrelange Therapie verdanken würde, weil er, abgefuckt, wie er war, selbst eine Therapie benötigte.

Und dann war da noch Isobel.

Die perfekte, süße, kluge, freundliche, schöne, geduldige Isobel.

Dass sie nicht längst das Weite gesucht hatte, ging über sein Begriffsvermögen.

Sie war eine verfluchte Heilige.

An den meisten Abenden machte es ihn komplett fertig, wenn er nach ihr duschte und im Badezimmer ihre Waschlotion roch und den Wasserdampf wahrnahm, der eben noch ihren nassen, nackten Körper eingehüllt hatte. Er wusste, dass es falsch war, sich Abend für Abend unter der Dusche einen runterzuholen und dabei an sie zu denken, aber er konnte sich nicht davon abhalten. Nur so konnte er den Drang mildern, an ihre Zimmertür zu klopfen – nein, ihre Zimmertür *einzutreten* und sie in Besitz zu nehmen.

Er hatte der Garagentür den Rücken zugekehrt, doch mit einem Mal versteifte sich sein ganzer Körper. Er wusste, es war sie. Beim kurzen Anschwellen der Männerstimmen im Haus, gefolgt vom leisen Klicken der zufallenden Tür, beschleunigte sich seine Atmung.

Im nächsten Moment lag ihre Hand auf seinem Rücken und glitt von dort langsam zu seiner Schulter hinauf.

Er schluckte und schloss fest die Augen.

Sie ist das Kindermädchen.

Du kannst nicht mit dem Kindermädchen vögeln.

Du kannst nicht mit dem Kindermädchen vögeln.

Vögele. Niemals. Mit. Dem. Kindermädchen.

»Aaron«, flüsterte sie. Fuck, ihre Stimme glich warmem Honig. So süß, so weich. »Ist alles in Ordnung?« Jetzt drückte sie ihm die Schulter. »Kannst du dich bitte umdrehen und mich anschauen. *Bitte.*«

Mit dem letzten Wort schaffte sie es. Mit ihrem leisen, scheuen »Bitte«.

Da drehte er sich um, schloss die Faust um ihren Pferdeschwanz und nahm ihren Mund, als hielte er alle Antworten, allen Sauerstoff und alle Hoffnung der Welt für ihn bereit.

Dann stemmte sie die Hände gegen seine Brust und drückte ihn weg.

Darauf bedacht, ihr mit seinem Verlangen keine Furcht einzujagen, ließ er ihr Haar los und wich einen Schritt zurück. Raufte sich die Haare und wandte den Blick ab. »Fuck, es tut mir so leid. Ich weiß gar nicht –«

»Nein, warte, du hast bloß auf meinem Fuß gestanden.« Dann sprang sie in seine Arme, schlang die Beine um seine Taille und eroberte seinen Mund mit der gleichen Leidenschaft, mit der er ihren erobert hatte – vielleicht sogar mit noch mehr.

Aaron ächzte, als sie an seinen Haaren zog, den Kuss intensivierte und ihre Zunge noch tiefer in seinen Mund drängte. Sie wimmerte, wich aber nicht zurück. Stattdessen öffnete sie sich noch weiter für ihn und saugte an seiner Zunge, als wäre es sein Schwanz – oder wenigstens so, wie er hoffte, dass sie seinen Schwanz lutschen würde. Heilige Scheiße. Sie knabberte an seiner Unterlippe und lächelte, als sich den Tiefen seiner Kehle ein Stöhnen entrang. Er konnte nicht anders und umfasste ihre Brust, was ihr ein helles und mädchenhaftes Kichern entlockte. Er wollte, dass sie noch einmal so kicherte.

Er schob sie zu seiner Werkbank und setzte sie darauf ab. Sie verschränkte die Knöchel hinter seinem Rücken, der Schnittpunkt ihrer Schenkel drückte gegen seine Hüfte.

Er stöhnte wieder. Fuck, sie fühlte sich gut an. Und sie roch gottverdammt großartig.

Er wusste, dass er in dem Moment, in dem sie aufhören würden, sich zu küssen, in dem Moment, in dem sie sich voneinander lösen würden, ein neues Kindermädchen für Sophie suchen musste. Aber in diesem Moment, diesem kurzen Moment in einer der übelsten Phasen seines Lebens, spürte er keinerlei Schmerz. In Isobels Armen, ihre Beine um seine Taille geschlungen, ihre Wärme fest an seine Erektion geschmiegt, während sie an seiner Zunge saugte, ging es ihm einfach nur gut. Fuck, er würde sogar behaupten, dass es ihm phantastisch ging.

Und die Anziehungskraft war nicht nur einseitig. Damit hätte er im Leben nicht gerechnet, aber nun war er verflucht begeistert, dass er sich geirrt hatte.

Die ganze Anspannung, der Stress, das Gefühl, nicht zu genügen, die Trauer, die Wut, das alles fiel ihm von den Schultern und wurde von Isobels seidenweichen Armen ersetzt, die ihn umschlossen, und von ihren Fingern, die mit den Haaren in seinem Nacken spielten.

Aber sobald sie einander zu küssen aufhören würden und sie ihre Arme von ihm löste, würde sich die Last erneut auf seine Schultern senken. Anspannung und Stress, die Verantwortung, Sophies Dad zu sein, der Zorn, den er wegen Dinas Tod empfand, wegen der Velasquez-Familie, das Übermaß an Tod – alles würde wiederkehren.

Es läutete an der Tür.

Nur dass ihn die Türklingel dieses Mal nicht rettete. Die Türklingel brach den Bann.

Isobel kappte ihre Verbindung zuerst, löste sich von seinem Mund und nahm die Arme von seinen Schultern.

Und wie er es erwartet hatte, lastete der Druck sofort wieder auf ihnen. Nur dass nun noch ein neues Gewicht dazukam – das Gewicht dessen, was er gerade getan hatte.

Er hatte das Kindermädchen geküsst.

»Isobel, wo steckst du?«, hallte eine Frauenstimme durchs Haus.

Isobels Augen wurden riesengroß. Ihre roten Wangen und die

geschwollenen Lippen waren dermaßen sexy, dass Aaron am liebsten die Garagentür abgeschlossen und absolut jeden auf der anderen Seite für den Rest der Nacht vergessen hätte.

»Mercedes«, flüsterte sie. Er trat zurück und half ihr von der Werkbank. »Sie ist hier, um mich abzuholen.«

Er nickte und kratzte sich im Nacken, unsicher, was er nach dem, was sie soeben getan hatten, sagen sollte. Er räusperte sich. »Hör mal, es tut mir wirklich leid. Ich –« Seine Worte waren so angespannt wie der Reißverschluss seiner Jeans.

Sie legte ihm den Finger auf die Lippen und lächelte breit und verführerisch. »Nicht entschuldigen, bitte. Nicht. Ich muss los. Wir können morgen … darüber reden.« Damit ging sie zur Tür. »Amüsier dich gut heute Abend. Oder versuch es wenigstens. Und zu gewinnen versuch auch.« Sie öffnete die Tür und eilte ins Haus. Aaron ließ sie in der Garage stehen, verwirrt wie sonst was und mit einem Wahnsinnsständer.

Kapitel 14

Isobel legte die Hand an die Lippen und lächelte in Erinnerung an Aarons Mund, seine Zunge, seine Hände, seinen … alles stürmte wieder auf sie ein.

Dafür war sie ganz und gar nicht in die Garage gegangen, aber sie wollte verflucht sein, wenn die Überraschung nicht gelungen war.

Als ein Mensch, der die Gefühle anderer beinahe früher wahrnahm als diese selbst, hatte sie natürlich mitbekommen, dass Aaron nicht sehr erfreut darüber gewesen war, dass sie sich so angeregt mit Zak unterhalten hatte. Oder darüber, dass Zak ihr dabei so nahe gekommen war. Aarons Körper hatte sich mit jeder Sekunde mehr angespannt, seine Wangen waren knallrot angelaufen, die Nasenlöcher hatten sich geweitet, und wenn sie seine Nackenhaare hätte sehen können, hätten diese sich gewiss gesträubt.

Der Kuss hatte sie überrumpelt. Allerdings auf die bestmögliche Weise.

Und sie hatte gedacht, er könnte sie nicht leiden, dass er sie lediglich wegen Sophie tolerierte und dass das Verlangen vollkommen einseitig war.

Wie froh war sie jetzt, dass sie sich getäuscht hatte.

»Was hat das Grinsen zu bedeuten?«, fragte Mercedes, die gegen die laute Musik in der VIP-Lounge eines Nachtclubs anschreien musste. Isobel hatte den Überblick darüber, in welchem Club sie sich gerade befanden, längst verloren. Mindestens drei hatten sie bereits hinter sich. Und inzwischen waren nur noch sie und Mercedes übrig. Die übrigen Feiernden hatten Erschöpfung, CrossFit am nächsten Morgen oder irgendeine andere »Millennial-Ausrede«, wie Mercedes es ausdrückte, vorgeschützt und waren nach Hause gefahren. Isobel hatte ein schlechtes Gewissen, wäre aber selbst gern so früh gegangen. Sie war müde und wäre, um der Wahrheit die Ehre zu geben, gern heimgeeilt, um gemeinsam mit Aaron diesem Kuss auf den Grund zu gehen.

Sie blinzelte mehrmals, als sie angestupst wurde.

»Hm?«, säuselte Mercedes. »Was hat das Grinsen zu bedeuten? Du wirkst ja geradezu hypnotisiert.«

Isobel schüttelte den Kopf. »Ach, nichts. Ich denke nur gerade an was.«

»Geht es um das Haus voller supersexy Männer, aus dem du gerade kommst? An die hab ich nämlich auch gedacht. Besonders an den mit dem Militärschnitt und den bernsteinfarbenen Augen. Wie hieß der noch gleich?«

Isobel trank einen Schluck Martini. »Colton. Aarons Freund.«

»Heißer Typ.«

»Verzeihung, Ladys.« Zwei Männer, vermutlich fünf Jahre jünger als Isobel und Mercedes, kamen an ihren Tisch. »Aber uns ist aufgefallen, dass ihr zwei heute Abend ganz allein hier seid«, bemerkte der Größere.

Beide waren sie gut gekleidet, Marken-Polohemden und -hosen, kostspielige Uhren, einigermaßen teure Haarschnitte. Das Kölnischwasser, das Isobel und Mercedes über den Tisch anwehte, roch nach Geld und Privilegien.

Isobel fühlte sich auf der Stelle abgestoßen.

»Dürfen wir euch zu einem Drink einladen?«, fragte der andere. Seine Augen waren dunkelbraun, so dunkel, dass Isobel sich nicht sicher war, ob es am Clublicht lag oder ob der Kerl tatsächlich keine wahrnehmbaren Pupillen besaß.

Sie hoffte, dass Mercedes ihre innere Zicke herauskehrte und die beiden abwies. Sie war nicht in der Stimmung, sich mit Frischlingen zu unterhalten. Dabei spielte es keine Rolle, wie süß, gut betucht und nett sie waren. Schließlich erwartete sie daheim ein richtiger Mann.

Du liebe Güte, ein Kuss, und schon ist er dein Mann? Krieg dich wieder ein!

Ja, aber so war sie noch nie geküsst worden, von daher …

»Klar«, ließ sich Mercedes vernehmen. »Wir feiern gerade meine Beförderung.«

Einer der beiden eilte neben Mercedes, der andere rutschte zu Isobel.

Nun saßen sie in der Falle.

Isobels Fieberkurve stieg. Sie wich vor dem Typen neben ihr zurück, bis sie beinahe auf Mercedes' Schoß saß. Wie konnte sie ihrer Freundin klarmachen, dass diese Kerle Hochstapler waren?

»Was für eine Beförderung denn?«, erkundigte sich der Große und setzte ein blendend weißes Lächeln auf. Seine Zähne waren unnatürlich ebenmäßig. Die mussten verblendet sein. Oder womöglich war das komplette Gebiss neu.

»Einkäuferin einer Damenkollektion. Ich arbeite in der Modebranche.« Mercedes warf sich grinsend das lange blonde Haar über die Schulter. »Und was macht ihr so?«

»Wir sind in der College-Schwimmmannschaft«, antworteten sie wie aus einem Mund, warfen sich in die Brust und ließen noch mehr blendend weiße Zähne aufblitzen.

Mercedes, die, wenn sie feierte, immer sehr viel trank und schamlos flirtete, hatte Isobel mehrere Drinks voraus. Jetzt streichelte sie bereits den Arm des Typen neben ihr. »Oh, Schwimmer, ich wette, ihr tragt unter euren Hemden Schwimmanzüge.«

Isobel verdrehte die Augen.

»Wenn nicht, könnten wir uns kaum auf die Olympiaqualifikation vorbereiten«, sagte der neben Isobel sitzende Typ und rutschte noch näher heran.

»Ich heiße Vance. Der da ist Troy«, sagte der Große und legte hinter Isobel den Arm an die Abtrennung

Sie wollte an Mercedes' Abend nicht unhöflich oder schroff sein, doch die beiden Kerle verdarben ihr allmählich wirklich die Laune. Sie waren Weiberhelden und Flegel. In sehr teures Geschenkpapier samt einer hübschen Samtschleife verpackter Ausschuss.

Sekunden später kamen die Drinks, die die beiden Jungs verteilten. Dabei grinsten sie übers ganze Gesicht. Gruseliges, viel zu breites, viel zu falsches Grinsen.

»Auf die Beförderung«, sagte Vance und reckte sein Martiniglas in die Luft. Zuerst schloss sich ihm Troy an, dann Mercedes.

Dann saßen alle drei da und warteten auf Isobel.

Mercedes räusperte sich und stieß Isobel mit dem Ellbogen an. »Trink«, zischte sie. »Sei nicht unhöflich.«

Wieder verdrehte sie die Augen, dann stieß sie widerwillig mit den anderen an.

Mercedes kippte ihren Martini in zwei Zügen hinunter.

Isobel ließ sich Zeit und trank ihren in kleinen Schlucken. Der Drink war gut. Besser als alles, was sie heute Abend bereits getrunken hatten. Guter Gin. Aber sie kannte ihr Limit. Sie wollte sich am nächsten Morgen nicht wie Scheiße fühlen, deshalb hatte sie nicht die Absicht auszutrinken, da konnte der Drink noch so gut sein.

Davon abgesehen bekam sie kaum etwas von dem mit, was Vance zu ihr sagte. Sie war in Gedanken woanders. Sie fragte sich, wann und wie sie die Speedo-Zwillinge loswerden konnten und wann sie zu Aaron zurückkonnte. Nach Hause. Sie hatte die Clubszene satt. Und das nicht nur für heute Abend. Sie war damit alles in allem fertig. Sie wurde langsam zu alt für diese Fleischbeschau, die laute Musik, die überteuerten Getränke und die schmierigen Typen auf Beutejagd. Sie wollte einen guten Kerl finden, mit dem sie es sich auf dem Sofa gemütlich machen konnte, mit einer Flasche Wein, einem Teller Nachos und einem guten Film.

Oder war das zu viel verlangt?

Existierten solche Männer überhaupt noch?

Es musste doch so sein.

Ihre Schwester hatte so einen Mann gefunden.

Mark war das einzig Wahre. Ein richtiger, waschechter Arzt mit gutem Herzen, vollem Haar, einem tollen Sinn für Humor und einem umwerfenden Kind. Und, was noch wichtiger war, er liebte ihre Schwester bedingungslos.

Isobel wollte das auch.

Sie musste ihren eigenen Mark finden.

»Nächste Runde!«, rief Vance und winkte der Bedienung.

Isobel wollte schon den Kopf schütteln, doch Mercedes knuffte sie abermals und sagte: »Absolut.«

Und das war das Letzte, woran sich Isobel erinnerte, bevor der Abend entgleiste und die Welt sich in Finsternis hüllte.

Ihr Mund war mit Baumwolle angefüllt, zumindest fühlte es sich genauso an. Sie hatte früher schon Gin-Martinis getrunken, konnte sich aber nicht erinnern, dass ihr Mund sich nach einem Abend mit Mercedes jemals so angefühlt hatte. Auch die Gerüche und Geräusche ringsum waren fremd. In Mercedes' Apartment war sie jedenfalls nicht. Und in Aarons Haus auch nicht.

Männerlachen ließ sie die Augen aufschlagen.

Wo war sie?

Als sie sich aufsetzte, sah sie, dass sie sich auf der Couch in einem seltsamen Wohnzimmer befand. Allein. Neuerliches Gelächter vom anderen Ende des Flurs veranlasste sie, aufzustehen und in Richtung des Lärms zu schleichen. Sie war noch immer etwas wackelig auf den Beinen. Hatte sie denn wirklich derart viel getrunken? Das glaubte sie eigentlich nicht. Sie hatte sich nicht bis zur Bewusstlosigkeit betrunken gefühlt.

»Welche zuerst?« Sie kannte diese Stimme. Sie gehörte einem der Typen aus dem Club.

»Wir besorgen es Blondie oben zuerst. Die war eindeutig scharf drauf. So wie die über mich hergefallen ist. Außerdem habe ich keine Ahnung, wie wir mit diesem Jumpsuit klarkommen sollen, ohne ihn aufzuschneiden. Fuck, sind diese Dinger hässlich.«

Neues Gelächter, dazu Essensgeräusche.

»Aber wenn wir sie da einfach liegen lassen, wacht sie womöglich auf«, sagte der andere.

»Ja, aber wenn sie sich wehrt, macht es mehr Spaß.«

Wieder Gelächter.

»Ich steh drauf, wenn sie sich wehren. Wenn sie so tun, als wollten sie es nicht, obwohl wir genau wissen, dass sie es wollen. Die wollen doch immer einen Schwanz.« Das klang wie Troy, der die tiefere Stimme hatte.

Isobels Arme überlief eine Gänsehaut, und ihr Magen schlug Purzelbäume.

Wenn sie sich wehrt, macht es mehr Spaß.

O Gott, gleich würde sie sich übergeben.

»Hört sich gut an.« Kauen. »Wir sollten mal loslegen. Iss auf.«

Scheiße!

Sie sah sich im Wohnzimmer nach einer Waffe um. Nichts. Nicht mal eine ordentliche Lampe.

Ihr Vater hatte dafür gesorgt, dass Isobel und Tori die Grundlagen der Selbstverteidigung beherrschten. Hätte sie es nur mit einem Kerl zu tun gehabt, hätte sie ihn vermutlich sogar ausschalten können. Aber sie waren zu zweit, und außerdem spürte sie noch die Nachwirkungen der Droge, die sie ihr verpasst hatten – denn sie war ganz sicher irgendwie betäubt worden. Sie wusste, wie es sich anfühlte, wenn sie betrunken war, und das hier ging klar darüber hinaus. Sie war nicht ganz bei Sinnen. Ihre räumliche Wahrnehmung funktionierte auch noch nicht richtig. Und beim Gehen war ihr, als würde sie durch Gelee waten – so würden die zwei Typen sie leicht überwältigen können.

»Machen wir Stein, Schere, Papier, wer sie zuerst haben kann?«, fragte einer der beiden.

Ekelhaft.

Auf dem Korridor konnte sie sich nirgends verstecken. Ebenso wenig im Wohnzimmer. Aber die Treppe befand sich am Ende des Ganges. Mercedes war oben. Würden die Kerle ins Wohnzimmer gehen, um nach Isobel zu sehen? Konnte sie vorher zu Mercedes gelangen und mit ihr von hier verschwinden?

»Eine Scheibe noch.« Als Isobel das Geräusch einer Bierdose hörte, die zerdrückt wurde, lief sie auf Zehenspitzen, die hohen Schuhe in der Hand, zur Treppe.

Gottlob hatte sie ihre Handtasche noch. Und ihr Handy. Kaum hatte sie das Ende der Treppe erreicht, wo sie von der Küche aus nicht mehr gehört werden konnte, rief sie Aaron an. Sie benötigte Hilfe. Und sie musste Mercedes finden. Sie musste sie beide hier herausschaffen.

»Hallo?« Aarons tiefes Grollen erdete sie und beruhigte ihr rasendes Herz. »Iz, was ist los? Wo bist du?«

»Aaron …« Ihre Stimme zitterte. »Ich glaube, wir wurden unter Drogen gesetzt. Ich bin auf einer Couch in einem fremden Haus wieder zu mir gekommen. Aber ich kann mich nicht erinnern, so viel getrunken zu haben, dass ich einen Filmriss hatte. Und ich muss Mercedes finden.«

»Wo bist du?« Seine Stimme war von Panik erfüllt.

Sie sah aus einem Fenster am Ende des Gangs. »Ich – ich weiß es nicht. Ich habe keine Ahnung. Ich kann mich ja nicht mal erinnern, wie wir hierhergekommen sind. Ich kann mich an überhaupt nichts erinnern. Wir – wir haben in dem Club zwei Typen kennengelernt. Die kamen mir von Anfang an irgendwie seltsam vor, da wollte ich gehen, aber Mercedes wollte noch bleiben. Dann haben sie uns einen Drink nach dem anderen spendiert …« Lärmendes Gelächter aus der Küche stülpte ihr den Magen um. Sie senkte die Stimme, bis sie kaum mehr flüsterte. »Ich habe Angst, Aaron.«

»Ist die Friend-Finder-App auf deinem Handy aktiv?«

In ihrem Kopf hämmerte es, ihre Sicht war ein wenig verschwommen. Sie nahm das Handy vom Ohr.

»Okay, ich hab dich gefunden. Ich weiß, wo du bist. Vier Meilen entfernt. Halte durch!«

Sie schüttelte den Kopf, Furcht trieb ihr Tränen in die Augen. »Aaron, unten sind Männer. Ich – ich glaube, die wollen uns …« Stimmen am Fuß der Treppe ließen sie verstummen. »Sie kommen«, flüsterte sie und öffnete die nächste Tür, die offenbar in ein Schlafzimmer führte. Sie schaltete das Licht ein.

»Isobel!«, brüllte Aaron ins Telefon. »Isobel!«

Isobel erstarrte zur Salzsäule, als sie ihre Freundin ohnmächtig auf dem Bett liegen sah. Mercedes trug noch ihren schwarzen Minirock, der jedoch so weit nach oben geschoben war, dass man ihre rosa Spitzenunterwäsche sah, während das bernsteinfarbene, schulterfreie Oberteil noch an Ort und Stelle saß. Doch es war ihr Gesicht, bei dessen Anblick Isobel Tränen in die Augen stiegen. An einer langen Platzwunde in ihrem Gesicht klebte frisch getrocknetes Blut. Hatte sie sich gewehrt, und die hatten sie geschlagen, um sie hierherzubekommen?

Hatte Isobel auch gegen sie gekämpft? Rasch lief sie zum Spiegel. Sie fand keine Wunden oder Kratzer in ihrem Gesicht. War sie etwa bereitwillig mitgegangen? Sie konnte sich nicht erinnern.

»ISOBEL!«, gellte Aarons Stimme aus ihrem Handy.

Sie hörte Geräusche vom Gang und versteckte sich im Kleiderschrank. Kaum hatte sie mit angehaltenem Atem die Tür zugezogen, da erfüllten auch schon Stimmen und Gelächter das Zimmer.

»ISOBEL!«, gellte es wieder.

Sie hob das Handy ans Ohr und flüsterte: »Kann jetzt nicht sprechen. Ich schreibe.« Den Rest ihrer Nachricht schrieb sie, bei jedem Buchstaben zitterten ihre Finger.

Bin im selben Zimmer wie Mercedes. Sie ist ohnmächtig. Hat eine Platzwunde im Gesicht. Ich hab mich im Schrank versteckt. Die zwei Kerle sind auch hier drin. Ich glaube, die wollen sie vergewaltigen.

Er schrieb zurück:

Verhalte dich still. Wir sind unterwegs. Alles wird gut. Bleib weiter dran. Halt dir das Handy ans Ohr.

Sie schluckte und nahm das Handy wieder ans Ohr.

»Hör zu …« Seine tiefe Stimme beruhigte sie. »Ich bin für dich da, Isobel. Spiel nicht die Heldin. Wir retten Mercedes. Wir retten euch beide. Du kriegst das hin. Du schaffst das. Spiel nur nicht die Heldin. Alles klar?«

Tränen liefen über ihre Wangen, als sie ein Schluchzen abzuwürgen und unnötige Geräusche zu vermeiden versuchte.

Ihre Augen hatten sich unterdessen an den kleinen, dunklen Kleiderschrank gewöhnt. Da sah sie in einer Ecke einen Baseballschläger aus Metall lehnen.

Geh in die Knie. Augen immer am Ball. Und nicht vergessen, den Schwung ganz durchzuziehen.

Ihr fiel wieder ein, was ihr Vater immer gesagt hatte. Er hatte jahrelang, während sie auf der Junior- und Senior-Highschool gewesen war, ihr Softballteam trainiert. Die Mannschaft war in sechs Jahren viermal zu den nationalen Meisterschaften angetreten und hatte zweimal sogar gewonnen.

Isobel hatte Shortstop gespielt und den Spitznamen *Homerun Kid* nicht umsonst erhalten. Sie konnte einen Ball, ohne sich wirklich Mühe zu geben, geradewegs über den Spielfeldrand dreschen.

»Isobel.«

Sie hielt sich das Handy ans Ohr.

»Wir sind in zwei Minuten da. Pass auf dich auf. Zieh den Kopf ein. Und bleib dran. Ich muss wissen, dass du mich hören kannst. Schreib mir was. Irgendwas.«

Sie schlotterte am ganzen Leib, als sie sich abmühte, das eine Wort abzuschicken.

Sophie.

»Gut, Baby, gut. Du bist noch da. Das ist gut. Wir sind fast da. Nur noch ein paar Blocks. Bleib bei mir. Und bleib ruhig. Wir lassen nicht zu, dass die dir wehtun. Wir können nicht zulassen, dass dir irgendwas zustößt. Sophie liebt dich. Du bist das Beste, was uns jemals passiert ist.«

Uns?

Aber sie hatte keine Zeit mehr, Aarons offensichtlichen Patzer genauer zu bedenken, denn das Geräusch von Gürtelschnallen, die geöffnet wurden, lenkte ihre Aufmerksamkeit auf das Zimmer jenseits der Tür.

»Aaron«, zischte sie und drückte den Kopf in eine Reihe aufgehängter Oberhemden. »Die ziehen sich aus. Ich kann nicht einfach dabeistehen und nichts unternehmen. Ich kann nicht zusehen, wie die meiner Freundin wehtun.«

Sie schloss ihre Finger um den Griff des Baseballschlägers, schob das Handy in die Hosentasche ihres Jumpsuits und legte ihre andere Hand auf die Schranktür.

»ISOBEL!«, schrie Aaron sie aus der Hosentasche an.

Sie wollte schon die Schranktür öffnen, hielt jedoch inne, als sie hörte, wie unten eine Tür eingetreten wurde.

»Was zur Hölle?«, rief Vance.

»Fuck«, knurrte Troy.

Im selben Moment, in dem die Schlafzimmertür aufsprang, polterten Schritte die Treppenstufen herauf.

Isobel drückte die Schranktür einen Spaltbreit auf.

Lärm erfüllte den Raum, aber darauf kam es jetzt nicht an. Sie musste ihre Freundin wach bekommen. Eilig lief sie auf die andere Bettseite, setzte sich mit einer Pobacke auf die Bettkante und legte einen Arm um Mercedes. »Komm schon, Süße, wach auf. Du musst jetzt aufwachen.«

Plötzlich stand, mit aufgerissenen Fingerknöcheln, Colton in der Tür. »Ist sie bei Bewusstsein?«

Isobel schüttelte den Kopf, eine Träne lief über ihre Wange. »Nein.«

Er war schneller um das Bett geeilt und hatte Mercedes aufgehoben, als Isobel blinzeln konnte. »Die Polizei ist unterwegs. Der Krankenwagen auch. Aber wir müssen sie erst mal hier rausschaffen.«

Isobel folgte ihnen die Treppe hinunter. »Wo ist Aaron?«

»Hier!« Sie wirbelte herum, als sie von der Küche her seine

Stimme hörte, und warf sich in seine Arme, ihre Tränen flossen jetzt ungehemmt.

»O Gott sei Dank.«

Seine Hand lag auf ihrem Rücken, und er begann, sie zu massieren und beruhigende Worte zu murmeln, deren Sinn sie gar nicht verstehen musste, um sich von ihnen ermutigen zu lassen. »Alles in Ordnung. Alles gut. Ich bin ja hier. Du bist in Sicherheit.«

Sie drückte sich von ihm ab. »Wer ist bei Sophie?«

Wenn er und Colton hier waren, wer war dann bei Sophie? War sie in seinem Wagen?

Sein Blick wurde weich, er zog ihren Kopf an seine Brust zurück und gluckste leise. »Liam war noch da, als du angerufen hast. Er ist jetzt bei ihr. Alles gut.«

Ihr Körper entspannte sich. Aarons rasender Herzschlag an ihrem Ohr war eines der süßesten Geräusche, die sie jemals gehört hatte.

»Isobel.« Beim Klang von Mercedes' Stimme löste sie sich aus Aarons Umarmung und eilte zu ihrer Freundin, die inzwischen auf einem Sofa saß. Colton hatte einen kleinen Erste-Hilfe-Kasten geöffnet und behandelte Mercedes' Platzwunde. Auf dem Tisch stand ein kleines Fläschchen, das dem Geruch nach Riechsalz enthielt.

Isobel fiel vor ihrer Freundin auf die Knie. »Hier bin ich.«

»W-was ist passiert?«

Aaron ging aus dem Wohnzimmer, als es an der Tür klopfte. Der Raum wirkte schlagartig kälter, größer und unheilvoller. Es erstaunte Isobel, welche Wirkung seine Gegenwart auf sie hatte. Wie viel geborgener sie sich in seiner Nähe fühlte.

Stimmen erfüllten das seltsame Haus. Dann betraten vier schwer bewaffnete Polizisten, zwei Männer und zwei Frauen, das Wohnzimmer.

Das Sagen schien die große, rothaarige Polizistin zu haben. »Wo sind sie?«, richtete sie ihre Frage an Aaron.

Mit blitzenden Augen reckte er sein gemeißeltes Kinn Richtung Küche. »Da drin.« Worauf sich die andere Polizistin und ihr kahlköpfiger Kollege dorthin begaben.

Ihr Namensschild wies die rothaarige Polizistin als »Rose« aus. Mit milder blickenden Augen näherte sie sich Isobel und Mercedes. »Hallo, ich bin Officer Rose.« Ihr Blick fiel auf die Platzwunde in Mercedes' Gesicht. »Scheiße«, brummte sie, bevor sie neben den beiden in die Knie ging.

Mercedes atmete schneller und streckte krampfhaft die Hand nach Isobel aus.

»Schon gut. Schon gut«, sagte Isobel besänftigend und nahm die Hand ihrer Freundin. »Wir sind jetzt in Sicherheit.«

»Ich würde Ihnen beiden gern ein paar Fragen stellen«, sagte die Polizistin. »Aber das können wir auch irgendwo machen, wo Sie sich wohler fühlen.«

»Vielleicht sollte man den beiden Blut abnehmen, um herauszufinden, was die in ihre Drinks getan haben«, sagte Colton, stand auf und verschloss den Erste-Hilfe-Kasten. »Dafür sollte man diese Arschlöcher grillen.«

Officer Rose räusperte sich, der Ausdruck ihrer Augen wurde wieder härter. Es gefiel ihr offenbar nicht, sich von Colton sagen zu lassen, wie sie ihre Arbeit verrichten sollte, das war ihr deutlich anzumerken, trotzdem blieb sie professionell und nickte bloß. »Aber jetzt schaffen wir Sie beide erst mal hier raus.«

»Einverstanden«, sagte Aaron, schlang einen Arm um Isobels Taille und dirigierte sie zur Haustür.

Nach alledem ließ er sie nicht wieder los. Er ließ sie nicht aus den Augen, nicht einmal auf dem Weg zum Polizeirevier oder ins Krankenhaus. Er blieb die ganze Zeit bei ihr und kümmerte sich darum, dass sie behütet und umsorgt wurde.

Und als sie nach Hause kamen und er ihre Hand endlich losließ, fühlte es sich irgendwie seltsam an.

Isobel wusste, sie hatten sich nur einmal geküsst, aber jetzt wusste sie auch, dass die Anziehung, die sie empfand, keineswegs einseitig war, und sie wollte unbedingt eine Gelegenheit finden, ihn aufs Neue bei der Hand zu halten und wieder in seinen Armen zu liegen.

Sie musste nur noch herausfinden, wie sie dort hingelangte – und auch dort blieb.

Kapitel 15

Heilige Scheiße!

Aaron benötigte einen Drink.

Gott sei Dank war Liam noch im Haus, Sophie schlief tief und fest, und Liam reichte Aaron ein randvoll gefülltes Glas.

Aaron nickte, trank die Hälfte von seinem Scotch und wartete, bis der Alkohol durch seinen Hals bis in den Magen geflossen war. Er entzündete ein samtiges Feuer, das er genoss und dringend gebraucht hatte.

Als Isobel angerufen hatte, hatte ihm das Herz bis zum Hals geschlagen. Und der Klang ihrer Stimme hatte es zerspringen lassen. Das Entsetzen, die Erschöpfung, jedes Wort, das sie gesprochen hatte, hatten weißglühende Wut und Furcht in seine Blutbahn geschossen. Er hatte gewusst, dass etwas nicht stimmte, noch ehe sie sagte, dass sie unter Drogen gesetzt worden war. Sie hörte sich nicht wie sie selbst an, wie die kluge, zuversichtliche Frau, die er kennengelernt und in die er sich …

Er hatte all seine Kraft zusammennehmen und Colton hatte ihn zurückhalten müssen, damit er nicht das Leben aus den beiden Dreckskerlen herausprügelte, die mit runtergelassenen Hosen vor ihnen gestanden hatten.

»Die Bezirksstaatsanwältin wird sich in ein paar Tagen mit Isobel und Mercedes in Verbindung setzen«, sagte Liam und leerte sein Glas. »Sie ist sehr fair, ich mag sie, sie wird sich den beiden gegenüber anständig verhalten. Wenn sie Anklage erhoben hat, müssen

Isobel und Mercedes nur noch ihre Aussage machen. Wir müssen die beiden Scheißkerle an die Wand nageln.«

»Man sollte ihnen besser gleich den Hals umdrehen«, brummte Aaron. »Ich musste mich echt zusammenreißen. Wenn Colt nicht dagewesen wäre, hätte ich es wahrscheinlich nicht geschafft.«

»Dann wärst du jetzt wegen Totschlags dran, und ich müsste dich verteidigen, also gut, dass er da war. Wo ist er eigentlich jetzt?«

Aaron lehnte sich gegen den Küchentresen. »Er hat Mercedes heimgefahren. Sie war total durch den Wind, da hat er ihr angeboten, auf ihrer Couch zu übernachten, bis es ihr wieder besser geht.« Er warf einen Blick auf die Fingerknöchel seiner Rechten. Sie waren aufgeplatzt, geschwollen und blutrot.

»Da solltest du vielleicht besser Eis drauf tun«, murmelte Liam ausdruckslos.

»Vielleicht«, knurrte er.

»Brauchst du mich noch?«

Aaron schüttelte den Kopf. »Nein, Mann, wir kommen klar. Vielen Dank, dass du bei Soph geblieben bist.«

Liam nahm seine halb geleerte Flasche Scotch vom Tresen, tippte kurz etwas auf dem Handy und schob es dann in seine Hosentasche. »Kein Thema, Mann. Jederzeit. Sophie liebt ihren Onkel Liam.« Damit klemmte er sich den Metallkasten mit den Pokerchips unter den Arm und ging zur Haustür. »Den Kartentisch kannst du ja nächste Woche mitbringen, okay? Mein Uber ist in zwei Minuten hier. Ich warte draußen, damit du ins Bett gehen kannst.«

Aaron trank den Rest Scotch, stellte das Glas ins Spülbecken und folgte Liam zur Tür. »Ich weiß nicht, ob ich nach alldem schlafen kann.«

»Adrenalin?«

»Ja.«

»Verstehe. Wenn ich im Gericht einen wichtigen Fall gewonnen habe, geht es mir genauso. Dann fühle ich mich unbesiegbar und möchte von Hochhäusern springen oder an Mauern hinaufrennen oder irgendeinen ähnlichen Blödsinn.«

Aaron knurrte und hielt Liam die Tür auf. Die Nächte wurden schon kühler, der Herbst stand ihnen bevor. »Ob ich unbesiegbar bin, weiß ich nicht, aber müde bin ich bestimmt nicht.«

Liam klopfte ihm auf die Schulter. »Du wirst dir schon was einfallen lassen. Sag Bescheid, wenn du irgendwas brauchst. Und mach Iz und Mercedes klar, dass diese Sache nicht unter den Teppich gekehrt wird. Diese verwöhnten kleinen Vollidioten kriegen, was sie verdienen, und das nicht zu knapp.«

Aaron senkte den Kopf und nickte. »Danke, Mann, ich weiß das zu schätzen.«

Scheinwerfer erhellten die Einfahrt. »Jederzeit, Mann. Wir sehen uns nächstes Wochenende.« Dann lief Liam zu seinem Uber und ließ Aaron im Haus allein, abgesehen von seiner winzigen Nichte und ihrem traumatisierten Kindermädchen, das schon schlafend im Bett lag.

Sie waren ins Krankenhaus gefahren, wo er die arme, verunsicherte Isobel im Schraubstock seiner Arme und Beine hatte festhalten müssen, damit sie während der Blutabnahme stillhielt. Tränen waren über ihre Wangen geströmt, und ihr Körper war starr wie eine Eisenstange geworden, als die Krankenschwester mit dem Besteck für die Blutabnahme näher gekommen war.

»Ich kann nicht«, schluchzte sie, schüttelte den Kopf und drückte das Kinn an die Brust. »Ich kann nicht. Ich hasse Nadeln. Mir ist egal, womit die mich betäubt haben. Ich will nicht!«

Wie bei einem der ungebärdigen Pferde von der Cahill-Farm in Texas senkte er die Stimme zu einem beruhigenden Säuseln und rieb ihr den Rücken. »Du musst, Iz. Aber es ist gleich vorbei. Ich bin bei dir. Und ich gehe nicht weg, Baby. Ganz ruhig, ich habe dich. Alles gut, Baby, ich habe dich, ich bin hier.«

Doch sie schüttelte den Kopf. Sein T-Shirt war tränenfeucht. »Reicht nicht Mercedes' Blut, um festzustellen, welche Droge es war?«

»Die könnten dir etwas anderes verabreicht haben. Das wissen wir nicht. Aber du bist früher aufgewacht als Mercedes. Sie ist noch immer ziemlich weggetreten.« Er schob ihr eine verirrte Haarsträhne hinters Ohr, strich mit den Fingern über ihr Kinn und hob ihren Kopf, damit sie ihn ansehen musste.

Augen von der Farbe des Himmels über dem Herzen von Texas blinzelten ihn rot gerändert und voller Angst an. »Ich habe Angst, Aaron.«

»Ich weiß, Baby. Ich weiß. Aber ich bin bei dir, und ich gehe nirgendwo hin, okay?«

Sie schluckte. »Versprochen?«

»Versprochen, Baby. Ich bin bei dir. Drücke mir so fest wie nötig die Hand. Beiß hinein, wenn du musst. Ich bin hier bei dir, und ich gehe nicht weg, niemals wieder.«

Er nahm Blickkontakt mit der Schwester auf, die hinter Isobel stand und darauf wartete, dass sie sich beruhigte. Nun kam sie vorsichtig näher. Isobel verkrampfte sich noch mehr in seinen Armen, als links von ihr die Schwester in ihr Blickfeld trat.

»So, Iz …« Sie saß seitwärts auf seinem Schoß, doch er bewegte sie so, dass sie rittlings auf ihm zu sitzen kam. Dann schlang er die Arme um sie und hielt sie fest.

Mit behandschuhten Händen, einem freundlichen Lächeln und behutsamen Bewegungen hob die Schwester Isobels Arm.

Doch Isobel riss sich von ihr los. »Ich kann nicht!«

»Sieh mich an«, befahl Aaron in dem Tonfall, mit dem er früher neue Rekruten ausgebildet hatte.

Ihre Augen wurden groß, ihr Rücken straffte sich, ihr Kopf fuhr hoch, und sie löste den Blick von der Schwester.

»Braves Mädchen. Und jetzt konzentrierst du dich auf mich. Schau nichts sonst an, nur mich, meine Augen, okay?«

Sie nickte.

»Ich will, dass du es aussprichst, Iz.«

»Ja, gut, deine Augen, ich schaue in deine Augen.«

»Genau.«

Wieder hob die Schwester ihren Arm. Isobel wollte ihn wegziehen, doch Aaron hielt ihren Arm auf der Armstütze fest. Er drückte ihr Handgelenk hinunter, so dass sie sich nicht mehr rühren konnte, und zog sie mit dem anderen Arm fester an seine Brust.

Nase an Nase atmeten sie einander an. Er sah nichts mehr, nur noch sie.

Und mehr wollte er auch nicht sehen.

Isobel zuckte zusammen, als die Nadel in ihre Haut drang. Er spürte, wie sich ihr Puls beschleunigte, ihr Atem stockte. Heiße, kurze Atemstöße trafen seine Lippen, in ihren Augen raste der Schmerz.

»Du machst das toll, Baby. Wirklich großartig.«

»Wir sind gleich fertig«, sagte die Schwester.

»Gleich fertig«, wiederholte er. »Du bist so tapfer, Iz. So tapfer. Du schaffst das, Baby. Nur noch ein paar Sekunden, dann ist es vorbei, und wir fahren nach Hause.«

Ihre Lippen bebten. So nah waren sie ihm jetzt, dass er ihr Zittern an seinem Mund spürte und sich danach sehnte, ihre Nerven mit einem Kuss zu beruhigen. Ihre Gedanken vom Hier und Jetzt, von den vergangenen Stunden auf seine Garage zu lenken, dorthin, wo es nur sie beide gegeben hatte, ihre Hände in seinen Haaren, ihr Körper weich und nachgiebig an seinem.

»So, alles erledigt.« Die Krankenschwester tippte ihm auf die Schulter. »Das haben Sie beide toll gemacht. Lassen Sie den Tupfer nicht länger als fünfundzwanzig Minuten drauf, sonst bekommen Sie einen blauen Fleck.«

Sie ließen einander noch immer nicht aus den Augen, hatte sich noch immer nicht voneinander gelöst.

Aaron wartete, bis er sicher war, dass sie in dem kleinen Vorzimmer, in dem Blut abgenommen wurde, allein waren, dann riss er den Blick von ihr los und half ihr von seinem Schoß.

Er wollte sich auf den anderen Stuhl setzen, doch sie hatte noch immer die Arme um seinen Hals geschlungen, zog ihn an sich, hielt ihn zurück.

Sie drückte das Gesicht an seinen Hals, heiße Tränen tropften auf seine Haut. »Ich danke dir.« Leises Schniefen dämpfte ihre Worte.

Er schlang die Arme wieder um ihre Taille, sein Körper entspannte sich in ihrer Umarmung. Seine Nase streifte ihr Haar, und er atmete ein und schloss die Augen, als der Duft ihres Shampoos etwas Gefährliches in ihm aufrührte.

»Fertig?« Erst als um die Ecke Coltons Stimme erklang, trennten sie sich.

Isobel verschränkte ihre Finger mit Aarons.

Sie wollte ihn nicht loslassen. Er verstand sie. So etwas geschah häufig nach einem Trauma. Er hatte das bei Rückholeinsätzen schon oft erlebt. Geiseln oder Gewaltopfer schlossen sich an ihren Retter an und fühlten sich nur noch in seiner Gegenwart sicher.

Aber wieso empfand er dann genauso für sie? Er wollte sie auch nicht mehr loslassen. Jetzt nicht. Und niemals wieder.

Isobel fühlte sich abscheulich.

Ihre Kleider würde sie verbrennen müssen.

Und sie würde sich Jumpsuits in sämtlichen verfluchten Regenbogenfarben kaufen.

War ihr Jumpsuit wahrhaftig das Einzige gewesen, was sie davor bewahrt hatte, vergewaltigt zu werden? Weil das Ding der Hochsicherheitstrakt unter den Kleidungsstücken war? Sie würde ihrer Garderobe unbedingt noch mehr davon hinzufügen müssen. Vielleicht sollte sie von nun an überhaupt nichts anderes mehr tragen.

Eine Zumutung in öffentlichen Toiletten, aber äußerst praktisch im Fall sexueller Übergriffe.

Fuck, was für eine Scheiße.

Sie schälte sich aus ihren Kleidern, einschließlich BH und Slip, und warf alles auf einen Haufen in einer Ecke ihres Zimmers. Vielleich würde Aaron ihr ja erlauben, das Zeug morgen hinter dem Haus in einer Mülltonne zu verbrennen. Um ihre Welt von den Erinnerungen an diese Nacht zu reinigen. Vorher würde sie schauen müssen, ob Mercedes ihre Klamotten ebenfalls verbrennen wollte.

Sie benötigte eine lange, heiße Dusche. Musste sich die Spuren dieser Nacht vom Körper waschen. Den Geruch von Vances groteskem Kölnischwasser, den Gin, den Geruch toxischer Männlichkeit. Als sie trotz der Wärme im Haus fröstelte, nahm sie das an ihrer Tür hängende Badetuch und hüllte sich hinein.

Da Aaron inzwischen vermutlich im Bett war, nahm sie an, sie könnte, nur mit einem Badetuch bekleidet, über den Gang zum Bad huschen. Er machte das dauernd. Warum dann nicht auch sie?

Sie öffnete die Tür und trat auf den dunklen Flur hinaus.

Als sie Aarons Schlafzimmertür aufgehen hörte, verharrte sie, mit der Hand am Türknauf zum Badezimmer, und sah ihn im nächsten

Augenblick, mit nichts als einem Badetuch bekleidet, vor sich stehen.

Ihr fiel die Kinnlade runter.

Bisher hatte sie nur seinen nackten Rücken gesehen. Er kam immer mit einem umgebundenen Badetuch aus der Dusche. Seine Vorderseite hatte sie bisher noch nie gesehen. Und was war das für eine Vorderseite!

Wie viele Bauchmuskeln hatte der Mann überhaupt? War das noch normal?

Würde sie nachzählen können, ohne dass er es merkte?

Und dann die geschwollene rote Narbe, die von seinem Hüftknochen bis direkt unter seine rechte Brustwarze verlief. Wo um alles in der Welt hatte er die bloß her? So wie es aussah, was das mal eine tiefe Wunde gewesen. Hatte Colton ihn wieder zusammengeflickt? Er hatte auf der Fahrt zum Krankenhaus erwähnt, dass er der Sanitäter der Truppe gewesen war. Wobei sie noch immer nicht wusste, von welcher Art *Truppe* er gesprochen hatte.

»Ich kann warten, wenn du zuerst duschen willst«, sagte er, bemüht, seinen Blick nicht über ihren Körper wandern zu lassen. »Aber ich kann nicht schlafen. Adrenalin und so. Ist schon eine Weile her, seit ich zuletzt jemanden bewusstlos geschlagen habe.«

Sie nickte, ihren Blick auf die Narbe gerichtet. »Schlafen kann ich auch nicht. Ich muss die Nacht wegduschen.«

Onkel John, wie er im Planschbecken hockt und triefende Chicken Wings verspeist.

Sie musste Aaron dafür danken, dass er zu ihrer Rettung geeilt war. Sie wollte sich nicht ausmalen, was hätte geschehen können, wenn er nicht ans Handy gegangen, wenn er nicht da gewesen oder rechtzeitig aufgetaucht wäre.

Sie presste die Lippen zusammen. »Danke«, flüsterte sie dann, ohne die breite, lange Narbe aus den Augen zu lassen, »dass du Mercedes und mich gerettet hast.« Ihre Gefühle schnürten ihr die Kehle zu, und sie hatte Mühe, die folgenden Worte herauszubringen. »Wenn du und Colton nicht gekommen wärt …« Langsam hob sie den Blick von ihm.

Er erwiderte ihren Blick aus brennenden dunkelblauen Iriden, sprach jedoch kein Wort.

Warum sagte er denn nichts?

Ihr war, als müsste sie einfach weiterschwatzen, sonst würde sie noch etwas tun, was sie später bereuen würde und wofür er ihr eindeutig keinen Anlass gab, auch wenn sie sich wünschte, er würde Signale senden wie ein strahlend oranges Leuchtfeuer in sternenlos dunkler Nacht.

Sie senkte den Blick auf den Boden und fegte mit dem großen Zeh einen Fussel über den Holzfußboden. »Und danke, dass du der Krankenschwester geholfen hast. Ich weiß, was Spritzen angeht, bin ich ein Riesenbaby.«

»Du bist kein Baby«, sagte er leise. »Du bist einer der tapfersten …« Er schluckte. »… freundlichsten und liebenswertesten Menschen, die mir jemals begegnet sind. Ich weiß gar nicht, womit Sophie und ich dich verdient haben, aber ohne dich würden wir es nicht schaffen.«

Heilige Scheiße.

»Und deshalb …« Als er einen Zipfel seines Badetuchs richtete, fiel ihr Blick wieder auf seinen Oberkörper. Mit der anderen Hand kratzte er sich die Bartstoppeln. »Hör mal, Iz, wegen vorhin … Das mit dem Kuss tut mir wirklich leid. Ich habe mich unprofessionell und unangemessen verhalten. Ich schwöre, das wird nie wieder vorkommen. Bitte, bleib hier. Wir dürfen dich nicht verlieren.«

Sie schüttelte den Kopf. »Nicht.«

Bitte, entschuldige dich nicht. Das ist die einzige schöne Erinnerung an heute Abend. Nimm mir das bitte nicht weg.

»Aber ich hätte die Situation nicht ausnützen –«

»Hast du nicht.« Sie musste ihn wissen lassen, dass sie eine willige Komplizin ihres Kusses gewesen war. Zum Teufel, sie hatte ihn sogar angesprungen und mehr von ihm verlangt. Sie war mehr als willig gewesen. Und sie war noch immer mehr als willig.

Er schüttelte den Kopf und atmete hörbar aus. »Doch, das habe ich, du bist mein Kindermädchen.«

So verletzt sie nach dieser Höllennacht auch sein mochte – jetzt, hier mit Aaron auf dem dunklen Flur, fühlte sie sich vollkommen geborgen. »Aber ich könnte mehr als das sein«, flüsterte sie und wandte ihm das Gesicht zu.

Er machte große Augen. Seine Lippen teilten sich. »Iz, ich möchte dich wirklich nicht ausnutzen. Ich möchte nicht, dass du denkst, ich will dich ausnutzen. Du hast eine harte Nacht hinter dir …«

»Aaron, ich will es doch«, platzte sie heraus. »Ich will dich.«

Er schüttelte den Kopf. »Ich muss mehr hören als das. Nach heute Abend …« Er rieb sich den Nacken. »Fuck, ich brauche so etwas wie eine Einverständniserklärung.«

Er war so süß, wenn er sich wie ein Gentleman zu verhalten versuchte. Allerdings wollte sie gerade überhaupt keinen Gentleman. Sie wollte Aaron. Ihren Helden, ihren muskulösen Mitbewohner, den Mann, der ihr Herz gefangen hielt.

»Bitte«, hauchte sie und fragte sich, ob es das war, was er hören wollte.

»Ist das ein Ja?«, fragte er mit heiserer, rauer Stimme.

Sie nickte mit klopfendem Herzen. »Nicht bloß Ja. Absolut Ja.« Und dann sprang sie, wie schon früher am Abend, in seine Arme, jedoch erst, nachdem sie beide ihre Badetücher hatten fallen lassen. Sein Mund lag auf ihrem, und sie schlang die Arme um seinen Hals, als er sie ins Badezimmer trug. Sie streckte die Hand aus und machte Licht, ohne ihre Lippen von seinen zu lösen. Er stieß die Tür zur Dusche auf und ließ im selben Moment, in dem sie von seinen Hüften glitt, blindlings das Wasser laufen.

Irgendwie schafften sie es unter die Dusche, ohne den Kuss zu unterbrechen. Aus dem riesigen Duschkopf prasselte warmes Wasser auf sie herunter, und ihre Leiber wurden schlüpfrig, ihre Lippen feucht.

Mit einer Hand umfasste er ihre Brust, knetete und streichelte sie, kniff in die längst hart gewordene Brustwarze, und als er daran zog, ließ sie der leichte Schmerz in seinen Mund keuchen. Als sie nach mehr verlangte, verwandelte sich ihr Keuchen in Wimmern.

Seine Erektion drückte hart gegen ihre Hüfte und verlangte nach Aufmerksamkeit. Also zwängte sie ihre Hand zwischen sie, schloss die Finger um ihn und entlockte ihm ein Ächzen. Er stieß vor und ermutigte sie so, ihn zu reiben.

Bald war die Dusche von Dampf erfüllt, das Wasser war nun nicht mehr warm, sondern heiß – oder lag das an dem durch ihre Adern tosenden Blut?

Mit der freien Hand packte Aaron ihr langes, dunkles, feuchtes Haar und zog daran, bis sie ihren Kuss unterbrach und den Kopf himmelwärts reckte. Seine Zähne schabten über ihren Hals, er knabberte an ihrem Kinn und dann an ihrem Ohr.

Als Isobels Lippen sich teilten, fielen Wassertropfen auf ihre Zunge und in ihre Augen, worauf sie die Lider schnell wieder schloss. Sein Mund ging derweil weiter auf Wanderschaft, den Hals hinunter, über die Schulter, bis zur Brust, wo er sich die Brustwarzen vornahm, heftig daran saugte und hineinbiss.

Sie wölbte den Rücken und drückte ihre Brust gegen seine rauen Bartstoppeln, weil sie sich nach der feuchten Hitze seines Mundes und der erregenden Marter seiner Zähne verzehrte.

Sie fuhr fort, seinen Schwanz zu massieren, und genoss, wie zart und doch hart seine Haut war – und dabei schien er immer weiter zu wachsen. Sie konnte es kaum aushalten, ohne in die Knie zu gehen und ihn in den Mund zu nehmen. Ihn zu schmecken, seine Hände am Kopf zu spüren und die Leidenschaft, das Feuer in seinen Augen zu sehen, während sie zu ihm aufblickte und ihn bis zum Anschlag in den Mund nahm.

Seine Hand gab ihre Brust frei, er führte sie weiter ihren Oberkörper hinab und schob zwei Finger zwischen ihre üppigen Schamlippen. Sie wusste, sie war nicht bloß vom Wasser nass.

Er stöhnte an ihrer Brust, als er ihre Hitze fand, und löste Schauer in ihr aus, die sich bis tief in ihren Bauch fortsetzten.

Mit den Kuppen seiner rauen, schwieligen Finger beschrieb er zarte Kreise um ihre Klitoris. Fast gaben ihre Knie nach, und ihre Nippel wurden noch härter. Mehr ersehnend, drängte sie ihre Hüften instinktiv seinen Fingern entgegen.

»So ist es gut, Baby«, brummte er, bahnte sich küssend einen Weg zu ihrer anderen Brust und nahm den anderen Nippel in den Mund. »Du bist so verflucht süß.«

Isobel wurde immer frustrierter. So sehr ihr dieses Vorspiel gefiel, so sehr sie es liebte, seinen Mund auf ihrer Brust, seine Finger zwischen ihren Beinen zu spüren, ging es ihr doch nicht schnell genug. Schließlich mussten sie sich auch noch waschen, aber bis einer oder eine von ihnen kam, wäre das Wasser längst kalt.

Aaron kannte sich zweifellos mit der weiblichen Anatomie aus. Mehrmals stand sie kurz vorm Höhepunkt, aber immer wenn sie dachte, er würde ihr helfen, sich von der Klippe zu stürzen, hielt er sie doch wieder zurück. Der Mann war ein Meister der Balance, er schob sie bis ganz an den Rand, nur um sie dann wieder aufzuhalten, bis die Spannung so unerträglich wurde, dass sie darüber fast den Verstand verlor.

Frustriert entzog sie ihre Brust seinem Mund und wich zurück, worauf auch ihr Kitzler seinen Fingern entglitt. Er sah sie verwirrt an, in seinen Wimpern und den rötlichen Bartstoppeln hingen wie winzige Kristallperlen Wassertropfen. Seine eindringlich blickenden dunkelblauen Augen bestanden nur noch aus Pupillen, und seine Nasenlöcher blähten sich wie die eines Wildtieres, das soeben die Witterung seines Weibchens aufgenommen hatte.

Sie leckte sich die Lippen und sank auf die Knie, wobei sie ihn gegen die Wand hinter ihm stieß. Dann griff sie wieder nach ihm, schob ihn sich in den Mund und nahm ihn beinahe sofort bis zum Anschlag auf.

»Fuck. Großer Gott«, knurrte er durch zusammengebissene Zähne, suchte mit einer Hand Halt an der Wand der Duschkabine, mit der anderen auf ihrem Kopf. Seine Hüften bockten ein wenig, aber es gefiel ihr so. Es gefiel ihr, dass er ihr half, einen Rhythmus zu finden, der ihm behagte. Der auch ihr behagte.

Sie packte mit der freien Hand seinen weichen, haarlosen Hodensack und zog daran, bis sie ihn ächzen, scharf einatmen und dann stöhnend ausatmen hörte.

Schließlich nahm sie eine Hand zur Hilfe, senkte den Kopf und nahm einen Hoden in ihren Mund, saugte, leckte und rollte das köstliche Ding im Mund herum. Dann gab sie ihn mit einem leisen »Plopp« wieder frei und ließ dem anderen Hoden dieselbe Aufmerksamkeit zukommen.

Wieder packte er ihr Haar mit der Faust, hielt sich daran fest und bewegte den Schwanz in ihrer Hand.

»Wieder mit dem Mund«, murmelte er. »Tief.«

Lächelnd nahm sie ihn wieder in den Mund, so tief, wie er es ihr befohlen hatte.

»Gott. Fuck«, knirschte er, zog fester an ihren Haaren und stieß ihr seinen Schwanz tief in den Rachen. »Gott, ist das gut, Baby.« Er tätschelte ihren Kopf. »Ich komme gleich.«

Sie begann zu summen und bearbeitete ihn heftiger.

»Fuck, dieses Summen«, stöhnte er. »Fuck, Baby, ich komme.« Wieder klopfte er ihr auf den Kopf. »Ich kann es nicht aufhalten.«

Sie packte seinen Schwanz fester, schob ihn sich tief in den Hals, zog sachte an seinem Hodensack, und er ließ sich fallen.

In dicken Strahlen schoss warmer Samen in ihren Hals. Sie schluckte alles, so schnell sie konnte, während sie darauf achtete, ihre Halsmuskeln um seine Eichel zusammenzuziehen, damit sein Genuss sich noch steigerte. Iz spürte, wie er weiche Knie bekam und seine Oberschenkel zu zittern begannen, und schaute nach oben. Sie hatte es immer schon geliebt zuzusehen, wenn ein Mann sich in ihren Mund ergoss. Es war so roh, so urtümlich, so männlich.

Und Aaron war kein bisschen anders. Sein Kopf lehnte an der Wand, sein Mund stand ein wenig offen, die Augen waren geschlossen, jeder Muskel in seinem Gesicht und in seinem Körper war angespannt. Die Bauchmuskeln zeichneten sich deutlich unter der Haut ab. Die Oberarmmuskeln schwollen an. Die Brustmuskeln zuckten.

Etwas Männlicheres als ihn hatte sie im Leben noch nicht gesehen. Er war absolut umwerfend.

Als sich der letzte Spermaschwall über ihre Zunge ergoss, entließ er langsam einen langen Atemzug. Seine feuchten Wimpern flatterten, so dass Isobel ihre Augen rasch schloss, bevor sie ihn freigab.

Seine Hände griffen ihr unter die Arme, und sie fand sich unversehens auf die Beine gestellt. Auch sein Mund lag wieder auf ihrem, raubte ihr den Atem und nahm ihr Herz gefangen.

»Wahnsinn.« Damit schob er die Finger wieder zwischen ihre Schamlippen und schnippte gegen ihren Kitzler. »Das war der geilste Blowjob meines Lebens.«

Sie grinste an seinem Mund.

Sie dürfte sich nach einem solchen Kompliment eigentlich nicht so gut fühlen, aber, Teufel noch mal, wahrscheinlich könnte er sie ein »braves Mädchen« nennen, und sie würde dazu immer noch wie ein Kätzchen schnurren, um seine Knie streichen und ihn fragen, ob sie ihm noch einen blasen dürfte.

Doch sein Lob bedeutete ihr alles. Seine Zuneigung, seine Aufmerksamkeit, sein Verlangen nach ihr waren ihre ganze Welt.

»Jetzt will ich dich ficken«, murmelte er an ihrem Mund. »Die Kondome sind allerdings im Schlafzimmer.«

Richtig, Kondome.

»Zuerst wasche ich dich mal. Und kümmere mich um dich.« Er löste seinen Mund von ihr und drehte sie grob um, so dass ihr Rücken seiner Brust zugekehrt war. Das Geräusch der Waschlotion, die aus der Flasche gedrückt wurde, hallte in der kleinen Duschkabine wider, und Sekunden später verteilte Aaron den Inhalt über ihre Haut. Ihre Arme, ihren Rücken, ihren Hintern. Dabei achtete er darauf, besonders lang zwischen ihren Beinen zu verweilen und mit den Fingern hin und wieder ihre Klitoris zu umkreisen, um sie auf Trab zu halten und ihre Knie in Gelee zu verwandeln.

Dann arbeitete er sich ihre Oberschenkel und Waden bis zu den Füßen hinunter. Es fühlte sich unglaublich an. Seine Hände, seine Aufmerksamkeit waren genau das, was sie jetzt brauchte.

»Jetzt die Haare.«

Er war kein Mann vieler Worte, wusste aber sehr gut, wie man sich einer Frau annahm und ihr das Gefühl gab, der wichtigste Mensch auf dem Planeten zu sein.

Seine Finger auf ihrer Kopfhaut waren pure Magie. Wenn sie die Gelegenheit dazu bekam, würde das allein sie vermutlich zum Höhepunkt bringen, so wie jedes Reiben, Streichen, jedes Kraulen ihres Nackens sie erschauern ließ. Tief in ihrem Bauch sammelte sich Wärme, und es pochte in ihrer Vagina.

»Kopf zurück.«

Sie tat, wie ihr geheißen, und er fuhr mit den Fingern durch ihre Locken, um den Schaum leichter fortzuspülen, und kämmte durch ihr Haar, bis es sauber war.

»Ich liebe deine Haare, Baby«, murmelte er und biss ihr in die Schulter. »Sie sind so lang.«

Sie drehte sich wieder um und schlang die Arme um seine Schultern. »So lang, dass du sie dir um die Finger wickeln kannst, wenn ich …« Sie hob eine Braue.

Seine Lider sanken auf Halbmast. »Ja.« Er langte hinter sie und fasste ihr Haar abermals zu einem Pferdeschwanz zusammen und zog ihren Kopf zurück, so dass sie ihn ansehen musste. Und wieder fanden seine Zähne ihren Hals und glitten scharf über ihre Kehle.

Sie blinzelte ein paarmal, der Sprühregen der Dusche trübte ihren Blick. »Bring mich ins Bett, Aaron. Lass mich diesen Abend vergessen.«

Sein Blick brachte sie dem Orgasmus noch einen Schritt näher. Ohne sie aus den Augen zu lassen, streckte er die Hand aus und stellte das Wasser ab.

Sie konnte sich das Grinsen, das plötzlich auf ihrem Gesicht erschien, nicht verkneifen, als er die Tür der Duschkabine öffnete, sie wieder in ihr Badetuch hüllte, hochhob und sie den Flur hinunter zu seinem Schlafzimmer trug.

Noch besser wäre es nur gewesen, wenn er die Schlafzimmertür aufgetreten und sie aufs Bett geworfen hätte.

Na ja, vielleicht beim nächsten Mal.

Kapitel 16

Er wusste, es war falsch.

Ein verfluchter Riesenfehler, das war es.

Andererseits … wie konnte etwas, was sich so gut und richtig anfühlte, falsch sein? Wie konnte etwas so Phantastisches, wie sich zwischen Isobels herrlichen Schenkeln niederzulassen und sich in ihrer Wärme zu versenken, ein Fehler sein?

Weil sie Sophies Kindermädchen ist.

Sein Schwanz pulsierte, als hätte er einen eigenen Herzschlag. Auf jeden Fall besaß er einen eigenen Verstand, der sich keinen Deut um Aarons Bedenken scherte.

Isobel grub die Nägel in seinen Rücken, verbannte so sämtliche negativen Gedanken aus seinem Kopf und riss ihn in die Gegenwart zurück. Sie lag unter ihm, er war in ihr, und das war alles, was zählte. Verflucht, wirklich alles, was zählte, war Isobel und wie sie auf seine Berührung reagierte, wie sie maunzte und wimmerte und den Rücken bog, sobald er einen süßen, kirschroten Nippel in den Mund nahm und hart daran saugte. Wie sie die Beine um seine Taille schlang und ihr Becken gegen seines drängte. Wie sie die Zähne in seine Schulter grub, wenn er sie in den Kitzler zwickte.

Das allein zählte.

Das und der Umstand, dass er sich lange nicht mehr so wohl gefühlt hatte. Schon viel zu lange.

Und nicht allein der Umstand, dass es die Berührung einer Frau war, die er so lange vermisst hatte, sondern dass diese Frau Isobel war. Keine beliebige Frau hätte das bewirken, hätte Balsam für seine verwundete Seele sein können. Nur Isobel besaß diese Gabe. Nur sie kannte den Zauber.

Und diesen Zauber wollte er nie wieder missen.

»Aaron«, hauchte sie und bohrte ihre Fingernägel tiefer in seinen Rücken. »Fuck.«

Er stieß härter in sie, spürte, wie ihre Muskeln um seinen Schwanz bebten, als sie den Gipfel erklomm. Er konnte fühlen, dass sie fast oben war. Nachdem sie in sein Schlafzimmer gewechselt waren, hatte er sie zuerst geleckt, bis sie zweimal unter seiner Zunge gekommen war. Noch nie im Leben hatte er etwas so verflucht Süßes geschmeckt.

Sie war so leicht erregbar, auch das war ein großes Plus. Willig und voller Eifer.

Und wie sie geblasen hatte – heilige Scheiße.

In seinen achtunddreißig Lebensjahren hatte schon die eine oder andere Frau vor ihm gekniet, aber keine davon hätte Isobel das Wasser reichen können. Seiner Isobel.

Immer bereit, es ihm recht zu machen, und so verdammt großzügig. Er spürte noch immer, wie sie geschluckt hatte, als er seine Ladung über ihre talentierte kleine Zunge ergoss. Und sie hatte ihn so tief aufgenommen. So verdammt tief.

»Härter«, keuchte sie und strich mit der Zunge um sein Ohrläppchen. »Bitte.«

Ihr Flehen erweichte sein Herz. Die Erlebnisse dieser Nacht taten noch weh und warfen sie aus der Bahn. Und wer hätte sie dafür tadeln können? Aaron fühlte sich auch noch aus der Bahn geworfen, wenn auch aus einem anderen Grund. Er fühlte sich von Zorn erfüllt. Und von Furcht.

Nun nahm sie die Finger von seinem Rücken und umfasste damit sein Gesicht. »Küss mich. Ich will dich küssen, wenn ich komme. Damit wir vollständig verbunden sind.«

Vollständig verbunden.

Sie zog ihn zu ihren Lippen hinunter. Als er ihr die Zunge in den Mund schob, begann sie daran zu saugen, auf die gleiche Weise, wie sie ihm vorhin den Schwanz gelutscht hatte, so wie er es sich erhofft hatte, als sie sich früher am Abend in der Garage küssten.

Und, Junge, Junge, sie hatte ihn nicht enttäuscht.

Sie zog ihre Muskeln um ihn zusammen und zog ihn tiefer in ihren perfekten Körper, ihre feuchte Wärme nahm ihn auf, wie ihr Mund ihn unter der Dusche aufgenommen hatte.

Er bewegte die Hüften und stieß in sie hinein, bis sie kam.

Sie kam so verflucht heftig.

Ihr Körper versteifte sich unter ihm, ihre Muskeln strafften sich, und ihr Wimmern ergoss sich in seinen Mund, als sie um ihn pulsierte. Sie packte seinen Kopf fester, zog sein Gesicht näher an ihres. Die Spannung jagte pochenden Schmerz durch seinen Schädel, doch er hieß ihn willkommen. So wie den Schmerz, wenn sie an seinen Haaren zog oder die Krallen in seinen Rücken schlug.

Sie war eine Frau, die wusste, was sie wollte, und ebenso viel nahm, wie sie gab. Die so viel forderte, wie sie gewährte, und das gefiel ihm sehr. Es gefiel ihm, dass sie von ihm erbat, was sie brauchte. Keine Psychospielchen. Kein Drama. Nur Isobel. Die perfekte, süße, kluge, sexy, liebe Isobel.

Nun ließ sie seinen Kopf los, entzog ihm ihren Mund und wandte das Gesicht ab, so dass er seine Nase gegen ihre Schulter und ihr feuchtes, lieblich duftenden Haar sinken lassen konnte.

»Beiß mir in die Schulter, wenn du kommst«, flüsterte sie. »Zeichne mich.«

Aaron stöhnte.

Zeichne mich.

»Zeichne mich als deinen Besitz.«

Fuck. Sehr gern.

Er langte hinter sich nach ihrem Oberschenkel und drückte ihr Knie gegen ihren Bauch, damit er noch tiefer eindringen konnte.

Sie stöhnte, als sein Bauch über ihren Kitzler rieb, ihr Kopf flog auf dem Bett von einer Seite zur anderen, ihr Haar peitschte in alle Richtungen.

Konnte sie noch einmal kommen?

Wie gern würde er versuchen, sie so weit zu treiben.

Sie umfasste ihre Brüste, zog daran und biss sich auf die Lippen, als sie sich noch mehr Lust verschaffte.

Etwas so verdammt Schönes hatte Aaron noch nie gesehen.

»Du bist so sexy«, knurrte er und presste seine Stirn wieder gegen ihre Schulter, als seine Hoden sich zusammenzogen, sein Tempo allmählich nachließ. Er stand jetzt kurz davor.

»Aaron.«

»Iz …«

Er hob ihr Bein noch höher. Ihr Becken flog seinem entgegen, und dann war es um ihn geschehen.

Nun warf es ihn über die Klippe, aus dem Flugzeug, vom Wolkenkratzer in den Abgrund. Was auch immer. Einen Fallschirm benötigte er nicht, weil er plötzlich fliegen konnte. Wenn er mit Isobel zusammen war, konnte er sogar fliegen.

Er kam mit jedem harten Stoß heftiger. Seine Zähne gruben sich in ihre Schulter, und als sie nach Luft schnappte und dann leise stöhnte, wusste er, dass es ihr gefiel. Denn er gab ihr, was sie wollte, worum sie ihn gebeten hatte.

»O Gott.«

Fuck, ja, noch einmal.

Sie griff nach seinem Rücken, wieder beharkten ihre Fingernägel ihn von den Schulterblättern bis zu den Pobacken und wieder zurück. Auch sie zeichnete ihn. Fuck. Ja.

Ihre enge, kleine Pussy mit dem perfekt getrimmten Schamhaardreieck pulsierte um seinen Schaft, als er hineinstieß und der Rest seines Spermas in das Kondom spritzte, bis er, ausgelaugt und endgültig erschöpft, über ihr zusammenbrach.

Fuck, Gott sei Dank.

Vielleicht konnte er jetzt schlafen.

Vielleicht konnten sie jetzt beide schlafen.

Als er wusste, dass sie fertig war, wälzte er sich von ihr, zog das Kondom ab, verknotete es und stand auf. Ohne sich mit seinen Klamotten aufzuhalten, ging er ins Badezimmer, um das Kondom zu entsorgen und sich zu waschen. Er dachte, wenn er in sein Zimmer zurückkäme, wäre sie fort, in ihr Zimmer verschwunden. Aber so war es nicht. Sie lag noch in seinem Bett.

Hm.

»Alles erledigt im Bad?«, fragte sie, ließ ihre geschmeidige Gestalt vom Bett gleiten und tappte barfuß den Flur hinunter. Er hörte, wie sie sich die Zähne putzte und die Toilettenspülung betätigte. Wahrscheinlich würde sie jetzt auf ihr Zimmer gehen. Schließlich schien sie ebenso erschöpft zu sein wie er. Er stieg ins Bett, löschte das Licht und zog sich die Decke bis zur Taille.

Dann verschränkte er die Hände hinterm Kopf, blickte an die Zimmerdecke und wünschte den Schlaf herbei. Aber jedes Mal, wenn er die Augen schloss, sah er Isobel, wie sie in der Dusche vor ihm kniete, sein Schwanz in ihrem heißen, kleinen Mund, die Augen geschlossen, die Mundwinkel leicht nach oben gebogen.

»Verdammter Riesenfehler«, schnaubte er kopfschüttelnd.

Da öffnete sich die Badezimmertür, und er hörte, wie das Licht gelöscht wurde. Kurz darauf kam sie zurück, ein schlanker Schatten in seinem Zimmer; ohne ein Wort kletterte sie in sein Bett zurück, kuschelte sich an ihn und bettete den Kopf an seine Schulter.

Als ihr Atem über seine Brust strich, wurden seine Brustwarzen hart.

Aaron ächzte, sein Körper erstarrte, allerdings nicht auf angenehme Art.

Was erwartete sie von ihm?

Was wollte sie von ihm?

Er kuschelte nicht gern. Und zum *Freund* taugte er auch nicht.

Fuck, war er überhaupt schon mal der *Freund* einer Frau gewesen?

Er war schon mal *Fickfreund* gewesen, das ja. Er hatte auch schon mal eine Frau entjungfert. (So hatte sie es genannt, nicht er, und es war absolut einvernehmlich gewesen. Sie hatte es einfach sattgehabt, Jungfrau zu sein, und sie waren Schulkameraden gewesen.) Und er war auch mal der *Held* einer Frau gewesen. Zum Teufel, er hatte sogar schon mal aus Rache mit jemandem geschlafen, aber der *Freund* einer Frau war er noch nie gewesen.

Dazu war er nicht gemacht. Er wusste einfach nicht, wie man sich als *Freund* verhielt.

Was dem Status einer Beziehung am nächsten gekommen war, war die Geschichte mit Heather Alvarez gewesen. Aber eigentlich war es auch dabei vor allem um Sex gegangen, wenn er zwischen seinen Einsätzen in Seattle weilte. Vielleicht war sogar das L-Wort gefallen, aber er konnte sich nicht erinnern. Er wusste, dass sie noch an ihrem Ex von der Highschool gehangen hatte, doch sie waren immer füreinander da gewesen, wenn sie Gesellschaft benötigten – oder Erleichterung. Außerdem war sie eine verflucht umwerfende Köchin, und ihrer Familie gehörte ein puerto-ricanisches

Restaurant, so dass es, als es mit ihnen zu Ende ging, auf platonische Weise zu Ende ging, weil er auf keinen Fall auf die Pinchos von Heathers Mutter verzichten wollte. Im Leben nicht.

Zum Teufel – als Heathers neuer Mann (ihr Ex von der Highschool, mit dem sie wieder zusammengekommen war) Hilfe bei der Suche nach seiner verschollenen Schwester benötigte, hatte Heather Aaron angerufen. Aaron hatte die McAllisters darauf mit seinem Waffenbruder Rob Cahill bekannt gemacht, und Rob hatte Skyler natürlich gefunden. Die beiden waren inzwischen verheiratet und erwarteten ein Kind.

Aaron schüttelte den Kopf.

Er hatte nie damit gerechnet, noch zu erleben, dass Rob sesshaft wurde. Dass er seine Dämonen schlafen schicken und ein normales Leben beginnen würde.

Aaron hatte den Horror, dem Rob in dem peruanischen Bordell begegnet war, nicht mit eigenen Augen gesehen, trotzdem wusste er Bescheid. Er wusste, warum sein Kamerad entgleist war und das Saufen angefangen hatte.

Vielen erging es so.

Manche hielten die Erinnerungen nicht mehr aus und nahmen sich das Leben.

Wie ihr Kumpel Brandon.

Und Brandon hatte eine Frau und ein Baby hinterlassen.

Aaron biss beim Gedanken an seine gefallenen Kameraden die Zähne zusammen, bei dem Gedanken an Brandon und das, was er gesehen und getan hatte. An die vielen Leben, die er nicht hatte retten können.

Dann begann er an sein eigenes Scheitern zu denken. An den letzten Einsatz in Kolumbien, der ihn bis zum Tag seines Todes verfolgen würde.

»Aaron?« Ihr Flüstern riss ihn aus seinen Gedanken, und er war dankbar dafür. Wenn er anfing, an Kolumbien und die Familie Velasquez zu denken, geriet er bloß in einen Abwärtsstrudel, und es fiel ihm jedes Mal höllisch schwer, wieder aus diesem tiefen, finsteren Loch herauszufinden.

Er räusperte sich. »Ja, Baby?«

»Ich weiß, ich habe es schon mal gesagt, aber … na ja … danke, dass du mich heute Abend gerettet hast. Dass du für mich da warst … und für Mercedes.« Sie spreizte die Finger auf seiner Brust, dann griff sie nach seinen Erkennungsmarken. »Du bist ein wahrer Held, weißt du das?«

Nein, er war kein Held.

Er hatte bei Dina versagt, er hatte in Kolumbien versagt, und wenn Isobel lange genug blieb, würde er bei ihr ebenfalls versagen.

»Ich bin nur froh, dass du in Sicherheit bist«, brachte er knurrend hervor. Seine Gefühle schnürten ihm die Kehle zu, und er hatte Mühe, die nächsten Worte herauszubringen. »Wenn dir etwas zugestoßen wäre –« Er schluckte.

Isobel stützte sich auf den Ellbogen, die Finger schloss sie jedoch noch fester um seine Marken. Als sie auf ihn herabblickte, konnte er selbst in der Dunkelheit die Überzeugung, die Wärme und die Ernsthaftigkeit in ihrem Blick erkennen. »Aber weil du da warst, ist nichts passiert.«

Er veränderte seine Lage, zog die Hände hinterm Kopf hervor und strich mit dem Zeigefinger über ihre Wange. Sie schloss die Augen und kam ihm entgegen.

»Ich mag diese Seite an dir«, sagte sie mit leiser, fast engelsgleicher Stimme. Sie öffnete die Augen, dann richtete sie den Blick wieder auf ihn, auf einer Seite hob sich ihr Mundwinkel. »Ich meine, versteh mich nicht falsch, ich mag auch die kraftvolle Alpha-

Seite, aber deine sanfte Seite ist zur Abwechslung auch mal ganz schön. Sonst sehe ich dich immer nur mit Sophie so.« Sie schmiegte sich fester an ihn. »Wirst du mir von der Zeit erzählen …« Sie schüttelte die Faust mit den Hundemarken. »… als du die hier gebraucht hast?«

Er fasste ihr Kinn, neigte den Kopf über sie und strich mit seinen Lippen über ihre. »Nicht heute.«

Niemals.

Aber das musste sie jetzt noch nicht erfahren.

Er wollte sie nicht vergraulen. So sehr ihre Anwesenheit in seinem Bett ihn auch verwirren mochte, wollte er andererseits auch nicht, dass sie fortging, aber er sorgte sich, dass er, wenn er erst einmal zu erzählen anfing, nicht mehr damit aufhören könnte … und dann würde sie die Beine in die Hand nehmen.

»Aber an einem anderen Tag?«, fragte sie hoffnungsvoll.

Er legte die andere Hand um ihren Rücken, glitt mit den Fingern über ihre Wirbelsäule und spürte, wie Gänsehaut ihre seidig weiche Haut überrieselte. Er drückte ihr noch einen Kuss auf die Lippen. »Schlaf jetzt, Baby.«

Sie lächelte an seinem Mund, ließ die Hundemarken los und vergrub sich noch tiefer in seinen Armen. »Gut.« Ihr Kopf ruhte an seiner Brust, sie spreizte die Finger über seinem Herzen. »Es ist schön, hier bei dir zu sein«, flüsterte sie, gefolgt von einem Gähnen.

Sein Herz zog sich unter ihrer Hand zusammen. Er schluckte. »Finde ich auch.«

Sie sah blinzelnd zu ihm auf. Dann lächelte sie friedvoll und müde. »Gute Nacht, Aaron.«

Unfähig, sie anzusehen, weil er fürchtete, sie könnte in seinem Blick mehr erkennen, als er ihr zeigen wollte, schloss er die Augen und senkte den Mund auf ihren Kopf. »Gute Nacht, Isobel.« Er drückte die Nase in ihr Haar, bis ihr Duft und ihre Zartheit ihn einhüllten, dann befahl er seinem Herzen, langsamer zu schlagen und sich dem Schlaf zu ergeben.

Aber sein Herz gehorchte nicht.

Sekunden später vernahm er Isobels tiefe, gleichmäßige Atemzüge. Sie schlief.

Natürlich. Sie hatte eine irrsinnige, schreckliche Nacht hinter sich und war vermutlich fix und fertig.

Gott sei Dank hatte sie nicht mehr getrunken – die volle Dosis K.-o.-Tropfen, und sie wäre immer noch weggetreten, vermutlich sogar für ein oder zwei Tage. Er fragte sich, wie es Mercedes gehen mochte. Gottlob vertraute er keinem mehr als Colton, wenn es darum ging, sich um jemanden zu kümmern, der krank oder verwundet war. Der Mann war ein Spitzensanitäter und ein verlässlicher Freund. Mercedes war bei ihm in guten Händen.

Neben ihm rührte sich Isobel, ihre Finger griffen wieder nach seinen Hundemarken, dann zog sie die Knie an den Leib, bis sie in Embryohaltung dalag. Ihr Kopf ruhte in seiner Armbeuge. Ihr Gesicht zeigte Schmerz, wie er es von Menschen kannte, die etwas Schreckliches noch einmal durchlebten.

Träumte sie von der zurückliegenden Nacht?

Seine Hand sank auf ihre Hüfte, und er zog sie näher an sich heran, die andere Hand schloss sich um ihre Finger, bis sie die Hundemarken losließ. Als er sich zurückziehen wollte, griff sie nach seiner freien Hand und verschränkte ihre Finger mit seinen. Erst als sie sich an den Händen hielten, entspannte sich ihr Gesicht.

Ihre Lippen bogen sich zu einem Lächeln, und sie entließ ein zufriedenes Seufzen.

Aaron küsste sie auf den Scheitel und schloss die Augen.

Ihm gefiel nicht, wie gut es sich anfühlte. Wie richtig sie sich in seinen Armen anfühlte. Weil er nun etwas zu verlieren hatte. Wie in Kolumbien ließ er sich von seinem Herzen leiten, und wenn die Kacke erst mal am Dampfen war – wozu es ganz sicher kommen würde –, würde er jede Menge zu verlieren haben.

Kapitel 17

Ein lallendes Baby und das Piepsen der Mikrowelle weckten Isobel aus ihrem Schlummer. Sie reckte sich, streckte die Zehen und dehnte die Arme über dem Kopf. Teile ihres Körpers kribbelten, und ein dumpfes, durchaus angenehmes Pochen zwischen ihren Schenkeln erinnerte sie an die vergangene Nacht.

In Erinnerung an Aarons Zähne rieb sie sich die Schulter. Er hatte sie gezeichnet, so wie sie es verlangt hatte.

Lächelnd rollte sie sich im Bett herum, drückte das Gesicht in sein Kissen und atmete tief ein.

Ah.

Es roch genau wie er.

Männlich, nach Moschus, frisch und so köstlich.

Sie wollte schon aufstehen und nach Sophie schauen, als ihr einfiel, dass heute Sonntag war und sie sonntags streng genommen frei hatte. Und bislang schien sich Aaron ganz gut zu schlagen, wenn man ihn mit seiner Nichte allein ließ. Natürlich half dabei auch, dass Sophie ein pflegeleichtes Baby war. Sie schien zu begreifen, dass Aaron sein Bestes gab. Sie verlangte nicht zu viel von ihm, gab Isobel nicht den Vorzug und schien sich immer recht schnell zu beruhigen, wenn Aaron sie auf den Arm nahm und an seine Brust schmiegte.

Auch letzten Sonntag hatte er Isobel ausschlafen lassen, allerdings nicht in seinem Bett, und beim Aufwachen hatte sie gesehen, wie er Sophie in dem elastischen Tuch trug, während er Pfannkuchen zubereitete. Der Mann kochte nicht gerade häufig (na ja, und wenn, dann grillte er), aber ein tolles Frühstück hatte er drauf.

Jetzt roch sie frisch aufgebrühten Kaffee – noch etwas, das Aaron sehr gut beherrschte – und etwas, das verflucht stark nach Waffeln duftete.

Die Vorstellung selbst gemachter Waffeln mit Ahornsirup oder frischen Früchten und Schlagsahne ließ ihren Magen knurren.

Beim Gedanken an Aaron in Schlagsahne wurden ihre Nippel hart, und ihr Lustzentrum zog sich zusammen. Mhm, ja, bitte.

Sie nahm noch einen letzten Atemzug von seinem Kissen, dann schwang sie die Beine über die Bettkante, packte das erstbeste Oberteil, das sie fand – sein großes, schwarzes T-Shirt –, und zog es sich über den Kopf. Mit dem Gummiband, das sie am Handgelenk trug, band sie die Haare zu einem großen, unordentlichen Knoten hoch und machte sich auf den Weg in die Küche, um zu sehen, was sie erwartete.

Doch als sie die Küche betrat, blieb sie wie angewurzelt stehen. Er sang und tanzte. Nun, genauer gesagt wiegte er sich in den Hüften oder so etwas, aber was immer es war, sein Hintern in der grauen Jogginghose wackelte jedenfalls hin und her und neckte sie, wie ein stolzes Vogelmännchen vor einem infrage kommenden Weibchen mit den Flügen schlug und das Gefieder sträubte.

Sie atmete langsam aus.

Ruhig, Mädchen.

»*Ich mache Waffeln mit meinem Baby. Essen kann sie sie noch nicht, aber wenn es so weit ist, wird sie sie lieben. So wie sie ihren Onkel liebt … oh, oh, oho*«, trällerte Aaron, wackelte mit den Hüften, nahm eine Waffel aus dem Eisen und klatschte sie auf einen Teller. »*Sophie, du, du, du, was willst du? Was willst du, du, du, du, du …*«

Isobel kicherte. Er hatte nicht die allerschönste Stimme, aber so schlimm war sie auch wieder nicht. Ihr Vater hatte ohne Frage eine üblere Singstimme. Aarons, wenn auch nicht perfekt, war immerhin tief und männlich – und beruhigend. »Morgen«, ließ sie sich vernehmen, als in seinem Lied eine Pause entstand. »Hübsches Lied.«

Seine Hüften hörten auf zu wackeln, sein Rücken wurde stocksteif.

Sie schlenderte um den Küchentresen, stellte sich neben ihn, nahm eine Tasse aus dem Schrank und goss sich Kaffee ein.

Aaron trank seinen Kaffee schwarz, doch wie jeden Morgen hatte er ihr das Milchkännchen rausgestellt.

»Die riechen ja phantastisch«, bemerkte sie, drehte sich um und lehnte sich gegen den Tresen, den Kaffeebecher hielt sie mit beiden Händen und hob ihn dann an die Nase. »Blaubeeren?«

Er grunzte, dann nickte er, jedoch ohne sich umzudrehen und sie anzusehen.

»Wann war Sophie wach?«

»Um drei, um fünf und um acht.«

Sie warf einen Blick auf die Uhr am Herd. Acht Uhr dreißig. Sophie würde bald ein Nickerchen machen wollen.

»Na, dann vielen Dank, dass du in der Nacht und heute Morgen für sie aufgestanden bist. Es ist wirklich nett, dass du mich hast ausschlafen lassen.« Isobel gähnte, stellte den Kaffeebecher auf den Küchentresen und reckte sich auf die Zehenspitzen. Dabei stieß sie mit dem nackten Hintern gegen die Kante. Vielleicht war sein T-Shirt doch nicht so lang wie gedacht.

Upsi.

»Kann ich irgendwas machen. Eier? Schinken?«

Wieder knurrte er. »Schinken ist fertig. Keine Eier. Aber du kannst die Erdbeeren waschen und putzen.«

Sie hob und senkte den Kopf und öffnete den Kühlschrank. »Klingt gut. Und, hast du was von Colton gehört? Ich werde Mercedes nachher eine Nachricht schicken. Sonntags schläft sie meistens aus, da warte ich lieber noch eine Stunde oder so.« Sie ging zur Spüle, stellte die Schale mit den Erdbeeren hinein und drehte den Wasserhahn auf.

Wollte Aaron sie nicht fragen, wie es ihr ging?

Nicht nur, was die K.-o.-Tropfen, die vereitelte Vergewaltigung und das Trauma danach anging, sondern auch den Sex und dass sie die ganze Nacht in seinem Bett und eng an seinen warmen, festen Körper geschmiegt verbracht hatte.

Sie hatte im Leben noch nicht so tief und fest geschlafen.

Lag das an den Endorphinen? Am Adrenalin? An der Erschöpfung? Oder schlicht und ergreifend an Aaron? An den Pheromonen, der Anziehung und wie er sie ihr Glück wieder und wieder und wieder von allen Berggipfeln verkünden lassen wollte?

Sie wartete noch einen Augenblick, ob er sich nach ihrem Befinden erkundigte oder sich doch wenigstens zu ihr umwandte, aber er tat nichts dergleichen. Er warf nicht mal einen Blick über die Schulter.

Sie räusperte sich und stellte das Wasser ab. »Und, was willst du heute mit Sophie unternehmen?«

Sie hatte in den nächsten beiden Tagen frei, und obwohl sie nach dem Aufwachen noch gedacht hatte, sie könnte bleiben und den Tag mit Aaron und Sophie verbringen … angesichts von Aarons abweisendem Verhalten sollte sie ihre Pläne vielleicht noch mal überdenken.

»Ich wollte sie in den Kinderwagen packen und mit ihr laufen gehen«, antwortete er, ohne sich umzudrehen.

»Oh, gute Idee. Sieht aus, als würde es ein schöner Tag werden.

Sophie liebt es, wenn ich das mit ihr mache, dabei schläft sie immer ein.«

Knurr.

Ärger und Unbehagen lieferten sich in ihr ein Kopf-an-Kopf-Rennen. Wieso benahm er sich bloß so? Hatte ihm die vergangene Nacht denn gar nichts bedeutet?

Auch wenn er nicht den Rest seines Lebens mit ihr verbringen wollte, verdiente sie es doch, dass er ihr sein gottverdammtes Gesicht zuwandte. Und Blickkontakt aufnahm. Und sich mit ihr unterhielt.

Sie verkniff es sich, ihrerseits ärgerlich zu knurren, zog ein Schälmesser aus dem Messerblock und machte sich daran, die Erdbeerstrünke zu entfernen.

Die Stille zwischen ihnen war unerträglich.

Na ja, beim Frühstück würde er sie nicht ignorieren können. Dabei würden sie einander gegenübersitzen. Dann würde er sie anschauen und mit ihr reden müssen.

Aus dem Augenwinkel sah sie, wie er den Stecker des Waffeleisens zog. Die Rührschüssel stellte er in die Spülmaschine, wobei er große Sorgfalt darauf zu verwenden schien, sich *keinesfalls* zu ihr umzudrehen.

»Okay, dann bis später«, nuschelte er, dann war er verschwunden, ohne sich umzusehen und auch ohne ein *Danke für den Fick letzte Nacht*.

Isobel stand vor dem Spülbecken, mit dem Messer in der Hand, die Fingerknöchel taten ihr weh, so fest umspannte sie den Messergriff. Sie rührte sich nicht, blinzelte nicht, atmete kaum, bis sie hörte, wie die Garagentür zufiel, und wusste, dass er fort war.

Erst dann nahm sie den Teller mit den Waffeln und schmetterte ihn gegen die Küchenwand.

Sie trug sein T-Shirt.

Fuck.

Und es stand ihr auch verflixt gut, so wie ihre sonnengebadeten Beine daraus hervorschauten, das Haar zu einem losen Knoten hochgebunden. Hatte sie unter dem T-Shirt eigentlich etwas angehabt? Wahrscheinlich nicht. Immerhin war sie splitterfasernackt gewesen, als sie gemeinsam in sein Bett gestolpert waren, und er hatte auch nicht mitbekommen, dass sie in ihrem Zimmer gewesen wäre.

Nein, sie trug sein Shirt und sonst gar nichts und schob ihren strammen, kleinen Hintern durch seine Küche. Nur mit Mühe hatte er seinen Steifen im Zaum halten können. Irgendwie fühlte es sich daneben an, mit einer Erektion ein Baby an der Brust zu tragen.

Und sie hatte nicht bloß so rattenscharf ausgesehen, dass er Sophie am liebsten in das Kinderkörbchen in ihrem Zimmer gelegt hätte, um Isobel über den Küchentresen zu beugen und sie von hinten zu nehmen, sondern war auch super schwatzhaft und putzmunter gewesen.

Sie wollte mehr von ihm.

Er wusste seit dem Moment, in dem er sie zum ersten Mal geküsst hatte, und seit dem zweiten Mal und jedem Mal seitdem, dass er einen kolossalen Fehler beging. Das Kindermädchen zu vögeln ging echt überhaupt nicht. Entweder sie war ein Klammeraffe allererster Güte, wollte ihn festnageln, bei ihm einziehen und für den Rest ihrer beider Leben Vater-Mutter-Kind mit ihm spielen, oder sie hatte seiner Abfuhr eben entnommen, dass die letzte Nacht lediglich ein Ausrutscher gewesen war, und fühlte sich jetzt betrogen und war dermaßen wütend, dass sie jetzt vielleicht schon ihre Sachen packte.

Er war nicht einmal zehn Minuten gelaufen, da war Sophie bereits eingeschlafen.

Vor ihm lag ein Hügel. Er lief schneller. Er wollte, dass das Rauschen des Pulses in seinen Ohren seine Gedanken übertönte. Dass seine rasenden Wadenmuskeln ihn von den Qualen in seiner Brust ablenkten.

Kurz vor der Hügelkuppe forderte sein Körper eine Pause, doch er trieb sich die letzten Meter voran, sprintete, bis sein Atem nach Metall schmeckte und Flecken seinen Blick umwölkten.

Als er die Kinderwagenbremsen anzog und auf dem Gehweg umherging, um wieder zu Atem zu kommen, ertönte hinter ihm eine Hupe.

Er lief nicht auf der Straße, war niemandem im Weg, was also sollte das?

»Hey! Ganz schön steiler Hügel!«

Aaron hob den Kopf, wischte sich mit dem T-Shirt-Saum den Schweiß von der Stirn und blinzelte, bis er sah, dass es Mark war, der an den Straßenrand rollte, das Seitenfenster hinunterließ und ihn angrinste.

Aaron nickte ihm zu.

»Ich wohne hier ganz in der Nähe. Lauf rüber, dann trinken wir ein Bier.«

Aaron zog die Nase kraus. »Ist überhaupt schon Mittag?«

Mark zuckte die Achseln. »Es ist Sonntag. Wen kümmert da die Uhrzeit?«

Also schön.

»Lauf bis zur übernächsten Straßenlaterne, da biegst du rechts in die Meadowlark ein und dann links in die Quail. 1356 Oriole Drive am Ende der Straße. Kannst du unmöglich verpassen. In der Fichte davor hängt eine große Reifenschaukel.« Er drehte sich zur Rückbank des Autos um, dann lächelte er und nickte. »Gabe fragt, ob du da ein Baby hast. Er liebt Babys.«

Marks Wagen hatte getönte Scheiben, so dass Aaron Gabe nicht sofort gesehen hatte. Soweit er wusste, hatte Marks Sohn eine Form von Autismus. So hatten sich Mark und Tori kennengelernt: Er hatte sie eingestellt, um therapeutisch mit Gabe zu arbeiten.

Hm, womöglich könnte Mark ihm zu Einsichten in seinem Isobel-Dilemma verhelfen.

Oder er würde ihn windelweich prügeln, weil er die kleine Schwester seiner Freundin geschändet hatte.

Ah, fuck.

Er trieb auf einem See aus Scheiße, und kein Paddel in Sicht. Außerdem war sein Kanu offenbar leckgeschlagen, und einen Schöpfeimer hatte er auch nicht.

Er ging unter.

Mark nickte. »Also bis gleich. Ich stell dir schon mal ein Bier kalt.« Und ehe Aaron die Einladung ausschlagen konnte, fädelte Mark sich wieder in den Verkehr ein und war fort.

Da schlug Sophie die Augen auf, und ihr Gesicht verriet ihm, dass sie darüber nachdachte, ihre Windel zu fluten. Isobel hatte unten im Kinderwagen Windeln, Wischtücher, Klamotten zum Wechseln, Ersatzmilch, Wasser und Fläschchen verstaut – er war noch keinem SEAL begegnet, der besser vorbereitet gewesen wäre. Daher musste er nicht fürchten, für einen Vormittagsausflug mit seiner Nichte schlecht gerüstet zu sein. Nein, das war wirklich nicht das Problem. Wieder schnitt Sophie ein Gesicht, dann erfüllte das Geräusch einer kleinen startenden Rakete die stille Straße.

Er überlegte, ob er die Gurte öffnen und sie umdrehen sollte, um sich das Malheur anzusehen. Aber es schien ihr nichts auszumachen. Vielleicht war es ihm endlich gelungen, ihre Windel so zu befestigen, dass die Explosion eingedämmt wurde.

»Sollen wir?«, fragte er und blickte in die Richtung, in die Mark verschwunden war.

Sophie sah ihn augenzwinkernd an.

Er nickte. »Na gut, bringen wir es hinter uns.«

Er verfiel wieder in Laufschritt, mit schweren Füßen, weil – nun ja, weil sein Kanu jetzt auf dem Grund des Sees lag und weil seine Taschen, Socken und Schuhe vollgelaufen waren, vollgelaufen mit Scheiße.

Mark würde ihm in den Hintern treten.

Oder Tori.

Ja, er würde eher auf Tori setzen.

Kapitel 18

»Das ist ja eine nette Überraschung«, rief Tori und öffnete die Tür, um Isobel in Marks Haus einzulassen. »Was führt dich denn her?«

Isobel schürzte die Lippen und folgte ihrer Schwester in die Küche von Marks schönem Seattler Eigenheim. »Dass Männer echt scheiße sind.«

Tori hatte nach dem Kessel gegriffen und wollte ihn mit Wasser füllen, doch nun hielt sie inne, drehte das Wasser ab und stellte den Kessel auf den Herd zurück. Dann ging sie wortlos zur gegenüberliegenden Wand, öffnete ein Fach und enthüllte Marks beeindruckende Weinsammlung dahinter.

Summend tippte sie sich ans Kinn, dann zog sie eine Flasche Rotwein von fast ganz oben heraus, schloss das Fach wieder und kam zu Isobel zurückgeschlendert. »Eigentlich wollte ich eine Tasse Tee machen, aber ich nehme an, wir brauchen etwas Stärkeres.«

Isobel hob die Augenbrauen. »Dann lasse ich mein Auto nachher hier stehen und fahre mit dem Taxi heim, weil ich womöglich die ganze Flasche für mich allein benötige.«

Tori nahm zwei Gläser aus dem Küchenschrank, zog den Korken und goss Wein in ihre Gläser. Eines schob sie Isobel über den Quarztresen. »Komm, setzen wir uns auf die Terrasse hinterm Haus. Die Sonne scheint, und wenn wir uns Decken über den Schoß breiten, ist die Temperatur genau richtig.«

Isobel nickte, nahm ihren Wein und kippte noch auf der Stelle einen Gutteil davon, bevor sie Tori auf Marks hinreißende Terrasse hinterm Haus folgte.

»Also …«, begann Tori, zog ihre Beine unter sich und drapierte die weiche Kaschmirdecke über ihre Beine. »Raus damit. Was hat Aaron angestellt? Ich nehme mal an, es geht um Aaron?«

Isobel blies einen Schwall Luft hinaus und schwenkte den Wein im Glas, dann legte sie los: »Teilweise, ja, aber eigentlich geht es um Männer im Allgemeinen. Ich schwöre, du hast den einzigen guten gefunden, der noch übrig war.«

Tori schnaubte. »Nach einer endlosen Reihe Blindgänger. Erinnerst du dich noch an meinen zukünftigen Ex-Mann? Den König aller Vollpfosten? Den Anführer der Gurkentruppe? Präsident der Pappnasen?«

Isobel Lippen zuckten. Eines Abends hatten Tori, Isobel und Mercedes zusammengesessen, getrunken und sich zunehmend alberne und beleidigende Namen für Ken ausgedacht. Aus therapeutischen Gründen – und weil es Spaß machte.

»Gouverneur der Gartenzwerge«, fügte Isobel hinzu.

Tori stieß darauf mit ihr an. »Der war gut.« Dann machte sie ein ernstes Gesicht. »Was ist denn passiert?«

»Ich war gestern mit Mercedes aus, um ihre Beförderung zu feiern.«

Tori nickte und trank von ihrem Wein. »Ja, sie hat mir auch geschrieben, aber ich stehe nicht mehr auf die Clubs. Mit dem Quatsch bin ich durch.«

Isobel auch.

»Ja, na ja, jedenfalls waren am Ende nur noch Mercedes und ich übrig. Sie wollte noch nicht nach Hause, und ich wollte sie nicht allein lassen, also bin ich geblieben.«

Toni kniff die Lider zusammen. »Und was war dann, Iz?«

Isobel schluckte. »Wir haben zwei Typen kennengelernt, und ich hatte von Anfang an ein komisches Gefühl, was schon einiges zu sagen hat, wenn man bedenkt, dass ich sonst immer versuche, mein Urteil nicht von irgendwelchen Gefühlen trüben zu lassen.«

Tori schnaubte und verdrehte die Augen. »Und ich sage dir dauernd, du sollst auf dein Bauchgefühl hören und nicht immer im Zweifel für den Angeklagten plädieren. Menschen sind scheiße. Meistens haben Typen, denen ihr Hündchen davongelaufen ist, überhaupt kein Hündchen.«

Isobel nickte schniefend. »Ich weiß, ich weiß, und den zwei Typen war ganz sicher kein Hündchen weggelaufen. Sie haben uns unter Drogen gesetzt.«

Toris Hand flog zu ihrem Mund und traf so fest auf, dass der Wein aus ihrem Glas schwappte. »Nein.«

»Ich bin auf ihrer Couch in einem fremden Haus zu mir gekommen.«

Tränen traten in Toris Augen, aber zugleich nahm sie Isobels Hand, stand auf und schloss ihre kleine Schwester in die Arme. »Haben sie …«

Isobel kuschelte sich in die warme Umarmung ihrer großen Schwester. »Eins zu null für Jumpsuits und Einteiler.« Sie zwang sich zu lachen. »Kann man schlecht mit pinkeln, ist aber gut gegen Vergewaltigungen.«

»Fuck«, zischte Tori. »Und Mercedes?«

Isobel schüttelte den Kopf. »Nein. Bevor sie ihr was tun konnten, tauchten Aaron und Colton auf. Ich hatte mich in dem Zimmer, in dem Isobel ohnmächtig auf dem Bett lag, im Schrank versteckt. Wenn die Jungs nicht gekommen wären … Ich hatte schon einen Baseballschläger in der Hand.« Sie zitterte am ganzen Körper, als sie an die letzte Nacht dachte, an die Angst, die Wut, daran, wie sie ihrer Freundin hatte helfen wollen. Sie hatte sich in ihrem ganzen Leben noch nie so gefürchtet.

»Oh, fuck, Süße.« Tori schloss Isobel noch fester in die Arme und wiegte sich mit ihr vor und zurück. »Hast du Aaron angerufen?«

»Ja, ich wusste nicht, was ich sonst tun sollte. Wahrscheinlich hätte ich besser zuerst die Polizei rufen sollen, aber …«

Aber bei Aaron fühlte sie sich sicher. Geborgen. Irgendwie wusste sie, er würde niemals zulassen, dass ihr etwas zustieß. Und so war es ja auch gewesen.

Nun, wenigstens körperlich war ihr nichts zugestoßen. Emotional sah das schon ganz anders aus. Letzte Nacht hatte er ihr eine andere Seite gezeigt, eine weichere, sanftere Seite, aber heute Morgen hatte sie ihn nicht wiedererkannt.

Was mochte geschehen sein zwischen gestern Abend, als sie ihm gute Nacht gesagt, er ihr noch einen Kuss gegeben hatte und sie eingeschlafen waren, und heute früh, als sie in die Küche gekommen war, wo er zusammen mit Sophie Frühstück machte?

»Und was ist dann passiert?«

Isobel schüttelte sich in der Hoffnung, dass ein wenig Anspannung von ihr abfallen würde. »Die Polizei kam und hat unsere Aussagen aufgenommen, dann mussten wir ins Krankenhaus, um herauszufinden, was die Typen uns eingeflößt hatten, für den Fall, dass es giftig war oder irgendwelche komischen Nebenwirkungen hat, und natürlich als Beweismittel.«

»Und?«

Sie schüttelte den Kopf. »Ich bin heute früh angerufen worden – es waren nur die handelsüblichen K.-o.-Tropfen.« Sie lachte erneut. *Nur die handelsüblichen K.-o.-Tropfen.* Als ginge es um Aspirin oder so. Kein Ding. »Weil ich nur an meinem Drink genippt habe, hatte ich nicht so viel davon im Leib. Mercedes hat allerdings getrunken, als wäre es Wasser, und war deshalb ziemlich neben der Spur.«

»Und Aaron?«

»Wir …«

»Er hat mit dir geschlafen, nachdem du beinahe vergewaltigt worden wärst?« Tori schob Isobel für einen Augenblick von sich, hielt sie bei den Armen und schüttelte sie. »Was zum Henker? Ich werde ihn verdammt nochmal umbringen.«

»So war es nicht. Die treibende Kraft war ich. Weil ich es wollte. Ich wollte vergessen. Ich wollte eine Ablenkung.«

Toris Augenbrauen wanderten bis zum Haaransatz. »Ich hab das Gefühl, da kommt noch ein Aber.«

So, wie Isobel und ihre Schwester miteinander verbunden waren, hätte man sie leicht für Zwillinge halten können. »Aber ich glaube, es hat mir mehr bedeutet als ihm. Ich habe ihn sehr gern. Vielleicht habe ich deshalb tief in mir gehofft, die letzte Nacht könnte der Anfang von etwas gewesen sein.« Sie schüttelte den Kopf und zupfte an einem losen Faden am Saum der Decke. »Aber heute Morgen konnte er mich nicht mal ansehen. Er hat kaum mit mir gesprochen. Mich nicht mal gefragt, wie es mir geht. Nichts. Ich habe nicht mit einem Antrag oder Blumen gerechnet, aber ein verdammter Blickkontakt wäre schon schön gewesen. Oder ist das zu viel verlangt?«

Toris blaue Augen, von derselben Farbe wie die ihrer Schwester, blickten finster und hitzig. »Nein, ist es nicht. Dieser Wichser.«

»Ich weiß nicht, was ich machen soll. Einfach so tun, als sei nichts gewesen, als wäre es nur ein Ausrutscher gewesen? Alles wieder so machen wie vorher? Können wir das denn? Und will ich das überhaupt?«

Tori nahm die Weinflasche von dem Glas- und Korbtisch auf der

Terrasse und füllte ihre Gläser auf. »Du trinkst jetzt, bis du eine Lösung findest«, sagte sie mit einem erzwungenen Lachen. »Und wenn das nicht hilft, gehst du erst wieder da hin, wenn du weißt, was zu tun ist. Heute ist doch dein freier Tag, oder?«

Isobel trank einen Schluck Wein. »Ja, heute und morgen.«

Tori nickte. »Dann ist ja gut.« Wieder stieß sie mit Isobel an. »Wie geht es Mercedes?«

Isobel schüttelte den Kopf. »Keine Ahnung. Ich habe ihr den ganzen Morgen immer wieder geschrieben, aber noch keine Antwort erhalten. Ich hab auch versucht, sie anzurufen, auch nichts. Als ich auf dem Weg hierher bei ihr vorbeigefahren bin, war ihr Auto nicht da.«

»Ist es okay, dass sie allein ist, nach dem, was sie durchgemacht hat? Sollte ihr nicht eine von uns Gesellschaft leisten?«

Isobel zuckte die Achseln. »Würde ich ja machen, wenn ich wüsste, wo sie steckt. Aber Aarons Freund Colton ist bei ihr. Soviel weiß ich. Oder wenigstens *war* er bei ihr. Er ist genau wie Aaron irgendwas beim Militär oder was weiß ich. Jedenfalls war er Sanitäter. Also ist sie bei ihm gut aufgehoben.«

Sie unterbrachen ihr Gespräch, als am Tor vor dem Haus ein Tumult entstand, und wandten die Köpfe. Gabe kam durchs Tor gerannt, gefolgt von Mark und, als Schlusslicht, dem äußerst verschwitzten Aaron mit Sophie im Kinderwagen.

Isobel blieb das Herz stehen, ihre Augen weiteten sich.

Aarons Augen wurden sogar noch größer, als er sie mit Tori vor extravollen Weingläsern sitzen sah.

Mark ging in den Keller und kam kurz darauf mit zwei Bierflaschen zurück. Eine gab er Aaron, dann fläzte er sich in den freien Korbstuhl. »Ah, es geht doch nichts über ein kaltes Bier, wenn man laufen war, hab ich recht?«

Aaron hatte Isobel seit seinem Erscheinen nicht aus den Augen gelassen.

Sie holte tief Luft, bevor sie sprach. »Hallo.«

Sein ohnehin gerötetes Gesicht lief noch dunkler an. »Hi.«

»Brauchst du eine Wickelunterlage für Soph oder sonst irgendwas?«, erkundigte sich Mark und setzte die Bierflasche an.

Aaron schüttelte den Kopf und stellte seine Flasche auf den Beistelltisch. »Nein, danke, ich habe alles.« Ohne ein weiteres Wort befreite er Sophie aus ihrem Kinderwagen, zog die Tasche für unterwegs unter ihr hervor und verschwand durch die Kellertür in Marks Haus.

Gabe, der schon im Sandkasten gespielt hatte, wollte ihnen nach, doch sein Vater streckte die Hand aus, fasste seinen Sohn um die Taille und zog ihn auf seinen Schoß, worauf Gabe prompt in Kichern ausbrach.

Mark strahlte übers ganze Gesicht, bis ihm auffiel, dass weder Isobel noch Tori lächelten. Dann wurde seine Miene sehr ernst, und er hörte auf, Gabe zu kitzeln und auf seinen Beinen zu wippen. »Was ist los? Ihr zwei seht aus, als wäre jemand gestorben.«

Tori fixierte ihren Freund. »Iz und Mercedes wurden gestern Abend betäubt und verschleppt. Sie sind nur knapp einem sexuellen Übergriff entgangen.«

Marks grüne Augen weiteten sich. »Heilige Scheiße.«

Tori knurrte. »Aaron und Colton haben sie davor bewahrt.«

»Und wo sind die Wichser jetzt?«

»In Gewahrsam«, gab Isobel zurück, ihr Blick schweifte zu der offenen Kellertür. Sie wusste nicht, ob Aaron noch in Hörweite war.

Da beugte sich Tori vor und legte die Lippen an Marks Ohr. Isobel musste ihre Schwester gar nicht hören, um zu wissen, was sie ihm mitteilte. Seine aufgerissenen Augen blickten grimmig, dann flog sein Blick zu Isobel und wurde weicher, füllte sich aber sofort wieder mit Zorn, als er zu der offenen Tür weiterwanderte.

»Soll ich ihn windelweich prügeln?«, flüsterte er dann, seine Frage an Isobel richtend.

Hm, interessanter Gedanke.

Sie wusste noch immer nicht, zu welcher Militäreinheit Aaron gehörte, aber in Anbetracht seines Körperbaus und seiner Größe würde er Mark vermutlich mit ein paar wohlgesetzten Schlägen zerlegen. Und das hieß einiges, da Mark auch kein Hänfling war.

Wieder beugte sich Tori vor und flüsterte Mark noch etwas ins Ohr.

Isobel hätte den ganzen Tag in die grünen Augen des Mannes blicken können, so ausdrucksvoll und strahlend waren sie. Er nickte, drehte sich um und küsste Tori auf die Wange. »Ich liebe dein großes Herz«, murmelte er dann.

Toris Lächeln war schmal, doch der sanfte Blick, mit dem sie ihn ansah, verriet, wie sehr sie ihn liebte.

Isobel wollte auch so eine Liebe.

Liebe, die sie nicht essen, nicht schlafen und keinen klaren Gedanken fassen ließ.

Kurz darauf erschien Aaron in der Tür, Sophie, die nun anders angezogen war, in der Armbeuge. Sein Blick fiel wieder auf Isobel. »Hast du mal auf dein Handy geguckt?«, fragte er und reichte Sophie Tori, die bereits die Hände nach ihr ausstreckte, bevor er die Tasche wieder unter dem Kinderwagen verstaute.

Isobel schüttelte den Kopf. »Nein, wieso?«

»Mach einfach.«

Sie hasste seinen Ton und wie distanziert er sich gab, funkelte ihn böse an und griff nach ihrem Handy.

Sie fand eine Nachricht von Mercedes.

Oh, Gott sei Dank.

Als sie sie las, sackte ihr der Kiefer fast bis zum Boden.

»Was?«, fragte Tori, langte nach dem Handy und drehte es in ihre Richtung. »Was ist – heilige Scheiße.«

»Was?«, fragte Mark.

Tori nahm Isobel das Telefon ab und hielt es Mark hin. »Mercedes und Colton sind nach Vegas geflogen und haben geheiratet.«

Kapitel 19

Aaron beobachtete Isobels Reaktion auf Coltons und Mercedes' Nachricht. Sie war schwer zu durchschauen. Normalerweise war das nicht so. Normalerweise war sie ein offenes Buch, und ihre Gefühle standen ihr ins Gesicht geschrieben.

Das zählte zu den Dingen, die er an ihr am meisten mochte. Keine Geheimnisse. Kein Drama. Keine Lügen.

Aber in diesem Moment hatte er keinen Schimmer, was sie dachte oder wie sich fühlte. Ebenso wenig ahnte er, wie viel sie ihrer Schwester über die letzte Nacht erzählt hat.

Er warf einen Blick auf Tori.

Aus ihren Augen schossen ihm förmlich Laserstrahlen entgegen.

Mist, Isobel hatte ihr offenbar alles erzählt.

»Na, das nenne ich mal eine Überraschung«, sagte Mark und gab Isobel ihr Telefon zurück. »Colton kam mir gar nicht wie der sesshafte Typ vor, und Mercedes –« Er pfiff. »Der Mann hat sich rangehalten, so viel steht mal fest.«

»Die Untertreibung des Jahrhunderts«, bemerkte Tori ausdruckslos.

Aaron trat von einem Fuß auf den anderen. Es war nur noch eine Frage der Zeit, bis Tori Mark alles mitteilte, was sie wusste, dann hätte er hier überhaupt keine Verbündeten mehr.

»Okay.« Mark erhob sich. »Ihr zwei macht euch jetzt besser auf.« Er richtete den Blick seiner grünen Augen auf Isobel und Aaron.

Beide sahen ihn fragend an.

Er verdrehte die Augen. »Sophie nehmen *wir* heute Nachmittag, damit *ihr zwei* euch mal über ein paar Dinge klar werdet. Wir bringen sie im Nu wieder nach Hause.«

Aaron sackte der Magen in die Kniekehlen.

Fuck, Mark wusste auch über alles Bescheid.

Aaron kratzte sich den schweißnassen Nacken. »Ich weiß nicht, ob das so eine gute Idee ist.«

Tori hob Sophie an ihre Schulter. »Quatsch. Das ist sogar eine super Idee. Da ist doch Ersatzmilch in der Tasche? Windeln? Anziehsachen?«

Aaron nickte langsam.

»Fein. Wir kennen uns mit Kindern gut aus, mit Babys auch. Sie ist also in guten Händen. So habt ihr beide Gelegenheit, euch ohne Ablenkung auszusprechen.« Damit streckte sie die Hand aus und nahm Isobel ihr Weinglas ab. »Allerdings schlage ich vor, du machst das nüchtern.«

Isobel funkelte sie an.

Tori grinste von einem Ohr zum anderen.

»Am besten, ihr brecht jetzt auf«, ermutigte Mark sie. »Das im Kinderwagen ist ihr Kindersitz, nicht?« Er schüttelte den Griff von Sophies Schalensitz. »Den kann ich doch problemlos in meinem Auto befestigen?«

Aaron knurrte. Er ließ sich nicht gern sagen, was er tun sollte und wann er es tun sollte. Von absolut niemandem.

»Also gut, wir bringen sie so um vier rum zurück. Dann müsstet ihr ausreichend Zeit haben. Schließlich muss man sich, wenn man sich wie Erwachsene *vergnügen* will, auch wie Erwachsene aufführen und sich über alles aussprechen.«

Tori schnaubte. »Da kannst du dir an die eigene Nase fassen.«

Er sah sie schräg von der Seite an. »Hab ich mich nicht gebessert?«

Der Blick, mit dem sie ihn ansah, zeigte ihre ganze Liebe. »Das hast du, Liebling. Sehr sogar.«

Mark grinste triumphierend, dann wurden er und Tori wieder ernst und richteten einen äußerst väterlichen beziehungsweise mütterlichen strengen, auf eine Million Arten unheilverkündenden Blick auf Aaron.

Er musste hier raus, ehe einer der beiden seine Gelassenheit verlor und ihn zur Schnecke machte, weil er ihre arme kleine Isobel geschändet hatte.

Wenn die wüssten, wie versaut ihre arme kleine Isobel sein konnte.

Mark räusperte sich. »Los jetzt!«

Isobel atmete hörbar aus, raunzte irgendetwas in Richtung ihrer Schwester, dann stand sie auf und ging aufs Gartentor zu. »Ich fahre«, brummte sie, ohne auf ihn zu warten oder das Gartentor aufzuhalten.

Aaron hörte Mark lachen, als er ihr über den Steinpfad folgte, der neben dem Haus entlangführte. »Viel Glück, Kumpel!«, rief er noch. »Du wirst es brauchen.«

Isobel lenkte den Wagen in Aarons Einfahrt und schaltete den Motor aus. Dann atmete sie schnaubend aus und ließ die Fahrertür geschlossen. Stattdessen saß sie reglos da und starrte das geschlossene Garagentor an. »Du hast mir wehgetan«, flüsterte sie dann.

Ihre Worte drehten Aaron den Magen um.

Isobel wehzutun war das Letzte, was er wollte. Lieber würde er sich ein Körperteil abhacken, sich ein Auge ausstechen oder sich mit einer rostigen Lanze durchbohren, bevor er ihr absichtlich irgendeinen Schaden zufügte.

»Es tut mir leid«, murmelte er.

Sie wandte ihm das Gesicht zu. »Was passiert mit uns? Ich verstehe dich nicht. Ich bin jetzt schon seit über zwei Monate Sophies Kindermädchen, trotzdem weiß ich kaum etwas über dich. So einen Kindermädchenjob hatte ich noch nie. Normalerweise wollen die Eltern wissen, wer zum Henker den ganzen Tag mit ihren Kindern verbringt.«

Er kämpfte gegen den Impuls an zu sagen, dass Sophie nicht sein Kind war, stattdessen mahlte er mit den Backenzähnen und sagte gar nichts.

»Und dann ...« Sie zwang sich zu lachen. »Ich dachte, die Kurve hätten wir gekriegt, als wir uns letzte Nacht geküsst haben. Vorher habe ich ehrlich geglaubt, du kannst mich überhaupt nicht leiden. Ich dachte, meine Gefühle wären einseitig.«

So wie er.

»Dabei warst du so fürsorglich, so beruhigend, als ich dich in Panik angerufen und um Hilfe gebeten habe.« Als sie schwer schluckte, hüpfte die sexy Linie ihres Halses. »Du warst der erste Mensch, den ich angerufen habe. Ich habe dich angerufen, bevor ich auch nur auf den Gedanken kam, die Polizei zu verständigen.« Wieder blickte sie stur geradeaus auf die Garage, grub die Finger in ihren Sweater. »Ich fühle mich bei dir aufgehoben, und ich weiß nicht, warum das so ist, weil ich nämlich keine Ahnung habe, ob du *wirklich* ein Mensch bist, bei dem man sich geborgen fühlen kann. Soweit ich weiß, bedeuten deine Hundemarken, dass du beim Militär warst, aber du könntest ausgeschieden sein, um Auftragskiller, Söldner oder so was zu werden.«

Verdammt, am liebsten hätte er die Hand nach ihr ausgestreckt, ihre Hände genommen und an seine Lippen geführt, um ihr zu zeigen, dass sie sich bei ihm *gut aufgehoben* fühlen konnte und dass er ihr niemals mit Absicht wehtun würde.

Aber er konnte es nicht. Er könnte keine derartige Lüge aussprechen, weil er keine Ahnung hatte, ob sie sich wirklich bei ihm geborgen fühlen konnte. Er hatte früher schon Menschen im Stich gelassen. Gut möglich, dass er es wieder tun würde.

Es war sogar sehr wahrscheinlich.

»Ich war ein SEAL.«

Abrupt wandte sie sich ihm wieder zu, mit großen Augen und leicht geöffneten Lippen. Röte überzog ihre Wangen. Er kannte diese Reaktion von Frauen. Es machte sie immer an, wenn er oder seine Kameraden ihnen sagten, was sie beruflich machten. Manchmal machte es Spaß zu beobachten, wie die Frauen sich dann verwandelten. Ihre intuitive Reaktion in Gegenwart von Männern, die ein gefährliches Leben führten. »Ein Navy SEAL?«

Was erregte Frauen nur so an Gefahr?

Sie leckte sich die Lippen.

»Ja, und Colton auch.« So viel durfte er ihr sagen. Sie verdiente es, die Wahrheit zu kennen. »Ich schwöre, wir waren die Guten. Wir haben mehr Menschen gerettet als getötet.« Er presste die Lippen aufeinander und atmete tief durch die Nase ein. »Jedenfalls war das unser Ziel.«

Die »Guten« war ein relativer Begriff, aber sie musste wissen, dass er wenigstens kein Auftragskiller war, der seine Seele an den Meistbietenden verkaufen würde.

Vielleicht, weil nicht mehr viel von seiner Seele übrig war, was er hätte verkaufen können.

So wie das Blau ihrer Augen sich verdunkelte, wusste er, dass sie ihm glaubte, aber nach wie vor neugierig und wahrscheinlich auch misstrauisch war.

»Bei meinem letzten Einsatz habe ich versagt.« Er schluckte. »Also habe ich den Dienst quittiert, ein paar letzte Dinge erledigt und bin hierher zurückgezogen, um meine Baufirma zu gründen.«

»Danke, dass du mir das sagst«, flüsterte er.

»Gern geschehen.«

Beide senkten sie den Blick in den Schoß.

»Es tut mir leid, dass dein Einsatz schiefgelaufen ist. Ich hoffe, der Schaden ließ sich beheben.«

Er widerstand dem Drang zu lachen. Oh, und wie er den Schaden behoben hatte. Auf ganzer Linie.

Er war ausgeschieden und anschließend Amok gelaufen.

Ja, er hatte den Schaden behoben.

Ihr gequältes Seufzen ließ ihn den Blick zu ihrem Gesicht heben. »Was ist los mit uns, Aaron? Warum warst du heute Morgen so verschlossen? Du hast mich nicht einmal angesehen. Ich erwarte nach der letzten Nacht keinen Diamantring, aber ich finde, ich habe wenigstens verdient, dass du mich ansiehst.« Sie hob den Kopf und richtete den Blick auf sein Gesicht, bis er endlich ebenfalls aufsah. »Ich verdiene Respekt«, sagte sie.

Sie verdiente das ganze Universum.

Überwältigt von ihrem verletzten Gesichtsausdruck, schloss er die Augen.

»Es tut mir leid, aber die vergangene Nacht kam unerwartet für mich. Ich hätte nie gedacht, dass es dazu kommen würde. Es hätte auch nie dazu kommen dürfen.« Er strich sich mit den Fingern durch sein feuchtes Haar, und wie der Feigling, der er nun mal war, öffnete er die Augen wieder und konzentrierte sich statt auf ihr wunderschönes Gesicht auf ihre rosa Tennisschuhe. »Verflucht, Liam hat mich sogar gewarnt. Er meinte, es könnte nichts Gutes dabei herauskommen, wenn ich mit meinem Kindermädchen schlafe. Aber als ich dich dann gestern Abend mit Zak flirten sah …«

Sie gab einen abschätzigen Kehllaut von sich und schüttelte den Kopf. »Zak flirtet mit jeder. Und damit meine ich, *mit jeder*. Vor allem, weil er momentan kein Interesse daran hat, Frauen zu treffen, aber er hat Spaß daran. Als Mark sie mies behandelt hat, hat er mit Tori geflirtet, so dass Mark einschreiten musste. Vielleicht hatte er ja dasselbe mit dir vor.«

Konnte das sein? Hatte Zak deshalb mit ihr zu flirten begonnen?

Wie gut, dass Aaron dem Mann nicht die Visage poliert hatte.

Er ließ den Kopf hängen und starrte auf seine schwarze Joggingshorts. »Also, Zak mal außen vor gelassen, ich kann verstehen, wenn du kündigen willst. Ich habe mich an dir schadlos gehalten. Ich hätte es besser wissen müssen –«

Sie stampfte mit dem Fuß auf den Wagenboden, verschränkte die Arme unter dem Busen und drückte ihre Brüste himmelwärts. »Wie oft muss ich dir noch sagen, dass ich dich auch wollte? Ich *will* dich auch.«

In seiner Shorts regte sich sein Schwanz.

Kopf runter, Junge.

Sie griff über die Mittelkonsole hinweg nach seinen Händen und legte ihre Finger auf seine, die Berührung war so sanft wie bestimmt und beständig.

Fuck, er brauchte Beständigkeit in seinem Leben.

»Wir können es langsam angehen«, schlug sie vor. »Tritt ein paar Schritte zurück, wenn es das ist, was du willst.«

Die einzigen Schritte, die er tun wollte, würden ihn ins Haus und in sein Schlafzimmer führen. Er wollte sie nackt auf seinem Bett liegen sehen und den Kopf zwischen ihren Beinen vergraben. Denn dort war er glücklich wie nie zuvor gewesen. In ihrer Nachgiebigkeit, ihrer Süße hatte er Beständigkeit und Sicherheit gefühlt.

»Ich bin mir nicht sicher, was du von mir erwartest«, sagte er.

»Dass du genießt, was letzte Nacht geschehen ist?«

Ging die Sonne im Osten auf? Schmeckte Bier gut? Natürlich hatte er genossen, was letzte Nacht passiert war.

»Ich fasse deinen Gesichtsausdruck und dein Schweigen mal als ein Ja auf«, sagte sie und hob einen Mundwinkel zu einem süßen halben Lächeln. »Und ich genieße es auch. Also, wieso machen wir es nicht einfach so? Warum genießen wir nicht einfach, was wir haben, und machen ansonsten weiter wie bisher?«

»Letztendlich wirst du mehr wollen«, erwiderte er, in der Hoffnung, sie würde erkennen, dass er sich nicht wie ein Arschloch aufführen wollte, sondern lediglich eine Tatsache feststellte.

»Du vielleicht auch.«

Sie leugnete nicht, was er gesagt hatte. Sie würde mehr wollen.

Er schüttelte den Kopf. »Aber ich kann dir nicht mehr geben. Es ist … Menschen, die mir nah kommen, werden verletzt. Das ist einfach eine Tatsache.«

Sie zog ihre Stupsnase kraus. »Wer könnte mich verletzen wollen? Oder dich?«

»Spielt keine Rolle.«

»Hat das mit Dina zu tun?«

Der Name seiner Schwester durchbohrte sein Herz wie ein glühendes Eisen. Knurrend stieß er die Beifahrertür auf, weil er es vorzog, ihr nicht zu antworten. Das war besser, als ihr den Kopf abzureißen und etwas zu äußern, was er letztlich bedauern würde. Dann hörte er, wie die Fahrertür geöffnet und zugeworfen wurde, und dann ihre Schritte, die ihm folgten, als er zur Haustür eilte.

Ohne sich nach ihr umzusehen, schob er den Schlüssel ins Türschloss und öffnete.

Sie lief ihm hinterher, sagte aber kein Wort.

Er musste etwas trinken. Bei Mark hatte er drei Schlucke Bier getrunken, bevor er losgeschickt worden war, um sich ›zu küssen und zu versöhnen‹, oder was auch immer Mark und Tori von Isobel und ihm erwarten mochten. Es spielte keine Rolle, dass es erst Mittag war. Er brauchte einen verfluchten Drink.

Schon halb in der Küche, blieb er stehen.

Der Fußboden war mit Waffeln und Scherben übersät.

Was zur Hölle?

Isobels Schritte hinter ihm stoppten. »Ich war wütend«, sagte sie, ihre Stimme klang nur eine Spur verlegen. »Du hast mich wie ein Stück Fleisch behandelt. Gut genug, um es im Bett zu vernaschen, aber niemand, mit dem man sich danach zum Frühstück hinsetzt. Du hast dich nicht mal bemüht, mich zu fragen, wie es mir ging. Ich denke, nach allem, was ich letzte Nacht durchgemacht habe, hätte ich das verdient gehabt.«

Schluchzte sie etwa?

Nein.

Fuck, nein!

Er wirbelte herum. Ihre Augen waren rot gerändert und standen voller Tränen.

»Ich gebe mir wirklich Mühe, Aaron. Ich weiß, wie sehr du gerade mit allem zu kämpfen hast, und ich versuche auch, dir genug Freiraum zu lassen, aber es fällt mir allmählich schwer. Deine Mauern sind praktisch unüberwindbar. Aber letzte Nach dachte ich …« Sie fuhr mit dem Handgelenk unter ihrer Nase entlang. »Ich hatte Angst, und du hast mir geholfen, mir Mitgefühl und Fürsorglichkeit erwiesen. Du hast mir Kraft gegeben, als ich selbst keine mehr hatte. Ich wollte die Erinnerung an den letzten Abend durch etwas Besseres ersetzen, durch etwas Gutes. Ich dachte nicht, dass das, was wir letzte Nacht getan haben, es dir schwermachen würde, mich am nächsten Tag anzuschauen, in meiner Nähe zu sein oder mit mir zu reden. Hätte ich das gewusst, ich hätte niemals –« Sie wandte den Kopf ab und fuhr sich über die Augen.

Oh, verflucht.

Schmerz erfüllte seine Brust.

Mit zwei großen Schritten überbrückte er die Distanz zwischen ihnen, packte ihre Schultern und beugte die Knie, bis sie einander Auge in Auge gegenüberstanden. Und was ihm da entgegenblickte, brachte ihn beinahe um.

Trotzdem wusste er nicht, was er sagen sollte. Eine Entschuldigung wäre leer und schal gewesen. Oder zumindest dachte er das. Eine Entschuldigung war nicht genug. Was er geben konnte, was er im Herzen trug, war nicht genug.

Sie blinzelte mit feuchten Wimpern, sah durch ihn hindurch bis auf seinen Grund.

Als sie etwas sagen wollte, presste er seinen Mund auf ihren und erstickte ihre Worte. Er ließ ihre Schultern los, schlang die Arme um ihre Taille und zog sie an sich. Stöhnend packte sie sein T-Shirt und seine Hundemarken, als ginge es um ihr liebes Leben. In Wahrheit jedoch hielt er sich an ihr fest. Er klammerte sich an die letzten Fasern seines Verstandes, seiner Menschlichkeit … seiner Seele. Seine Zunge fegte durch ihren Mund, umkreiste ihre, strich und saugte und kostete, wovon er wusste, dass es ihm nicht zustand.

Er wusste, es war falsch. Alles, was zwischen ihnen geschah, war falsch. Es war schon falsch gewesen, als er sie zum ersten Mal geküsst hatte, und beim zweiten Mal und jedes Mal danach auch. Trotzdem konnte er nicht aufhören.

Er wollte, dass sie verlangte aufzuhören, dass sie den Mann sah, der er wirklich war, und erkannte, dass sie besser dran wäre, wenn sie ihn verließ. Dass er ihr nicht geben konnte, was sie wollte und verdiente.

Aber er wollte auch, dass sie ihn um mehr bat und von ihm nahm, was sie konnte, was er ihr bieten konnte, auch wenn es nicht viel war.

Da schob sie ihn von sich, mit heftig wogender Brust, leuchtenden Augen und geschwollenen Lippen. »Was tun wir hier, Aaron?« Sie wich vor ihm zurück und wandte sich um. »Was willst du von mir?«

Fuck, wenn er das wüsste.

Konnte »alles und nichts« die richtige Antwort sein?

Er wollte alles, was sie ihm geben konnte, zugleich wusste er, dass es besser wäre, sie um nichts zu bitten, denn wie könnte man alles von jemandem erwarten, wenn man selbst so wenig zu geben hatte?

Sie drehte sich zu ihm um. »Ich mag dich, ich fühle mich zu dir hingezogen, ich will dich. Und meinen Job hier liebe ich auch. Ich habe mich in dein Baby verliebt, und ich will Sophie nicht wieder verlieren.« Sie schluckte. »Oder dich. Aber wenn dir das alles zu viel wird, kann ich auch auf Abstand gehen und nur das Kindermädchen sein.« Ihre blauen Augen blickten wild. »Aber pfusch nicht in meinem Herzen herum. Vögel nicht mit mir und schau mich danach nicht mal mehr an. Ich bin ein Mensch, und ich verdiene Respekt. Ich kann einiges wegstecken, aber Mangel an Respekt nicht, Trauer hin oder her. Das habe ich nicht verdient.«

Hatte er jemals im Leben eine stärkere, selbstsicherere Frau gekannt?

Fuck, nein, das hatte er nicht.

Isobel Jones spielte keine Spielchen. Sie machte kein Theater. Bei ihr gab es kein Wischiwaschi, sie war geradeheraus, offen und ehrlich. Und zum Teufel mit ihm, wenn er sie deshalb nicht noch mehr begehrte.

Er trat einen Schritt vor. »Ich kann dir nicht viel geben«, sagte er leise. »Ich bin nicht mehr komplett, schon seit einiger Zeit nicht mehr.«

Sie stemmte die Hände in die Hüften. Die er verzweifelt gern nackt sehen und unter seinen Händen spüren wollte, während er sie auf seinem Schoß auf und ab hüpfen sah. »Was soll das heißen?«

»Das heißt, ich kann es versuchen. Ich *will* es versuchen. Ich *will* dich. Aber ich weiß nicht, ob es genug ist. Ob *ich* genug bin.«

Ihr Blick wurde milder, und sie trat einen halben Schritt vor. »Warum lässt du *mich* nicht darüber urteilen, hm?« Sie schloss den Abstand zwischen ihnen, schlang die Arme um seinen Hals. »Du bist ein umwerfender Mann, Aaron. Gequält, verloren und verwirrt, aber trotzdem umwerfend. Ich wünschte, du könntest sehen, was ich sehe. Wie du mit Sophie umgehst. Wie viel Liebe du ihr gibst. Du kannst so viel Liebe geben. Ich wünschte bloß, du wärst in der Lage, das auch selbst zu sehen. Wie gern würde ich helfen, dich von deinem Kummer zu befreien.«

»Du kannst mich nicht heilen«, flüsterte er. »Ich bin unheilbar.«

Sie neigte den Kopf zur Seite, und ein winziges, kaum wahrnehmbares Lächeln bog ihre Mundwinkel nach oben. Sie schüttelte den Kopf. »Ich versuche nicht, dich zu heilen. Ich versuche, dir klarzumachen, dass du nicht kaputt bist.«

Du bist nicht kaputt.

Er legte ihr die Hände auf die Hüften, schob ihr T-Shirt hoch und zog die Leggings gerade so weit hinunter, dass seine Hände auf bloßer Haut ruhten. Sie fühlte sich warm an und ganz zart.

Er brauchte mehr Zartheit in seinem Leben.

Isobel, Sophie, sie waren genau, was er gebraucht hatte, um den scharfen Schmerz zu lindern, der ihn zu verzehren begonnen hatte und die letzten verbleibenden Reste seiner Seele zerstörte.

Im kräftigen Kornblumenblau ihrer Augen standen Begehren und Wärme. »Wie kann ich dir deinen Kummer nehmen? Wie kann ich den Schmerz lindern?«

»Hört sich für mich ganz so an, als wolltest du doch eine *Heilerin* sein.«

Nun, da sie einander so nah waren, fühlte er ihren warmen Atem an seinem Mund. »Ich bevorzuge Wonder Woman, aber egal.« Ihr Lächeln war boshaft, doch trotz der Ruchlosigkeit, die plötzlich in ihren Augen stand, ließ sich ihr Zartgefühl unmöglich verkennen. Isobels wahre Natur.

»Du bist ganz klar Wonder Woman«, flüsterte er, dann strich er mit der Zunge über ihre Unterlippe. »Du erfüllst mich mit Ehrfurcht.«

Er spürte ihren kräftigen Griff in seinem Nacken, dann nahm sie seinen Mund und bewegte sich mit ihm vorwärts, bis er mit den Waden gegen den hölzernen Küchenstuhl stieß und sich hinsetzen musste.

Er wusste nicht recht, wie ihm das gefiel. Zumindest so lange nicht, bis sie sich rittlings auf ihn setzte und ihm ihre Brüste ins Gesicht drückte und ihre heiße Spalte an seiner stahlharten Erektion rieb, die sie fraglos spürte, da seine Joggingshorts sehr wenig Raum für Phantasie ließen.

Sie neigte den Kopf und fuhr mit der Zunge über seine Ohrmuschel. »Kondom«, flüsterte sie.

»Schlafzimmer«, knurrte er, packte ihre Pobacken und presste sich gegen sie.

Ohne ein weiteres Wort stand sie auf, nahm seine Hand und führte ihn den Flur hinunter zu seinem Schlafzimmer. Bei der Festigkeit ihrer Schritte und dem Lächeln in ihrem Gesicht zogen sich seine Hoden zusammen, in seinen Ohren toste der Puls.

Im Schlafzimmer ließ sie seine Hand los und wollte sich ausziehen, doch er hielt sie zurück.

In der letzten Nacht waren sie von Anfang an nackt gewesen. Heute jedoch wollte er sie selbst enthüllen.

»Lass mich das machen.« Er griff nach dem Saum ihres T-Shirts und zog es ihr gemächlich über den Kopf. Sie half ihm und hob die Arme. Ihr BH war aus schlichter weißer Baumwolle mit einer winzigen Seidenschleife in der Mitte. Aber an ihr sah er höllisch sexy aus.

Sie trug dunkelgraue Leggings oder Strumpfhosen oder wie auch immer die Mädels so was heutzutage nannten. Jedenfalls die hautengen, elastischen Hosen, die inzwischen die untere Hälfte nahezu der gesamten weiblichen Bevölkerung bedeckte. Gottlob sah Isobel darin hinreißend aus. Ihr Hintern war knackig, ihre Schenkel waren zart und üppig, und als er ihr die Leggings herunterzog und in die Knie ging, hauchte er eine Spur aus Küssen von ihren Oberschenkeln bis hinunter zu den Schienbeinen. Dann streifte er ihr die süßen rosa Tennisschuhe und die Socken ab und warf alles, bis auf BH und Höschen, auf den Kleiderstapel neben dem Bett.

Es brachte ihn fast um, nicht innezuhalten und alles ordentlich zu falten.

Alles in seinem Zimmer, im ganzen Haus war säuberlich aufgeräumt.

Alles hatte seinen Platz.

Auf Unordnung folgte Chaos.

Ordnung rettete Leben.

Aber er hatte nicht vor, sich von Isobel und ihrem Körper ablenken zu lassen, um seiner Zwangsstörung nachzugeben. Er würde die Sachen später falten.

Noch auf den Knien, führte er sie zum Bett, wo er ihren Fuß anhob und weitere Küsse vom Spann bis zum Knöchel, von der Wade bis zum Knie auf ihre Haut hauchte. In der Kniekehle ließ er die Zunge kreisen, bis sie sich wand und nach Luft schnappte.

»Das kitzelt«, flüsterte sie.

Er tat es wieder, nur zupfte er diesmal an ihrer Haut, dann griff er nach oben und schob die Finger unter den elastischen Stoff ihres Höschens. Die feuchte Stelle darin machte es fast durchsichtig, so dass er den kleinen Fleck dunklen Schamhaars, den sie so säuberlich stutzte, sehen konnte.

Er kämpfte gegen den Drang an, den Kopf zu heben und die Nase hineinzustecken, um ihren süßen Duft einzuatmen.

Seine Finger bewegten sich durch die glatte, rosige Spalte, bis er ihre Klitoris fand. Sie drängte sich gegen seine Hand und spornte seine Bemühungen an.

Aber er würde sich Zeit lassen. Er wollte sie genießen und alles richtig machen.

Er hatte ihr bereits mehr angetan, als er ertragen konnte. Das musste er wiedergutmachen und sich angemessen dafür entschuldigen.

Langsam strich er über ihre Klitoris, spürte sie unter seinen Fingerspitzen anschwellen, sofort sickerte neue Nässe über seine Fingerknöchel.

Er zog die Zungenspitze über die Innenseite ihres Schenkels und drückte, als er den Scheitelpunkt erreichte, die Nase gegen ihren Schamhügel. Dann nahm er die Finger vom Kitzler und schnalzte durch den Stoff die Zunge dagegen. Sie sank taumelnd aufs Bett und fiel auf den Rücken.

Er lächelte und wiederholte das Ganze mit ihrem anderen Bein, bevor er ihr endlich das Höschen abstreifte und es zu ihren restlichen Kleidern beförderte. Immer noch kniend zog er ihren Hintern an die Bettkante, spreizte ihre Beine, legte sie über seine Schultern und küsste ihren Kitzler.

Ihre Hüften hoben vom Bett ab.

Er tat es noch mal.

Wieder machte sie einen Satz.

Grinsend saugte er an einer ihrer zarten rosa Lippen, genoss ihren Geschmack, wie er sich wie warmer Honig über seine Zunge ergoss. Er könnte den ganzen Tag von ihr trinken.

Seine Finger fanden ihre Pussy, und er schob zuerst einen Finger, dann zwei Finger hinein und spürte, wie sich ihre Scheidenwände um ihn zusammenzogen.

Sein Schwanz raste inzwischen, pulsierte im Rhythmus seines Herzschlags, während er Isobel mit der Gier eines Verhungernden ausleckte. Und er hungerte, schon viel zu lange hungerte er nach der Berührung und dem Erbarmen einer solchen Frau.

Sie schien vollständig zu erkennen, wer er war – oder wer er nicht war –, aber das war auf vielerlei Weise okay. Mehr verlangte sie nicht.

Wenigstens noch nicht.

Aber die Zeit würde kommen, in der sie mehr von ihm verlangte, und wenn sie dann erkannte, dass er nicht mehr zu bieten und zu geben hatte, würde sie ihn verlassen.

Aber darauf konnte er sich jetzt nicht konzentrieren. Den Schmerz würde er sich für später aufheben. Diesen Schmerz würde er allein ertragen. Jetzt gab es eine Frau, die sein Herz heilen, ihm seinen Kummer nehmen und eine Leere füllen wollte, die er für auf ewig unerfüllt gehalten hatte.

»Aaron«, wimmerte sie und legte die Hände auf seinen Kopf. Sie stützte sich auf die Ellbogen und blickte mit glasigen Augen und verhangenen Lidern auf ihn hinunter. »Alles in Ordnung?«

Fuck.

Er hatte aufgehört.

Er hatte, verdammt nochmal, aufgehört.

Zunge, Lippen und Finger verharrten.

Sie senkte den Kopf wieder. »Mach noch mal, was du vor einer Sekunde gemacht hast.«

Himmel hilf, was hatte er denn vor einer Sekunde gemacht? Er hatte nicht mal darauf geachtet, was er gerade machte.

Shit.

Verflucht.

»Du hast an meiner Klitoris gesaugt und mit den Fingern so kreisende – oh. O ja, genauso –« Ihre Beine krampften auf seinen Schultern und trafen seine Ohren.

Glück gehabt.

Er saugte an ihrer Klitoris und sog die empfindliche Knospe in den Mund.

»Oh«, gurrte sie und erfüllte seinen Mund mit neuer Süße.

Er wollte, dass sie kam. Danach wollte er sie auf den Bauch drehen, ihre Beine zusammendrücken, sich über sie werfen und sie in die Matratze stoßen, bis sie wund war.

Er fuhr mit der Breite seiner Zunge ihre Spalte hinauf, glitt über die Schamlippen, umkreiste den Kitzler und saugte an der Haut darüber, was sie ganz besonders zu genießen schien.

Ihre Pussy bebte um seine Finger. Nun würde es nicht mehr lange dauern.

Diese Nuss war leicht zu knacken und verräterischer als der schlechteste Pokerspieler der Welt.

»Noch einen Finger«, japste sie, drängte ihren Leib gegen sein Gesicht und machte ihm ohne jede Scham klar, was sie wollte. Und, verdammt, es gefiel ihm.

Er schob noch einen Finger hinein.

Sie straffe sich über ihm, das Auf und Ab ihres Beckens wurde immer unberechenbarer. »Oh, fuck, ja …« Sie umfasste ihre Brüste, zog den BH herunter, um ihre Nippel zu entblößen, zog und zwickte mit den Fingern, bis sie erdbeerrot und spitz wurden.

Aaron wusste, dass er besser die Augen schließen und sich an die Arbeit machen sollte, aber es war so faszinierend und sexy wie nur was, sie dabei zu beobachten. Sie war so lebendig und fühlte sich so wohl in ihrer Haut, in ihrem Körper, mit ihrer Lust, dass er davon wie hypnotisiert war.

Als er noch einmal heftig an ihrem Kitzler saugte und mit dem Mittelfinger gegen ihren G-Punkt drückte, explodierte sie.

Ein warmer Strom erfüllte seinen Mund, als sie sich in Wellen um ihn zusammenzog, ihr Körper bog sich vom Bett, und ihre Hüften drängten gegen sein Gesicht, als sie auf den Wogen der Ekstase ritt.

Als es losging bei ihr, hatte er die Augen geschlossen, nun öffnete er sie wieder, um ihr zuzusehen, gefesselt von der Schönheit, die sich ihm darbot, und davon, wie freudig sie sich ihrer Lust hingab. Sie zog an ihren purpurroten Brustwarzen, bis sie so weit vor ihren Brüsten abstanden, dass Aaron dachte, sie müssten ihr wehtun, doch sie machte einfach weiter damit, zog, zwirbelte und zwickte sie. Ihr Mund stand offen, ihr Busen wogte, als sie den Höhepunkt erreichte und allmählich zur Erde zurücksank, wobei ihr Körper allmählich erschlaffte und die Spannung aus ihren Muskeln wich. Ihren geteilten Lippen entrang sich ein leises Seufzen, ihre Hände ließen ihre Brüste los und fielen aufs Bett.

Als er durch ihre Spalte leckte, zuckten ihre Schenkel aufs Neue.

Lachend zog er sich zurück. So war sie auch in der vergangenen

Nacht gewesen. Nach dem Orgasmus hochgradig empfindlich. Und ihm gefiel es so.

Er stand auf, zog Shorts und Unterhose aus, gefolgt von seinem T-Shirt. Sie schlug noch rechtzeitig die Augen auf, um zuzuschauen, wie er seine Sachen in den Wäschekorb warf.

Sie gebot ihm mit dem Zeigefinger, näher zu kommen, während ein ganz leichtes, sinnliches Lächeln über ihre Lippen huschte. Er würde von diesen Lippen wohl nie genug bekommen und niemals müde werden, sie zu küssen. Niemals, das wusste er, würde er müde werden zu sehen, wie sie diese Lippen um seinen Penis schloss und ihn lutschte wie eine Professionelle, jeden einzelnen Tropfen schluckte wie eine Weltmeisterin, um dann mit den Wimpern zu klimpern und ihn um Nachschub zu bitten. Am meisten aber liebte er es zu sehen, wie sie mit diesen Lippen lächelte. Sie hatte das verflucht schönste Lächeln der Welt.

Er würde von Isobel niemals genug bekommen. Niemals.

Andersherum galt das aber vermutlich nicht. Sie würde ihn bis zum Jahresende satthaben. Womöglich noch früher.

Doch er schob die nagenden Selbstzweifel fürs Erste beiseite und ging grinsend ums Bett herum zum Nachttisch. Er fand ein Kondom, riss die Verpackung auf und streifte es über.

Dann stützte er ein Knie aufs Bett, packte sie bei den Fußknöcheln und drehte sie schwungvoll auf den Bauch.

Sie gab ein lautes, überraschtes Quieken von sich und dann ein »Uff«.

Er verharrte über ihr, hakte den BH auf, zog ihn ihr aus und warf ihn zu den übrigen Kleidern auf den Fußboden. Mit dem Knie drückte er ihre Beine auseinander, schob abermals zwei Finger in sie hinein und stieß sie vor und zurück. »Ich liebe es, wenn du mir sagst, wie ich dich lecken soll. Ich stehe auf Frauen, die wissen, was sie wollen, wo sie meine Zunge haben wollen und wie viele Finger ich ihnen reinstecken soll.«

Als Isobel stöhnte, schob er den dritten Finger hinein. Und als sie den Hintern ein wenig mehr in die Höhe reckte, musste er sein Verlangen bändigen. Nichts hätte er lieber getan, als sie auf der Stelle zu nehmen, ihre enge Pussy auszufüllen und zu beobachten, wie sie in tausend Stücke zersprang, während er ihr die Zunge in den Hals steckte. Sie mit allem, was er hatte, zu erfüllen und zuzusehen, wie sie die Beherrschung verlor.

Ein andermal.

Bald.

»Ich will mehr als nur deine Finger in mir spüren«, hauchte sie, schob eine Hand unter ihren Leib und begann ihren Kitzler zu massieren.

Doch er schüttelte den Kopf und zog ihren Arm mit der freien Hand wieder unter ihr hervor. »Nichts da, jetzt bin ich dran. Jetzt habe ich das Sagen, und du kommst erst, wenn ich dich lasse. Und du lässt deine Arme, deine Beine und deinen Arsch da, wo ich es dir sage.«

Sie reckte den Hals, um ihn anzusehen, ein freches, kleines Grinsen umspielte ihre Lippen.

»Habe ich einen letzten Wunsch frei, bitte?« Sie sah ihn viel zu dreist an und klimperte mit den Wimpern. Er würde sich überlegen müssen, ob er sie dafür nicht besser übers Knie legte.

Er schloss die Faust um seinen Schwanz und zog ein paarmal daran. »Fein, aber nur einen.«

Sie leckte sich die Lippen. »Küss mich.«

Kapitel 20

Aarons Küsse waren die weltbesten.

Wild und leidenschaftlich. Drängend und heftig.

Der Mann küsste so, wie er alles tat, mit Vollgas, ohne Kompromisse und bis zum Anschlag.

Als sie ihn bat, sie zu küssen, hatte sie eigentlich damit gerechnet, dass er sich über sie beugen und ihr einen schnellen Kuss geben würde. Aber was sie bekam – und was sie liebte –, war so viel mehr als das.

Er breitete sich vollständig über sie, sein Gewicht drückte sie aufs Bett, seine Arme kamen auf ihren zu liegen, seine Finger verschränkten sich mit ihren, und sein Mund verschlang ihren. Seine Zunge begehrte Einlass, glitt in ihren Mund, umkreiste ihre Zunge und zwang sie, sich seiner Kontrolle zu ergeben. Sie war wie festgenagelt, konnte sich nicht mehr bewegen – nicht, dass sie sich hätte bewegen wollen –, so oder so konnte sie nicht einmal sein Gesicht in die Hände nehmen, daher überließ sie ihm den Kuss. Er biss ihr fest in die Lippe, zupfte und knabberte. Doch als sie den Biss spielerisch zurückgeben wollte, wich er zurück, lächelte und stürzte sich dann wieder hinein, weitete ihren Mund und schob seine Zunge hinein.

Sie schmeckte ihre Erlösung auf seinen Lippen, was sie nur umso mehr anturnte. Sein Gewicht presste ihre Hüften in die Matratze, aber wenn sie sich nach rechts wand, konnte sie ihre Schamlippen öffnen und ihrem Kitzler etwas Aufmerksamkeit angedeihen lassen.

Doch Aaron erkannte, was sie im Schilde führte, und als er es erkannte, bäumte er sich über ihrem Körper auf, dann landete, klatschend und unerwartet, ein heftiger Schlag auf ihrer linken Pobacke.

Sie schrie auf, Hitze breitete sich von ihrem getroffenen Hintern durch ihren ganzen Körper aus. Blinzelnd schlug sie die Augen auf und funkelte ihn über ihre Schulter hinweg an. »Wofür war das denn?«

»Ich habe dir gesagt, ich sage dir, wann du kommen darfst. Ich habe die Kontrolle, und du hast mir nicht gehorcht.« Langsam breitete sich ein Grinsen auf seinem schönen Gesicht aus und ließ ihr Herz einen Schlag aussetzen. »Kapiert?«

Um nicht zu grinsen, biss sie sich auf die Lippe und nickte. Dann grub sie sich wieder ins Bettlaken, schob die Hand unter sich und rieb ihre Klitoris, ohne ihn dabei aus den Augen zu lassen.

Hitze verschlang das dunkle Blau seiner Augen. »Du bist eine freche Göre.«

Ihre Lippen bebten. Entschlossen, nicht zu lachen, presste sie sie aufeinander. »Das gefällt dir doch.« Ah, verflixt, jetzt grinste sie doch.

Er zog die dunkelroten Brauen zusammen und schüttelte den Kopf. »Miss Jones, Sie wollen es einfach nicht lernen.«

Hörte sie ein Pfeifen in der Luft? Es hörte sich verflucht sicher danach an. Wieder sauste seine flache Hand herab und traf diesmal die rechte Pobacke. Sie ruckte auf dem Bett, der Hieb ließ sie nach Luft schnappen. Doch wie beim ersten Mal hielt der Schmerz nur Augenblicke an, und was an seine Stelle trat, war ein warmes, angenehmes Pochen.

Abermals breitete er seinen Körper über ihren, strich mit den Händen über ihre Arme, spreizte sie auf der Matratze, so dass ihr

Leib den Buchstaben T bildete. »Folge mir«, sagte er und richtete sich wieder auf seine Knie auf.

Sie nickte, nach den Schlägen und in Erwartung dessen, was er als Nächstes vorhatte, weckte ihre Erregung den Wunsch, sich nun doch zu fügen. Sie war nicht sicher, ob sie sich ihm ganz hingeben konnte – das hatte nie in ihrer Natur gelegen –, aber die Stellung, in die er sie nötigte, und was daraus folgen würde, machten sie neugierig.

Sie beobachtete ihn aus dem Augenwinkel. Er drückte ihre Knie wieder zusammen, bis sie mit dem Gesicht voran auf dem Bett lag, mit ausgestreckten Armen, die Beine zusammen. Dann glitt er über sie, die Knie rechts und links von ihren Beinen, die Arme neben ihren Schultern.

Er stützte sich auf eine Hand, packte seinen Schwanz und nahm langsam ihren Körper in Besitz.

Sie stöhnten beide zur selben Zeit auf.

In dieser Stellung, mit geschlossenen Beinen, war sie besonders eng. So spürte sie ihn ganz. Jeden harten, massiven Millimeter. Er glitt ganz leicht in sie hinein, ihre Erregung machte sie beide schlüpfrig. Nachdem er vollends eingedrungen war, begann er sich zu bewegen.

Und es fühlte sich phantastisch an.

In dieser Stellung hatte sie noch nie Sex gehabt. Ihre Beine waren stets gespreizt gewesen. Das hier war neu, aufregend, unglaublich.

»Du bist so verflucht eng, Iz«, murmelte er neben ihrem Ohr. »Ich liebe deine enge, kleine Pussy und wie sie sich genau richtig an meinen Schwanz schmiegt. Es passt perfekt.«

Es passt perfekt.

Mit jedem maßvollen Stoß trieb er ihren Leib tiefer ins Bett, so dass ihr Kitzler gegen die Matratze stieß und ihre steinharten Nippel danach verlangten, dass er hineinkniff. Sie drehte fast durch, so gut fühlte es sich an, und es brachte sie erst recht beinahe um den Verstand, dass sie ihre Empfindungen nicht noch zu steigern vermochte.

Er legte eine Fährte heißer, feuchter Küsse über ihre Schulter, schlug die Zähne in ihren Nacken und malträtierte ihre Haut bis zum rechten Oberarmmuskel.

Stöhnend stieß sie sich ein wenig ab, um ihn noch tiefer willkommen zu heißen.

Sein Ächzen hinter ihr verriet ihr, dass er ihre Hilfe billigte und sie sehr genoss.

Eine Hand schob sich unter sie, Finger fanden eine Brustwarze und zogen daran, bis sie sich wand und nach Luft schnappte.

»Dass es mir gefallen hat, heißt noch nicht, dass es erlaubt war.« Seine Stimme hinter ihr war ein rauer, strapazierter Tenor. »Schon vergessen? *Ich* kontrolliere deine Lust.« Er zwickte ihre Brustwarze fester. In ihrem Bauch sammelte sich Hitze, und wieder versenkte sie ihre Klitoris in der Unterlage.

»Iz, du taugst wirklich nicht zu Unterwürfigkeit.«

»Das war dein Kardinalfehler, du Hengst. Ich bin nicht unterwürfig, nicht im Schlafzimmer und auch sonst nirgendwo.«

Hörte sie da ein Knurren hinter sich?

Noch ehe sie blinzeln, geschweige denn kommen konnte, war er von ihr heruntergestiegen und hatte sich aus ihr zurückgezogen, und im nächsten Moment fand sie sich auf die Knie gezogen.

War er jetzt sauer? Erwartete er ernsthaft, dass sie sich entweder unterwarf oder verzog? Würde er ihr jetzt sagen, sie sollte sich wieder anziehen?

Klar, sie war ein bisschen wie *Mäusespeck*, wie ihre Mutter sie nannte, aber sie war niemandes Fußabtreter. Und im Unterschied zu dem, was viele ihrer Ex-Partner glaubten, bestand da ein Unterschied. Sie war eine starke, unabhängige Frau mit einem weichen Herzen. Sie hatte sich noch nie von einem Mann sagen lassen, was sie tun oder lassen sollte, und sie hatte auch nicht vor, jetzt damit anzufangen. Hin und wieder gab sie die Kontrolle im Schlafzimmer ab – jedenfalls ein Stück weit –, meistens jedoch nahm sie die Dinge lieber selbst in die Hand und sagte dem Kerl, wie er es machen sollte (vielleicht weil sie bisher keinen Bettgenossen gefunden hatte, der sie wahrhaftig befriedigen konnte). Während sie die Zügel nahm, sich in den Sattel schwang und losgaloppierte.

Und von dieser Gewohnheit konnte sie nicht gut ablassen.

Vielleicht konnte Aaron ihr dabei helfen.

Sie wollte schon vorschlagen, dass sie es erneut versuchten. Wenn er wollte, konnte er sie sogar so fesseln, so dass sie sich überhaupt nicht mehr rühren konnte, doch ein Blick in seine Augen verriet ihr, dass die Pläne sich geändert hatten und sie erst einmal abwarten sollte.

Also wartete sie.

Er beobachtete sie mit halb geschlossenen Lidern, dann bewegte er sich und stützte sich auf das Kopfende des Bettes. Schließlich nahm er seinen schweren, in Latex gehüllten Schwanz in die Hand und massierte ihn. »Was willst du, Isobel?«

Puh.

Isobel grinste wie eine Katze, der man eine ganze Schüssel warmer Schlagsahne hingestellt hatte, kroch übers Bett, schwang ein Bein über seinen Schoß und verharrte so über ihm.

»Du kleiner Kontrollfreak«, flüsterte er, nahm seinen Schwanz und bog ihn ihrem Lustzentrum entgegen.

»Nein, nein.« Sie hob eine Augenbraue, schüttelte den Kopf und schob das Becken vor, so dass seine Schwanzspitze eine andere Stelle ihres Körpers berührte. Dann bewegte sie sich gerade so weit abwärts, dass er kapierte, worauf sie hinauswollte.

Dumm war er jedenfalls nicht.

Begierde erfüllte seinen Blick, seine Lippen teilten sich, warme Atemstöße entrangen sich ihnen, trafen auf ihre nur Millimeter von ihm entfernten Lippen. »Iz, wir können nicht –«

Sie legte ihm die Finger an die Lippen. »Ich dachte, ich habe das Sagen.«

Sein Adamsapfel hüpfte, als er schwer schluckte, doch der triumphierende Glanz seiner Augen zeigte ihr, dass er sich ganz und gar nicht unsicher war.

Mit den Fingern zog er eine nasse Linie von ihrem Lustzentrum zwischen die Pobacken, um die enge Öffnung dort anzufeuchten. Eine Öffnung, die sie schon seit einiger Zeit keinem Mann mehr überlassen hatte – und auch damals, als sie es noch getan hatte, hatte sie keinen gefunden, der wusste, was zur Hölle er da hinten anfangen sollte.

Sie hätte nicht mal genau sagen können, wieso sie es mit Aaron probieren wollte und wieso ausgerechnet jetzt. Sie wusste bloß, dass sie es wollte.

Dass sie es wirklich wollte.

Nun steckte er ihr einen Finger hinein, dann noch einen, dann spreizte er sie, um sie zu dehnen. Sie wand sich auf seinem Schoß. Sie kannte dieses Gefühl, auch wenn es einige Zeit her war.

»Wir müssen das nicht tun, Iz. Wirklich nicht.«

Sie drückte die Lippen auf seine, hob das Becken und wartete darauf, dass er seine Finger wieder herauszog und sie durch etwas anderes ersetzte. »Pst«, zischte sie an seinem Mund. »Ich will es. Ich will dich. Ich vertraue dir.«

Das Feuer in seinen Augen versengte ihr die Seele, öffnete ihr Herz und ließ alles in ihr erschauern.

Dann spürte sie, wie seine Schwanzspitze gegen ihren Anus drückte.

»Streck den Hintern raus, Iz«, flüsterte er, seine Worte kamen gepresst, seine Atemzüge rau und stoßweise. Eine ihrer Hände lag auf seiner Brust, die andere auf seiner Schulter. Seine Halsschlagader pulsierte ungestüm gegen ihren Daumen.

Sie tat, wie ihr geheißen, entspannte, während sie sich auf ihm niederließ, ihre Muskeln und atmete mit jedem köstlichen Zentimeter, den sie ihn in sich aufnahm, aus.

»Himmel, fuck, Isobel«, stöhnte er. »So dauert es bestimmt nicht lange.«

Kaum war er ganz in ihr und sie hatte sich an seine Größe gewöhnt, hob sie das Becken ein Stück weit. »Finger«, hauchte sie dann und schob eine Hand zwischen sie, um ihre Klitoris zu massieren.

Sein Blick loderte.

»Zwei.«

Ehrfurcht erfüllte seinen Blick, als er zwei Finger in sie schob und sie zu stoßen begann. Langsam, um ihren gemeinsamen Rhythmus zu finden, begann sie sich zu bewegen. Auf und ab, auf seinem Schoß, entließ sie ihn bis zur Schwanzspitze, senkte sich dann wieder bis zur Wurzel über ihn, und rieb dabei ihren Kitzler, während Aarons Finger in sie hineintauchten.

Im Nu war sie kurz davor. Erfüllt von Aaron, wie sie es brauchte.

»Baby«, presste er zwischen zusammengebissenen Zähnen hervor, bäumte sich in ihr auf, der Rhythmus seiner Finger in ihr ließ nach, als er sich dem Höhepunkt näherte. »Das ist so gut. So verdammt gut. Nicht mehr lange jetzt …«

Sie griff nach seiner freien Hand und verschränkte ihre Finger mit seinen. Sie mussten zusammen kommen.

Ihr Gesicht war genau über seinem, ihre Lippen ganz nah, ohne sich zu berühren, so ließen sie einander nicht aus den Augen. Er hatte die unglaublichsten blauen Augen. Dunkel und stürmisch, mit leuchtenden goldenen Sprenkeln um die Pupillen. Einzigartig und schön. Ungewöhnlich und turbulent. Genau wie Aaron.

»Fuck, Iz, das tut so gut.«

Sie hob das Becken, ließ die Hüften kreisen und eroberte im selben Moment seinen Mund, in dem sie sich wieder fallen ließ.

Da schlossen sie beide ihre Augen und kamen. Er schob ihr die Zunge in den Mund, während sein Schwanz pulsierte und ihr ganzer Körper sich straffte. Jeder Muskel in ihr wurde hart, sogar ihre Zehen krümmten sich, und ihre Beine krampften, während der Orgasmus ihren Körper durchzuckte wie eine Flipperkugel.

Da löste sich Aaron aus dem Kuss, vergrub das Gesicht an ihrer Schulter und küsste ihre Haut, während er langsam wieder aus dem Äther herabstieg.

»Du bist unglaublich, Iz«, sagte er mit gedämpfter Stimme und übersäte ihre glühende Haut weiter mit Küssen. »Eine Frau wie du ist mir noch nicht begegnet.«

»Und mir noch kein Mann wie du«, gab sie zurück und zog ihre Hand zwischen ihnen hervor.

Er schnappte nach ihrem Handgelenk, führte ihre Finger an seinen Mund und leckte jeden einzeln ab, als wäre es Pekannusseis am heißesten Tag des Jahres. Sofort erfasste sie eine neue Woge der Begierde, so dass sie sich um seine noch immer in ihr steckenden Finger zusammenzog.

Seine Augen waren geschlossen gewesen, doch nachdem er ihre Finger abgeleckt hatte, öffnete er sie und erwiderte ihren Blick mit einem Verlangen, einer Lust, einem Begehren, das dermaßen intensiv war, dass ihren Lungen schlagartig jedes Sauerstoffmolekül entwich.

Isobel öffnete begierig ihren Mund.

In Aarons Augen blitzte etwas auf, das an Erschrecken grenzte, ehe es so rasch wieder verschwand, wie ein breites Grinsen sein Gesicht erhellte. Er zog die Finger aus ihr heraus, leckte auch sie sauber und half ihr dann behutsam von seinem Schoß.

Das Kondom baumelte – gut gefüllt – an seinem halb steifen Penis. Er streifte es ab, verknotete es und streckte dann die andere Hand nach ihr aus, um ihr aufzuhelfen. »Komm jetzt, Süße, gehen wir duschen.« Er schob sie vor sich her und klatschte ihr auf den Hintern. »Auch wenn du dich mir nicht unterwirfst, könnte ich deinem Hintern unter der Dusche bestimmt eine schöne, dralle Röte verpassen.«

Grinsend wackelte sie mit dem Po und zwinkerte ihm über die Schulter zu. »Willst du mich provozieren?« Damit ließ sie seine Hand los und entwischte ihm ins Badezimmer.

Hinter ihr erklangen animalischen Laute; sie beschleunigte ihre Schritte, ließ das Badezimmer links liegen und lief stattdessen in den Flur. Sie hörte, wie er stehen blieb, vermutlich um das Kondom zu entsorgen, nur um seine sexy Gestalt Sekunden später erneut hinter sich zu erblicken.

Sie grub die Zähne in ihre Unterlippe, wippte im Wohnzimmer auf den Zehenspitzen auf und nieder und blickte den Flur entlang seinem großen, schattigen Umriss entgegen. Die lange, rosig hervortretende Narbe an seinem Bauch schien beinahe zu glühen.

Offenbar wollte er sich anschleichen. Als er listig grinste, bekam sie eine Gänsehaut. »Oh, Iz, wenn ich dich kriege, wirst du eine Woche lang nicht sitzen können.«

Sie setzte sich Richtung Küche in Bewegung, wusste jedoch genau, dass er sie erwischen, ihr eine Falle stellen und sein Versprechen wahrmachen würde.

Und sie hatte absolut hundertprozentig nichts dagegen.

Sie hoffte lediglich, dass er sie, wenn er sie einmal hatte, nie wieder loslassen würde.

Kapitel 21

Eine Dusche, zwei Orgasmen, eine Mahlzeit und noch einen Orgasmus später fanden sich Aaron und Isobel zusammen mit Liam (der buchstäblich Sekunden nach Isobels Küchenorgasmus aufgetaucht war) im Wohnzimmer wieder und besprachen Dinas Lebensfeier.

»Deinem Wunsch gemäß«, setzte Liam an, dessen Sohn Jordie neben ihm auf dem Sofa still mit seinem iPad spielte, »habe ich die Feier aufgeschoben, bis du dich hier mit Sophie zusammengerauft hast. Aber ich habe den Raum für nächsten Samstag gemietet. Auf der Arbeit wissen alle Bescheid. Sie haben nichts dagegen, dass du die Feier auf ein Wochenende legen willst.«

Aaron knurrte.

»Was nicht heißen soll, dass es darauf angekommen wäre. Dina war bei allen beliebt, also hätten wir den Laden ihr zu Ehren auch an einem Dienstag dichtgemacht.«

Aaron knurrte abermals, den Blick hatte er auf den Fernseher über dem Kamin geheftet.

Dort liefen, stumm geschaltet, im Hintergrund die Nachrichten. Die Raubzüge in Schmuckgeschäften hatten weiter zugenommen. Juweliere machten den Waffenschein und sprachen bereits davon, sich selbst zur Wehr zu setzen.

Noch mehr Leute mit Waffen konnten sie nun wirklich nicht gebrauchen. Gute Menschen oder nicht, sie brauchten weniger, nicht noch mehr Schusswaffen.

Isobel massierte ihm mit einer Hand liebevoll den Rücken und verschränkte die Finger der anderen Hand auf seinem Oberschenkel mit seinen. »Schon gut, ich weiß, es fällt schwer, darüber zu sprechen.«

Liams Blick fixierte Isobels Hände, dann wanderte er zwischen Aarons Gesicht und ihrem hin und her. Und dann ging ihm ein Licht auf. Er schürzte die Lippen und schüttelte so heftig den Kopf, dass die dunkelblonde Haartolle über seiner Stirn hüpfte. »O Mann, du bist echt fertig.«

Aaron grunzte zum x-ten Mal, wandte den Blick vom Fernseher und richtete ihn auf Liam.

»Ich meine, du bist eindeutig fertig. Sieh sie dir an.« Liam deutete mit der Hand auf Isobel. »Und sie ist ja auch toll. Sie ist klug, und sie kann gut mit Kindern umgehen. Aber ihr zwei …« Er raufte sich die Haare, die dunkelbraunen Augen zeigten eine Mischung aus Amüsement und Besorgnis. »Passt einfach auf, okay? Tori und Mark haben einen Vertrag aufgesetzt, der Beziehung und Arbeit regeln soll. Aber sie leben auch nicht zusammen. So was kann schmutzig werden, und wenn es das wird, vertrete ich die erste Person, die sich an mich wendet. Da ich euch beide liebe, würde es mir schwerfallen, mich für eine Seite zu entscheiden, aber das Geld lindert meinen Schmerz.«

»Du bist ein arroganter Arsch«, knirschte Aaron.

Liams Grinsen war gewaltig. »Eine meiner vorzüglichsten Eigenschaften.«

Isobel verdrehte die Augen. Neben ihr knurrte Aaron.

Nachdem Liam zu lachen aufgehört hatte, suchte sein Blick Isobel, in seinen Augen standen Eifer und Ernsthaftigkeit. »Aber mal im Ernst, ich will nicht, dass du verletzt wirst.« Sein Blick wechselte zu Aaron. »Das Gleiche gilt für dich.«

»Und das wissen wir zu schätzen«, sagte Isobel, die bewundernd zusah, wie Liams Nase sich kräuselte und die Linien um seine Augen sich vertieften, wenn er ernst wurde. Er war zweifellos ein gut aussehender Mann. Das Problem war bloß, dass er sich dessen bewusst war. »Aber wir lassen es langsam angehen.«

Skepsis zeichnete seine ansprechenden Gesichtszüge. »Das orgastische Leuchten, das euch beide einhüllt, spricht eine andere Sprache.«

Isobels Gesicht fing Feuer.

»Was ist *orgastisches Leuchten*?«, fragte Jordie und hob den Kopf von seinem iPad. Seine Augen, die genauso braun waren wie die seines Vaters, schauten neugierig. »So was wie ein Leuchtstab?«

Liam gluckste verlegen und zerzauste seinem Sohn die Haare. »So ähnlich, Kleiner. Ich wollte damit nur sagen, Mr. Steele und Miss Jones sehen so glücklich aus, dass sie förmlich leuchten.«

Jordy verzog verständnisvoll die Mundwinkel. »Dann hab ich *orgastisch geleuchtet*, als wir im Sommer im Legoland waren.«

Isobel senkte den Kopf, um ihr Grinsen zu verbergen, und biss sich in die Wange, um nicht zu lachen.

Kindermund tut Wahrheit kund.

»Bestimmt«, sagte Liam und räusperte sich. »Aber sagen wir lieber, du warst happy. Orgastisches Leuchten passt nicht so gut zu Legoland.«

Jordie, der das Interesse an dem Thema längst verloren hatte, zuckte die Achseln und widmete sich wieder seinem iPad.

Aaron gab abermals einen Kehllaut von sich, der diesmal eher an eine startende Harley erinnerte. »Wie auch immer, Alter, danke jedenfalls, dass du alles für Dinas Feier organisiert hast. Das weiß ich sehr zu schätzen.«

Liam nickte. »Gern geschehen.«

Isobel wollte sich gerade erkundigen, ob Jordie zwischendurch etwas essen wollte, als jemand an die Tür klopfte. Sie schaute auf die verschnörkelte, aus Schwemmholz handgearbeitete Uhr auf dem Kamin. Es war vier Uhr.

Sophie war zurück.

Als sie ihrer Schwester die Tür aufmachte, rechnete sie nicht mit Mark und Gabe, die ihr folgten.

»Ich hab Liams Wagen vor dem Haus gesehen«, sagte Mark, während er ins Haus schlenderte.

Jordies Kopf schoss von seiner Beschäftigung über dem iPad hoch. Als er Gabe sah, ließ er das Tablet links liegen, und die beiden Jungs spielten mit den Spielzeugautos aus dem wiederverschließbaren Plastikbeutel, den Gabe mitgebracht hatte.

»Volles Haus«, murmelte Aaron und nahm Sophie, nachdem Isobel sie aus ihrem Autositz befreit hatte.

»Alles gut?« Ihre Blicke begegneten sich, ihre Fingerspitzen berührten einander, als sie ihm das Baby reichte.

Er nickte. »Ja.«

»Sollen wir sie zum Abendessen einladen und Pizza bestellen?«

Er machte ein Gesicht, als wäre das das Letzte, was er im Leben wollte, aber anstatt es auszusprechen, nickte er wieder. »Okay.«

Mit großen Augen versuchte sie zu ergründen, was er wirklich von ihrem Vorschlag hielt. »Sicher?«

Unbehaglich erwiderte er ihren Blick. »Nein, aber mir ist klar, dass es richtig ist. Bestell du die Pizza, ich komme damit klar.«

»Gut«, sagte sie leise, legte ihm eine Hand aufs Bein und drückte es beruhigend. »Dann bestelle ich Pizza für fünf Uhr.«

Mark hatte sich in einen Sessel gefläzt, als wäre er hier zu Hause, und plauderte angeregt mit Liam. Tori packte in der Küche die benutzten Milchfläschchen aus, und die beiden Jungs spielten im Flur mit ihren Autos.

Isobel ging das Herz auf, als sie das alles sah.

Genau das hatte sie sich schon immer gewünscht. Ein Haus voller Menschen. Freunde, Familie, Kinder und alles dazwischen. Sie wollte ein Heim, in dem alle zusammenkamen, Kinder spielten und Erwachsene zusammen zu Abend aßen. Sie wollte die Mutter ihrer eigenen Kinder und wie eine zweite Mutter für die Kinder ihrer Freunde sein. Eine Frau, der alle vertrauten und auf die sich alle verlassen konnten und an deren Tisch immer ein Platz frei war, wenn es erforderlich war.

Sie wünschte sich ein Dorf.

War dies der erste Stein zu ihrem Dorf? Oder war sie lediglich die Angestellte eines Dorfbewohners, ohne dass sie selbst dazugehörte?

»Und …«, begann Tori, nachdem sie die Fläschchen im Spülbecken ausgewaschen und ins Trockengestell geschoben hatte. »Habt ihr zwei euch geküsst und versöhnt?«

Isobel wandte den Blick ab, doch an ihren Lippen zupfte ein Lächeln.

»Oh, fein, gut für euch.«

Isobel spürte die Wärme im Rücken, noch ehe sie einen Laut vernahm. Der Mann wusste wirklich, wie man sich anschleichen konnte.

Toris Blick flog von der Windelpackung in ihrer Hand zu dem Mann hinter Isobel. »Ich gehe lieber mal nachsehen, was Gabe und Jordie im Schilde führen.« Damit verließ sie die Küche, allerdings nicht, ohne Isobel noch etwas Schmutziges zuzuraunen.

Isobel verdrehte die Augen.

»Bist du dir sicher, dass du die Jüngere bist?«, fragte Aaron und hob Sophie an seine Schulter.

»Das frage ich mich auch manchmal«, sagte sie unverblümt.

Aaron stützte Sophie mit einer seiner Pranken und umfasste mit der anderen Hand Isobels Gesicht, mit dem Daumen streichelte er ihre Wange, während der kleine Finger auf ihrer pochenden Halsschlagader lag. Sie lehnte sich gegen ihn und schmiegte sich in seine Umarmung. »Ich werde mir den Arsch aufreißen, um das hier nicht zu vermasseln«, sagte er und neigte den Kopf, bis ihre Lippen nur noch Millimeter voneinander entfernt waren. »Ich tauge nicht viel als fester Freund. Noch nie. Aber mit dir will ich es versuchen.«

Mit dir will ich es versuchen.

Da sie nicht allzu viel in seine Stimmung hineininterpretieren wollte, gebot sie den Schmetterlingen in ihrem Bauch, Ruhe zu bewahren, und lächelte ihn stattdessen einfach an. Sie legte eine Hand auf seine, mit der er Sophie hielt. »Wir brauchen vorläufig kein Etikett dafür. Tun wir einfach, was uns natürlich vorkommt, was sich richtig anfühlt, und dann sehen wir weiter. Ich verlange nicht viel.«

»Nur Blickkontakt nach dem Sex?« Seine Lippen zuckten.

»Davor, währenddessen, danach. Ganz egal. Nur ausschließen darfst du mich nicht.«

Seine Lippen streiften ihre. »Das mit dem Blickkontakt wird schwierig, wenn ich hinter dir bin.«

»Ist das eine Anregung für später?«

Er lockerte den Griff um ihr Kinn. »Ein Versprechen.« Als ihre Zungen einander umspielten, nahm sie ihre Hand von Sophies Rücken und legte sie flach auf sein kraftvoll schlagendes Herz.

Ein Herz, das sie längst zu lieben gelernt hatte. Und das sie heilen zu können hoffte.

Ein Herz, von dem sie hoffte, es würde sie eines Tages ebenfalls lieben.

Kapitel 22

»Irgendwas riecht hier gut«, meinte Aaron, als er am Dienstagabend hinter Isobel trat, ihren Hintern umfasste und ihr einen Kuss auf den Hinterkopf pflanzte. Er war spät von der Arbeit heimgekommen, doch sie hatte mit dem Essen auf ihn gewartet. Und nun knurrte sein Magen, als er zur Tür hereinkam und ihm der Duft mexikanischer Gewürze in die Nase stieg.

Sie stand über den Herd gebeugt und schob Rinderhack in der Pfanne herum. »Das Taco-Fleisch ist fast fertig. Aber wenn du möchtest, mach ich langsamer, dann hast du vor dem Essen noch Zeit zu duschen.«

Er gab einen abweisenden Laut von sich, kniff ihr noch mal in die Pobacke, dass sie quiekte, und ließ sie stehen. Auf dem Küchentresen stand schon ein Teller mit der Füllung. Wie ein Lausbub nahm er sich eine Handvoll zerkleinerten Cheddar und krümelte den Käse in seinen Mund. »Wo ist Soph?«

»Schläft … fürs Erste. Wir hatten einen anstrengenden Tag. Sie hat heute viel gejammert.«

Er hielt inne. »Wieso?«

»Na ja, zum einen, weil sie ein Baby ist; zweitens, fürchte ich, bekommt sie eine Erkältung. Als ich ihr das Fläschchen gegeben habe, hat sie schlecht Luft bekommen, und sie hat auch mehr gespuckt als sonst. Vielleicht übernachte ich heute in ihrem Zimmer, nur für den Fall, dass sie im Schlaf zu spucken anfängt.«

»Wir könnten ihr Körbchen doch in unser Zimmer stellen.«

Sie erstarrte. Der Pfannenheber in ihrer Hand rührte sich nicht mehr.

Da traf ihn die Erkenntnis.

Er hatte »unser Zimmer« gesagt. Als wäre *sein* Zimmer nun sein und Isobels *gemeinsames* Zimmer. Seit ein paar Tagen schliefen sie miteinander, und schon war sie bei ihm eingezogen.

Fuck.

Ja, gut, letzte Nacht war sie bei ihm geblieben. Aber sonderlich viel geschlafen hatten sie nicht. Weil sie seinen Vorrat aufgebraucht hatten, hatte er heute in der Mittagspause eine Schachtel Kondome besorgt.

Nun drehte sie sich, mit dem Pfannenheber in der Hand, langsam zu ihm um, ihr Mund stand ein wenig offen, ihr Blick war verhalten. »Ähm.«

Ah, fuck, würde sie jetzt wieder die Feministin herauskehren und einen Riesenaufstand machen?

Es war ihm doch nur herausgerutscht.

Aber sie hatte offenbar nicht nur das Entsetzen in seinem Gesicht erkannt, sondern auch den anschwellenden Ärger. Was er größtenteils seinem leeren Magen zuschrieb, denn er war praktisch am Verhungern. Etwas Undefinierbares trat in ihren Blick, bevor sie es abschüttelte, nickte und sich wieder dem Herd zukehrte. »Ganz wie du willst. Aber es macht mir nichts aus, bei Sophie im anderen Zimmer zu bleiben. So könntest du heute Nacht wenigstens anständig schlafen.«

Ja, aber dann würde Isobel nicht in ihrem gemeinsamen Bett liegen.

Oh, fuck, schon wieder.

Ihrem gemeinsamen Bett.

Dabei war es ihm bloß lieber, wenn sie bei ihm schlief.

»Ich habe eine Überraschung für dich«, wechselte sie das Thema. Gott sei Dank.

Er hob eine Braue. »Dass du nachher splitterfasernackt deine Lippen um meinen Schwanz schließt?«

Sie verdrehte die Augen. Er grinste. Zu grinsen fühlte sich immer noch seltsam an. Er hatte es in letzter Zeit so selten getan, und doch entlockte sie ihm mehr davon als sonst irgendwer – von Sophie abgesehen. »Nein, das nicht, aber wenn du deine Karten richtig ausspielst, Soldat, sind vielleicht sogar zwei Überraschungen drin.« Damit deutete sie auf den Küchentisch, auf dem ein halbes Dutzend Blätter Papier ausgebreitet lag.

Er ging hin, nahm sie hoch und sah sie durch. Was er sah, waren Logos für seine Baufirma. Allesamt sehr schöne Entwürfe mit dem gut erkennbaren Firmennamen und überaus markant. Er hob den Kopf.

Sie stand da und beobachtete ihn mit ebenso neugierigem wie argwöhnischem Blick, die daunenweiche Unterlippe zwischen den Zähnen. »Mir ist aufgefallen, dass du kein Firmenlogo hast. Um sicher zu sein, hab ich deine Firma gegoogelt, konnte aber nichts finden. Da habe ich ein paar Logos entworfen, von denen ich dachte, sie könnten dir gefallen.« Sie hob eine Schulter, als wäre überhaupt nichts dabei, dass sie einen Haufen Zeit darauf verwendete, etwas für ihn zu entwerfen. »Ich habe ein bisschen mit diesem neuen Designprogramm herumgespielt.« Sie trat einen Schritt auf ihn zu. »Ich bin auch nicht beleidigt, wenn du nichts davon verwenden willst, aber wenn dir was gefällt, kannst du es nehmen.«

Wieso hatte er solches Glück? Diese unfassbare, großzügige, geduldige, kluge, kreative und wunderschöne Frau war ihm auf dem Silbertablett serviert wurden, und nun überraschte sie ihn Tag für Tag aufs Neue und gab ihm immer mehr.

Dabei verdiente er sie gar nicht.

Noch einmal blätterte er durch ihre Entwürfe. Was ihm sofort ins Auge fiel, war ein Entwurf in Kobaltblau und Silber mit fetten Blockbuchstaben und einer Art Spitzdach darüber, *Steele Construction Inc.* klar und deutlich lesbar. Er zog das Blatt aus dem Stapel und räusperte sich. »Das hier gefällt mir.«

Ihr Lächeln verwandelte alles in ihm in geschmolzene Lava, und in seiner Unterhose zogen sich seine Hoden zusammen. »Phantastisch, dann gehört es dir.« Damit wandte sie sich wieder dem Herd zu, begann zu summen und schwang dazu die Hüften und wackelte mit dem Hintern.

Er verbiss sich ein Stöhnen und räusperte sich stattdessen. »Dann gehe ich jetzt mal duschen«, grummelte er dann, weil er seinen Körper reinigen und einen klaren Kopf bekommen musste. Diese wunderbar aufregende Frau in seiner Küche pustete ihm gründlich den Verstand durcheinander. Halb war er den Flur hinuntergeeilt, als es an der Tür klingelte.

»Mist«, hörte er Isobel fluchen, während sie förmlich aus der Küche flog. »Mist, Mist, Mist, Mist.« Um ein Haar wäre sie ihm zuvorgekommen. »Wissen die Leute nicht, dass ein Baby im Haus ist? Ich muss noch ein verfluchtes Schild an der Tür anbringen: ›*Wer das Baby weckt, muss es auch nehmen.*‹« Sie blitzte ihn über die Schulter hinweg an, und als sie die Besorgnis in seinem Gesicht sah, entrang sich ihren Lippen ein nervöses Kichern. »Was nicht heißen soll, dass ich dein Baby weggeben will, aber du weißt schon, wie ich es meine.«

Er stand hinter ihr, als sie die Haustür aufriss, während ihr neue Verwünschungen und Drohungen aus dem Mund sprudelten.

»Hey!«, rief Mercedes und reckte ihre Hand aus, um ihren großen, schicken Diamantring vorzuzeigen. Hinter ihr stand Colton und grinste wie ein Idiot.

Aaron spürte, wie Isobels Zorn schlagartig verflog. Sie stürmte auf ihre Freundin zu und warf ihre Arme um Mercedes' Hals. »Hi! O mein Gott, ihr zwei …«

Mercedes und Colton folgten ihnen ins Haus.

»Ich geh duschen«, brummte Aaron und warf Colton einen Blick zu, bevor er wieder im Flur entschwand.

Da heiratete der verfluchte Vollidiot einfach. Was hatte er sich bloß dabei gedacht?

»Also, jetzt will ich aber die *ganze* Geschichte hören«, sagte Isobel, als sie alle vier um den Wohnzimmertisch saßen und Tacos aßen – Aaron würde wirklich bald einen größeren Küchentisch bauen müssen. Nicht, weil ihm die Vorstellung, Gäste zu bewirten, gefiel, sondern weil es einfach angezeigt war. Denn natürlich hatte Isobel die beiden eingeladen, zum Abendessen zu bleiben. Schließlich wollte sie hören, wie es dazu gekommen war, dass ihre Freundin durchgebrannt war.

Was Aaron nicht gleichgültiger hätte sein können.

Das war Coltons Problem.

Der Mann hatte über die Jahre wenig anbrennen lassen. Da war zum Beispiel das Mädel in Guadalajara gewesen, das ihn mit Handschellen ans Bett gefesselt und ausgeraubt hatte, allerdings nicht, ohne ihm vorher noch Filzläuse anzuhängen.

Aaron verdrehte die Augen, als er daran dachte, dann fiel er über seinen Taco her.

Isobel hatte sich angewöhnt, jeden Dienstag Tacos zu machen, und er freute sich mittlerweile schon im Voraus darauf.

Und heute hatten Dienstagstacos und anschließend Sex auf dem Speiseplan gestanden.

Abendessen, Sex und noch mehr Sex, bis Isobel mit dem Kopf

auf seiner Brust einschlief, während er ihren Hintern umfasst hielt.

Abgesehen von den Tacos, musste er nun auf all das warten.

Er starrte Mercedes an, die ohne Unterlass redete. Gäste zu bewirten, hatte nicht auf dem Plan gestanden. Die beiden stahlen ihnen die Zeit für Sex.

Isobels Freundin legte ihren Taco weg und wische sich mit einem derart breiten Grinsen mit einer Serviette den Mund ab, dass Aaron es nur mit Mühe für echt halten konnte.

»Das ist schwer zu erklären«, begann sie. »Wenn man es weiß, weiß man es eben. Nach Samstagnacht wurde mir klar, dass ich mit der Club- und Dating-Szene echt nichts mehr zu schaffen haben will. Ich hatte mir immer nur eingeredet, dass es das war, was mir Spaß machte, und dass ich dabei eine gute Zeit haben könnte.« Sie schüttelte den Kopf, und ihr Blick fiel auf Colton, der neben ihr saß. Er nahm ihre Hand und verschränkte seine Finger mit ihren. »In Wahrheit hat man mit jemandem, den man liebt, eine gute Zeit. Wenn man auf dem Sofa kuschelt und sich einen Film anguckt und dabei Nachos mampft und Wein trinkt. Ich will mich nicht mehr so oberflächlich amüsieren und bloß so tun als ob. Ich will was Echtes, ein Leben, einen Partner und eine Zukunft.« Sie drückte Coltons Hand. »Und das alles habe ich gefunden.«

»Ja, aber warum musstet ihr dafür gleich heiraten?«, fragte Isobel. »Hättet ihr nicht einfach miteinander gehen können?«

»Warum das Unvermeidliche aufschieben?«, fragte Colton achselzuckend zurück. »Ich möchte unsere gemeinsame Zukunft, unsere Familie *jetzt* begründen.«

Isobel verschluckte sich an ihrem Wasser. »Familie?«

Mercedes knabberte an ihrer Lippe. »Nun ja, vielleicht nicht *gleich*. Aber bald.«

Colton grinste. »Wir üben nur schon mal.«

»Colton hat mich gerettet.« Tränen traten in ihre Augen, und sie wandte sich wieder ihrem Ehemann zu. »Er hat sich um mich gekümmert. Und nun gibt er mir das Gefühl, geborgen und geliebt zu sein, umsorgt und geachtet. Ein Mann wie er ist mir noch nie begegnet, und einen anderen will ich nicht mehr.«

Kotz!

Die beiden wandten sich einander zu und blickten sich in die Augen wie zwei liebeskranke Schwachköpfe.

Aaron drehte sich bei diesem rührseligen, schnulzigen Getue der Magen um.

Wer zum Henker war der Kerl da vor ihm? Er erkannte ihn todsicher nicht wieder. Klar, aussehen tat er wie Colton Hastings, der Sanitäter ihrer Gruppe, Angehöriger eines Spezialeinsatzkommandos, der flachlegte, was ihm vor die Flinte kam, aber er benahm sich ganz sicher nicht wie Colton Hastings, auch bekannt als »Muschimatador von Massachusetts«, der jeden heiligen Eid geschworen hatte, sich niemals an die Kette legen zu lassen. Dass die Ehe was für Weicheier sei und Kinder einem nur das Bankkonto plünderten. Als Rob verkündet hatte, dass er Skyler heiraten wollte, hatte Colton sich vor Lachen ausgeschüttet und auf der Hochzeit sämtliche Frauen angebaggert, um schließlich mit der Hotelrezeptionistin auf seinem Zimmer zu verschwinden.

Er war definitiv der Mann, mit dem man in den Einsatz gehen, allerdings weniger der Mann, den man seiner kleinen Schwester vorstellen wollte. Dina war er nur einmal begegnet, und die hatte damals schon einen Freund gehabt.

Aber nun saß er hier, war verheiratet und redete von Babys.

Sie mussten in eine Folge von *Twilight Zone* hineingeraten sein.

»Und was willst du arbeiten«, fragte Aaron, der das Bedürfnis verspürte, auch etwas zu sagen. Seit das frisch vermählte Paar aufgetaucht war, war er schweigsam geblieben, weil er nicht recht wusste, wie er mit der Neuigkeit und der übertriebenen Zurschaustellung ihrer Zuneigung umgehen sollte.

Colton ließ Mercedes' Hand los und nahm seinen Taco wieder vom Teller. »Weiß ich noch nicht. Aber Mercedes' Wohnung ist groß genug für uns beide, also ziehe ich erst mal bei ihr ein. Ich dachte, vielleicht versuche ich es mal bei der Feuerwehr. Da kann man sich bald wieder zur Ausbildung anmelden.« Auf einer Seite hob sich sein Mund, die weiße Narbe, die seine Lippen links teilte, gab seinem Lächeln einen leicht finsteren Anstrich. »Andererseits hat ein Kumpel von mir eine Baufirma. Und der hat neulich Abend davon gesprochen, dass er zu wenig Leute hat und Arbeiter sucht. Ich hab so ein Gefühl, als könnte ich mit meiner Vergangenheit als Sanitäter auf dem Bau ein echter Gewinn sein.«

Oh, fuck.

Aaron hob eine Braue und richtete den Blick auf seinen Freund. »Ja? Meinst du?«

Colton kaute und grinste dabei wie ein Idiot. »Und ob. Ich meine, du bist doch sowieso meine Referenz, oder? Wer kennt mich besser als du?«

Aaron mahlte nachdenklich mit den Zähnen. »Weißt du, wie man eine Kreissäge bedient?«

Colton nickte. »Letzten Sommer hab ich meinem Vater beim Bau seiner Scheune geholfen. Das Ding steht noch, und die Schweine und Hühner haben sich auch nicht beschwert, also kann ich es so schlecht nicht gemacht haben.«

Aaron grunzte. »Dann morgen früh.«

Colton trank grinsend von seinem Bier. »Danke, Mann, du wirst es nicht bereuen.«

Das wollte er verdammt nochmal hoffen.

»Und, was läuft jetzt so mit *euch beiden*«, erkundigte sich Mercedes und deutete mit ihrer beringten Hand auf Aaron und Isobel. »Ich spüre hier gewisse sinnliche, sexuelle Spannungen.« Das Dopamin und das schwer sexuell motivierte Entzücken brachten die hellgrauen Augen der Frau zum Funkeln. »Hat sich Mr. Sheffield endlich dazu durchgerungen anzubeißen?«

Aaron sah Isobel fragend an. Popkulturelle Anspielungen waren noch nie seine Sache gewesen.

Isobel verdrehte die Augen. Sie erkannte, wie genervt er war, und machte ihrem eigenen Ärger Luft, indem sie die wie ein Honigkuchenpferd grinsende Mercedes anfunkelte. »Sie meint die alte Fernsehserie. *Die Nanny*. Mr. Sheffield ist der Boss.«

Aaron stöhnte.

Er war sich nicht sicher, ob ihm Colton leidtun sollte, weil diese Frau ihn eingefangen hatte, oder ob sein Kumpel sie verdiente.

»Wir lassen es langsam angehen«, sagte Isobel und warf Aaron einen Blick zu. »Richtig?«

Aaron griff nach seinem Bier und trank es halb aus, bevor er nickte. »Genau. Langsam.«

Wie er sie am Sonntag in seinem Bett mehrfach genommen hatte, war allerdings alles andere als langsam gewesen. Er hatte sie beide mit seiner Leidenschaft mächtig geschockt, so unersättlich war er gewesen.

Kaum waren er, Iz und Soph am Sonntag wieder unter sich gewesen – Tori, Mark, Liam und die Kinder waren nach der Pizza heimgefahren –, hatte er endlich frei atmen können. Zusammen hatten sie aufgeräumt, Sophie gebadet und schlafen gelegt, worauf er Isobel in sämtlichen Räumen seines Hauses gevögelt hatte. So hatten sie jede Tischplatte, jeden Sessel, jedes Sofa und sämtliche

Oberflächen eingeweiht. Und als ihnen die Oberflächen ausgingen, hatte er sie in der Garage über die Motorhaube seines Trucks gelegt und sie auch dort gevögelt.

Kein Wunder also, dass sie mehr Kondome benötigten.

»Warum langsam?«, fragte Mercedes. »Wenn es passt, passt es.«

Er konnte die Hitze, die Isobels Wangen verströmten, förmlich fühlen. Jedenfalls sah er aus dem Augenwinkel, wie sie sich verfärbten.

Aber seine Frau hatte Klasse. Sie zuckte nur die Achseln. »Jeder ist anders. Wir sind zufrieden, so wie es ist.«

Mercedes rollte mit den Augen. »Du meinst, *er* ist zufrieden mit dem, wie es ist; so hat er eine, die auf sein Kind aufpasst, ihm das Essen kocht, sein Haus sauber und ihm das Bett warmhält, mit null Verpflichtung und Aussicht auf eine gemeinsame Zukunft.«

Coltons Mund bildete ein O, als wollte er sagen »Oh, zwei Dumme, ein Gedanke«, und seine Augenbrauen kletterten fast über seine Stirn hinaus. Mercedes kniff die Augen zusammen und sah Isobel mit einer herausfordernd gehobenen Braue an.

Die beiden Frauen schienen einander mit Blicken niederringen zu wollen.

Aaron hielt die Luft an. Wenn eine der beiden ihre Armbänder und -reifen ablegte, würde der Zickenkrieg handgreiflich ausgetragen. Sein Blick flog zwischen ihnen hin und her. Keine trug Reifen und Bänder. Woher zum Henker sollte man dann wissen, wann sie aufeinander losgehen würden?

»Das reicht«, sagte Isobel schließlich. Mit leiser, aber kristallklarer Stimme.

Mercedes verdrehte die Augen, schüttelte den Kopf, nahm ihren Taco wieder auf und biss herzhaft hinein. »Ich meine ja bloß«, setzte sie erneut mit noch immer gefülltem Mund an, »dass ich nicht möchte, dass meine Freundin verletzt wird. Du hast das größte Herz des Planeten, Iz. Ein- oder zweimal habe ich schon miterlebt, wie es gebrochen wurde, und nichts auf der Welt war jemals so herzzerreißend. Das will ich nicht noch mal erleben, nur weil du dich jemandem mit Haut und Haaren verschrieben hast, der nicht bereit ist, dasselbe zu tun.«

Was. Um. Alles. In. Der. Welt?

Heißer Zorn pulsierte durch Aarons Adern, und er musste gegen den Wunsch ankämpfen, die blonde Frau an den Haaren über den Tisch zu ziehen und zur Hintertür hinauszubefördern.

Es regnete. Vielleicht kühlte sie das ein bisschen ab.

Er musste sich selbst auch abkühlen. Sich verdammt nochmal wieder beruhigen.

Ganz falsch lag sie natürlich nicht, aber was fiel ihr ein, einen solchen Scheiß von sich zu geben?

Hatte Colton irgendwas zu ihr gesagt? Dass er nur noch die leere Hülle eines Mannes war, der unfähig war, zu lieben oder irgendwas anderes zu tun, als den Kopf einzuziehen und seine Arbeit zu erledigen?

Die einzige Liebe, die er jemals hatte geben können, hatte Dina gegolten, aber mit ihr war auch sein Herz gestorben. Er fuhr sozusagen auf Reserve und versuchte, was noch übrig war, Sophie zukommen zu lassen, obwohl er wusste, dass es niemals genug sein würde. Und ganz sicher nicht genug für eine so umwerfende Frau wie Isobel.

»Hat er dir von Kolumbien erzählt?«, fragte Mercedes.

Verdammte Zimtzicke.

Isobel wandte sich kopfschüttelnd Aaron zu, Kummer und Irritation verdüsterten ihre himmelblauen Augen. »Nein. Was war denn in Kolumbien?«

»Schatz.« Colton legte Mercedes eine Hand auf den Arm. »Das ist Aarons Angelegenheit. Ich habe dir meine Geschichte erzählt, weil wir uns einig waren, ohne Geheimnisse und ohne Dämonen oder Leichen im Keller in unsere Ehe zu gehen. Aber es ist nicht *deine* Sache, von Kolumbien zu erzählen.«

Mercedes schürzte die Lippen. »Aber sie hat ein Recht darauf, zu erfahren –«

»Es ist *seine* Geschichte«, sagte Colton noch einmal, mit deutlich warnendem Unterton.

Da schloss Mercedes den Mund und senkte den Blick in ihren Schoß. »Tut mir leid.«

Tja, heilige Scheiße. Wenigstens war Colton in der Lage, dieses kleine Plappermaul zum Schweigen zu bringen.

Einer musste es ja tun.

»Sorry, Bruder«, sagte Colton jetzt und räusperte sich. »Ich wollte nicht –«

»Schon gut«, sagte Aaron scharf, stand auf und trug seinen leeren Teller zur Spülmaschine. »Ich bin müde. Ich geh jetzt ins Bett.« Dann drehte er sich noch mal zu seinem Freund um, wobei er sorgsam darauf achtete, Isobels durchdringend neugierigem Blick sowie dem ärgerlichen Blick von Mercedes auszuweichen. Was zum Henker fiel ihr überhaupt ein, ihn derart anzufunkeln? »Wir sehen uns im Büro. Punkt neun. Und du wirst Stiefel mit Stahlkappen brauchen.«

Colton stand auf, schlug die Hacken zusammen, reckte das Kinn und salutierte.

Oh, Bruder.

»Sir, jawoll, Sir«, brüllte er.

Aaron verdrehte die Augen. »Wenn du Soph weckst, bist du jetzt schon gefeuert.«

Colton klappte abrupt den Mund zu und nickte, dann setzte er sich wieder hin.

Aaron drehte sich nicht noch einmal zum Wohnzimmer um, als er zum Schlafzimmer marschierte, dennoch fühlte er Isobels Blick im Rücken. Ihr Bedürfnis, mehr zu erfahren und mit ihm in Verbindung zu treten. Sie wollte mehr von ihm wissen, und sie wollte mehr von ihm.

Während er lieber vergessen würde. Während er lieber *alles* vergessen würde.

Kapitel 23

Er konnte ums Verrecken nicht einschlafen.

Kein gottverdammtes Auge tat er zu.

Aaron lag wach und hörte, wie Colton und seine vorlaute Gattin gingen; Isobel als perfekte Gastgeberin brachte sie zur Haustür. Anschließend hörte er sie in der Küche herumwuseln und aufräumen, und dann verschwand sie im Badezimmer, um zu duschen.

Sein Schwanz glich einer vibrierenden Eisenlatte, als er sich ihren Mörderkörper vorstellte, eingeseift, mit steinharten Brustwarzen, ihre Haut rosig vom heißen Wasser.

Als das Wasser zu rauschen aufhörte, kämpfte er gegen den Drang an, aus dem Bett zu springen, die Badezimmertür zu sprengen und sie über das Waschbecken gebeugt hart zu vögeln. Dabei würde er nicht vergessen, mit beiden Händen über den beschlagenen Spiegel zu wischen, damit sie beide zusehen konnten, wie er sie nahm. Wie ihre Titten bei jedem Stoß schaukelten, während er ihren Körper an die Schwelle und darüber hinaus trieb.

Stattdessen lag er da, die Faust um seinen Schaft geschlossen, ein läppischer Ersatz für ihre herrlichen Schenkel und die warme, enge Pussy, die wenige Meter entfernt auf ihn wartete.

Als die Badezimmertür aufging, hielt er die Luft an. Würde sie in sein Zimmer kommen?

Vor der ersten Nacht, die sie zusammen verbrachten, hatte er sie gar nicht in seinem Bett gewollt, weil er ahnte, worauf er sich einlassen würde. Jetzt jedoch wollte er sie hier und nirgendwo sonst.

Doch als Sophies Zimmertür sich leise knarrend öffnete und wieder schloss, wusste er, sie würde nicht zu ihm kommen.

Er ließ seinen Penis los und starrte an die Decke.

Fuck, warum hatten sie von Kolumbien anfangen müssen?

Er hatte seit Tagen nicht mehr an diesen Einsatz gedacht. Seit Isobel sein Bett mit ihm teilte, ihren warmen Leib an ihn kuschelte und seine Alpträume mit ihrem weiblichen Duft und ihrer Weichheit vertrieb, hatte er ausgezeichnet geschlafen.

Zum Teufel mit Mercedes. Zum Teufel mit Colton.

Im Versuch, die Erinnerungen zu verbannen, presste er die Handballen gegen seine Augen, doch sofort überschwemmten sie ihn wieder, schäumten in seinem Inneren auf, bis er die Flammen drei Meter hochschlagen sah und die Schreie hörte – ohrenbetäubend laut.

So wie Colt ihr Sani und Rob ihr Lead Point und ihr Scharfschütze und Top Diver war, so war Aaron auf unkonventionelle Kriegsführung spezialisiert. Als »Charmeur«, wie er häufig genannt wurde, schickte man ihn vor, um die Loyalität und Kooperationsbereitschaft der Einheimischen zu gewinnen. Und da er und Rob fließend Spanisch sprachen, wurden sie meistens zuerst in Marsch gesetzt, vor allen dann, wenn sie in Zentral- oder Südamerika waren. Doch Aaron als eine Anomalie mit roten Haaren und blauen Augen schien die Menschen in Scharen anzuziehen, während Rob, ein halber Mexikaner mit dunklen Haaren und Augen, gar nicht auffiel.

Also flirtete Aaron, spielte Domino und küsste Babys, während Rob sich in Hinterzimmer schlich und die Schränke durchwühlte.

Das hatte er auch in Kolumbien getan.

Aaron hatte einen Maulwurf in das Muñoz-Kartell einschleusen sollen. Dabei kam er dem Maulwurf und seiner Familie jedoch zu nah, und sie hatten teuer für seinen Fehler bezahlen müssen.

Sie wurden seine schwache Stelle.

Sein Herz lag bloß und war verwundbar.

Aber Verwundbarkeit konnte tödlich sein.

Für alle Beteiligten.

Da drangen die Laute eines weinenden Säuglings nebenan in seine Erinnerungen – in seinen wiederkehrenden Alptraum –, so dass er aus dem Bett stürzte. Sekunden später hatte er den Flur überquert und schaltete das Deckenlicht in Sophies Zimmer ein.

Seine Nichte lag in Isobels Arm und jammerte nur noch leise. Iz blinzelte ihn mit schläfrigen Augen irritiert an, ihre dunklen Haare fielen ungebändigt über die schmalen Schultern. »Was machst du denn hier?«, fragte sie.

»Ich habe sie weinen gehört.«

Sie hob eine Braue. »Ja, Babys weinen nun mal. Das war nicht das erste und sicher nicht das letzte Mal.«

Ohne auf ihren frechen Ton zu achten, ging er zum Bett, in dem sie aufrecht saß, und stellte sich neben die beiden, das Kinderkörbchen stand verlassen auf der anderen Zimmerseite. Er legte den Handrücken zuerst an Sophies gerötete Wange und dann auf ihre Stirn. »Hat sie Fieber?«

Isobel drückte die Lippen auf Sophies Stirn. »Ein wenig vielleicht. Geben wir ihr besser Paracetamol.«

Er schüttelte den Kopf. »Nein, ich muss mit ihr ins Krankenhaus fahren.«

Ich muss sie retten.

Er drehte sich um und lief in sein Zimmer, um sich anzuziehen.

Ihre Stimme folgte ihm, dann stand sie in der Tür seines Schlafzimmers und beobachtete, wie er eine Jeans und ein graues Henley-Shirt überstreifte. »Wovon redest du überhaupt? Babys bekommen manchmal Fieber. Hol das Thermometer aus dem Badezimmer und miss ihre Temperatur. Jede Wette: So hoch, wie du denkst, ist sie gar nicht. Wir geben ihr Paracetamol, und ich bleibe bei ihr. Wenn es schlimmer wird, fahre ich morgen früh mit ihr zum Arzt. Immerhin ist jetzt Erkältungs- und Grippezeit. Und da sie ein Frühchen war, ist ihr Immunsystem noch geschwächt. Sie hat sich bloß verkühlt. Manchmal ist es gar nicht so gut, mit einem Baby ins Krankenhaus zu fahren, wegen der vielen Menschen mit ansteckenden Krankheiten. Es ist wahrscheinlicher, dass sie sich im Krankenhaus was einfängt als irgendwo sonst.«

Doch er schloss die Gürtelschnalle, zog seine Schuhe an und trat auf sie zu. Dann nahm er Sophie mit einem Nachdruck, den er sofort bereute, für den um Entschuldigung zu bitten er jedoch keine Zeit hatte, aus Isobels Armen. »Wenn du ihre Gesundheit nicht ernst nimmst, ist das hier vielleicht doch nicht der richtige Job für dich.«

Isobel klappte der Kiefer runter.

»Ich bringe sie in die Notaufnahme.« Er schob Isobel mit dem Ellbogen aus dem Weg und eilte in die Garage. Kurz darauf hatte er die mittlerweile schreiende Sophie auf dem Rücksitz seines Pickups verstaut und raste mit ihr auf dem Highway Richtung Krankenhaus. Die Straßen waren praktisch frei.

Als er dort ankam, hatte sich Sophie in den Schlaf geweint, und Aaron stand kurz vor einem Herzanfall.

Noch nie hatte er sie so weinen gehört.

Irgendwas stimmte nicht.

Er zahlte für den verdammten Parkplatz, schnappte sich den Schalensitz, lief auf den Eingang der Notaufnahme zu und betete zu Gott, dass er noch rechtzeitig kam.

»Nur eine leicht fiebrige Erkältung«, erklärte der Doktor und hängte sich das Stethoskop wieder um den Hals. »Außer Paracetamol, einem Nasenaspirator und einer Mentholsalbe für Kinder gegen Verschleimung hilft da nicht viel. Und viel Flüssigkeit. Kinder werden krank, und da sie mit dem Fläschchen gefüttert und nicht gestillt wird, entwickelt sie keine Antikörper. Was aber nicht so schlimm ist. Sie sollten lediglich gut darauf achten, dass sich die Leute die Hände waschen, bevor sie sie anfassen.«

Mit einem Seufzer der Erleichterung entwich seiner Lunge sämtlicher Sauerstoff.

Es ging ihr gut.

Der Arzt schlug ihm vergnügt glucksend auf den Rücken. »Zum ersten Mal Vater?«

Aaron knurrte: »So was in der Art.«

»Ich verstehe Sie. Obwohl ich Arzt bin, ist mir ganz schön flau geworden, als mein Ältester das erste Mal krank war.« Er warf lachend den Kopf in den Nacken. »Seit dem vierten Kind lass ich sie alles ausschwitzen, solange es nicht blutet oder irgendein Knochen gebrochen ist.«

In Aarons Ohren rauschte der Puls.

Ausschwitzen.

Er glaubte nicht, dass er Sophie jemals sagen könnte, sie solle etwas *einfach ausschwitzen.*

Verwandelte er sich etwa in das, was man »Helikoptereltern« nannte?

»Die Mentholsalbe bekommen Sie in jedem Drugstore, den Nasalaspirator auch. Ich weiß, es hört sich krass an, aber NoseFrida ist am besten. Saugt den ganzen Schmodder ab.« Er kritzelte etwas auf ein Blatt Papier und reichte es Aaron. Sein Blick war freundlich und geduldig, als er sah, dass Aaron mit den Nerven am Ende und zum Umfallen müde war. »Meine vier haben jedes Mal geheult wie unter der Wasserfolter, wenn ich ihnen mit der NoseFrida kam, aber es läuft damit wie geschmiert.« Er tippte mit seinem Kugelschreiber zweimal auf den Rand von Sophies Schalensitz, lächelte Aaron noch einmal ermutigend zu und ging.

Sophie war nach der Untersuchung, einer neuen Windel und einem Fläschchen, beides milde Gaben einer freundlichen Krankenschwester, gleich wieder eingeschlafen. Er war ohne alles aus dem Haus gestürzt. Nicht mal seine Brieftasche hatte er dabei.

Er war eindeutig der Vater des Jahres.

Fuck.

Er nahm Sophies Autositz, zog den Vorhang auf und stand *ihr* gegenüber.

Sie hatte sich eine schwarze Yoga-Hose und einen grauen Kapuzenpulli übergezogen, das Haar lose hochgebunden und trug ihre unansehnlichen UGG-Boots an den Füßen. Was sie jedoch nicht davon abhielt, zum Niederknien hinreißend auszusehen.

Furcht blitzte in ihren Augen. Ihr Blick fiel auf Sophie, die fest schlief, und schoss dann wieder zu Aaron hinauf. »Geht es ihr gut?«

Er räusperte sich. »Bloß eine Erkältung. Und leichtes Fieber.«

Du hattest recht. Ich bin ein Idiot.

Sie stieß hörbar Luft aus und ließ die Schultern sinken. Erleichterung erfüllte ihre Augen. »Oh, gut. Ich bin so spät, weil ich noch in der Apotheke war, die rund um die Uhr geöffnet hat, um noch Paracetamol, eine NoseFrida und VICK VapoRub für Babys zu besorgen.« Sie hielt die Tüte in die Höhe. »Ich dachte, du könntest das Zeug gebrauchen, wenn sie zur Beobachtung über Nacht hierbleiben müsste oder so.« Sie hob eine Schulter und wippte dann auf ihren Füßen vor und zurück.

»Danke.«

Gott, er war so ein Arschloch.

Isobel nagte an ihrer Unterlippe und fixierte ihn mit einem Blick, der ihn ungebremst in den Solarplexus traf. »Es tut mir leid, dass ich deine Sorge einfach so abgetan habe. Das hätte ich nicht tun dürfen.«

Nicht du solltest dich entschuldigen.

»Ich bin nur froh, dass es Sophie gut geht. Fährst du jetzt nach Hause?«

Er nickte, unfähig, ihr in die Augen zu schauen, und machte sich auf den Weg zu den Automatiktüren. Sie hielt mit ihm Schritt, sagte aber kein Wort.

Er war nicht sicher, ob das noch übler war oder nicht. Sie war lieb und verständnisvoll und bombardierte ihn nicht mit Fragen oder trumpfte auf, es besser gewusst zu haben. Vielleich war sie aber auch nur so still, weil sie stinksauer war und hinschmeißen wollte. Er hatte sich wie ein kompletter Vollidiot aufgeführt, bevor er losgefahren war, und sie hatte jedes Recht, sich ohne Vorankündigung zu verabschieden. Um mit nichts als ihrem über die Schulter ausgestreckten Mittelfinger die Stelle zu wechseln und einer anderen Familie beizustehen.

Sie traten in den prasselnden Regen hinaus. Auch Nebel hatte sich eingestellt und verlieh dem frühen Morgen eine unheimliche, verhängnisvolle Anmutung. Was – wenn man bedachte, wie er sich momentan fühlte: trostlos, konfus und insgesamt im Arsch – ein ziemlich poetischer Gedanke war.

Wo hatte sie geparkt? Er wollte nicht ohne sie heimfahren. Er wollte nicht ohne sie sein.

»Ich stehe hier drüben«, rief sie und deutete in die entgegengesetzte Richtung seines Trucks. »Treffen wir uns beim Haus?«

Beim Haus.

Nicht zu Hause.

Beim Haus.

Fuck.

Er nickte. »Ja, bis gleich.« Damit trug er Sophie wie der Vollpfosten, der er war, zu seinem Truck, klinkte ihren Sitz ein und ging dann zu dem Zaun, der das Krankenhausgelände von einem Gewerbegebäude nebenan trennte. So hart er konnte, schlug er gegen eine regennasse Anzeigentafel, dass sie mitten entzweibrach und die feuchten Splitter in alle Richtungen davonflogen.

Dann stieg er hinters Lenkrad seines Trucks und hob die blutende Hand vor seine Augen. Der körperliche Schmerz war eine willkommene Ablenkung von den Qualen seiner Seele, von dem Sturm in seinem Innern, der sich einfach nicht verziehen wollte.

Würde es jemals leichter werden?

Er drehte den Zündschlüssel, schaltete in den ersten Gang und setzte aus der Parklücke, nur um Isobel auf dem Gehweg stehen zu sehen, die ihn beobachtete.

Sie hatte alles mit angesehen.

Fuck.

Kapitel 24

»Hier«, sagte Isobel und reichte Aaron einen Beutel Eiswürfel, den sie in ein Küchentuch gewickelt hatte. »Für deine Hand.« Er saß in seinem La-Z-Boy-Sessel und starrte auf den leeren Herd, während sie ihm den Eisbeutel auf die Fingerknöchel legte. »Und lass mich dir die Hand bitte verbinden, wenn du so weit bist.«

Sie waren ungefähr zur selben Zeit zu Hause angekommen.

Isobel hatte sich wieder einmal um Sophie gekümmert, hatte es geschafft, sie aus dem Autositz zu heben, ohne sie dabei aufzuwecken, und sie dann in ihrem Körbchen wieder schlafen gelegt.

Draußen war es noch dunkel, und die Wohnzimmeruhr zeigte drei Uhr früh. Sie sollten besser beide versuchen, noch ein wenig Schlaf zu bekommen.

Aber Aaron würde nicht schlafen können, und wenn er es noch so sehr versuchte.

Er wusste nicht, wie lange er schon dasaß und ausdruckslos vor sich hinstarrte, doch als ein Whiskeyglas mit einer bernsteinfarbenen Flüssigkeit und Eiswürfeln darin in seinem Blickfeld auftauchte, schrak er hoch.

Hatte er mit offenen Augen geschlafen?

Wäre nicht das erste Mal.

Normalerweise arbeiteten seine Sinne besser und stellten sich auf seine Umgebung und die Menschen ringsum ein. Jetzt aber hatte er weder mitbekommen, wie sie Eis aus der Küche holte, noch, wie sie sich angeschlichen hatte.

Was zum Henker war los mit ihm?

»Ich dachte, du könntest einen vertragen«, sagte sie freundlich. »Deine Hand hat in letzter Zeit einiges abgekriegt. Zuerst hast du die Widerlinge aus der Bar damit vermöbelt und jetzt diesen armen, wehrlosen Zaun.«

Er nahm das Glas und trank, ließ den Alkohol durch die Kehle in seinen Magen rinnen und seinen Zorn besänftigen. Die Wärme danach erinnerte ihn angenehm daran, dass er, im Gegensatz dazu, wie er sich an den meisten Tagen fühlte, tatsächlich noch gesund und munter war.

»Alles in Ordnung?«, fragte sie. Als sie sich auf dem Beistelltisch vor ihm niederließ, fühlte er sie beide von Gelassenheit umhüllt. Sie war offenbar bereit, sich alles anzuhören, was er ihr mitzuteilen hatte. Anders als er, der ständig hinter Mauern lebte, hatte sie alle Mauern eingerissen und wollte zuhören. Ihr Lächeln war klein, aber warmherzig, und ihr milder Blick ermutigte ihn, sich ihr anzuvertrauen.

Aber er konnte nicht.

Es gab Dinge, über die er nicht sprechen *konnte*.

Und über alles andere *wollte* er nicht sprechen.

Er wollte nicht über Kolumbien und die Familie Velasquez reden.

Er wollte nicht über Dina reden, und auch nicht darüber, wie er mit Sophie alles versaute.

Um Himmels willen, er hätte es besser wissen müssen und nicht mit einem Frühchen in die Notaufnahme rasen sollen, es sei denn, das Herz der Kleinen blieb stehen oder es hatte neununddreißig Grad Fieber. Jetzt würde er es sich nie verzeihen, wenn Sophie sich *wirklich* etwas eingefangen hatte und krank wurde.

Besser, das Jugendamt kam und nahm sie ihm weg, bevor er es richtig vermasselte.

Isobels Blick wanderte zu ihrer beider Knie, die einander berührten, und sie bewegte ihres beiläufig ein Stück nach rechts, so dass sie den Kontakt mit seinen Knien unterbrach. Sie platzierte eine Schüssel neben sich, zog seine Hand behutsam unter dem Eisbeutel hervor und strich mit den Fingern leicht über die Platzwunden und Blutergüsse.

Aaron zuckte zusammen und vermied es, sie anzuschauen. »Es geht mir gut.«

»Wenn du willst, säubere und verbinde ich dir die Hand. So wie du es mit meinem Finger gemacht hast.« Sie hielt den Finger hoch und wackelte damit. »Guck, so gut wie neu.«

Ihre Hände waren so zart, so fein.

Er kämpfte gegen den Drang an, seine Finger mit ihren zu verschränken, stattdessen knurrte er und entzog ihr seine Hand. »Alles gut.«

Wieso war sie so nett zu ihm, während er sie die ganze Zeit miserabel behandelte?

Er verdiente ihre Freundlichkeit nicht. Und er verdiente ihre Geduld nicht.

Er verdiente *sie* nicht.

Sie nickte, schürzte die Lippen, entließ ein eindeutig frustriertes Schnaufen und stand auf. Ihre Hände fielen an ihren Seiten hinab, und sie ließ die Schultern sinken, jede ihrer Bewegungen verriet ihre Erschöpfung. »Na gut, wenn du bei deiner Hand keine Hilfe benötigst, gehe ich jetzt ins Bett. Aber sag Bescheid, wenn du was brauchst.« Sie wollte an ihm vorbei, doch Aarons Arm schoss vor, und ehe sie zurückweichen konnte, legte er seine Hand auf ihren Bauch. Er spreizte die Finger, den kleinen schob er unter den elastischen Saum erst ihrer Hose, dann ihres Unterhöschens.

Dabei wusste er, dass er das nicht durfte.

Aber er war nicht recht bei Verstand, er konnte nicht klar denken. Verdammt, er brauchte das jetzt. Er musste etwas anderes fühlen als Trauer und Wut, die ihn allmählich zu verzehren drohten.

Sie wusste das, und sie wich nicht zurück. Er spürte den Pulsschlag unter ihrer Haut, ihren Atem im Bauchraum. Langsam schob er seine Hand tiefer unter den Saum der Yoga-Hose und des Höschens und durch den schmalen Haarstreifen.

Sein Schwanz in der Jeans machte einen Satz, als sie leise wimmerte und leicht die Beine spreizte.

Mit zwei Fingern erkundete er ihre Spalte. Im Nu war sie feucht. Als er auf ihren Kitzler stieß, bekam sie spürbar weiche Knie.

»Aaron ...«, hauchte sie und zog sich um seine Finger zusammen, als er zwei in sie hineinschob.

»Setz dich auf mein Gesicht«, murmelte er, ließ sie los und glitt in sitzender Haltung auf den Fußboden. Er half ihr aus dem Kapuzenpulli und der Hose, bis sie nur noch in einem hellrosa Tanktop – ohne BH – vor ihm stand.

Ihre Nippel waren diamanthart, und sie erschauerte leicht, als er ihre Hand nahm und sie über ihn dirigierte. Er legte sich zurück und wartete darauf, dass sie sich über ihm in Stellung brachte. Als sie es tat und sich auf seinem wartenden Mund niederließ, tropfte ihr Honig warm auf seine Lippen. Er leckte sie, packte ihre Hinterbacken, zog ihre Pussy zu seiner Zunge hinab und wollte mehr.

»O Gott ...« Ihre Finger bahnten sich ihren Weg in sein Haar, und sie zog daran. »Ja.«

Ja, das war es, was er nötig hatte, um den Rest der Welt zu vergessen. Um wieder einen klaren Kopf zu kriegen. Er musste sich selbst in einer guten Frau verlieren, in einer unglaublichen Frau. Sie würde die Dämonen aus seinem Verstand vertreiben, den Zorn verbannen und seinen Blutdurst durch eine andere Art Lust ersetzen.

Ihr Becken bewegte sich ungeduldig, in seinen Händen wiegte und wölbte sich ihr Mörderhintern. Fuck, sie hatte einen phantastischen Hintern. Und ihr Hintern ließ sich nicht nur phantastisch ficken, er füllte Jeans, Yoga-Hosen oder Shorts wie zwei Hälften einer verdammten Wassermelone in Spitzenhöschen, die nur darauf warteten, von seinen Fingern gedrückt und von seiner Hand gezeichnet zu werden.

Sobald sie seinen Mund mit ihrem Nektar füllte, wollte er sie über die Couch legen, dass sie fast in der Mitte durchbrach, und sie vögeln, bis seine Hoden leer waren. Vielleicht würde er dann endlich Schlaf finden.

Unablässig fuhr er mit der Zunge über ihre Klitoris, vor und zurück, vor und zurück, was ihr offenbar sehr gefiel. Jedenfalls ließ es sie überfließen und ihre Hüften förmlich durchdrehen; ihre Finger rissen an seinen Haaren, bis ein scharfer Schmerz seinen Nacken hinunterlief.

Sie war kurz davor.

Seine Finger krochen um die Halbkugeln ihres Hinterns, dann schob er sie auseinander und drückte gegen ihren Anus. Sie zuckte weder, noch zog sie sich zurück, so dass er den Zeigefinger weiter unten eintauchte, um etwas von ihrer Feuchtigkeit aufzunehmen, und dann fuhr er damit in ihre Pofalte. Schließlich schob er ihn hinein, durchbrach die Rosette, bis er spürte, wie sie sich um ihn verengte.

Sie stöhnte über ihm, die Bewegungen ihrer Hüften wurden immer unkontrollierter.

»Ich komme«, wimmerte sie, ließ ihre Spalte über seinem Mund kreisen, dass seine Nase gegen ihren Kitzler stieß. »Ich komme so heftig …«

Er steckte ihr noch einen Finger in den Hintern und legte sich mit der Zunge an ihrer Klitoris ins Zeug, bis sie in Flammen aufging. Da ergoss sich ein nie gesehener Strom aus ihrer Pussy in seinen Mund und benetzte sein Gesicht. Er schluckte so viel er konnte und genoss ihren Geschmack und wie leicht sie kam.

Als sie seine Haare losließ und ihren Leib von seinem Gesicht hob, wälzte er sich herum und stand auf. Ihre Augen blickten leer, ihre Wangen röteten sich, als sie sah, wie er seine Jeans gerade so weit aufmachte, dass er seinen Penis herausholen konnte. Dann packte er ihren Arm, zog sie auf die Füße, legte sie übers Sofa und fand sein Ziel.

Ohne Annehmlichkeiten, ohne Zeitverschwendung. Er musste vögeln. Und er musste jetzt vögeln.

Stöhnend drang er bis zu den Hoden in ihre schlüpfrige Wärme ein, sofort zog sie sich um ihn zusammen.

»Kondom«, zischte sie und kehrte ihm ihr Gesicht zu, ihre Augen schauten jetzt nicht mehr leer, sondern voller Panik.

Fuck.

Fuck!

FUCK.

Er zog sich wieder zurück,

»Scheiße. Sorry.«

»Schon okay.«

War es okay weiterzumachen? Hatte sie das damit gemeint? Konnten sie ohne Gummi weitervögeln?

Nein, du Wichser. Du musst dich testen lassen. Es ist schon eine Weile her. Sie muss auch getestet werden. Und du musst herausfinden, ob sie irgendwie verhütet.

Hatten sie überhaupt mal darüber gesprochen?

Nee, hatten sie nicht. Sie hatten einfach drauflosgevögelt. Gevögelt statt geredet.

Wow, das war wirklich spitze von ihm.

Sie stand noch über die Couch gebeugt, den Hintern in die Luft gestreckt, und sah ihn, geduldig abwartend, über die Schulter an.

»Bin gleich wieder da.« Damit spurtete er den Flur hinab, zu seinem Schlafzimmer, nahm ein Kondom aus der Kommode und war wie der Blitz wieder im Wohnzimmer.

Sie hatte sich nicht gerührt.

Doch, sie hatte sich bewegt, aber nur um eine Hand zwischen ihre Beine zu schieben.

Aaron ächzte, als er sah, wie sie sich anfasste. Er riss die Kondomverpackung auf, streifte eines über, packte ihre Hüften und versenkte sich abermals bis zu den Hoden in sie.

Fuck, ohne Kondom war es viel besser gewesen. Selbst in der kurzen Sekunde, in der nichts zwischen ihnen war, hatte er sich wie im Himmel gefühlt.

Nun setzte er sich in Bewegung, stieß hart, sehr hart in sie und nahm sie mit Haut und Haar. Das Klatschen von Fleisch gegen Fleisch erfüllte das dunkle, stille Wohnzimmer. Seine Finger bearbeiteten ihre Klitoris, dann und wann langte sie nach hinten, fuhr mit den Fingernägeln über seinen Hodensack und verwandelte seine Knie in Gelee.

Wieder umfasste er ihre Hinterbacken und schob zwei Finger in die enge Öffnung.

Nichts war geiler, als zuzusehen, wie Finger oder ein Schwanz einen hinreißenden Arsch hinein- und wieder hinausfuhren. Absolut nichts.

»So ist es richtig, Baby. Verdammt, nimm ihn«, knirschte er und fletschte die Zähne. »Du bist verflucht heiß. So verflucht sexy, Iz.«

Sie spannte ihre Muskeln um ihn an, erbebte mit jedem neuen Vorstoß und zog sich bei jedem Rückzug zusammen. Sie war schon verdammt nah dran.

Großer Gott, wie oft am Tag konnte diese Frau kommen?

Er bewegte sein Becken schneller und stieß noch härter zu, weil er auch endlich Erleichterung fühlen wollte.

»O Gott, Aaron«, flüsterte sie und drehte sich mit glasigen Augen wieder zu ihm um.

Mit der freien Hand griff er nach vorne und löste ihren Haarknoten, wobei er das Haargummi zerriss. Nun fielen ihr die Haare wild und ungebändigt um die Schultern und verbargen ihr Gesicht hinter einem dunklen Seidenschleier.

Er schlang so viel Haar wie möglich straff um seine Faust und zog fest daran, bis ihr Kopf sich zurückbog.

»So ist es gut, Baby. Genau so.«

»Ich komme.« Ihre Stimme brach sich in einem spitzen Schrei, als ihr Körper sich straffte und ihre Muskeln um ihn zu zittern begannen. Während sie kam, tropfte Nässe auf seine Hoden, ihr Körper wand sich und zuckte konvulsivisch.

Aarons Sack zog sich zusammen, sein Magen überschlug sich, dann ließ er los. Im selben Moment beugte er sich vor und grub die Zähne in ihre Schulter. Wärme überschwemmte seinen Unterleib, und hinter seinen Augen explodierten helle Sterne, als Welle um Welle ihn durchströmte, bis er geschlagen und vollständig ausgelaugt war.

Er brach über ihrem Rücken zusammen, küsste die Stelle, an der er sie gebissen hatte, fuhr dann damit fort, sich mit Küssen über ihr Rückgrat hinunterzuarbeiten, bis er gezwungen war, die Finger aus ihr herauszuziehen und das Kondom abzustreifen. Da er absolut nicht genug davon bekommen konnte, küsste er auch noch ein paarmal ihre Pobacken, bevor er ihr aufhalf.

Er ging zum Badezimmer, um das Kondom zu entsorgen und sich das Gesicht zu waschen. Er wusste nicht recht, was ihn bei seiner

Rückkehr ins Wohnzimmer erwarten würde. Ob Isobel mit ihm würde reden wollen, oder so. Womit er jedoch nicht gerechnet hatte, war, das Wohnzimmer verlassen vorzufinden.

War sie ins Bett gegangen?

War sie in ihrem oder in Sophies Zimmer?

Konnte er Sophies Tür öffnen, um nachzusehen?

Sollte er?

Und was sollte er sagen, wenn sie dort war? *Hey, danke für den Fick, aber reden möchte ich jetzt lieber nicht? Ich bin nämlich im Kopf ziemlich gefickt.*

O ja, das würde bestimmt gut ankommen.

Er warf einen Blick auf die Schüssel, die sie hergebracht hatte. Darin sah er einen feuchten Waschlappen, trockene Tücher, antibiotische Salbe und Mullverbände. Er nahm alles und marschierte damit ins Badezimmer, um sich selbst zusammenzuflicken.

Was ihm nicht leichtfallen würde, da er Rechtshänder und seine rechte Hand schwer lädiert war. Besser, er hätte sie das übernehmen lassen. Schließlich hatte sie es ihm angeboten.

Sie hatte ihm so viel angeboten.

Und im Gegenzug um so wenig gebeten.

Nur um Respekt hatte sie ihn gebeten, aber selbst damit hatte er seine liebe Not.

Obwohl er sie in Wahrheit wie nichts sonst respektierte.

Warum fiel es ihm so schwer, ihr zu geben, was sie wollte?

Er starrte sein Gesicht im Badezimmerspiegel an. Was er dort sah, war ein vernarbter, zorniger Mann. Ein verwirrter Mann. Ein Versager. Ein Totalausfall.

Er hatte niemandem irgendetwas anzubieten. Am allerwenigsten einer so unglaublichen Frau wie Isobel.

Mehr schlecht als recht säuberte er seine Hand, und ehe der Frust ihn übermannte, schaltete er das Licht aus und kehrte ins Wohnzimmer zurück.

Er würde unmöglich in seinem Bett schlafen können, solange er wusste, dass Isobel, warm und weich, auf der anderen Gangseite lag und nach dem Sex duftete, den sie eben gehabt hatten.

Er benötigte Abstand.

Er brauchte Hilfe.

Kapitel 25

Freitagabend.

Am Samstag stand Dinas Lebensfeier bevor.

Aaron war den ganzen Tag ein verdammtes Wrack gewesen.

Gottlob verstanden Colton und die anderen Männer auf der Baustelle, was mit ihm los war, und machten einen weiten Bogen um ihren Chef. Er glich einer gründlich durchgeschüttelten Flasche Cola, deren Verschluss man schon halb aufgeschraubt hatte. Viel fehlte nicht mehr, und er würde explodieren.

Als er nun vor seinem Haus hielt und einen unbekannten Wagen vor Isobels Auto stehen sah, tobten Wut und Bestürzung in ihm.

Wer zur Hölle war das?

Er griff sich ein Bier aus dem Minikühlschrank in der Garage, leerte die Flaschen in zwei Zügen, schloss für sechzig Sekunden die Augen und erdete sich erst mal.

Er konnte unmöglich so wütend durch diese Tür gehen.

Das wäre Sophie gegenüber nicht fair.

Es wäre Isobel gegenüber nicht fair.

Es wäre niemandem gegenüber fair gewesen.

Er machte sich noch ein Bier auf, trank es in anderthalb Zügen, nahm eine weitere Flasche und ging damit ins Haus.

Gelächter und Babygeräusche lagen in der Luft, dazu der Duft italienischer Gewürze und die Klänge von Softrock.

Das Haus empfing ihn mit Wärme, beinahe mit Gemütlichkeit. Hatte sie die Heizung angemacht?

Er machte die Heizung nie an.

Man konnte sich einen Extrapullover und dicke Socken überziehen, wenn einem kalt war; heizen kostete Geld.

Zumindest hatte man ihm das in den Pflegefamilien so beigebracht, und so hatten Dina und er es auch weiterhin gehalten, als sie auf sich allein gestellt waren und jeden Cent zweimal umdrehen mussten.

Er ging ins Wohnzimmer, wo Isobel neben einer Frau von vermutlich Ende fünfzig auf dem Fußboden saß, beide betrachteten liebevoll Sophie, die auf ihrer Spielunterlage auf dem Bauch strampelte.

Im Kamin prasselte über einem Holzscheit leise ein Feuer.

Aaron hatte beim Einzug den Rauchabzug gereinigt, sich aber seitdem noch nicht dazu durchringen können, den Kamin anzuzünden. Seit jener Nacht in Medellín mied er jegliches Feuer – abgesehen von Grillfeuern vielleicht.

Woher hatte sie das Feuerholz? Was gab ihr überhaupt das Recht dazu?

Isobel schaute auf, ihre blauen Augen glänzten freudig erregt. »Hey. Da bist du ja! Wie war es auf der Arbeit?«

Warum ging ihm eine so schlichte Frage dermaßen zu Herzen?

Weil sich außer Dina noch nie jemand dafür interessiert hat, wie dein Tag war, und weil es schön ist zu wissen, dass sich jemand darum schert.

Und es zerstreute auf der Stelle einen Gutteil seines Zorns. Eigentlich war er auf Streit aus gewesen. Mit wem? Er wusste es nicht. Aber er hatte das Haus bereits mit gesträubten Nackenhaaren betreten, und beim Anblick des Kaminfeuers hatte sich sein Zorn noch verdoppelt, so dass er umstandslos jemanden auseinandernehmen wollte. Doch ihre Worte, ihr Blick, ihr Lächeln, ihre Freundlichkeit milderten die unkontrollierte Feuersbrunst in seinem Innern.

Er war noch immer sauer, aber Blut wollte er nicht mehr sehen.

Sie stand auf und schlenderte auf ihn zu. »Meine Eltern sind gekommen; da ich nicht aufhören kann, von Sophie zu sprechen, wollten sie sie kennenlernen.«

Eltern.

Das Geräusch der Toilettenspülung, eines Wasserhahns, der auf- und zugedreht, und dann einer Tür, die geöffnet wurde, lenkte seine Aufmerksamkeit auf den Flur. In der Badezimmertür erschien ein großer Schatten. Ein sehr großer Schatten.

»Das sind meine Eltern. Calvin und Harriet Jones.«

Der große Schatten entpuppte sich als hochgewachsener, breitschultriger Mann mit dunklen Haaren und blauen Augen. Strenge blaue Augen, die auf der Stelle Aarons sämtliche Fehler, Geheimnisse und *Begierden* durchschauten.

Fuck.

Isobels Vater streckte eine Hand aus, seine Augen blickten immer noch streng. »Calvin Jones. Schön, Sie kennenzulernen.«

Aaron schluckte, biss die Zähne zusammen und schüttelte dem Mann die Hand. Himmel, hatte der einen zupackenden Griff.

»Sie haben es sehr hübsch hier.« Die Stimme von Isobels Mutter war so weich und melodisch wie die ihrer Tochter. »Und Sophie ist so ein lieber kleiner Engel.« Sie schaute zu Sophie hinunter, die, alle viere von sich gestreckt, auf dem Bauch lag und strampelte. Sie sah bekümmert aus, aber seit Isobel sie zum ersten Mal auf den Bauch gelegt und ihm versichert hatte, dass Babys das brauchten, ließ er sie zappeln – bis sie genervt zu quengeln anfing. Dann hob er sie hoch und ließ sie die restliche Zeit an seiner Brust auf und ab hopsen. Das schien ihr ohnehin besser zu gefallen.

»Meine Eltern sind zu Besuch in der Stadt«, fuhr Isobel fort, indem sie auf einer Seite ihrer Unterlippe kaute, die Augen von Hoffnung und Freude erfüllt, als sie zu ihm hochsah. »Und, na ja, wenn du damit einverstanden bist … sie haben angeboten, morgen auf Sophie aufzupassen.«

Aaron legte die Stirn in Falten. »Weshalb?«

»Damit ich dich zur Lebensfeier begleiten kann. Damit ich dich unterstützen kann. Aber das ist wirklich nichts für ein Baby.«

»Dina ist ihre Mutter.« Hitze strömte in seine Eingeweide, sein Rücken straffte sich kerzengerade. Natürlich würde Sophie mitkommen.

Isobel trat einen Schritt auf ihn zu, mit freundlichem Blick und aufmerksamer Miene. »Ich verstehe, warum du sie dabeihaben willst, aber sie erholt sich noch von ihrer Erkältung. Ihr Immunsystem ist geschwächt, eingeschränkt, deshalb ist es keine gute Idee, sie zu den ganzen Leuten mitzunehmen, die sie bestimmt alle anfassen und auf den Arm nehmen wollen.«

»Ich werde sie tragen. In dem Wickeldings. Problem gelöst.«

Da landete eine große, fleischige Hand auf Aarons Schulter, und er unterdrückte den Drang, sie abzuschütteln. »Hören Sie auf Izzy, Sohn. Sie weiß, wovon sie redet. Da werden sicher jede Menge Leute sein. Sie wollen doch nicht, dass die Kleine noch kränker wird.« Calvins Stimme war tief und klar. Der Mann war offenbar daran gewöhnt, Befehle zu erteilen, und auch daran, dass sie umstandslos befolgt wurden.

Nun, das galt auch für Aaron.

»Das ist nicht unser erstes Rodeo. Wir haben schon Kinder großgezogen«, sprach Calvin weiter.

Aaron knirschte so heftig mit den Backenzähnen, dass er fürchtete, sich einen Zahn abzubrechen. Und vom Griff um die Bierflasche taten ihm die Knöchel weh.

Sein Körper versteifte sich, und er zog die Schultern fast bis zu den Ohren hoch, worauf Calvin Aarons Schulter freigab.

»Ich habe die beiden eingeladen, zum Abendessen zu bleiben«, fuhr Isobel fort. »So können sie Sophie vor morgen ein wenig besser kennenlernen.«

Als das Piepsen der Zeitschaltuhr in der Küche ertönte, stürzte sie davon, nahm die Ofenhandschuhe und zog etwas aus dem Backofen, das ganz nach Parmesanhähnchen aussah.

Sein Magen knurrte erwartungsvoll. Er hatte den ganzen Tag noch nichts gegessen.

Calvin hockte sich zu Sophie und Harriet im Wohnzimmer auf dem Boden; beide bedachten Sophie, die ihnen jetzt das Gesicht zukehrte, aber immer noch mit allen vieren strampelte, von einem Ohr zum anderen grinsend mit gurrenden Lauten.

Aaron begab sich in die Küche.

»Es wäre mir recht gewesen, vorher informiert statt hier überfallen zu werden«, zischte er scharf. Dabei kam er ihr so nah, dass er ihr Shampoo riechen konnte. Rasch wich er einen dringend benötigten Schritt zurück.

Sie hatten seit der Nacht, in der er mit Sophie ins Krankenhaus gefahren war, nicht mehr miteinander geschlafen. Sie hatten seitdem kaum ein Wort miteinander gewechselt. Seine Schuld, nicht ihre.

Und jetzt wusste er nicht, was er ihr sagen sollte. Wusste nicht, wie er mit dieser Situation umgehen sollte. Mit ihrem Vater. Damit, dass er ihr Freund war und dass sie zusammenlebten. Mit seiner Trauer. Er fuhr alles links und rechts gegen die Wand.

Weil er nun mal alles gegen die Wand fuhr.

Immer schon.

Menschen, die ihm zu nahe kamen, wurden verletzt, daher war

es nur eine Frage der Zeit, bis er auch bei Sophie versagte. Und bei Isobel.

Also musste er sie auf Abstand halten, damit sie nicht verletzt werden konnte.

Was für ein Haufen Scheiße.

Aber wenn er das tat, verletzte er sie gewiss.

Das alles war so verkorkst.

Ganz zu schweigen davon, dass er sich am Tag unwohl und bei Nacht einsam fühlte.

Sehr einsam. Weil er sie vermisste.

Er vermisste die Laute, die sie kurz vor dem Orgasmus von sich gab. Er vermisste das leise zufriedene Seufzen, das ihr kurz vor dem Einschlafen über die Lippen kam, den Duft ihrer Haare, wenn sie sich über seine Brust ergossen. Ihre Sanftheit. Fuck, sie war so unglaublich sanft und weich. Wie Seide unter seinen Fingern – am ganzen Körper.

Sie stellte die Auflaufform mit Parmesanhähnchen auf einen Warmhalteuntersatz, streifte die Ofenhandschuhe ab und wandte sich ihm zu. »Das war kein Überfall. Ich wohne auch hier. Ist es mir nicht erlaubt, Leute hierher einzuladen? Meine *Eltern* hierher einzuladen? Außerdem muss morgen jemand auf Sophie aufpassen. Wer wäre besser dazu geeignet als zwei hoch qualifizierte Menschen, die bereits zwei eigene Töchter großgezogen haben?«

Er knirschte mit den Zähnen. »Ich mag es nicht, in mein Haus zu kommen, ohne zu wissen, wer mich da erwartet.«

Kopfschüttelnd wandte sie sich wieder dem Herd zu und zog einen Topf mit gedämpftem Brokkoli heraus. »Ich habe ziemlich gelassen auf alles reagiert, was du mir in den letzten Wochen um die Ohren gehauen hast. Besonders in den letzten Tagen. Verflucht gelassen, würde ich sagen, aber allmählich habe ich es satt. Ich bin ein anständiger Mensch, ein freundlicher Mensch, aber jeder Mensch ist nur bis zu einer bestimmten Grenze bereit, schlechtes und missbräuchliches Benehmen hinzunehmen, bevor er sich wehrt. Ich habe kein Wort über die Nacht verloren, in der du mit Sophie ins Krankenhaus gerast bist, nicht ein Wort. Ich habe dich mit mir machen lassen, was du wolltest, weil du es gebraucht hast. Und weil ich –« Sie verstummte, mit steifem Rücken. »Weil ich es ebenso gebraucht habe. Aber jetzt reicht es mir.« Sie kehrte ihm ihr Gesicht zu. Schmerz trat in ihre blauen Augen, dann verhärtete sich ihr Blick, und jetzt schaute sie genau wie ihr Vater. »Ich habe dir gesagt, dass ich mit unserem *Arrangement*, so wie es war, einverstanden bin, aber dir schien das nicht annähernd zu genügen. Ich gebe immer mehr, du nimmst immer mehr, verlangst immer mehr und gibst im Gegenzug immer weniger. Dabei weiß ich nicht das Geringste über dich. Mal davon abgesehen, dass du die Arschlochnummer perfekt draufhast.«

Nun kitzelte ihn Sorge im Nacken. Er wollte die Arme nach ihr ausstrecken, ihren Körper über den Küchentresen werfen, ihren Mund erobern und ihr alles zurückgeben, was er von ihr genommen hatte.

Aber er musste aufhören, Sex als die einzige Form der Kommunikation zu benutzen.

Das Problem war nur, dass er eigentlich keine andere Weise kannte, um sich selbst auszudrücken, das, was er für sie empfand und wie sehr er sie wollte und brauchte. Diese Frau war für ihn Sauerstoff, Wasser, Nahrung und Zuflucht – alles, was er im Leben brauchte, in einem perfekten kleinen Gesamtpaket.

Aber warum konnte er ihr das nicht sagen?

Sie nahm die Schultern zurück. »Ich werde mich nach einem Ersatz für mich umsehen.«

Nein.

Entsetzen fiel wie ein Schiffsanker in seine Magengrube. Gleich würde er sich übergeben.

»Ich bleibe noch, solange ich kann, bis jemand Passendes gefunden ist, aber ich denke, so kann es nicht weitergehen. Ich dachte, ich kann dir helfen, ein paar Scherben in deinem Leben zu kitten. Nicht, um dich zu heilen, sondern um dir zu beweisen, dass du gar nicht so kaputt bist. Nur ein wenig angeschlagen und hier und da gesprungen. Aber du machst es mir beinahe unmöglich. Ich liebe Sophie, und ich liebe –« Ihre Unterlippe bebte, doch sie verbiss sich, was sie hatte sagen wollen, atmete schwer aus und fuhr dann fort: »Und ich liebe es, Teil ihres Lebens zu sein. Trotzdem kann ich nicht länger für dich arbeiten. Wie du eben mit meinen Eltern und ihrem großzügigen Hilfsangebot umgegangen bist, hat das Fass zum Überlaufen gebracht. Ich habe schon die ganze Woche mit dieser Entscheidung gerungen, aber deine Unhöflichkeit eben hat den Ausschlag gegeben. Ich bin ein anständiger Mensch, Aaron, aber niemandes Fußabtreter.«

Ihre Worte trafen ihn wie ein Tritt in den Unterleib und trieben ihm sämtliche Luft aus der Lunge.

Das Funkeln wich aus ihrem Blick, ihre Augen wurden glasig, und ihre Kehle geriet in heftige Bewegung, als sie schwer schluckte. »Betrachte dies als meine Kündigung.«

Isobel kämpfte gegen den Drang, sich zu winden, als Aaron ihre Schultern packte und sie schüttelte. In seinen dunkelblauen Augen brannte Furcht.

»Du kannst nicht kündigen«, knirschte er, er versuchte zu flüstern, um keine Aufmerksamkeit auf sie beide zu ziehen, was ihm jedoch sichtlich schwerfiel. »Das darfst du nicht.«

Sie senkte den Blick auf seine Füße. Das war einfacher, als in seine gequält blickenden Augen zu schauen. »Ich kann so nicht weitermachen, Aaron. Ich kann nicht.«

Seiner Kehle entrang sich ein dunkles, unwirsches Grollen. »Bitte.«

»Dann erzähl mir von Kolumbien. Was ist dort geschehen? Warum denkt Mercedes, dass ich darüber Bescheid wissen muss?«

Wenn er von ihr erwartete, dass sie ihm ihr Herz schenkte, dass sie ihm wieder und wieder Gelegenheit gab, ihr zu beweisen, dass er nicht der zornige trauernde Mistkerl war, der er zu sein vorgab, musste er ihr etwas dafür geben. Sie erwartete nicht unbedingt, dass er ihr sein Herz ausschüttete – jedenfalls noch nicht –, aber sie erwartete von ihm, dass er ihr vertraute. Und sie erwartete die Wahrheit. Sie erwartete, dass er sich ihr anvertraute und sie nicht bloß wie ein Kindermädchen, eine Hausangestellte und Konkubine behandelte.

Sein Mund wurde trocken, und im tiefen Blau seiner Augen blitzte Angst. »Ich kann nicht«, presste er durch zusammengebissene Zähne hervor.

Sie blickte zwischen ihnen zu Boden. »Dann kann ich auch nicht mehr.«

»Habt ihr die Nachrichten gesehen?«, rief Isobels Vater plötzlich.

Als ihr Blick von Aarons Füßen hochfuhr, sah sie ihren Vater mit eindringlichem, neugierigem Blick hinter ihnen im Eingang zur Küche stehen.

Aaron ließ ihre Arme los und fixierte sie mit einem flehenden Blick. »Bitte, Iz, nicht. Können wir nach dem Essen reden? Kolumbien war …« Er holte scharf Luft. »Kolumbien ist etwas, worüber ich nicht sprechen kann. Aber reden *müssen* wir.«

Sie biss die Zähne aufeinander und nickte, auch wenn er momentan nicht viel vorbringen konnte, um ihre Meinung zu ändern. Mit ihren Eltern hatte sie nicht darüber gesprochen, allerdings hatte sie in der vergangenen Woche alles mit den Frauen in Paiges Bistro durchgekaut, und sie waren sich alle einig gewesen: Aaron hatte zu großen Schaden erlitten, und bevor sie ihm irgendwie helfen konnte, musste er überhaupt erst mal auf die Beine kommen *wollen*.

»Anscheinend hat es hier in der Gegend in den letzten Wochen eine Reihe Raubüberfälle auf Juweliere und Autodiebstähle gegeben. Die Polizei weiß nicht, ob es sich um organisierte Kriminalität handelt oder nicht«, fuhr ihr Vater fort. »Ihr wisst ja, dass ihr alle Türen verriegeln müsst, sobald ihr ins Auto steigt, oder?«

»Ja, Dad«, seufzte Isobel, abgelenkt von Aarons instinktiver Reaktion auf ihre Kündigung. »Ich habe den Fall verfolgt.«

Das ging jetzt schon seit Wochen so, aber die Polizei war der Verhaftung der Täter noch kein Stück näher. Inzwischen raubten die Kriminellen nicht bloß Geschäfte aus, sondern klauten auch Autos. In den letzten zehn Tagen hatte es zwei weitere Schmuckgeschäfte getroffen, und beim letzten Mal war auf einen Angestellten geschossen worden – zum Glück war er nicht tödlich getroffen. Bisher hatte die Presse nicht wieder über Ladenbesitzer berichtet, die sich bewaffneten, aber das war, wenn der Täter oder die Täterin nicht bald geschnappt wurde, nur eine Frage der Zeit.

»Natürlich, meine kleine Rätselfreundin«, sprach ihr Vater weiter. »Du weißt, dass du beim Tanken die Schlüssel mitnehmen und alle Autotüren verriegeln musst?«

Sie verdrehte die Augen. »Immer, Dad.«

Er blickte auf sein Handy. »An diesen ganzen Autodiebstählen ist irgendwas komisch. Ich rede mal mit meinem Kumpel auf dem Revier, mal hören, was er darüber weiß.«

Isobel schüttelte den Kopf. Genau wie sie war auch ihr Vater versessen auf Nachrichten. Sie hatte ihre Begeisterung für Verbrechen und Geheimnisse von ihm geerbt. Häufig liehen sie sich gegenseitig Kriminalromane und diskutierten intensiv am Telefon darüber.

Als ehemaliger Army Ranger und jetziger Sicherheitsspezialist wollte ihr Vater immer genau wissen, wie Verbrecher es schafften, technisch anspruchsvolle Sicherheitsvorkehrungen zu umgehen, und wie es ihnen gelang, selbst Experten hinters Licht zu führen.

»Das Essen ist gleich fertig, Dad«, sagte sie und wich vor Aaron und der intensiven Wärme zurück, die seine muskulöse Gestalt ausstrahlte. Er roch nach Sägemehl, Schweiß und Männlichkeit. Eine toxische Mischung, von der sie sich so weit und so rasch wie möglich entfernen musste. »Ich muss nur noch den Salat mischen.« Sie nahm das Fläschchen, das sie für Sophie vorbereitet hatte, vom Küchentresen und ging damit zu ihrem Vater. »Hier hast du Sophies Fläschchen, falls du oder Mom sie füttern wollt.«

Ihr Vater war ein überaus scharfsinniger Mann, der genau beobachtete und immer ein Auge auf alles hatte. Daher entging ihm die Stimmung, in die er soeben hereingeplatzt war, bestimmt nicht. »Alles klar, Izzy?«, fragte er im Flüsterton. Er war der einzige Mensch, dem sie gestattete, sie so zu nennen. Eigentlich verabscheute sie diesen Spitznamen und zog ihren vollen Namen oder allenfalls Iz vor, doch wenn ihr Vater Izzy zu ihr sagte, machte es ihr nicht das Geringste aus. »Soll *ich* mal ein Wörtchen mit ihm reden?«

Sie verdrehte die Augen. »Schon gut, Dad. Ich komme klar.«

Seine Lippen bildeten eine dünne Linie, doch seine Augen, von derselben Farbe wie Isobels und Toris, schauten milder. »Er leidet, Schatz.«

Moment mal. Was?

Ihre zusammengezogenen Brauen verrieten wohl, wie sehr es sie schockierte, dass ihr eigener Vater Aaron verteidigte.

»Weißt du noch, wie es war, als Nana gestorben ist?«

Ihr Vater war damals am Boden zerstört gewesen. Er hatte sich eine Woche lang in die Familiendatsche zurückgezogen und war vollkommen vom Radar verschwunden.

»Wenn du das mit einer Million multiplizierst und noch ein Baby obendrauf legst, weißt du nicht mal annähernd, wie sehr er sich quält. Sei also nicht zu streng mit ihm.«

Heiliger Strohsack. Nicht in tausend Jahren hätte sie damit gerechnet, das ausgerechnet von ihrem Vater zu hören.

Ihrer Mutter zufolge war Calvin Jones, als sie sich kennenlernten, ein Dickschädel gewesen, ein echt sturer Bock von äußerst reizbarem Temperament und mit einem Ego von der Größe des Jupiters. Ihre Mutter hatte sogar versucht, mit ihrem Vater Schluss zu machen und einen weniger *finsteren* Mann zu finden, wie ihre Mutter sich ausgedrückt hatte. Aber ihr Vater hatte nicht aufgegeben. Er warb weiter um ihre Mutter, änderte sich, wurde etwas weicher und zeigte ihr seine demütigere Seite.

Was offenbar funktioniert hatte, denn die beiden waren nun schon seit einer gefühlten Ewigkeit miteinander verheiratet und schienen obendrein auch immer noch wahnsinnig ineinander verliebt zu sein.

Allerdings waren Kinder, und zwar zwei äußerst süße kleine Mädchen, nötig gewesen, um die sanfte Seite ihres Vaters zum Vorschein zu bringen. Calvin Jones war nicht davor zurückgeschreckt, Kaufladen zu spielen, sich die Zehennägel lackieren oder sich an Halloween als Prinzessin verkleiden zu lassen, wenn Tori die böse Königin sein wollte und Isobel (in letzter Minute) beschloss, lieber als Möhre zu gehen und nicht als die zu ihrer Schwester passende Prinzessin.

»Vielleicht nehmen wir Sophie im Kinderwagen zu einem Spaziergang mit, damit ihr zwei euch unterhalten könnt«, schlug er vor und warf durchs Fenster einen Blick hinters Haus. »Ausnahmsweise regnet es mal nicht. Könnte ganz nett sein, mit der Kurzen mal an die frische Luft zu gehen.«

Isobel schüttelte den Kopf. »Ich kann nicht von euch verlangen, euer Abendessen noch länger aufzuschieben. Aaron und ich können auch später noch reden.«

Nun schüttelte ihr Vater den Kopf. »Nee, das geht schon, wir haben spät zu Mittag gegessen. Wir waren in dem Bistro Lilac & Lavender, von dem du und Tori so geschwärmt habt.« Er machte Augen so groß wie Untertassen. »Und bevor wir am Wochenende zurückfahren, gehen wir da bestimmt noch einmal hin. Ich will noch mindestens fünf von den Sfogliatelle-Gerichten ausprobieren.«

Isobel reckte sich auf die Fußspitzen und drückte ihrem Vater einen Kuss auf die Wange. »Danke, Dad, aber wir kommen schon klar. Wir essen in fünf Minuten, okay?«

Er hob eine buschige Braue und legte die Hand an ihre Wange, dann wandte er sich ab und ging mit dem Fläschchen ins Wohnzimmer. Wieder blieben Isobel und Aaron allein in der Küche zurück – abgesehen von der Spannung in der Luft und ihrem Rücktrittsangebot. Ja, das Abendessen würde der Hammer werden.

Kapitel 26

Aaron füllte das Spülbecken mit heißem Wasser und versenkte die Pfanne darin, anschließend machte er sich daran, die Reste des Essgeschirrs in der Spülmaschine zu verstauen. Isobel und ihre Mutter waren Sophie baden gegangen, während ihr Vater sich mit seinem Handy ins Wohnzimmer verzogen hatte, weil er, wie er sagte, ein paar E-Mails abarbeiten wollte.

Aaron fühlte sich wie durch die Mangel gedreht.

Obwohl Isobel sich während des Essens vollkommen normal verhalten, mit ihren Eltern geplaudert, mit einer Hand die etwas nölige Sophie gehalten und mit der anderen gegessen und Aaron über den Wohnzimmertisch hinweg angelächelt hatte, war Aaron alles andere als entspannt gewesen.

Die ganze Zeit hatte er sich nicht vorzustellen versucht, wie er nicht mehr jeden Tag mit ihr gemeinsam zu Abend aß, aber leider vergeblich. Er konnte sich nicht ausmalen, wie es ohne sie sein würde. Er wollte es sich auch gar nicht mehr ohne sie vorstellen.

Er durfte sie nicht verlieren. Das durfte einfach nicht passieren.

Und das nicht nur als Sophies Kindermädchen. Sie konnte unmöglich wieder aus seinem Bett, seinem Haus, seinem Leben verschwinden.

Hinter ihm räusperte sich jemand.

»Brauchen Sie Hilfe beim Abtrocknen?«

Es gab überhaupt kein Geschirr, das abgetrocknet werden musste, außer der Pfanne, in der das Parmesanhähnchen zubereitet worden war, und die weichte noch ein. Aaron wusste schon nach der kurzen Zeit, die er mit Calvin verbracht hatte, dass der Mann kein Idiot war. Er wollte lediglich das Eis zwischen ihnen brechen.

Aaron öffnete brummig den Kühlschrank, nahm eine Bierflasche heraus, öffnete sie und reichte sie Calvin.

Der dankte ebenso brummig, setzte die Flasche an und trank einen langen Schluck, wobei er Aaron über die Flasche hinweg beäugte. Schließlich setzte er die Bierflasche wieder ab, wischte sich mit dem Handrücken über den Mund und lehnte sich mit einem vernehmlichen »Ah« gegen den Küchentresen.

Aaron hatte die Reste des Abendessens in einer Tupperdose auf dem Tresen entdeckt und war versucht, sich noch ein Stück davon abzuschneiden – Isobels Hähnchen Parmigiana war phantastisch –, doch stattdessen nahm er sich selbst ein Bier aus dem Kühlschrank und machte es auf.

»Mögen Sie die ganzen Biere aus Kleinbrauereien, die es jetzt überall gibt?«, fragte Calvin mit Blick auf das San-Camanez-Weizenbier-Etikett.

Aaron schluckte sein Bier hinunter. »Manche schon.«

Calvins Gesicht verriet, dass er anderer Meinung war. »Ich selbst bleibe bei Bud. Von den schicken Biersorten bin ich nicht so angetan. Raspberry Sour. Apricot Saison. Chocolate Orange Ale.« Er rümpfte die Nase. »Obst gehört höchstens als Limette im Corona-Flaschenhals ins Bier. Und Corona nehme ich auch nur in die Hand, wenn ich mal in Mexiko bin. Das Zeug schmeckt wie Pferdepisse. Hat ja auch dieselbe Farbe.«

Aaron nickte und legte zustimmend die Stirn in Falten. »Das Zeug hab ich auch nie runtergekriegt.« Er senkte den Kopf Richtung Fußboden, dann bückte er sich und hob ein heruntergefallenes Salatblatt auf.

»Sie mögen sie, nicht wahr?«

Er renkte sich ums Haar den Rücken aus, so abrupt kam er wieder hoch.

Calvin hob eine Augenbraue. »Lieben Sie sie?«

Aaron glaubte sich übergeben zu müssen. »Wie bitte, Sir?«

Calvin ließ die andere Augenbraue folgen. »Sir? Na, das ist mal ein guter Anfang. Wissen Sie, ich erkenne mich in Ihnen wieder. Wütend, hart, verloren. Ich habe auch gedient. Und der Mist, den ich gesehen habe, verfolgt mich noch immer, und mehr noch der Mist, den ich getan habe. Ich kann noch immer nicht darüber reden.«

»Mr. Jones, ich –«, setzte Aaron an.

Doch Calvin fiel ihm ins Wort und setzte seine Ansprache fort, sein unverwandter Blick verriet, dass er kein Mann war, der sich gern unterbrechen ließ. »Lange Zeit habe ich alle Welt gehasst. Und ein Riesenego hatte ich auch. Ich dachte, ich wäre unverwüstlich, nur weil ich aus Flugzeugen gesprungen war, mit Maschinengewehren geschossen und Panzer gefahren hatte.«

Aaron schluckte. Hatte er geblinzelt?

Er blinzelte.

Seine Augen brannten.

»Aber wissen Sie was? Wissen Sie, was mich hat einknicken lassen, was mich erst zum Mann gemacht und mir gezeigt hat, dass es mehr als nur eine Emotion gibt – mehr als die einzige Emotion, die in unserer Gesellschaft für Männer erlaubt ist? Eine Frau, die zu mir steht. Sie hat mir gezeigt, dass richtige Männer nicht bloß wütend sind. Und meine beiden kleinen Mädchen haben mich erst so richtig weich werden lassen. Ich habe in meinem ganzen Leben nicht so geheult wie bei der Geburt meiner Mädchen.« Er trank noch einen Schluck Bier. »Na ja, gut, vielleicht noch bei ihrem Collegeabschluss. Da war ich auch total aus dem Häuschen.«

Warum erzählte er Aaron das alles? Worauf wollte er hinaus?

Calvin musste seine Gedanken gelesen haben. »Ich erzähle Ihnen das, Sohn, weil ich auch mal so wie Sie war. Fast hätte ich das Beste verloren, was mir jemals passiert ist, weil ich mich von meinem Zorn auffressen ließ. Mir ist schon klar, dass es nicht dasselbe ist, aber bevor ich Harriet begegnete, habe ich meinen besten Freund verloren. Er hat sich, kurz nachdem wir entlassen und nach Hause geschickt worden waren, das Leben genommen. Er hatte beide Beine verloren und kam mit der Veränderung nicht klar, mit nichts kam er mehr klar. Ich habe mir Vorwürfe gemacht, weil ich nicht für ihn da gewesen bin. Ich hatte meine Beine, einen Job und war hinter den Weiberröcken her. Wenn ich ihn häufiger als einmal in der Woche ein paar Stunden besucht hätte, hätte ich vielleicht mitbekommen, wie sehr er sich gequält hat, wie schlimm es wirklich um ihn stand. Danach habe ich die Trauer und den Schmerz in Wut und Hass verwandelt – weil es sich irgendwie annehmbarer anfühlte, auf die ganze Welt wütend zu sein als einfach bloß traurig, leichter, die ganze Welt zu hassen, als Schmerz und Verlust zu empfinden, weil jemand, den ich geliebt hatte, kein Teil meiner Welt mehr war. Also ließ ich mich lieber von meinem Zorn verzehren. Und darüber hätte ich Harriet beinah verloren.«

»Aber Sie hatten Familie, oder?«, presste Aaron zwischen zusammengebissenen Zähnen hervor. Wie konnte der Mann es wagen, ihre Geschichten miteinander zu vergleichen? Ja, es war hart, einen Waffenbruder zu verlieren, aber er, Aaron, hatte seine Schwester verloren. Eine Blutsverwandte. Seine ganze Familie.

Das war nicht das Gleiche.

Calvin trank sein Bier aus und stellte die leere Flasche auf den Tresen. »Ja, meine Mutter, mein Vater, meine Schwester und mein Bruder haben mich unterstützt. Und?«

»Ich hatte keine Familie. Ich *habe* keine Familie mehr.«

»Sie haben Sophie.«

Aaron spürte Zorn in sich aufsteigen. Er trank ebenfalls sein Bier aus und stellte die Flasche weg, ballte die Fäuste an den Seiten und mahlte mit dem Kiefer.

Calvin legte den Kopf schief, sein Blick fiel auf Aarons Hände.

»Haben Sie einen Boxsack in der Garage?«

Aaron brummte.

»Okay, dann los.« Er wies mit dem Kopf in die Richtung.

Ehe er wusste, was er tat, setzten sich seine Füße in Bewegung.

»Sie haben jede Menge Wut im Bauch, Sohn. Die Sie irgendwo rauslassen müssen. Aber auf keinen Fall an einer so freundlichen, liebevollen und duldsamen Frau wie Izzy. Das Mädchen hat nämlich ein Herz aus Gold mit einem Kern aus Mäusespeck.« Damit öffnete er die Tür zur Garage und ließ Aaron vorgehen. Dann nahm er Aarons Boxhandschuhe vom Haken, warf sie ihm zu und ging um den Boxsack herum, um dort Stellung zu beziehen.

Aaron zog sich das T-Shirt über den Kopf, so dass er nur noch im schwarzen Tanktop und kurzen Hosen dastand. Dann fuhr er in die Boxhandschuhe.

»Dann zeigen Sie mal, was Sie draufhaben, Sohn.« Grinsend hielt Calvin den Boxsack fest.

Aaron wippte ein paarmal auf Zehenspitzen vor und zurück, bevor er dem Boxsack einen harten rechten Haken verpasste. Doch das Ding ruckte nicht mal. Seine früher in der Woche aufgeschlagene, inzwischen jedoch verschorfte Hand tat jedoch höllisch weh. Warum hatte er sich auf einen Kampf mit einem Hinweisschild eingelassen? Gott, was war er doch für ein Volltrottel.

Er schüttelte den Schmerz ab, reckte knackend den Kopf von einer Seite zur anderen und wippte auf den Zehenspitzen zurück.

Calvin presste die Lippen aufeinander. »Mehr steckt nicht in Ihnen, Sohn? Kommen Sie, ein Kerl wie Sie hat doch mehr zu bieten. Das sehe ich doch. Lassen Sie alles raus!«

Gerade.

Gerade.

Gerade, Gerade.

»Ja, gut so. So ist es besser. Lassen Sie mich Ihre Wut sehen. Zeigen Sie mir, wie es in Ihnen gärt. Lassen Sie es raus!«

Aaron tänzelte auf den Zehenspitzen zurück, trat dann wieder vor und trieb die Faust mit einem neuerlichen rechten Haken wuchtig in den Boxsack. In seinem Handrücken explodierte der Schmerz.

Calvin verlor den Halt und stolperte rückwärts. »Gut. Gut.« Er packte den schaukelnden Boxsack und nahm wieder dahinter Aufstellung. »Lassen Sie mich ein paar Tritte sehen. Stellen Sie sich vor, der Sack ist mein Gesicht. Kommen Sie, treten Sie mir die Zähne ein.«

Aaron ignorierte den Schmerz, der ihm von den inzwischen vermutlich blutenden Knöcheln den Arm hinaufschoss, trat zurück, tänzelte, wandte sich zur Seite und lieferte einen immensen Tritt mit dem linken Fuß ab, der Calvin aufs Neue aus dem Gleichgewicht brachte.

»Schön. Noch mal.«

Aaron trat noch mal zu, diesmal mit rechts.

»Familie ist, was Sie daraus machen. Es ist nicht das Blut, das durch Ihre Adern kreist, das eine Familie ausmacht. Eine Familie besteht aus den Menschen, die Sie lieben und von denen Sie geliebt werden. Aus Menschen, die zu Ihnen stehen und die für Sie da sind, wenn es Ihnen mal dreckig geht. Ja, Sophie ist mit Ihnen blutsverwandt – sie ist Ihre Nichte, Ihre Tochter –, aber ich weiß, dass es da draußen Menschen gibt, die gern zu Ihrer Familie gehören würden, wenn Sie sie nur ließen. Wenn Sie es zulassen würden.«

Aaron blieb stehen und fuhr sich mit dem Handgelenk über die verschwitzte Stirn. »Sie meinen Isobel?«

»Izzy, Mark, Tori, die ganzen Single Dads.«

Scheiße, wie viel hatte Isobel ihrem Vater erzählt?

»Ich kann sehen, wie sie Sie ansieht.«

Aaron wandte den Blick ab. Er war noch keiner Frau so nah gekommen, dass er sich mit ihrem Vater hatte auseinandersetzen und sich Sätze wie »Wenn du meiner Tochter wehtust, tue ich dir weh, Sportsfreund« hatte anhören müssen.

»Ich gehöre nicht zu den Vätern, die mit vor der Brust verschränkten Armen die Türschwelle bewachen, mit ihrem Waffenschrank und ihrer Messersammlung prahlen und drohen, jedem, der seiner Tochter wehtut, das Genick zu brechen.« Aaron begegnete wieder Calvins Blick. Der Mann wirkte fast gelangweilt. »Ich habe meine Mädchen zu starken, unabhängigen Frauen erzogen, die auf sich selbst aufpassen können. Sie brauchen keinen Vater, der für sie irgendwelche Jungs einschüchtert. Das schaffen die zwei auch gut allein. Ich habe ihnen Selbstverteidigung beigebracht, sie ermutigt, sich angemessen zur Wehr zu setzen und, falls nötig, einen Kerl umzuhauen, der doppelt so groß ist wie sie. Ich habe sie zu Kriegerprinzessinnen erzogen, die sich selbst aus dem Turm retten, den Drachen erschlagen und den Thron beanspruchen können. Wir sind bloß ihre Sidekicks, nicht ihre Helden.«

Aarons Lippen zuckten. »Isobel hat mir schon die Leviten darüber gelesen, dass es so was wie ›Männerjobs‹ und ›Frauenjobs‹ gar nicht gibt. Sie ist zäh wie Leder. Sie könnte sich definitiv in jeder Auseinandersetzung behaupten.«

Calvin warf lachend den Kopf zurück und schlug sich auf den Schenkel. Seine Augenwinkel runzelten sich, im schummerigen Garagenlicht leuchtete Liebe aus seinen blauen Augen. »So ist mein Mädchen, ich hab sie gut erzogen.«

»Das haben Sie.«

Calvin wurde wieder ernst. »Ja, sie ist zäh, aber sie hat auch ein weiches Herz. Sie hat sich früher schon die Finger verbrannt, weil sie sich von ihrer Empathie trügen ließ. Als Kind wurde sie fast verschleppt, weil sie sich von einem Kerl im Park weismachen ließ, sein Hund wäre ihm entlaufen und er benötige ihre Hilfe. Sie sieht immer das Gute in den Menschen, auch wenn dort gar nichts Gutes ist.«

Aaron wankte leicht, eine Angst, wie er sie noch nie gekannt hatte, lag ihm wie ein Bleigewicht im Magen. Gott, was, wenn Sophie so etwas passierte? Er würde seinen verfluchten Verstand verlieren.

Calvin sah die Angst in seinem Gesicht und nickte bloß. »Ja, Gottlob hat Tori den Kerl in die Flucht geschlagen. Aber Izzy hatte immer schon ein weiches Herz. Ein Jahr lang hat sie ihr Pausenbrot einer Obdachlosen gegeben, die mit ihrem Hund neben der Schule ihr Lager aufgeschlagen hatte. Sie hat es ihr einfach so gegeben. Sich für jemand anderen geopfert. Weil sie nun mal so ist und immer so sein wird. Für sie kommen immer zuerst die anderen. Selbst wenn ihr Verstand ihr etwas anderes sagt, gebietet ihr das Herz, dass sie sich so verhalten muss. Und sie hört immer lieber auf ihr Herz.«

Aaron stieg eine Wärme in die Brust, die nicht von seinen Runden am Boxsack herrührte. Warum erzählte ihm Calvin das alles?

»Izzy geht immer das Risiko ein, ihr eigenes Herz zu verletzen, um das eines anderen zu retten«, fuhr Calvin fort, seine Stimme klang nun etwas schärfer. »Ihr eigenes Glück vernachlässigt sie dabei. So ist sie.« Seine blauen Augen wurden dunkel, und er blickte Aaron unverwandt an, damit er genau verstand, worum es ihm ging.

Um eine Warnung.

Aaron schluckte und nickte. »Ich habe verstanden, Sir.«

Calvins Lächeln war so schmal wie aufrichtig. »Gut.«

Er atmete durch, griff wieder nach dem Boxsack und forderte Aaron auf, zuzuschlagen. Aaron begann wieder zu tänzeln und schlug abermals nach dem Sack.

»Es ist nicht einfach, Mädchen großzuziehen«, sprach Calvin weiter. Er fuhr sich durch das kurze, dunkle Haar, seine Augen wurden groß. »Besonders in der Pubertät. Heilige Scheiße. Die Hormone. Das Drama.« Er schüttelte den Kopf. »Die Stimmungsschwankungen. O Mann, diese Stimmungsschwankungen. Ich sage Ihnen jetzt was, halten Sie immer, absolut immer, Tampons, Analgetikum und Schokolade im Handschuhfach Ihres Wagens bereit.« Sein Blick wurde milder, und er schien etwas zu sehen, was lange in seinem Gedächtnis geschlummert hatte, denn ein heiteres Lächeln huschte über seine Lippen. »Aber es lohnt sich. Meine Mädchen sind durch und durch Vatertöchter. Wir schreiben uns jeden Tag und tauschen Bilder und Witze aus. Wir telefonieren wöchentlich. Ich würde alles für meine Babys tun – alles.« Er ließ den Boxsack los und kam dahinter hervor. »Und Sie würden dasselbe für Sophie tun. Sie mögen nicht ihr Vater sein, aber Sie sind alles, was sie hat.« Sein Kopf neigte sich zu einer Seite. »Es sei denn, Sie lassen andere Menschen an sich heran. Es sei denn, Sie geben ihr eine Familie, ein ganzes Dorf voller Menschen, auf die Sie sich verlassen können, auf die *sie* sich verlassen kann. Menschen, die sie lieben. Denn Sie müssen das nicht allein machen. Sie müssen nicht alles sein, was sie hat; und sie muss nicht alles sein, was Sie haben.«

Aaron band mit den Zähnen einen der Boxhandschuhe auf, streifte ihn ab, öffnete den Minikühlschrank und nahm eine Flasche Wasser heraus. »Warum sagen Sie mir das alles?«

»Wie ich schon sagte, sehe ich, wie Izzy Sie anschaut. Sie liebt sie, und ich will nicht, dass meine Kleine verletzt wird. Mir gefällt nicht, was Sie momentan ausstrahlen. Sie tragen jede Menge Wut und Hass im Herzen, aber ich erkenne auch viel Gutes in Ihnen. Unter Ihrem Kummer ist viel Gutes vergraben.«

Aarons Hand blieb auf halbem Weg in der Luft hängen, die Wasserflasche verharrte Millimeter vor seinem Mund. »Sie liebt mich nicht.«

Calvin kniff die Augen zusammen. »Ich kenne meine Tochter, und ich sehe, wie sie sich in Ihrer Nähe verhält. Und in der Nähe des Babys.«

Aaron schüttelte den Kopf, wandte sich ab und trank einen Schluck Wasser. »Sie hat sich in ihre *Vorstellung* von allem hier verliebt. Sie ist im Herzen häuslich. Sie wünscht sich einen weißen Lattenzaun, Haus, Familie, Hund und Abendgesellschaften am Wochenende. Darin hat sie sich verliebt. Aber nicht in mich.«

Calvin verdrehte die Augen und schüttelte den Kopf. »Wenn Sie das nicht sehen können, sind Sie ein größerer Narr, als ich dachte.« Er warf Aaron den anderen Handschuh wieder zu. »Haben Sie hier noch ein Paar Boxhandschuhe? Brauchen wir ein paar Runden gegeneinander, damit ich Ihnen ein wenig Verstand einprügeln kann?«

Aaron mochte Calvin. Sehr sogar. Er erinnerte ihn an Robs Dad Malcolm: geradeheraus, ungeschliffen, doch mit einem ehrlichen Herzen. Genau die Sorte Mann, die sich Aaron als Heranwachsender an seiner Seite gewünscht hatte. Eine echte Vaterfigur, zu der er hätte aufblicken können.

Aaron öffnete einen kleinen Schrank und zog ein zweites Paar

Boxhandschuhe heraus. »Sie meinen, Sie können es mit mir aufnehmen, alter Mann?«

Calvins Mund teilte sich zu einem breiten Grinsen. »Alter Mann. Ach, Sohn, warten Sie es ab. Sie liegen vor mir auf Ihrem Hintern, bevor Sie auch nur einmal zwinkern können.«

Kurze Zeit später verließen Aaron und Calvin die Garage, in Schweiß gebadet, aber grinsend und Bier trinkend.

»Ah, du hattest dich ja schon aufgewärmt«, rief Calvin lachend, schlug Aaron auf den Rücken und legte ihm einen Moment lang die Hand auf die Schulter. »Ich verlange Revanche, nachdem ich mich gedehnt habe und ein Stück laufen war.«

Aaron trank grinsend noch einen Schluck Bier. »Die Wette gilt.«

Ein kurzer Blick in Küche und Wohnzimmer verriet ihm, dass Isobel und ihre Mutter höchstwahrscheinlich in Sophies Zimmer weilten.

Aaron und Calvin gingen ins Wohnzimmer und setzten sich. Aaron bot Calvin seinen Lieblingssessel an, den der Mann dankbar annahm.

»Ich weiß ja nicht, was das für ein Einsatz war, der dich nicht loslässt, aber du musst damit fertigwerden.« Calvin richtete den Blick seiner stahlblauen Augen auf Aaron. »Ich weiß, dass es einen Einsatz gibt, den gibt es für jeden von uns, den Einsatz, der unser letzter sein sollte. Oder der Einsatz, mit dem wir nicht fertigwerden, in dem wir entweder versagt haben oder mehr hätten bewirken können. So einen Einsatz gibt es für jeden von uns. Dieses Kreuz müssen wir alle tragen, diese Last müssen wir für den Rest unseres Lebens schultern. Das gehört einfach dazu.«

Wieso überkam Aaron das Gefühl, dass Calvin Jones mehr über seine Vergangenheit wusste, als er durchblicken ließ. Der Mann hatte fraglos etwas an sich, was Intelligenz und gleichzeitig List und Tücke verriet; womöglich hatte er einen Weg gefunden, Einblick in Aarons Zeit bei der Navy zu erhalten.

Zur Hölle damit, von Kolumbien konnte er nichts wissen. Der Mist unterlag der Geheimhaltung. Aber vielleicht wusste er von anderen Einsätzen, an denen Aaron teilgenommen hatte.

»Du musst diesen Mist loslassen«, fuhr Calvin fort, er blickte jetzt weniger streng. »Lass dich nicht davon verzehren, bis am Ende nur noch die leere Hülle eines Mannes übrig ist. Sophie hat nämlich mehr verdient. Sie verdient einen Vater, auf den sie sich verlassen kann, der nicht in der Vergangenheit lebt und nur noch seine Fehlschläge im Blick hat, sondern der in der Gegenwart verankert ist.« Er beugte sich weit nach vorn und blickte Aaron unverwandt in die Augen. »Weil wir das alle kennen, Sohn, wir alle haben Fehlschläge erlebt. Wir alle haben irgendwas total vermasselt. Aber nur denjenigen unter uns, die sich dafür entscheiden, ihr Leben nicht von ihren Fehlschlägen bestimmen zu lassen, gelingt es, Lebensfreude in der Welt zu finden, weiterzumachen und ein erfülltes Leben mit ihren Ehefrauen, Kindern, Freunden zu führen. Entscheide dich für die Lebensfreude, Sohn. Entscheide dich für ein erfülltes Leben. Schau in die Zukunft statt in die Vergangenheit. Lass nicht zu, dass die Dämonen gewinnen.«

Aaron klappte die Kinnlade runter. Gleichzeitig schnürte es ihm die Kehle zu, so dass er unfähig war, irgendwas zu sagen. In seinen Augen brannten Tränen, also schloss er die Augen und mahlte mit den Backenzähnen, bis er es knirschen hörte.

Für eine Weile sagte Calvin nichts, saß nur, immer noch weit vorgebeugt da, die Ellbogen auf die Knie gestützt, und ließ Aaron nicht aus den Augen. Beobachtete genau, wie er mit allem rang, was in seinem Kopf und seinem Herzen vorging.

Der Mann nannte ihn ständig »Sohn«.

Normalerweise konnte er es nicht ausstehen, wenn jemand ihn so ansprach. Er war nie irgendjemandes Sohn gewesen, deshalb hasste er die Fassade, die dieser Kosename vorspiegelte. Trotzdem … wenn Calvin »Sohn« zu ihm sagte, hatte er nichts dagegen. Es ging ihm überhaupt nicht so gegen den Strich wie gewöhnlich. Es hörte sich sogar … *in Ordnung* an.

Calvin räusperte sich und riss Aaron damit aus seinen Gedanken. »Weißt du, Sohn, ich muss dir danken. Izzy hat uns erzählt, wie du sie und Mercedes neulich Abend gerettet hast.« Calvin drehte seine Bierflasche zwischen den Händen und schaute zu Aaron hoch. Offene Furcht umwölkte seinen Blick. »Du hast die Mädchen vor Schaden bewahrt. Klar, Izzy kennt sich ein wenig mit Selbstverteidigung aus, was ihr bei einem Raubüberfall oder gegen einen einzelnen Mann helfen könnte, aber wir beide wissen, dass sie mit den beiden Typen unmöglich hätte fertigwerden können. Jedenfalls nicht allein, und nicht, nachdem sie betäubt worden war. Ich habe Beziehungen zur Polizei. Die zwei Wichser kriegen, was ihnen zusteht. Anzeigen wegen Körperverletzung, Entführung, versuchter Vergewaltigung, Verstoß gegen das Betäubungsmittelgesetz. Wir werden sie an den Eiern aufhängen und zugucken, wie sie baumeln.«

Diese Art der Bestrafung wäre noch zu gut für Männer, die Frauen wehtaten. Diese beiden Drecksäcke verdienten es nicht, dieselbe Luft zu atmen wie Isobel – oder irgendeine andere Frau.

Aaron bleckte schnaubend die Zähne. »Wenn ich daran denke, dass die sie angefasst haben … Wenn Colton nicht dazwischengegangen wäre, ich hätte sie …« Er knibbelte mit seinen schmutzigen, von harter Arbeit stumpfen Fingernägeln am Etikett seiner Bierflasche herum, unfähig, dem älteren Mann in die Augen zu schauen. »Ich hasse es, dass ich nicht früher dort sein konnte.«

Calvins Blick wurde milder. »Du warst rechtzeitig dort. Worauf es ankommt, ist, dass du dort warst.«

Er schluckte, dann hob er endlich den Kopf. »Ich würde es nicht mehr mit mir aushalten, wenn ihr etwas zugestoßen wäre. Ich –« Um nicht noch mehr zu sagen, was er später womöglich bereuen würde, fuhr sich Aaron mit der Hand über den Mund und kratzte sich den kurz geschorenen Bart.

Calvin lehnte sich zurück und trank noch einen Schluck Bier. »Weißt du, selbst wenn du dir nicht darüber klar wirst, wie sehr du Izzy liebst, solltest du erkennen, wie sehr sie dich liebt, solltest einen Teil deines Zorns loslassen und annehmen, was das Leben dir zu bieten hat. Ich könnte dich niemals hassen. Vermutlich könnte ich nicht mal richtig wütend auf dich sein. Aber ich hoffe, du brichst ihr nicht das Herz, das hoffe ich wirklich.« Er stieß ein Seufzen aus, dann sank sein Kopf gegen die Sessellehne, und er schloss für einen Moment die Augen. »Du hast meine Kleine gerettet, dafür stehe ich auf ewig in deiner Schuld. Was auch immer du mal brauchen solltest, wann auch immer, wo auch immer, du musst mich nur darum bitten.« Er öffnete die Augen wieder und fixierte Aaron mit seinem Blick. »Das ist mein voller Ernst.«

Aaron wandte den Blick ab und biss die Zähne zusammen, bis er fürchtete, sie könnten Schaden nehmen, bloß damit ihm die gottverdammte Träne nicht die Wange hinunterlief.

Kapitel 27

Nachdem Isobel und ihre Mutter Sophie zu Bett gebracht hatten und ins Wohnzimmer zurückkehrten, fanden sie Aaron und Calvin Bier trinkend und lachend beieinandersitzen.

Aaron grinste. Es war schön, ihn so zu sehen.

Der Blick, mit dem Isobel ihn ansah, verriet totale Verwirrung, doch wie die Klassefrau, die sie war, ließ sie sich ihre Irritation nicht anmerken, sondern lächelte, drückte ihrem Vater einen Kuss auf die Wange und erkundigte sich, ob Aaron ordentlich Prügel von ihm bezogen hatte.

Calvin gluckste vergnügt, legte einen Arm um seine Tochter und erklärte, dass er Revanche verlangte und sich reinwaschen musste.

Aaron ertappte sich dabei, wie er Isobel und ihre Eltern in stiller Ehrfurcht und voller Neid betrachtete. Nie hatte er etwas Derartiges gekannt, nie hatte er die Liebe von Vater und Mutter oder auch nur eines Elternteils erlebt. Nie hatte er am eigenen Leib erfahren, dass es selbst dann, wenn man sich so übel aufführte, wie es nur ging, wenn man ganz unten angekommen war und die Erde sich auftun und einen verschlingen sollte, noch Menschen gab, die einen rückhaltlos liebten und absolut alles unternehmen würden, damit es einem wieder besser ging.

Dina hatte vor ein paar Jahren einen Privatdetektiv engagiert, um ihre Eltern ausfindig zu machen. Um herauszufinden, ob sie noch am Leben waren oder ob es irgendwo noch Geschwister oder andere Angehörige gab. Seine Schwester hatte damals unbedingt ein Kind haben wollen und interessierte sich deshalb für ihre Herkunft und die Krankengeschichte ihrer Familie.

Leider waren weder Dina noch Aaron auf das, was der Privatdetektiv herausfand, vorbereitet gewesen: Ihr Vater war Alkoholiker und ihre Mutter eine Drogensüchtige auf Entzug mit beträchtlichen psychischen Problemen gewesen. Und eines Abends hatte ihr Vater sie offenbar im Delirium umgebracht – wegen eines Zwanzig-Dollar-Scheins, den er versaufen wollte, während sie vorgehabt hatte, davon Windeln zu kaufen.

Ihr Vater landete dafür natürlich im Gefängnis, wo er Jahre später seinerseits von einem Zellengenossen ermordet wurde.

Dina ließ die Ermittlungen daraufhin einstellen. Mehr wollte sie nicht wissen, und Aaron, ehrlich gesagt, auch nicht. Wenn es noch Angehörige gab, hatten sie sich nicht um Dina und Aaron bemüht und waren damit keiner weiteren Mühen wert, sie ausfindig zu machen.

Aaron war Dinas Familie und sie seine – und mehr brauchten sie auch nicht.

Calvin trank sein Bier aus, erhob sich aus dem Sessel und reckte sich. »Ich werde unsere Runde wohl morgen noch spüren, Sohn. Vielleicht müssen wir die Revanche verschieben, bis ich mich wieder erholt habe.«

Aaron trank ebenfalls aus und stellte die Flasche neben Calvins auf den Couchtisch. »Sagen Sie Ort und Zeit an, dann bin ich bereit.«

Calvin grinste breit, doch seine Augen blickten müde. Er gähnte. »Na, Schatz, wollen wir aufbrechen? Die Grünschnäbel hier wollen, dass wir um vierzehnhundert schon wieder hier sind.« Er öffnete ein Auge und richtete es auf Aaron. »Stimmt's?«

Aaron lächelte. »Ja, bitte, Sir. Ich würde es wirklich zu schätzen wissen, wenn Sie beide Sophie für uns im Auge behalten könnten. Es würde mich jedenfalls beruhigen, wenn ich wüsste, dass sie in guten Händen ist.«

Da öffnete Calvin auch das zweite Auge und nickte. »Wir werden das kleine Mädchen schon nach Strich und Faden verwöhnen. Sie muss nicht ins Bett, bekommt zum Mittagessen Eiscreme und zum Nachtisch Cupcakes.«

Isobel verdrehte die Augen, achtete aber darauf, ihren Blick nicht auf Aaron zu richten. Sie sah alles Mögliche an, nur nicht ihn.

Verflucht, sie mussten wirklich reden.

»Noch nicht, Liebling«, sagte Harriet, legte ihrem Mann die Hände auf den Rücken und schob ihn Richtung Haustür. »Vielleicht in einem Jahr oder so.«

Calvins blaue Augen funkelten. »Ich werde bestimmt ihr Liebling sein.« Damit warf er sowohl Aaron als auch Isobel, die den beiden zur Tür folgten, grinsend Blicke zu. »Wenigstens habe ich das so geplant.«

»Bye, Dad«, säuselte Isobel, aus ihrer Stimme klang Erschöpfung. »Und danke, dass ihr auf Isobel aufpasst.«

Harriet beugte sich vor und umarmte ihre Tochter, dann gesellte sich Calvin dazu, bis alle drei lachten.

Aaron stand dabei, die Hände in den Hosentaschen, mit niedergeschlagenen Augen.

Doch er blieb nicht lange so stehen. Ein mächtiger Arm zog ihn in die kollektive Umarmung.

»Wir dürfen dich doch nicht vergessen, Sohn«, sagte Calvin, schlang seinen Arm um Aarons Hals und zog ihn an Isobels Rücken. »In unserer Familie drückt man sich gern.«

Da zog Aaron die Hände aus den Hosentaschen, ließ zuerst eine

Hand sachte auf Isobels Schulter sinken und die andere dann auf die Schulter ihres Vaters. Er lachte, fühlte sich aber nicht recht wohl dabei, weil er wusste, dass sie nicht mitlachte.

»Alles gut, alles gut«, sagte Isobel und befreite sich aus dem Gewühl. »Ihr zwei ruht euch jetzt aus, schließlich müsst ihr euch morgen um den Wildfang hier kümmern. Da braucht ihr vorher euren Schönheitsschlaf.«

»Unsinn«, erwiderte Calvin und tat, als würde er sich eine Haarlocke von der Schulter wischen. »Schöner als ich geht gar nicht.«

Isobel griff stöhnend nach der Tür und öffnete sie. »Geh, ehe deine abgedroschenen Witze mich noch ersticken. Die sind nämlich absolut tödlich.«

Sie wünschten den beiden eine gute Nacht, dann schloss Isobel die Tür hinter ihnen, gab einen langen, tiefen Seufzer von sich und sank mit dem Rücken gegen die massive Eichenmaserung. »Ich liebe den Mann bis zum Mond und wieder zurück, aber er ist echt anstrengend.«

Aaron lachte. »So schlimm ist er gar nicht.«

Dann nahm er ihre Hand und zog sie von der Haustür fort. Sie wirkte immer noch irritiert, nur gab sie sich jetzt keine Mühe mehr, es zu verbergen.

Er wollte sie ins Wohnzimmer dirigieren, damit sie reden konnten, doch sie löste sich aus seinem Griff und schüttelte den Kopf. »Ich bin müde, Aaron, ich gehe jetzt ins Bett.«

Er ließ den Kopf hängen, und auch sein Herz sank. So durfte es nicht mit ihnen enden. Sie durfte nicht aufgeben. Sie durfte ihn nicht aufgeben. »Aber du hast doch gesagt, wir könnten reden.«

Sie hob den Blick zu ihm und ließ im gleichen Moment die Schultern sinken. »Ich glaube eigentlich nicht, dass es noch irgendetwas zu bereden gibt. Das mit uns funktioniert einfach nicht. Wir sind zu verschieden. Du willst ein Kindermädchen mit besonderen Vorzügen. Aber ich will mehr.«

Wieder wollte er die Hand nach ihr ausstrecken, doch sie wich vor ihm zurück.

»Ich gehe schlafen. Ich muss morgen früh zum Schuster, um die schwarzen Schuhe abzuholen, die ich hab machen lassen. Sophie nehme ich mit, damit du vor dem Gottesdienst ein bisschen Zeit für dich hast.« Und dann, bevor Aaron protestieren, erneut die Hand nach ihr ausstrecken, ihren Mund erobern konnte, um ihr sein Herz auszuschütten, war sie fort. Den Flur hinunter und in ihrem Schlafzimmer, wo sie prompt die Tür hinter sich schloss.

Sie schloss ihn aus.

Er hörte es in seinen Ohren brausen, als ihm die Tragweite seiner Handlungen, seines Benehmens schließlich unerträglich hässlich bewusst wurde. Womöglich hatte er das Beste, was ihm im Leben jemals passiert war, vertrieben, und das nur, weil er Angst davor hatte, sich zu öffnen. Weil er aus Furcht, sie wieder zu verlieren, keine Frau in sein Herz lassen wollte.

Calvins Worte fielen ihm wieder ein, wie ein Lied, das sich endlos wiederholte.

Danach habe ich die Trauer und den Schmerz in Wut und Hass verwandelt – weil es sich irgendwie annehmbarer anfühlte, auf die ganze Welt wütend zu sein als einfach bloß traurig, leichter, die ganze Welt zu hassen, als Schmerz und Verlust zu empfinden, weil jemand, den ich geliebt hatte, kein Teil meiner Welt mehr war. Also ließ ich mich lieber von meinem Zorn verzehren. Und darüber hätte ich Harriet beinah verloren.

Und genau das hatte auch Aaron getan.

Er hatte zugelassen, dass seine Trauer sich in Zorn verwandelte, bis der Zorn alles erfasste und er die Frau in die Flucht schlug, die er liebte. Seine Welt. Seinen Sonnenschein. Seinen Sommer. Denn selbst wenn die Tage kürzer und dunkler wurden und ein kalter Wind wehte und eisiger Regen fiel, war jeder Tag, den er mit Isobel verbrachte, ein Sommertag.

Aaron stand lange, mit geballter Faust und bereit anzuklopfen, vor ihrer Schlafzimmertür. Aber er klopfte nicht. Stattdessen starrte er das dunkle Holz an, als könnte sich die Tür von alleine auftun und sie ihm Gelegenheit geben, sich zu erklären.

Aber die Tür blieb geschlossen.

Schließlich sank seine Faust, und er machte sich bettfertig. Er brauchte eine Dusche nach dem improvisierten Boxkampf mit Calvin. Improvisiert, aber nötig; improvisiert, aber willkommen.

Mit einem Badetuch um die Hüften und mit feuchtem Haar öffnete er die Badezimmertür. Ihre Schlafzimmertür war immer noch geschlossen. Unter der Dusche hatte er endlos lange ihr Duschgel angestarrt, verzweifelt angesichts der Vorstellung, es nie wieder dort stehen zu sehen, nie wieder den lieblichen Duft zu riechen, wenn er nach ihr duschte, nie wieder seine Nase in ihren Haaren vergraben zu können, wenn sie den Kopf an seine Schulter legte oder er sich von hinten wie das große Löffelchen an sie schmiegte.

Er schlug die Faust gegen die Tür.

Sekunden später flog sie auf. Eine Schönheit blinzelte mit müdem Blick zu ihm hoch und gähnte, während sie sich mit den Fingerknöcheln den Schlaf aus den Augen rieb. »Geht es Sophie gut?«

Er presste seinen Mund auf ihren und griff in ihr Haar.

Das Badetuch fiel von seinen Hüften, doch es war ihm gleichgültig. Rasch schob er sie in ihr Zimmer, sank mit ihr aufs Bett und breitete seinen Körper über sie.

Bettlaken und Kissenbezüge rochen nach ihr und verströmten die Wärme ihres Körpers.

Sie stieß ihn nicht von sich. Verlangte nicht, dass er verschwand. Stattdessen schlang sie die Arme um seine Schultern, und ihre Fingernägel gruben schmerzhaft tiefe Striemen in seinen Rücken. Ja. Womit auch immer Isobel ihn zeichnete, würde er glücklich annehmen.

Sie bog sich ihm entgegen, drückte ihre Brust gegen seine. Er gab ihren Mund frei und senkte den Kopf, nahm eine Brustwarze in den Mund und saugte durch den dünnen Stoff ihres Tanktops daran. Stöhnend umfasste sie die andere Brust und zog an der anderen Brustwarze, bis sie unter der Baumwolle steif abstand.

Er schob eine Hand in ihre Shorts, legte die Hand um ihren Schamhügel und drückte den Daumen auf ihre Klitoris. Als sie nach Luft schnappte, wusste er, dass er die empfindliche Stelle, die sie die Beine spreizen und einen Schwall Wärme über seine Finger ergießen ließ, genau getroffen hatte.

Er musste ihr klarmachen, dass er nicht mehr nur ein Kindermädchen mit besonderen Vorzügen wollte. Sondern dass er wollte, was sie wollte. Eine Zukunft. Eine Partnerin. Eine Frau, die ihm half, Sophie großzuziehen, mit der er alt werden konnte. Die jeden Morgen und jeden Abend da sein würde, allerdings nicht als seine Hausangestellte, sondern als zweiter Elternteil, als Mannschaftskameradin, als Liebhaberin.

Mit seinen Lippen zog er eine Spur ihren Bauch hinunter, streute Küsse auf jede Sommersprosse, auf jeden zarten, seidigen Quadratmillimeter ihrer Haut, um sich die üppigen Kurven ihres Körpers einzuprägen. Seine Zunge umkreiste ihren Bauchnabel und spielte mit dem kleinen Barbell-Piercing.

Er wollte ihr gerade die Shorts ausziehen, um ihr zu demonstrieren, was sie ihm bedeutete, da erfüllten dringliche Geräusche aus dem Babyphone auf dem Nachttisch das dunkle Zimmer.

Sofort setzte sich Isobel auf, schob ihn von sich und schwang die Beine über die Bettkante. »Sie braucht mich.«

Er versuchte nicht, seine Erektion zu verbergen, sondern stand umstandslos auf. »Komm wieder ins Bett, wenn du so weit bist.«

Sie schüttelte den Kopf, in ihren müden Augen standen Reue und Schmerz. »Ich weiß, ich habe gesagt, es ist für mich so, wie es ist, okay, aber das ist es nicht. Ich habe gelogen. Ich will mehr. Ich habe es satt, dauernd das Gefühl zu haben, ich hätte dich irgendwie wütend gemacht. Ich weiß, du bist wütend, das verstehe ich, aber ich habe genug davon. Ich kann so nicht leben. Ich bin ein heiterer Mensch, Aaron, ein sehr heiterer Mensch. Und es ist auch okay, dass du es nicht bist, aber ich kann nicht mit jemandem leben oder für jemanden arbeiten, der mich tagsüber wie eine Belastung und nachts wie sein Privatspielzeug behandelt.«

»Aber das bist du nicht«, widersprach er.

Sie schüttelte den Kopf. »Es ist höchste Zeit, dass ich auf meinen Verstand höre und nicht immer nur auf mein Herz. Denn auch wenn mein Herz mich anfleht, zu bleiben und mich mit dem bisschen abzufinden, was du zu geben bereit bist, sagt mir mein Verstand, dass ich mehr verdiene als das.« Ihre Unterlippe bebte, und sie wandte den Blick ab, trotzdem erkannte er, dass sie zu weinen begann. »Es ist nicht fair, wie du mich behandelst, Aaron, und ich bin mir momentan wirklich nicht sicher, ob du irgendwas sagen könntest, um mich noch umzustimmen. Du benötigst Hilfe, aber ich bin offensichtlich nicht diejenige, die dir helfen kann.« Sie schluckte, dann drehte sie sich zur Tür. »Ich muss jetzt nach Sophie sehen. Es wäre gut, wenn du nicht mehr in meinem Zimmer bist, wenn ich zurückkomme.«

Damit ging sie hinaus, ohne noch einmal zurückzublicken. Kurz darauf hörte er sie durch das Babyphone summen und Sophie beruhigen. Sie hatten immer einen Vorrat Ersatzmilch im Kinderzimmer, damit sie mitten in der Nacht nicht jedes Mal in die Küche laufen mussten, um Sophie zu füttern. Nun mischte sich das Brummen und Gurgeln des Spenders, der das Fläschchen füllte, in Isobels Summen. Wieder einmal taten ihm die Worte von Brahms »Wiegenlied« im Herzen weh.

»Ja, so, Super-Sophie«, flüsterte sie. »Braves Mädchen.«

Er sah sie vor sich, wie sie, mit dem Baby auf dem Arm, auf der Bettkante saß und liebevoll auf Sophie hinuntersah, die an ihrem Fläschchen nuckelte.

Sie war eine einmalige Frau. Freundlich und großzügig, geduldig und klug. Aber sie war auch stark – und wie stark sie war. Sie hatte mit den Stimmungsschwankungen und dem ganzen Müll, den Aaron ihr während der letzten Monate zugemutet hatte, klarkommen müssen.

Er strich mit den Händen über sein Haar und hob das Badetuch. Er hatte es sich mit ihr verdorben. Und zwar so was von.

Calvin hatte recht. Sie liebte ihn. Nicht ihre Vorstellung von ihm oder ihr kleines Arrangement, sondern ihn. Doch er war zu zornig, zu angeschlagen, um es zu begreifen und sie an sich heranzulassen.

Er ging in sein eigenes Zimmer und zog Boxershorts, eine karierte Schlafanzughose und ein dunkelgraues Henley-Shirt an. Er konnte es unmöglich so enden lassen. Konnte sie nicht ein für alle Mal aus seinem und Sophies Leben verschwinden lassen, ohne ihr vorher mitzuteilen, wie viel sie ihnen beiden bedeutete.

Wie viel sie *ihm* bedeutete.

Die Tür zu Sophies Zimmer stand einen Spaltbreit offen. Er schob sie ein wenig weiter auf.

Isobel lag zusammengerollt am Rand des Betts. Sophie lag in der

Mitte, auf der anderen Seite ein großes Kissen – für alle Fälle, wenn sie sich im Schlaf herumwälzte.

Sophie war wieder eingeschlafen, und Isobel auch, ihre Hand ruhte auf dem Bauch des Babys, das den Kopf in ihre Armbeuge geschmiegt hatte.

Sie sah perfekt aus, wie sie da lag. Zur Mutter geboren. Selbst für ein Kind, das nicht ihres war.

Er stand einen Augenblick da und prägte sich den Anblick ein. Diese selbstlose Frau hatte ein Neugeborenes und eine finstere, beschädigte Seele angenommen – ohne Fragen oder irgendwelche Forderungen zu stellen. Und in ein paar kurzen Monaten hatte sie nicht allein Sophie die Liebe geschenkt, die normalerweise Mutter und Kind vorbehalten war, sie hatte auch ihm ihre Liebe gezeigt. Eine Liebe und eine Verbindung, nach der er, ohne es zu wissen, sein ganzes Leben lang gesucht hatte.

Er zog das Kissen vom Bettrand und legte sich behutsam hin, um keine der beiden aufzuwecken. Am liebsten hätte er seine Hand auf ihre gelegt, die auf Sophies Bauch ruhte, wollte aber nicht riskieren, sie zu wecken, also blieb er lieber still liegen und sah zu, wie die Frau, die er liebte, sich um das Kind sorgte, das er liebte, und betete zu Gott, dass sie ihn am Morgen anhören würde. Andernfalls würde sich der morgige Tag als ein Horrortag erweisen.

Kapitel 28

Isobel hielt die Tür zum Schusterladen auf und schob den Kinderwagen hindurch, die Tüte mit ihren reparierten Schuhen baumelte an ihrem Handgelenk. Der Tag war regnerisch und ein wenig kühl, aber im Unterschied zu den vergangenen Tagen, in denen sie von scharfen Windböen bombardiert worden waren, war der Wind abgeflaut und hinderte die Regentropfen daran, ihr waagrecht ins Gesicht zu klatschen.

Sie bahnte sich ihren Weg über den Gehsteig, vorbei an den diversen Geschäften der Ladenzeile. Da es erst halb zehn am Samstagnachmittag war, hatten die meisten noch nicht geöffnet, doch hier und da regte sich schon Personal hinter den Fenstern. Sie blieb vor dem Schaufenster eines Juweliers stehen und bewunderte einen blauen, von kleinen Diamanten eingefassten Topas-Anhänger in Weißgold. Sie hatte immer schon gemocht, wie Topas ihre blauen Augen zur Geltung brachte.

Außerdem hatte sie noch keine Lust, ins Haus zurückzukehren.

Heute früh neben Sophie und Aaron aufzuwachen hatte sie völlig aus dem Konzept gebracht.

Wann war er hereingekommen?

Und warum?

Fast wäre sie eingeknickt, als er gestern gegen ihre Schlafzimmertür gepoltert und sie geküsst hatte. Er schmeckte einfach so gut – viel zu gut. Und er roch unfassbar gut. Frisch geduscht und warm, duftete er wie ein Wald nach Neuschnee. Sie war seinem Annäherungsversuch und dem Gefühl, in seinen Armen zu liegen und seine Lippen auf ihren zu spüren, ohnmächtig ausgeliefert.

Seine Küsse ließen sie den Kummer und die Verwirrung vergessen, die er in ihr auslöste. Denn er löste so vieles in ihr aus. So grob und zornig, launisch und düster er auch war.

Vieles schrieb sie seinem Kummer zu, aber ewig würde er sich damit nicht herausreden können. Das wäre ihr gegenüber nicht fair – es wäre keinem von ihnen gegenüber fair.

Als sie die Augen aufgeschlagen und ihn da liegen gesehen hatte, hatte Sophie sich eben erst zu rühren angefangen. Wie die meisten Babys konnte sie volle fünf Minuten grummeln und strampeln, bevor ihr überhaupt einfiel, die Augen aufzumachen. Das war ihre Art, den Nahrungsspender darauf aufmerksam zu machen, dass sie hungrig waren und dass man ihr Fläschchen vorbereiten mussten, andernfalls würde nach der Fünf-Minuten-Frist die Hölle losbrechen.

Doch Isobel hatte die Fünf-Minuten-Frist nicht verstreichen lassen. Sie hatte nicht einmal eine Minute verstreichen lassen, bevor sie Sophie hochnahm, nach einer frischen Windel griff und ins Wohnzimmer lief, wobei sie sorgsam darauf achtete, die Tür hinter sich zu schließen.

Sie machte Sophie ihr Fläschchen, wechselte die Windeln, fütterte sie, um sich dann, sobald das Baby glücklich und zufrieden war, anzukleiden und sich samt Kinderwagen aus dem Haus zu stehlen.

Schließlich wollte sie nicht mit Aaron zusammenstoßen und die Peinlichkeiten des gestrigen Abends noch einmal aufwärmen.

Ein feiger Entschluss, wie sie genau wusste, aber dieser Tag würde so schon hart genug für ihn werden. Da wollte sie nicht noch mehr draufsatteln.

Also war sie lieber mit Sophie hinausgegangen. Wie zwei Mädchen, die um die Häuser zogen. Zum Frühstückskaffee gingen sie in Paiges Bistro, wo sie mit Paige und ihrer urkomischen Angestellten Jane plauderten. Dann kam Violet dazu, um ihre Naschsucht zu befriedigen, und schließlich schlug auch noch Tori auf – vermutlich, weil Isobel sie benachrichtigt hatte.

Als sie den vorigen Abend durchkauten, waren die Frauen geteilter Meinung: Tori schlug sich, genau wie Paige, auf Aarons Seite, während Isobel und Violet skeptisch blieben.

»Er ist fertig«, sagte Violet, wobei sie sich ein Plunderteilchen in den Mund schob. »Weit jenseits deiner Möglichkeiten, ihn wieder hinzubiegen.«

»Fertig heißt aber nicht untauglich«, konterte Tori. »Und wir wissen ja alle, dass Zartgefühl und Fürsorglichkeit deine Stärken sind.«

Violet tupfte sich den Mund ab. »Schon klar, aber er fertigt Isobel ab wie ein Callgirl. Das kann so nicht weitergehen.«

»Nein, da hast du recht«, ergänzte Paige. »Aber vielleicht kann er nach heute ja einen Schlussstrich ziehen und nach vorn schauen. Wenn du ihn liebst – und ich glaube, das tust du –, gibst du ihm besser eine zweite Chance. Wenn er sich nach der Trauerfeier, nachdem er seine Schwester zur letzten Ruhe gebettet hat, nicht substanziell ändert, kannst du dir das mit der Kündigung immer noch überlegen.«

Isobel gefiel Paiges Plan.

Sie war noch nicht wirklich bereit, Aaron aufzugeben, aber dann musste sich etwas ändern. Sie konnte einfach nicht länger mit ihm unter einem Dach leben und sich ständig wie auf Eierschalen bewegen, und sie konnte sich auch nicht mehr damit abfinden, dass sie ihm bei Nacht das Bett wärmte und bei Tag ignoriert wurde.

Plötzlich prallte ein Mann in schwarzer Jacke, mit einer Baseballkappe auf dem Kopf, gegen sie und rüttelte sie aus ihren Gedanken auf. Mit einer Entschuldigung hielt er sich nicht auf – auch wenn sie sich bei ihm entschuldigte, obwohl sie ihm keineswegs im Weg gestanden hatte. Stattdessen riss er die Tür des Juwelierladens auf, dass die Glocke bimmelte, und ging hinein.

Manche Menschen waren einfach unhöflich.

Isobel warf einen Blick auf Sophie, die angelegentlich an ihrer Faust kaute. »Was meinst du, Super-Sophie, sollen wir zu Onkel Aaron zurückfahren? Meinst du, er mag das Gebäck, das wir ihm gekauft haben?«

Sophie blinzelte bloß, dann versuchte sie weiter, sich ihre vollgespeichelte Faust ganz in den Mund zu schieben.

Isobels Wagen stand nur vier Parkplätze weiter, also schob sie Sophie über die abgeflachte Bordsteinkante und dann um ihr Auto zum Kofferraum, um den Kinderwagen darin zu verstauen. Gerade schob sie Sophies Schalensitz auf die Rückbank, als sich die andere Hintertür öffnete und der Mann in schwarzer Jacke und Baseballkappe auf den Rücksitz glitt.

Isobel wollte gerade protestieren, da zog er eine Schusswaffe unter der Jacke hervor und richtete sie auf Sophie. »Setz dich hinters Steuer und fahr los«, befahl er.

Isobels Blick fiel auf Sophie, ihr Herz begann zu rasen, während sich in ihrem Magen ein so großer Knoten bildete, dass sie kaum noch atmen konnte.

»JETZT!«, blaffte der Mann und schreckte Sophie auf, die sofort zu brüllen begann.

Isobel nickte schluckend und berührte mit zitternden Fingern Sophies Wange. »A-alles gut, Süße. A-alles gut.«

Der Mann wackelte mit der Pistole und schob ihre Hand damit weg von Sophie. »Fahr jetzt, verdammt!«

Sie nickte, schob sich rückwärts aus dem Wagen, schloss die Tür, zog ihr Handy aus der Gesäßtasche und schickte dem einzigen Menschen, an den sie jetzt dachte, die einzigen Worte, die ihr einfielen.

Entführt. Hilfe.

Aaron wich das Blut aus dem Gesicht, vor Entsetzen zog sich ihm der Magen zusammen, als er fassungslos Isobels Nachricht anstarrte.

Sophie war bei ihr!

Sophie und Isobel. Die beiden Menschen, die er auf der Welt am meisten liebte, waren entführt worden.

So schnell er konnte, ermittelte er ihre GPS-Koordinaten. Sie war unterwegs. Oder wenigstens ihr Handy war in Bewegung. Aber er nahm an, dass sie noch in ihrem Auto saß, denn wenn jemand ihren Wagen mit dem Handy darin gestohlen hätte, hätte sie ihm keine Nachricht schicken können.

Das Telefon sagte ihm jedenfalls, dass sie auf dem Highway 405 nach Norden fuhr. Er würde sie nur durch ein Wunder einholen können.

Ein verdammtes Wunder.

Trotzdem musste er es probieren.

Er musste etwas unternehmen.

Fuck, er kannte nicht mal ihr Kfz-Zeichen. Und weiße Toyota Corolla gab es wie Sand am Meer. Die Polizei wäre ihm keine Hilfe.

Außerdem, wo waren die Bullen gewesen, als Dina in der Mall angeschossen worden und danach verblutet war? Die Polizei war absolut nutzlos. An dem Abend, als Isobel und Mercedes unter Drogen gesetzt und verschleppt worden waren, waren die Bullen nur aufgetaucht, weil Colton sie verständigt hatte. Aaron wäre mit seinem

Kumpel allein losgezogen und hätte aufgeräumt – genau wie damals in Kolumbien. Colton hielt es jedoch für keine gute Idee, das Gesetz in die eigenen Hände zu nehmen. Sie mussten legal vorgehen und die Polizei verständigen, vor allem, weil Aaron jetzt auch an Sophie denken musste. Da wäre es nicht hilfreich, wenn er im Knast landete, weil er zwei Verbindungsstudenten kaltgemacht hatte. Colton hatte natürlich recht, doch Aaron traute den Bullen nicht und glaubte auch jetzt nicht, dass sie schnell genug zur Stelle sein würden.

Also rannte er in die Garage, sprang in seinen Truck und brauste aus seiner Einfahrt wie eine Fledermaus aus der Hölle. Er schob sein Handy in die Halterung am Armaturenbrett und wählte.

Vielleicht, nur vielleicht, würde sie ja antworten.

Es klingelte.

Klingelte.

Und klingelte.

Er war sicher, dass als Nächstes die Mailbox anspringen würde, doch zu seiner Erleichterung ging sie ran.

»Hi, Schatz, wie geht es dir?« Ihre Stimme war ein putzmunter quiekendes Auf und Ab.

Schatz?

Er hielt vor einer roten Ampel. »Nicht schlecht, Baby. Wo bist du?«

»Ich musste zum Schuster, meine Schuhe abholen. Ich freue mich so auf unser Date heute Abend.« Die Geräusche von starkem Regen und dichtem Verkehr wetteiferten mit ihrer zitternden Stimme. Sie kämpfte darum, stark zu bleiben. Aber sie war auch entsetzt.

»Ich mich auch, Baby. Ich mich auch.« Er musste erreichen, dass sie weitersprach, er musste ihre Stimme hören. »Was willst du denn heute Abend anziehen?«

»Oh, du weißt schon, das kleine Schwarze mit dem *Muschel*muster, das du für mich gekauft hast. Du weißt doch, das mit … das ich anhatte, als wir im *Gas*light Inn waren, in *Woodinville.*«

Muschel.

Gas.

Woodinville.

Sie war ein verfluchtes Genie.

Sie hatten offenbar kein Benzin mehr und wollte an der Shell-Tankstelle in Woodinville tanken.

Fuck, er musste dorthin, und zwar am besten *gestern.*

»O ja, ich erinnere mich. Das war an dem Abend …«

»Mhm.«

»Wie geht es der Kurzen?«

»Sie hat sich endlich in den Schlaf geweint, das arme Lämmchen. Hat von Bellevue bis Kirkland gedauert, bis sie eingeschlafen war. Sie zahnt wahrscheinlich.«

Von Bellevue bis Kirkland.

Gut, dann war sie jetzt hinter Kirkland.

Damit blieb ihm nicht viel Zeit.

Als jemand im Auto brummte, musste er die Ohren spitzen, um etwas zu hören.

»I-ich muss jetzt Schluss machen, Liebling«, sagte sie, ihre Angst drang mit jeder zittrigen Silbe aus dem Telefon. »Ich kann es kaum erwarten, dich heute Abend zu sehen. Ich kann –«

»Isobel? ISOBEL?« Er schlug mit beiden Händen aufs Lenkrad. »Fuck, fuck, fuck!«

Der verdammte Dreckskerl im Auto musste ihnen auf die Schliche gekommen sein.

FUCK!

Wieder rief er die Friend-Finder-App auf und sah sich ihre Koordinaten an. Immerhin holte er auf. Eben hatte er Lake Washington überquert und hielt jetzt in nördlicher Richtung auf Kirkland zu. Er mochte etwa zehn Minuten hinter ihnen sein. Mehr oder weniger.

Da der Regen inzwischen wie ein tropischer Monsun herabstürzte, erhöhte er die Schlagzahl seiner Scheibenwischer.

Sicher würde sie sich nicht an die Geschwindigkeitsbegrenzung halten, oder sie hängte sich absichtlich hinter langsam fahrende Fahrzeuge. Die Frau war schließlich nicht dumm und zudem von einem Army Ranger erzogen worden. Daher war sie, auch wenn sie momentan zu Tode erschrocken war, vor allem mit Sophie an Bord, in der Lage, vernünftige Entscheidungen zu treffen, damit sie selbst und Aarons Nichte heil aus dieser Situation herauskamen.

Wenigstens war es das, was er in diesem Moment glauben wollte. Und glauben musste.

O bitte, Herr, mach, dass ich mich nicht irre.

»Was zur Hölle sollte das denn?«, schrie der Mann auf dem Rücksitz, langte zwischen den Sitzen hindurch und griff nach Isobels Handy, das sie in einen der Becherhalter gesteckt hatte.

Sie warf einen Blick nach hinten. Gottlob schlief Sophie noch immer. »Das war mein Mann. Was sollte ich denn Ihrer Meinung nach machen? Ihm sagen, dass ich entführt wurde und gerade auf dem Weg zur kanadischen Grenze bin?«

Der Mann mit der Pistole funkelte sie im Rückspiegel an. »So wie es sich angehört hat, hast du ihm verraten, wohin wir fahren.«

Sie verdrehte die Augen. »Ich habe mich *unterhalten*. Er wäre misstrauisch geworden, wenn ich nicht drangegangen wäre. So ist unsere Beziehung nun mal, wissen Sie? Jederzeit füreinander erreichbar und so was alles.«

Der Typ sah gar nicht mal so übel aus. Kurzes, dunkles Haar, haselnussbraune Augen, Bartschatten. Doch die Tränensäcke unter den Augen und die Pockennarben im Gesicht machten ihn älter. Ohne das hätte sie ihn vermutlich auf achtundzwanzig bis fünfunddreißig geschätzt, so sah er allerdings aus wie über vierzig.

Sie schluckte. »Ich habe bald kein Benzin mehr. Ich werde irgendwo anhalten müssen.«

»Nein. Nicht anhalten.«

Im Rückspiegel sah sie in seine Augen. »Also, wenn wir nicht bald anhalten und tanken, werden wir mitten auf der Autobahn stehen bleiben müssen. Was ist Ihnen lieber?«

Sie kam sich vor wie in einer Episode von *Twilight Zone*. Wer stritt sich schon mit seinem Entführer herum, während zwischen ihnen friedlich ein Säugling schlummerte? Niemand? Sie hätte den Wagen gegen den nächsten Lampenmast setzen, die Fahrertür aufreißen und, so schnell ihre Füße sie trugen, im Zickzack davonrennen sollen. Aber da sie Sophie hinten im Wagen hatte, kam nichts davon infrage.

Also musste sie mit ihrem Entführer aus der Stadt fahren und inständig hoffen, dass der Kerl sie nicht zwang, die Autobahn zu verlassen, um ihr Geld, Handy und Auto wegzunehmen und sie und Sophie tot in irgendeiner Sackgasse liegen zu lassen.

Ohne Zeugen.

Sie versuchte sich an der Atemtechnik, die ihr Vater ihr vor vielen Jahren beigebracht hatte, als sie in der Schule von Panikattacken überfallen worden war. Damals hatte ihr das geholfen, jetzt brachte es leider nicht viel.

»Hören Sie«, begann sie. »Ich muss anhalten und tanken. Sie richten eine Waffe auf mein Kind. Da bleibt mir kaum was anderes übrig, als zu tun, was Sie mir sagen. Wenn Sie mir also sagen, ich soll mit niemandem reden, dann tue ich das auch nicht. Wenn Sie selbst aussteigen und tanken wollen, während Sie zur Sicherheit ein schreiendes Baby im Arm halten, nur zu. Aber so oder so muss ich anhalten und tanken.«

In seinen Augen blitzte Unsicherheit auf.

Tja, in Filmen wurde eben jede Menge Mist gezeigt. Zahllose Autoverfolgungsjagden, und wie der Zufall es wollte, schienen alle Beteiligten immer mit vollem Tank loszufahren.

Bockmist.

Der Mann wusste, dass sie recht hatte.

»Ich weiß ja nicht, wo ich Sie hinfahren soll, aber wenn Sie dort ankommen wollen, benötigen wir Benzin.«

Sein Blick flog hin und her. Er sah auf ihr Handy, das sich inzwischen abgeschaltet hatte. Um es zu starten, brauchte es ihren Fingerabdruck und einen vierstelligen Code. Daher würde er es nicht öffnen und entdecken können, dass sie Aaron die Nachricht »Entführt. Hilfe« geschickt hatte.

Zumindest hoffte sie das.

Er wedelte mit seiner Pistole neben ihrem Gesicht herum. »Okay, okay, fahr runter zur Tanke!«

Rechts von ihr kam die Shell-Tankstelle in Woodinville in Sicht. Sie kannte die Tankstelle, weil sie auf dem Weg zur Familiendatsche am See schon ein-, zweimal dort angehalten hatten.

Nickend wechselte sie auf die rechte Fahrspur. »Da vorn ist eine.«

Sein Blick im Rückspiegel wurde grimmig, und er drückte sich die Tasche in seiner Hand fester an die Brust. »Ich schwöre, wenn du irgendeinen Scheiß abzuziehen versuchst, schieße ich dem Baby hier schneller, als du blinzeln kannst, eine Kugel in seinen Scheißkopf. Du tankst, dann steigst du wieder ein. Alles klar?«

Im Spiegel trafen sich ihre Blicke. »Alles klar. Ich ziehe nichts ab. Versprochen.« Als sie den Blick auf die noch immer schlafende

Sophie richtete, zitterten ihre Lippen; die Kleine hatte die winzige Unterlippe vorgeschoben und zog eine Schnute, als wollte sie an irgendetwas nuckeln. Eine Träne rollte über Isobels Wange.

Aus dem Rückspiel blitzte es sie mitleidlos an. »Halt die Klappe und fahr!«

Kapitel 29

Aaron lenkte seinen Pick-up auf die Shell-Tankstelle an der 405 am Rand von Woodinville. Ihr Handy gab an, dass sie dort war.

Sie musste dort sein.

Es sei denn, der Drecksack hatte das Handy beim Tankstopp aus dem Fenster geworfen.

Entsetzen packte ihn bei dem Gedanken, sie könnte nicht dort sein, bei dem Gedanken, sie und Sophie könnten bereits wieder unterwegs sein, ohne Handy, ohne dass er sie aufspüren konnte, mit einem Irren, der die Kontrolle übernommen hatte.

Auf der Suche nach ihrem weißen Corolla umkreiste er die Tankstelle. Doch der Wagen stand an keiner der Zapfsäulen. Und vor dem Mini-Markt parkte er auch nicht. Er war nirgends zu sehen.

Er kam zu spät.

Ihr Handy war hier, sie selbst jedoch nicht.

Furcht tobte in ihm.

Wo. War. Sie?

Er stoppte und blickte sich suchend um. Suchte nach irgendetwas außer der Reihe. Irgendetwas, was ihm einen Hinweis darauf lieferte, dass sie noch hier war. Ein Zeichen. Eine Babydecke in einer Pfütze. Irgendwas.

Er sah bloß einen Streifenwagen der Autobahnpolizei neben einer Zapfsäule stehen, aber er bezweifelte, dass die Bullen irgendeine Ahnung hatten.

Er wollte schon eine Parklücke ansteuern, um hineinzugehen

und den Mann an der Kasse befragen, als das Plärren einer Hupe und das Kreischen von Metall an der Kreuzung seine Aufmerksamkeit erregten – und die der Polizisten.

Ein Wagen hatte eine Ausfahrt in falscher Richtung genommen und war mit einem anderen zusammengestoßen.

Ein weißer Wagen.

Ein weißer Corolla.

Der Verkehr war zum Erliegen gekommen, Hupen erfüllte die Luft, Leute lehnten sich aus Seitenfenstern und schrien die Fahrerin an.

Und der Fahrer des Wagens, der mit dem Corolla zusammengestoßen war, schickte sich an, aus seinem Fahrzeug zu steigen.

Aus dem Corolla war indes noch niemand ausgestiegen.

Der Schaden schien nicht sonderlich groß zu sein. Keines der beteiligten Fahrzeuge schien sehr schnell gefahren sein. Von Aaron aus gesehen schien es bei eingedellten Stoßstangen geblieben zu sein. Trotzdem ein riskantes Manöver, vor allem mit Sophie an Bord, aber Aaron konnte sich vorstellen, dass Isobel aus Verzweiflung gehandelt hatte.

Er trat aufs Gas und schoss auf die Straße hinaus – was natürlich die Bullen alarmierte. Das Rotlicht des Polizeiautos blitzte, und die Sirene heulte auf, als die Polizisten die Verfolgung aufnahmen.

Doch er achtete nicht darauf, sondern fuhr so nah an die Kreuzung heran, wie er konnte, ehe der Verkehr zu dicht wurde und er den Wagen stehen ließ und losrannte.

Er wusste nicht mal mehr, ob er den Motor ausgeschaltet hatte oder nicht.

Aber das war ihm verdammt egal.

Seine Füße trommelten auf den nassen Asphalt, Regen peitschte ihm ins Gesicht, als er mit Volldampf auf den stehenden Corolla zuhielt. Der Regen machte es ihm schwer, durch das Rückfenster zu spähen, trotzdem erkannte er, dass Isobel auf dem Fahrersitz saß und ihr Entführer hinten.

Der Kerl saß mit Sophie hinten.

Er saß mit Aarons Tochter auf dem Rücksitz.

Dafür würde der Wichser bezahlen.

Langsam setzten Autos und Lastwagen zurück, um Isobels Corolla Platz zu machen, damit die beiden an dem Aufprall beteiligten Fahrzeuge an die Seite fahren konnten und der Verkehr wieder rollen konnte.

Aaron erreichte Isobels langsam rollenden Wagen und hieb mit flacher Hand so wuchtig auf den Kofferraumdeckel, dass sie auf die Bremse stieg.

Perfekt.

Mit einer Wut, die so heiß, blutrot und lodernd brannte, dass er wie im Fieber handelte, riss er die Hintertür auf der Beifahrerseite auf, packte den Mann im Inneren beim Kragen und zerrte ihn auf die regennasse Straße.

Es war ihm egal, dass er eine Waffe hatte. Es war ihm scheißegal.

Lange würde er sie sowieso nicht mehr haben.

Schusswaffen waren was für Feiglinge. Ein richtiger Mann kämpfte mit seinen Fäusten. Und setzte dabei auch sein eigenes Leben aufs Spiel.

Was nicht hieß, dass Aaron dem Wichser, hätte er in diesem Augenblick eine Schusswaffe gehabt, keine Kugel in den Kopf gejagt hätte. Denn das hätte er getan. Er hatte schon einer Menge Wichsern Kugeln in den Kopf gejagt, weil es so viel leichter ging – und schneller.

Aber nicht heute. Heute wollte er Blut sehen.

Er wollte spüren, wie unter seiner Faust die Nase des Kerls brach, wie seine Fingerknöchel auf Knochen und Knorpel trafen. Er wollte sehen, wie der Mann aus den Augen blutete, wenn er ihn schwarz und blau schlug.

Durch den Regen konnte er nicht gut sehen, aber perfekte Sicht war auch gar nicht erforderlich. Er musste bloß sehen, wo er hinschlug. Und sein Ziel wand sich auf dem Asphalt und versuchte seine schwarze Tasche festzuhalten. Seine Pistole lag meterweit entfernt in einer Regenpfütze.

Gut so.

Aaron war mit drei Schritten bei ihm, drückte ihn auf den Boden und setzte sich dem Mann auf die Brust, dann schwang er die Fäuste und traf bei jedem einzelnen Mal das Gesicht des Kerls. Das Geräusch brechender Knochen und das Klagegeheul des Mannes unter ihm trieben ihn bloß weiter an, er schlug noch härter und schneller zu.

Aaron war nur noch von dem Drang beseelt, den Kerl zu verdreschen und zu bestrafen, während sein Blut weißglühend in ihm pulsierte und ihn von innen aufheizte.

Er ließ erst nach, als direkt hinter ihm ein Auto hupte und der schrille Ruf einer Polizeisirene die Luft erfüllte und den mörderischen Nebel vor seinen Augen auflöste.

Er war nass bis auf die Haut. Nicht, dass er mehr am Leib gehabt hätte als T-Shirt und Jeans, aber die waren durchweicht.

Regen und Blut liefen an seinen Händen hinab. Seine Fingerknöchel schmerzten. Sie waren aufs Neue aufgeplatzt und blutig – allerdings nicht bloß von seinem Blut.

Er blickte auf den Mann unter ihm. Er war bewusstlos. Und nicht mehr zu erkennen.

Er spürte eine Hand auf seinem Rücken. Eine Hand, die er in jeder Lage erkennen würde.

»Aaron?«

Ohne einen weiteren Gedanken an den Wichser und ohne sich davon zu überzeugen, ob er überhaupt noch atmete, erhob Aaron sich mit einem Satz, wirbelte herum und schloss Isobel fest in die Arme.

Ihre Hände griffen in sein T-Shirt, und sie klammerte sich an ihn, als ginge es um ihr Leben. Das nasse Haar klebte ihr im Gesicht.

Neue Sirenen erfüllten die Luft, gefolgt von zuschlagenden Autotüren und Stimmen.

Aaron war das alles vollkommen gleichgültig.

Ihn interessierte ausschließlich, dass seine Tochter und die Frau in seinen Armen, die Frau, die er liebte, in Sicherheit waren.

Endlich schob er sie von sich, beugte die Knie, damit sie einander in die Augen blicken konnten, und ließ die Hände an ihren Seiten hinabgleiten, um sich zu versichern, dass sie noch in einem Stück war.

Über ihre Wangen liefen Tränen, mit zitternder Unterlippe versuchte sie ihrer Angst Herr zu werden.

Er zog sie erneut an sich und strich ihr über den Kopf. »Alles gut, Baby, du bist jetzt in Sicherheit. Du bist in Sicherheit.«

Er fühlte sie schaudern, ihre Atmung normalisierte sich allmählich. Erst als er sicher war, dass sie nicht mehr weinte und nicht mehr zitterte, löste er sich wieder von ihr.

Das Geräusch entsicherter Schusswaffen ließ sie beide aufhorchen.

»Hände hoch!«, bellte ein Polizist. »Wo wir sie sehen können!«

Aaron und Isobel streckten sofort die Hände in die Luft und wandten sich nach den Polizeibeamten um. Mindestens vier Beamte nahmen Deckung hinter ihren offenen Wagentüren und richteten ihre Waffen auf Aaron.

»Officer«, schrie Isobel. »Der Mann am Boden ist der Entführer. Er hat mich mit vorgehaltener Waffe gezwungen, ihn mit meinem Baby von dem Juwelier an der Carnaby, Ecke Stanley wegzubringen, der vorher ausgeraubt worden war.« Sie neigte den Kopf in Richtung Aaron. »Das da ist Aaron Steele, der Onkel des Babys. Er ist hier nicht der Verbrecher.«

Verflucht, seine Frau hatte Mumm. Trotz allem, was sie gerade durchgemacht hatte, schilderte sie der Polizei die Sachlage mit fester Stimme, der eiskalte Regen klatschte ihr ins Gesicht, das Haar klebte an ihrem Hals, ihre Kleider waren durchnässt.

»Er ist NICHT der Verbrecher«, wiederholte sie.

Allmählich zeigten sich Erkenntnis und Begreifen in den Gesichtern der Polizisten, und schließlich befahl ihnen, wer auch immer den Einsatz leitete, sich zurückzuhalten, worauf die Beamten ihre Waffen senkten.

Aaron atmete auf und ließ die Arme sinken. Isobel tat es ihm nach und drehte sich zu ihm um. Abermals schloss er den Abstand zwischen ihnen und legte die Hände an ihre Wangen. Da bemerkte er, dass sie, trotz ihres taffen Auftretens und der tapferen Fassade, die sie der Polizei zugekehrt hatte, starr vor Schreck war. In ihren Augen stand Panik, über ihre Wangen strömten Tränen. Mit einer in Anbetracht des heftigen Regens vergeblichen Geste wischte er sie mit dem Daumen fort

»Wie geht es Soph?«, fragte er.

Sie schnaubte leise, ihre Lippen umspielte der Hauch eines Lächelns. »Schläft noch.«

Als sich neben ihnen jemand räusperte, sah er sich gezwungen, ihr Gesicht loszulassen. Doch sofort legte er ihr fürsorglich einen Arm um die Taille. Er würde sie auf keinen Fall loslassen. Niemals wieder.

»Sir, Ma'am«, sagte einer der Polizisten, »hat der Mann da auf dem Boden Sie im Auto entführt?«

Isobel nickte. »Ja, und davor hat er das Juweliergeschäft an der Pier-City-Mall ausgeraubt. An der Ecke Carnaby und Stanley. Dann hat er mich und meine … die Nichte dieses Mannes mit vorgehaltener Waffe als Geiseln genommen.«

Der Blick des Polizisten flog zu Aaron. »Und woher wussten Sie, wo die beiden zu finden waren?«

»Ich habe sie angerufen. Sie ist rangegangen und hat mir genug Hinweise gegeben, um mir zusammenzureimen, wo ich sie finden würde.«

Die Brauen unter der triefenden Mütze wanderten aufwärts. »Wow, clever!«

Auf ein erbostes Krähen aus dem Wageninneren hin wandten alle die Köpfe.

»Sie ist wach«, sagte Isobel und entschlüpfte Aarons Arm. »Sie hat sicher Hunger.«

»Wir müssen Sie beide mit aufs Revier nehmen, um Ihnen ein paar Fragen zu stellen«, sagte der Beamte und folgte Isobel zu ihrem Wagen. Sie saß inzwischen darin und gab Sophie ein Fläschchen.

Auch Aaron stand dort, sah den Polizisten von oben herab an, der passenderweise zehn, fünfzehn Zentimeter kleiner war als er. »Schön, meinetwegen, aber gehen wir erst mal aus dem Regen.«

»Aber um zwei müssen wir wieder zu Hause sein«, fügte Isobel hinzu. »Befragung, Aussagen, bewaffneter Räuber, Entführung hin oder her. Wir müssen heute Nachmittag noch zu einem äußerst wichtigen Termin erscheinen, also wenn sie uns nicht wegen irgendwas verhaften wollen, müssen wir spätestens um halb zwei los.«

Der Polizeibeamte trat zurück und bedeutete Aaron, ihm zu folgen. »Ist sie immer so eine Tyrannin?«

Aaron grinste breit, sein Herz zog sich zusammen, und endlich fiel der Druck von ihm ab. »Gott, das will ich hoffen.«

Sie verließen das Polizeirevier pünktlich um halb zwei und waren um zwei wieder daheim. Sophie hatte sich die ganze Zeit tapfer geschlagen und kaum einen Laut von sich gegeben, nachdem ihre Windel gewechselt und ihr Magen gefüllt war.

Und Isobel war einfach unglaublich gewesen.

Die Frau hatte irgendwo Eier aus Stahl versteckt, denn während der ganzen Zeit auf dem Revier war sie nicht ein Mal zusammengeklappt. Gefasst und verständlich hatte sie eine wasserdichte Schilderung der Ereignisse geliefert, von dem Moment an, als sie vor dem Juwelierladen stehen geblieben war, bis zum Eintreffen der Polizei.

Und da Aaron sie gerettet und der Kerl, den er zu Brei geschlagen hatte, ein Krimineller war, wurde ihnen beiden natürlich nichts zur Last gelegt. Gott sei Dank.

Was den Polizisten, der ihre Aussage aufnahm, jedoch nicht davon abhielt, Aaron die Leviten zu lesen, weil er, statt die Behörden zu verständigen, das Gesetz in die eigene Hand genommen hatte.

Aaron hatte die Backenzähne fest in seine Wangen gegraben und nichts gesagt, obwohl er ihn am liebsten gefragt hätte, wo er und seine Kumpels denn im August gewesen waren, als ein Psychopath mit einer AK-47 in die Emerald City Mall gestürmt war. Er würde den Bullen niemals vertrauen. Nie im Leben. Trotzdem musste er mit ihnen auskommen.

Es hatte keinen Sinn, dem Polizeibericht auch noch Widerstand gegen die Staatsgewalt hinzuzufügen. Außerdem brachten seine Fingerknöchel ihn um.

Isobels Wagen wurde in eine Autowerkstatt abgeschleppt, und sie würden im Laufe der Woche erfahren, wie groß der Schaden war.

Nun hielt Aaron ihr die Haustür auf, und sie ging hinein. Sie waren beide noch nicht ganz trocken, und inzwischen fröstelte sie.

»Geh und spring unter die Dusche«, sagte er und machte die Tür hinter ihnen zu. »Ich kümmere mich um Sophie. Du musst dich erst mal aufwärmen.«

Sie nickte. »Meine Eltern kommen ja bald.«

»Gut.«

Auch er fröstelte, aber ihm war nicht so kalt wie ihr, also zog er sich lediglich trockene Kleidung an, steckte Sophie in das Tragetuch vor seiner Brust und machte sich daran, schnell einen Topf Suppe zu kochen.

Früher in diesem Sommer hatte er mit Dina einen Farmer's Market besucht, wo er haufenweise Nudeln in abgefahrenen Formen gekauft hatte. Erst jetzt, als er welche davon kochte, bemerkte er, dass das, was er für Raketen gehalten hatte, in Wahrheit Penisse waren. Offenbar waren sie damals an einem erotischen Pasta-Stand gelandet.

Tja, was anderes hatte er nicht.

Und Pasta blieb Pasta.

Also nahm er die »Raketen«-Nudeln aus dem Schrank und setzte das Nudelwasser auf.

Bevor er sie vergaß und sie zu stinken anfingen, musste er noch seine nassen, blutigen Klamotten in die Wäsche befördern. Er ging den Flur hinunter und blieb vor Isobels Zimmer stehen. Durch die Tür vernahm er ein seltsames, gedämpftes Geräusch.

Sie weinte.

Sie war so stark, wenn sie es sein musste, aber jeder Mensch kam irgendwann an eine Sollbruchstelle. Nicht einmal Stahl war völlig unzerstörbar.

Er klopfte gar nicht erst, sondern drehte stattdessen langsam den Türknauf. »Iz?«

Sie saß in BH und Höschen auf der Bettkante, die nassen Haare hingen ihr ins Gesicht. Auf ihren Oberschenkeln sammelten sich neue Tränen.

Er rückte Sophie im Tragetuch zurecht, dann setzte er sich neben Isobel und legte ihr eine Hand auf den Rücken. »Iz?«

Nachdem er sie gefunden hatte, hatten sie sich geküsst, in den Armen gehalten und einander erst losgelassen, als sie wieder zu Hause waren. Aber hatte das nicht bloß am Adrenalin gelegen? An der Angst, die mit ihren Gefühlen spielte?

Sie hob den Kopf. Ihre saphirblauen Augen waren rot gerändert, Tränenspuren verunzierten ihr Gesicht. Sie blickte ihn mit vorgeschobener, leicht zitternder Unterlippe an.

»Schon gut«, flüsterte er. Er wollte ihr klarmachen, dass sie nicht immer stark sein musste. Er war hier, um ihr Kraft zu geben, um ihr Fels in der Brandung zu sein.

Ihre Nasenlöcher bebten, dann warf sie sich in seine Arme. Was nicht ganz einfach war, weil Sophie zwischen ihnen hing, doch sie regten und wanden sich, bis ihr Kopf an seine Schulter sank, wo sie haltlos schluchzte, während er ihr übers Haar strich und leise summte.

Er war nicht sicher, wieso er es tat, aber aus irgendeinem Grund fühlte es sich richtig an.

Es war kein Lied, keine erkennbare Melodie, nur ein leises, zartes Summen, das ihm unversehens in den Sinn gekommen war.

Große, heiße Tränen tropften auf seinen Rücken, ihr ganzer Körper bebte, als alles, was an diesem Tag geschehen war, über ihr zusammenschlug. Sie war mit einer Waffe bedroht, entführt und in einen Autounfall verwickelt worden. Was genügte, um selbst den grimmigsten Kämpfer innehalten und seine Fassung verlieren zu lassen.

Und Isobel Jones war eine der stärksten Kämpferinnen, die er kannte.

Es dauerte, bis das Schluchzen allmählich nachließ und sie nicht mehr so sehr schlotterte. Als Sophie zwischen ihnen einen Protestlaut von sich gab, zog sich Isobel zurück.

Stimmen vor der Haustür ließen Aaron hochfahren.

»Meine Eltern«, sagte sie und wischte mit dem Handrücken über ihre Nase. »Ich habe ihnen gestern einen Schlüssel gegeben, für den Fall, dass sie mit Sophie spazieren gehen wollen. Tut mir leid, dass sie einfach so reinkommen, aber so sind sie nun mal.«

Es war ihm egal.

»Hallo!«, rief ihr Vater. »Jemand daheim?«

Isobel ließ Luft ab. »Ich nehme an, wir müssen ihnen sagen, was passiert ist.« Sie stand auf, wischte sich über die Augen und nahm einen Morgenmantel vom Haken an der Zimmertür.

Kaum hatte sie den Morgenmantel zugebunden, griff er nach ihrer Hand. »Wir sagen es ihnen zusammen, und danach essen wir Penis-Pasta.«

Sie zog die Nase kraus. »Penis-Pasta?«

Kapitel 30

Hand in Hand eilten sie die Stufen zu der Trauerhalle hinauf. Es hatte zu regnen aufgehört, stellenweise kämpfte Himmelblau gegen graue Wolkengebirge an.

»Ich fasse es nicht, dass ich zur Lebensfeier meiner Schwester zu spät komme«, rief Aaron, weniger wütend als besorgt. Er war schon auf der Fahrt hierher ein Nervenbündel gewesen, ständig hatte er an seiner Krawatte herumgenestelt und sein Genick knacken lassen. Ihm war, als würde er erdrosselt.

»Alles gut«, sagte Isobel und ging vor, als er ihr die Tür aufhielt. »Schuld daran ist bloß der Umstand, dass es absolut keinen Parkplatz gab. Also, was soll's?«

Er schüttelte den Kopf. Anscheinend fand irgendwo in der Nähe eine Sportveranstaltung, ein Vortragsabend oder sonst irgendwas statt. Daher hatten sie fast drei Blocks entfernt in ein Parkhaus fahren müssen, allerdings erst, nachdem er bereits viermal um den Block gekurvt war.

Stimmengewirr und leise Musik trafen sie noch vor dem Anblick einer Mauer aus Menschen.

Und es war buchstäblich eine Mauer.

Schulter an Schulter füllten Menschen den Riesenraum. Ein Meer aus Anzügen und Schwarz.

»Da seid ihr ja«, sagte Liam, der mit einem Programm in der Hand auf sie zukam. »Ich hatte mir schon Sorgen gemacht. Alles in Ordnung?«

»Ich wurde mit vorgehaltener Waffe in meinem Auto entführt und später in einen Auffahrunfall verwickelt«, antwortete Isobel.

Liams dunkelbraune Augen wurden schmal. Kurz verschlug es ihm die Sprache, dann warf er lachend den Kopf in den Nacken. »Der war gut. In Wahrheit hattet ihr zu Hause Spaß, richtig?«

Aaron beachtete ihn nicht. »Wer sind die ganzen Leute?« Hatte Dina *so viele* Leute gekannt?

Liam glotzte ihn an, als hätte Aaron ihm soeben versichert, die Erde wäre eine Scheibe und der Mond aus Käse. »Die sind wegen dir hier. Und wegen Dina.«

»Wegen mir?«

Er nickte. »Logisch.« Sein Blick suchte den Raum ab. »Da ist der Pastor. Ich sage ihm Bescheid, dass ihr jetzt hier seid, dann können wir anfangen.« Damit wandte er sich um, durchquerte den Saal und winkte und lächelte nach allen Seiten.

Was zum Teufel hätte Aaron bloß ohne Liam gemacht?

Isobel hätte er dann nicht, so viel stand fest.

Vieles würde er dann nicht haben.

Liam war ein verdammter Lebensretter.

Ein dickleibiger Mann mit kurzem, weißem Bart und Brille erklomm ein kleines Podest hinter dem Podium und dem Mikrofon. »Wenn jetzt bitte alle Platz nehmen würden …«

Worauf der Saal von Stühlerücken und Kleiderrascheln erfüllt wurde.

Isobel zog Aaron zur ersten Reihe. »Die Familie sitzt vorn«, flüsterte sie.

Er hatte keinen Schimmer, was das Protokoll vorsah.

So bahnten sie sich also ihren Weg durch den Mittelgang zur vordersten Stuhlreihe, und erst da begann er, Gesichter wiederzuerkennen.

Und es waren viele Gesichter.

Sein alter Boss vom Bau.

Rob und seine Frau Skyler.

Robs Eltern, Malcolm und Pilar.

Colton und Mercedes.

Seine Ex-Freundin Heather mit ihrem Mann Gavin – Skylers Bruder.

Heathers Mutter.

Seine Kameraden: Blaze, Ash, Wark, Callaghan, Deck und Ryke.

Und sämtliche Single Dads von Seattle mit ihren Partnerinnen: Mark und Tori, Adam und Violet, Mitch und Paige, Zak, Emmett, Mason, Scott, Atlas und, natürlich, Liam.

Und sie waren alle seinetwegen hier?

Für ihn.

Seine Füße wogen plötzlich so schwer wie tausend Sandsäcke, seine Muskeln wollten ihm den Dienst versagen. Wie erstarrt blieb er stehen. Betäubt. In seinen Ohren brauste das Blut, er fühlte sich so unbehaglich, dass es ihm den Magen umdrehte. Wieso waren sie alle wegen ihm hier? Das ergab doch keinen Sinn.

Isobel zupfte an seiner Hand. »Alles gut?«

Er schüttelte den Kopf. »Ich … ich kann nicht.«

Besorgnis umwölkte ihren Blick, umso fester drückte sie seine Hand. »Komm mal kurz mit.« Sie führte ihn an der ersten Reihe vorbei zu einer kleinen Nische und in einen daran anschließenden Flur. Dort traten sie hinter die Wand zum Saal, außer Sichtweite des Publikums.

Und dort bekam er endlich wieder Luft. Seine Muskeln arbeiteten wieder in Übereinstimmung mit seinem Verstand, so dass er knackend den Hals von einer Seite zur anderen biegen und so die Spannung in Nacken und Schultern lösen konnte.

»Was hast du?«, fragte sie, ließ seine Hand los und legte ihm stattdessen die Hände auf die Taille. »Sag es mir. Sind es die Leute? Sind es zu viele? Möchtest du lieber nicht vorn sitzen? Möchtest du lieber nichts sagen?«

Oh, fuck, daran hatte er nicht mal gedacht. Jetzt fühlte er sich nicht mehr bloß wie betäubt, er fühlte sich geradezu erstarrt.

Sie griff unter seiner Jacke nach dem Stoff seines dunkelblauen Oberhemds und zog leicht daran, um seine Aufmerksamkeit wieder auf sich zu lenken. »Bitte, Aaron, rede mit mir!«

Es war zu viel. Er schloss die Augen und begann seine taktische Atemübung.

Einatmen, anhalten. Ausatmen, warten. Einatmen, anhalten. Ausatmen, warten …

»All die Leute«, begann er schließlich, jedoch noch nicht bereit, die Augen aufzumachen. Die Schwärze spendete ihm Trost. Die Schwärze verhieß Leere.

»Sie sind wegen dir hier«, sagte sie leise. »Weil sie dich lieben. Weil sie Sophie und weil sie Dina lieben.«

Als er spürte, wie ihr Körper sich an seinen schmiegte, öffnete er endlich die Augen.

»Bist du überwältigt, weil du von so vielen Menschen geliebt wirst?«

Er schaute zu ihr hinunter, und plötzlich sah er nur noch verschwommen.

Sie lächelte liebevoll und hob eine Hand an seine Wange. Er kam ihrer Begegnung entgegen. »Du wirst von *so vielen* geliebt, Aaron. Diese Menschen sind ebenso wegen dir hier wie wegen Dina. Schließ sie nicht aus.«

Rasch strich er mit dem Daumen über seine Augen. »Ich will ja überhaupt niemanden mehr ausschließen. Am allerwenigsten dich.

Und heute Abend erzähle ich dir von Kolumbien. Du verdienst es, zu erfahren, was damals passiert ist.«

Sie schloss für einen Moment die Augen. »Schon gut. Wenn es etwas ist, das du mit niemandem teilen willst, ist es auch gut.«

Er schüttelte den Kopf. »Nein, du musst davon wissen. Ich will es dir sagen. Ich will alles im Leben mit dir teilen. Meine Vergangenheit, meine Gegenwart und meine Zukunft.«

»Das hört sich gut für mich an.«

»Ich werde verrückt bei dem Gedanken, dass ich dich fast verloren hätte, bevor mir klar wurde, dass ich ohne dich nicht leben kann«, flüsterte er und barg ihre Hand, die noch an seiner Wange lag, unter seiner. »Dein Vater hatte recht. Ich liebe dich, Isobel. Nichts auf der Welt bedeutet noch irgendwas, wenn ich mein Leben nicht mit dir teilen kann. Bitte sag mir, dass ich noch nicht zu spät komme, dass du mir noch eine Chance gibst. Ich will alles mit dir teilen … wenn du mich lässt.«

Wieder sah sie blinzelnd zu ihm hoch, jedoch ohne dabei zu lächeln. Aber in ihren Augen lagen Versprechen.

»Ich weiß, ich bin zornig, aber ich will wirklich versuchen, daran zu arbeiten. Ich werde mir professionelle Hilfe suchen. Aber gib mich nicht auf, bitte. Ich brauche dich. Sophie braucht dich. Und das nicht bloß als ihr Kindermädchen. Sie braucht dich als ihre *Mom.*« Es fühlte sich komisch an, dieses Wort auszusprechen, indes nicht auf eine falsche Weise komisch. »Und ich brauche dich als meine Partnerin. Als der eine Mensch in meinem Leben.«

Ihre Augen wurden groß, ihre Wangen färbten sich rosig.

Er blickte sie lächelnd an, seine Empfindungen schnürten ihm die Kehle zu.

Als Erleichterung ihr Gesicht überschwemmte, unterdrückte er ein Grinsen.

»Du bist alles, wovon ich nicht wusste, dass ich es wollte, ehe ich es hatte. Ehe ich es um ein Haar wieder verloren hätte. Versprich, mir noch eine zweite Chance zu geben, damit ich dir beweisen kann, dass ich nicht nur der mordswütende Scheißkerl bin, für den du mich hältst. Versprich, dass du bei mir bleibst.« Er biss sich heftig in die Innenseite seiner Wange, um die Beherrschung nicht zu verlieren.

Sie sah ihn mit nassen Wimpern heftig blinzelnd an, und eine einzelne Träne lief ihr die Wange hinunter. Er legte auch an ihre andere Wange eine Hand und wischte sie mit dem Daumen fort. Unter seinem Finger raste der Puls ihrer Halsschlagader. Sie schluckte. »Ich liebe dich auch. Und ich bleibe.«

Kapitel 31

»Komm mit«, brummte Aaron Isobel ins Ohr, die vor dem Spülbecken stand und Geschirr abwusch.

Sie wusch sich die Seife ab und trocknete die Hände am Spültuch ab, dann gab sie ihm ihre Hand und folgte ihm ins Wohnzimmer. Es war der Abend nach Dinas Lebensfeier – und Isobels Entführung –, und sie und Aaron waren unsäglich erschöpft.

»Können wir mit dem Sex nicht bis morgen warten?«, fragte sie und schlug die Hand vor den Mund, als ein Gähnen sie überkam. »Ich bin echt kaputt. Das passiert schon mal, wenn man entführt wird.« Sie setzte ein schiefes Grinsen auf.

Er verdrehte die Augen, dirigierte sie zum Sofa und bedeutete ihr, sich hinzusetzen. »Machen wir. Ich bin nämlich auch ziemlich müde. Aber ich hatte dir etwas versprochen, und ich habe vor, mein Versprechen zu halten.«

Nicht sicher, worauf er hinauswollte, hob sie eine Augenbraue.

Er räusperte sich und ließ ihre Hand los. Seine Handfläche war schweißnass, und sie spürte, dass er mit jeder Sekunde nervöser wurde.

Sie schüttelte den Kopf. »Du musst mir nichts sagen, wenn du noch nicht bereit dazu bist«, sagte sie leise, beugte sich vor und nahm sein Kinn in die Hand. »Ich weiß deine Absicht zu schätzen, aber wenn es körperliche Strapazen für dich bedeutet – lass es lieber. Du hast heute schon genug durchgemacht. Wir haben doch Zeit.«

Seine Hand legte sich über ihre, er neigte sich ihr entgegen und schloss die Augen. »Nein, ich muss das machen.«

Isobel nickte. »Okay, lass dir so viel Zeit, wie du brauchst. Ich gehe nicht weg.«

Als er die Augen aufmachte, blitzte ein Funke Erleichterung darin auf, dann schluckte er. »Gut, dann los.«

»Ich habe Valentina geliebt«, begann er, indem er abermals die Augen schloss. Der Schmerz, den die Erinnerung an jenen Tag mit sich brachte, schnürte ihm die Brust ab und drehte ihm den Magen um, bis er glaubte, sich übergeben zu müssen.

»Ich habe per se nie zum festen Freund getaugt – aber in sie habe ich mich verliebt. Das hätte nicht passieren dürfen, aber so war es nun mal. Sie war die Tochter unseres Maulwurfs, und meine Liebe zu ihr und ihrer Familie wurde zu meinem Schwachpunkt, zu meiner Achillesferse.« Er kniff die Augen noch fester zu, als Valentinas Schreie ihm in den Ohren zu gellen begannen. »Ziel meines Einsatzes war es, sie zu beschützen, bis sie in Sicherheit gebracht werden konnten, stattdessen ließ ich mich von meinem verzweifelten Wunsch nach einer Familie hinreißen, und ihre Familie hat dafür den Höchstpreis bezahlt.«

Als er spürte, wie Isobel sich zurückzog, schlug er die Augen auf, und ein Panikschauer lief sein Rückgrat hinunter. Doch sie wich nicht vor ihm zurück, sondern veränderte nur ihre Position auf dem Sofa, damit er sich darauf ausstrecken und den Kopf in ihren Schoß legen konnte. Er tat es, schloss die Augen wieder und ließ sich von ihr über Haare, Augenbrauen und Gesicht streicheln. Ihre Berührungen beruhigten und erdeten ihn, und allmählich begann sein Herz, regelmäßiger zu schlagen.

Er schluckte wieder. »Nachdem wir ein paar Monate mit José –

Valentinas Vater – gearbeitet und genug belastendes Material zusammen hatten, um das gesamte Muñoz-Kartell zu erledigen, schlich ich mich eines Abends nach dem Essen raus, um mich mit Wark zu treffen – unserem neuen Point Man, nachdem Rob den Dienst quittiert hatte –, um ihm unsere Erkenntnisse zu überbringen. Doch wir gerieten in einen Hinterhalt, und ich bekam eine rostige Machete in den Bauch.«

Isobel schnappte nach Luft und nahm ihre Hand von seinem Gesicht. Als er die Augen öffnete, sah er, dass sie ihren Mund bedeckte, die Augen vor Entsetzen geweitet. »Hast du die Narbe daher?«, fragte sie, hob sein Shirt und fuhr mit dem Finger behutsam über das erhabene, gerötete Fleisch.

Er nickte. »Ja, ich wurde niedergestochen, und Wark verlor am Ende ein Bein. Colton war auch dabei, und nachdem wir den Feind ausgeschaltet hatten, hat Colt mich zusammengeflickt, so gut er konnte. Dann tauchten Blaze und Reeves mit dem Hubschrauber auf, um Wark ins Krankenhaus auszufliegen.«

»Und dich nicht?«

Er schüttelte den Kopf. »Nein, ich musste zu Valentina. Wenn das Muñoz-Kartell von uns wusste, waren sie und ihre Familie in Gefahr.«

Colton begleitete ihn.

Doch sie kamen zu spät.

Das ganze Haus stand in Flammen, José lag gefesselt in der Auffahrt, seine Eingeweide hingen ihm aus dem Bauch, während er qualvoll sterbend die Schreie seiner Familie mit anhören musste. Valentina, ihre Mutter, ihr Sohn, alle waren im Haus.

Und sie konnten absolut nichts tun.

Über ihm schniefte Isobel, in ihren Augen standen Tränen, ihre Lippen zitterten. »Oh, Aaron, es tut mir so leid.«

Fuck, er wusste, dass er ihr *alles* erzählen musste, aber er wusste auch, was das mit ihr machen würde. Sie war so eine zarte Seele. Ihre Empathiefähigkeit führte dazu, dass sie den Schmerz anderer Menschen wie ihren eigenen empfand. Zweifellos fühlte sie nicht nur sein Leid, sondern das der gesamten Velasquez-Familie.

Er stützte sich auf, hob sich aus ihrem Schoß und setzte sich hin, dann zog er sie in seinen Schoß und strich ihr über den Rücken. Nun war es an ihm, sie zu trösten, so wie sie ihn getröstet hatte.

»War das alles?«, fragte sie leise und wischte sich mit dem Handrücken die Nase.

»Bist du sicher, dass du alles hören willst?«

Sie nickte. »Ja, ich kann es verkraften.«

Er drückte sie an sich. Natürlich konnte sie das. Schließlich war sie eine verdammte Kämpferin.

»Colton und ich haben uns im Gebüsch versteckt und zugesehen, wie das Haus von den Flammen verzehrt wurde, und hörten zu, wie José vor Schmerzen schrie, während sie ihn folterten, ihn mit Benzin übergossen, bis er seinen Verletzungen endlich erlag – oder vielleicht auch seinen Seelenqualen – und nicht länger um sein Leben kämpfte.«

»Nein.« Als sie in seinen Armen zu schlottern begann, zog er sie noch fester an sich.

»Dann stieg Carlos Muñoz persönlich aus einem SUV mit getönten Scheiben. Er zündete sich eine Zigarette an, dann setzte er mit dem Feuerzeug José in Brand.«

Auf ihr scharfes Einatmen folgte rasselndes Ausatmen.

Aaron hatte seine gesamte Kraft benötigt, um nicht aus dem Gebüsch zu stürmen und sich mit Todesverachtung auf die Dreckskerle zu stürzen. Stattdessen presste er, vor Wut kochend, die mit seinem Blut besudelten Hände auf seinen Bauch und sah zu, wie sie davonfuhren.

Ihre Botschaft galt Aaron. Und seinen Kameraden.

Und Aaron verstand sie laut und deutlich.

Es dauerte acht Monate, bis er sich so weit erholt hatte, dass er ohne beträchtliche Schmerzen laufen konnte. Colton hatte ihn halbwegs zusammengeflickt, doch er hatte einen septischen Schock erlitten und musste nach Bogota geflogen werden, wo er operiert wurde.

Nach der Entlassung aus dem Krankenhaus konnte er aus medizinischen Gründen den Dienst quittieren, doch er kehrte nach Medellín zurück und brachte zu Ende, was sie angefangen hatten.

Man nannte ihn den *Schwarzen Schatten*, weil man ihn erst kommen sah, wenn es zu spät war. Während mehrerer Monate legte er sich stundenlang im Dunkeln, bei Regen oder sengender Hitze auf die Lauer, um seine Feinde auszuschalten.

Um sie alle auszuschalten.

Und es gelang ihm.

Einen nach dem anderen erledigte er. Sämtliche Mitglieder des Muñoz-Kartells starben, bis nur noch Carlos selbst übrig war. Der schmierige, selbstherrliche Psychopath, der über mehr Geld verfügte als manche Länder und über weniger Moral als eine Straßengang.

Schließlich fand er Carlos in einem Bunker unter einer seiner Villen; seine Familie war inzwischen nach Ecuador geflohen.

»Ich hoffe, du hast ihn verbrannt«, presste Isobel durch zusammengebissene Zähne heraus, und Wut brannte sich durch den schmerzerfüllten Blick ihrer tränennassen Augen.

Er schüttelte den Kopf. »Nein, aber ich habe ihn fertiggemacht.«

Schnell und schmerzlos.

Gnädig.

Auch wenn Carlos der Velasquez-Familie keinen Funken Gnade gewährt hatte.

Aber Folter war nie Aarons Sache gewesen. Er zog es vor, solche Dinge schnell zu erledigen und dann weiterzuziehen.

Eine Kugel in den Hinterkopf. Um es hinter sich zu bringen. Um den Alptraum und Carlos Muñoz' Schreckensherrschaft ein für alle Mal zu beenden.

Und das tat er.

Im Alleingang hatte er zuerst eines der mächtigsten Drogenkartelle und dann einen der mächtigsten Männer von Südamerika ausgeschaltet, und damit hatte er es vollbracht.

Am nächsten Tag flog er zurück nach Seattle, kaufte ein Haus, gründete seine Firma und fand heraus, dass seine Schwester schwanger war. Und seitdem hatte er nicht mehr zurückgeblickt.

Zumindest hatte er versucht, es nicht zu tun.

Er hatte es äußerst angestrengt versucht.

Dabei halfen Alkohol und der Boxsack in der Garage.

Und wenn es besonders haarig wurde und er merkte, dass er in einen Abwärtsstrudel geriet, fuhr er zum nächsten Cage-Fighting-Ring und trat für ein paar Runden gegen einen der Typen dort an. Veteranen wie er, die seinen Blutdurst, seine Wut und seinen Wunsch, zuzuschlagen, bis Knochen brachen, verstanden.

Doch jetzt hatte er Sophie und Isobel. Sie waren seine Felsen in der Brandung, sein Zuhause, seine Obhut. Wenn er jetzt von seiner Vergangenheit heimgesucht wurde, verlangte es ihn nicht mehr danach, etwas kaputt zu schlagen, es verlangte ihn nach Liebe und Geborgenheit. Bei Sophie und Isobel fand er Zuflucht, wenn sich Finsternis auf ihn herabsenkte und ihn zu verschlingen drohte. Nun hatte er eine gute Frau – eine großartige Frau, die nichts als

Licht verhieß. Sie und seine Tochter vertrieben die Finsternis, den Zorn und den Schmerz.

»Es tut mir so leid, Aaron«, sagte sie jetzt, ihr Mund lag an seinem Hals, heiße Tränen rannen ihm in den Kragen. »Es tut mir leid, dass du so viel verloren hast. So viel. Du hast mehr durchgemacht, als irgendein Mensch ertragen müssen sollte.«

»Aber ich habe auch so vieles gewonnen«, flüsterte er und wartete darauf, dass sie den Kopf hob. Mit den Daumenkuppen wischte er die Tränen unter ihren Augen fort. »Du und Sophie, ihr habt mir so viel gegeben. Du hast mir wieder ein Lebensziel gezeigt, einen Grund, weiterzuleben und jeden Morgen aufzustehen. Du hast mir Liebe und Hoffnung gegeben.« Er drückte die Stirn gegen ihre.

Isobel verschluckte ein Schluchzen, und neue Tränen liefen über ihre Wangen, die er wieder mit den Daumen wegwischte.

»Dass du gesagt hast, du willst bleiben, hat mich mehr gefreut als sonst etwas in meinem Leben. Zum ersten Mal seit sehr langer Zeit schaue ich hoffnungsvoll in die Zukunft. Ich wünsche mir eine Zukunft. Mit dir.«

War es zu früh, sie zu bitten, für immer zu bleiben?

Ach, scheiß drauf, er hatte ihr doch sowieso schon sein Herz ausgeschüttet, hatte ihr von Kolumbien erzählt und davon, was ihn quälte, und sie hatte trotzdem nicht die Flucht ergriffen. Warum nicht den Einsatz erhöhen und alles aufs Spiel setzen?

Wieder senkte er die Stirn auf ihre. »Für immer, Iz? Bleibst du für immer?«

Da hob sie den Kopf und drückte ihre Lippen sanft auf seine. »Das hatte ich vor.«

Epilog

Zwei Jahre später

Aarons Kopf schoss unter der Bettdecke hervor. »War das ein Schrei?«

Isobel verdrehte schnaubend die Augen. »Nee. Kein Schrei.«

»Sicher?«

Sie knurrte, dann klemmte sie seinen Kopf zwischen ihren Knien ein. »Ja, ich bin mir sicher, dein Sohn liegt friedlich dort drüben in der Ecke im Körbchen und schläft, und deine Tochter schlummert auf der anderen Seite des Flurs. Das Babyphone für ihr Zimmer steht hier.« Sie deutete auf das Babyphone auf dem Nachttisch. »Siehst du, sie schläft tief und fest, wir wissen bloß nicht, wie lange.«

»Ich hätte schwören können …«

»Bestimmt hab ich bloß mein Vergnügen kundgetan, was ich mir in Zukunft sparen werde, weil du offenbar an Verfolgungswahn leidest. Aber jetzt sei ein guter Soldat und mach dich wieder an die Arbeit.« Sie warf einen Blick auf das Körbchen in der Ecke. Weston konnte jeden Augenblick hungrig aufwachen – ihre Brüste kündigten es schon deutlich an. Sie hatten nur ein kleines Zeitfenster, um sich ins Zeug zu legen, und er vertrödelte die Zeit mit Gerede.

Er grinste boshaft, auf seinen Lippen glänzte ihre Erregung. »Ich liebe es, wenn du mich so herumkommandierst.« Er zog seinen Finger aus ihr heraus und salutierte knapp. »Ich stürze mich wieder hinein.« Damit schlug er die Bettdecke wieder über sich und fuhr mit der Zunge zwischen ihre Schamlippen.

»Besser«, schnurrte sie, hob sich seinem Gesicht entgegen und biss sich auf die Lippen. Ihre Brüste waren geschwollen und taten weh, trotzdem wollte sie sich die Gelegenheit, mit Aaron zu schlafen, keinesfalls entgehen lassen. Das letzte Mal war schon viel zu lange her, und jetzt würde sie zum Orgasmus kommen, Schlafentzug und Milcheinschuss hin oder her.

»Mama!«

NEEEIIIN.

Aaron warf die Bettdecke zurück. »Jetzt hab ich wirklich was gehört. Das war Sophie.«

Isobel fuhr im Bett in die Höhe, schwang die Beine über die Kante und schlüpfte in ihre Schlafanzughose. »Es sei denn, du glaubst, ein drei Monate altes Baby kann schon ›Mama‹ sagen.« Mann, der Schlaf- und Sex-Mangel verwandelte sie wirklich in eine sarkastische *Megazicke*.

Er rollte mit den Augen. »Ich kann zu ihr gehen. Du könntest derweil seine Majestät da stillen. Dann werden wir nicht mehr unterbrochen, wenn ich zurück bin.«

Gute Idee. Auch wenn ihr der Gedanke, ein schlafendes Baby zu wecken, absolut nicht gefiel.

Andererseits sprachen ihre Brüste eine deutlichere Sprache als ihre Zweijährige und tropften inzwischen wie ein leckender Wasserhahn.

Insgeheim verfluchte sie ihre kleinen Liebestöter und ging zum Körbchen hinüber. Ihr pausbäckiger Sohn lag gleichmütig auf dem Rücken, hatte die Arme über den Kopf ausgestreckt und nuckelte an nichts.

Babys waren so umwerfend niedlich – vor allem, wenn sie schliefen und vom Stillen träumten.

Sie nahm ihn hoch, ging mit ihm zu dem Schaukelstuhl in der gegenüberliegenden Zimmerecke und hob, als sie sich hinsetzte, eine Brust aus ihrem Shirt. Weston fand ohne Probleme ihre Brustwarze, machte sich nicht einmal die Mühe, die Augen aufzumachen, und streckte die Händchen nach ihrer Brust aus wie nach einer Flasche.

Isobel schloss die Augen, legte den Kopf zurück und stieß mit dem Fuß sanft den Schaukelstuhl an.

Von der anderen Flurseite hörte sie Aarons tiefe Stimme, als er sich um Sophie und eine ihrer nächtlichen Schlafpausen kümmerte. Obwohl sie sich noch nicht ganz daran gewöhnt hatte, das Töpfchen zu benutzen, hasste sie es doch, noch in einer nassen Windel schlafen zu müssen, daher wachte sie jedes Mal auf, wenn sie in ihre Windel pullerte, und drehte durch, bis einer von ihnen kam und ihr Erleichterung verschaffte.

Und dann fing alles von vorn an.

Sie brauchte dringend ihr Glas Wasser und ihre Kuscheltierarmee in der einzig richtigen Reihenfolge am Fuß ihres Bettchens; ihre Decke musste dem Abgrund verwickelter Bettwäsche entrissen werden. Sie brauchte ihre Gutenachtgeschichte, ihre gewohnten Verse, ihr gewohntes Schlaflied und endlich einen Kuss für jedes Fingerchen und noch einen auf die Nasenspitze sowie einen auf jede Wange.

Wer um alles auf der Welt hatte bloß damit angefangen?

Isobels Vater.

Kurz vor Westons Geburt hatten Isobel und Aaron einen Wochenendausflug ohne Sophie unternommen – zum *Babymoon*, wie viele dazu sagten. Isobels Eltern waren in der Zeit bei Sophie geblieben, und in nur vier Tagen und drei Nächten hatte Isobels Vater eine neue Gattung Bettzeitmonster erschaffen. Ein auf seinen Gewohnheiten bestehendes Ungeheuer.

Sophie hatte den Mann so fest um ihren kleinen Finger gewickelt, dass er seither einmal wöchentlich zum Chiropraktiker musste, so gründlich hatte er sich den Rücken verrenkt.

»Aber Opa hat es so gemacht«, sagte sie zu Isobel und Aaron und klimperte mit ihren langen Wimpern. »Warum könnt ihr es nicht auch so machen?«

Worauf Aaron sofort einknickte, weil er der weichherzige Vater und Isobel die gestrenge Mutter war. Sie verkörperte Gesetz und Ordnung. Den gemeinen Polizisten. Sie stellte die Regeln auf, an die sich alle anderen halten mussten. Andernfalls drohten Konsequenzen.

Einmal hatte sie Aaron das Blut in den Adern gefrieren lassen, als sie zuerst den freundlichen Polizisten gespielt und ihn damit gezwungen hatte, in die Rolle des gemeinen Polizisten zu schlüpfen.

Das würde ihm so passen, immer den Helden zu mimen, während sie für die Disziplin zuständig war.

Schließlich war es ein Knochenjob, kleine Menschenwesen so zu erziehen, dass sie später keine kolossalen Arschlöcher wurden.

Weston ließ von ihr ab, wollte aber sofort wieder andocken, also wechselte sie gewandt die Seiten und verspürte sofort Erleichterung.

Aaron stand total auf ihre großen Milchbrüste. Ständig kam er mit tief ausgeschnittenen Oberteilen an, um die *Mädels* auszustellen, wie er sie nannte. Sie selbst fand sie unbequem und viel zu sperrig.

Aarons tiefe Singstimme drang über den Flur und durch die offene Schlafzimmertür. Er hatte das Programm beinah komplett absolviert. Hoffentlich würde Sophie jetzt bis morgen früh durchschlafen. Meistens wachte sie nachts nur einmal auf.

Isobel fiel summend in seinen Gesang ein, dabei fielen ihr wieder die Augen zu, als Aarons Gesang und Westons Schmatzen sich im Hintergrund zu einem angenehmen Schlaflied vereinten.

Sie war sich nicht sicher, wie lange sie schon so dasaß, träge summend, stillend, vor und zurück gleitend, doch als das Gewicht ihres Sohnes von ihrem Schoß gehoben wurde, schlug sie mit flatternden Lidern die Augen auf.

»Der kleine Mann ist weggetreten«, sagte Aaron, hob Weston an seine Schulter und klopfte ihm behutsam auf den Rücken, um ihm ein Bäuerchen zu entlocken. Dann legte er die Nase an den Babypopo, schnüffelte kurz und kräuselte lächelnd die Lippen. »Das erste Mal seit Langem, dass er sich nach dem Stillen nicht vollgeschissen hat. Meinst du, die Hürde haben wir genommen?«

Isobel erhob sich schläfrig aus dem Schaukelstuhl, reckte die Arme über den Kopf und gähnte ausgiebig. »Kann sein, aber das heißt bloß, dass am Horizont schon die nächste Hürde wartet. Weißt du noch, die Schlafregression mit vier Monaten?«

Nachdem das Baby aufgestoßen hatte, legte er Weston ins Körbchen zurück. »Erinnere mich nicht daran. Das war Sophies übelste Phase.«

»Ja, bis zu der Schlafregression mit acht Monaten«, antwortete sie kichernd und schlüpfte ins Bett, ohne ihre Schlafanzughose auszuziehen.

Aaron stieg neben sie ins Bett. »Hey, zieh die Hose aus.«

Sie schüttelte den Kopf. »Nee, ist schon gut, ich bin müde. Und du auch. Wir können es morgen Nacht noch mal versuchen.«

Er gab einen grummelnden Kehllaut von sich, schlug die Bettdecke zurück und kletterte über sie. »Nein, zieh die Hose aus und mach die Beine breit, Weib. Ich habe dir einen Orgasmus versprochen, und ich gedenke zu liefern.«

Sie verdrehte grinsend die Augen, auch wenn es sie einige Mühe kostete, die Mundwinkel hochzuziehen. »Das musst du wirklich nicht.«

Aaron zog die Brauen zu einem V zusammen, dann hakte er die Finger unter den Saum ihrer Schlafanzughose und zog sie hinunter.

»Oh, na gut, fein …«, sagte sie lachend. »Du darfst mich lecken. Und mir Orgasmen bescheren.«

Dieses Lächeln. So verschmitzt, so boshaft, dass ihr jedes Mal das Herz verging, die Brustwarzen steif und ihre Pussy feucht wurden.

Er legte sich auf den Bauch, drückte ihre Knie auseinander und tauchte einen Finger in ihre noch nasse Spalte. »Also, wo war ich?«, fragte er, schürzte nachdenklich die Lippen und schaute zwischen ihre Beine wie auf ein Puzzle. Als er einen Finger in sie hineinschob, schnappte sie nach Luft. »Ah, jetzt weiß ich wieder. Ich war genau … *hier*.« Dann strich er mit der ganzen Breite seiner Zunge über ihre Schamlippen und leckte über ihre Klitoris.

Isobels Hüften hoben vom Bett ab; und sie griff ihm ins Haar.

Es würde nur noch wenige Sekunden dauern, ihre Finger gruben sich ins Bettlaken, ihr Hinterkopf schlug gegen die Matratze, als Aaron mit der freien Hand ihre Linke fand. Er löste ihre Finger aus dem Bettlaken, und etwas glitt langsam über ihren Ringfinger. Seine Zunge hörte nicht aus, sie zu lecken, seine Finger in ihr hielten keinen Moment inne. Der Mann konnte wahrhaftig alles auf einmal.

Sie war dem Höhepunkt zu nah, um an irgendwas anderes zu denken, also schenkte sie dem Fremdkörper an ihrer Hand keine Beachtung und ließ sich von ihrem Höhepunkt durchpulsen. Ihre Zehen krümmten, ihr Rücken wölbte sich, und ihr Mund öffnete sich zu einem stummen Schrei, als sämtliche Muskeln in ihrem Körper sich anspannten und ihre Erlösung sich in Aarons Mund ergoss.

Doch seine Lippen waren unermüdlich. Seine Zunge war unermüdlich. Sie kreiste, kreiste und kreiste, bis ein neuer Orgasmus, dem ersten unmittelbar folgend, ihr Lustzentrum erfasste und alles, was sich ihm in den Weg stellte, mitriss und sie haltlos erschlafft, klarer Gedanken beraubt, atemlos keuchend, die Glieder von einem Schweißfilm bedeckt zurückließ.

Er hob den Kopf. »Das hätten wir.«

Träge öffnete sie ein Auge. »Du bist ein überzeugender Mistkerl. Das muss ich dir lassen.«

Wäre sie nicht so verflucht erschöpft gewesen, hätte sein Grinsen ihr glatt den nächsten Orgasmus bescheren können. Da fiel ihr wieder ein, dass er ihr etwas an den Finger gesteckt hatte. Als sie die Hand hob, konnte sie selbst in der Dunkelheit des Schlafzimmers erkennen, wie sehr das Ding funkelte. Sie machte große Augen und schnappte nach Luft.

»Ich dachte, wir könnten es auch offiziell machen, oder?« Achselzuckend griff er nach ihrer Hand und schob den Ring ganz ihren Finger hinauf. »Wir haben schon darüber gesprochen, und ich finde wirklich, wir *sollten* heiraten. Nicht nur reden, sondern es in Angriff nehmen und tun.«

Sie leckte sich die Lippen und bewunderte den Ring und wie perfekt er an ihren Finger passte. Erstaunlich.

Er drückte ihre Hand. »Du bist alles, Iz. Meine Familie, mein Herz, meine Zukunft, meine Welt. Ich will das alles mit dir. Du hast mich aus einem Brunnenschacht befreit, der so tief war, dass ich mir kaum vorstellen konnte, jemals wieder herauszuklettern. Du hast mir das Glück zurückgegeben. Mich gelehrt, das Gute im Leben anzunehmen, statt überall bloß das Schlechte zu sehen. Du hast Sophie wie dein eigen Fleisch und Blut angenommen, und wie du mit unserem Sohn umgehst, lässt mich dich Tag für Tag mehr lieben.«

Eine heiße Träne lief ihr über die Wange. Sie glaubte nicht, dass er so etwas im Leben schon einmal gesagt hatte. Jedenfalls nicht alles auf einmal.

Nun sah er von ihren verschränkten Fingern auf. »Heirate mich.«

Noch mehr Tränen traten ihr in die Augen, sie schluckte ein Schluchzen hinunter und nickte endlich.

»Ist das ein Ja?«

Wieder nickte sie, schlang die Arme um seinen Hals und bedeckte sein Gesicht und seinen Hals mit Küssen. »Mehr als ein Ja. Eher ein *Absolut.*«

– ENDE –

Leseprobe

WHITLEY COX
Christmas with the
SINGLE DAD
Zak
more
Immer mit Liebe

Kapitel 1

Mitch Benson blieb der Mund offenstehen, seine Hoden zogen sich in den Shorts zusammen. Die Frau, die da auf der Bühne tanzte, war einer der spektakulärsten Anblicke, die er je im Leben gesehen hatte.

Er war hier, um Fotos von der Performance zu schießen, aber im Moment stand er da wie betäubt – gelähmt von der Vision auf der Bühne.

Aber sie sah nicht bloß umwerfend aus mit ihrem kastanienbraunen, zu einem Ballerinaknoten hochgesteckten Haar, sie tanzte auch unglaublich ausdrucksvoll, als würde alles, was sie empfand, in Bewegung umgesetzt. Ihr konzentrierter Gesichtsausdruck und wie ihr Körper mit ungefilterten Emotionen auf den Rhythmus und das Tempo der Musik reagierte, ließen sich mit nichts vergleichen, was er bisher gesehen hatte. Sie verkörperte schiere Perfektion.

Er hatte geglaubt, auf die Darbietung der Kinder sollte der Tanz der Modern Dance-Gruppe folgen, doch als stattdessen sie die Bühne betrat, mit besorgt blickenden hellbraunen Augen und nervös auf ihrer Unterlippe kauend, hatte es ihm die Sprache verschlagen. Und er hatte noch kein einziges Foto gemacht.

Sie war als Paige McPherson vorgestellt worden, Anfängerin in Violets Modern-Dance-Kurs. Vermutlich tanzte sie an den Mittwochabenden, wenn er mit Jayda zu Hause war, denn wenn Mitch ihr schon mal begegnet wäre, hätte er sich gewiss an sie erinnert.

Paige.

Paige?

Paige!

Heilige Scheiße!

Sie war Adams Frau.

Ex-Frau, korrigierte er sich.

Das da war Adams Ex-Frau. Miras Mutter.

Fuck!

Als sich hinter ihm jemand räusperte, erwachte er aus seiner Erstarrung.

»Müsste deine Kamera nicht häufiger mal *Klick* machen?« Das war Zak, Adams Bruder und einer der Seattler Single Dads, mit denen er jeden Samstagabend Poker spielte.

Mitch schluckte, nickte und richtete den Blick wieder auf das Display seiner Kamera. Mit zittrigen Händen begann er, Schnappschüsse von der Frau auf der Bühne zu machen.

»Sie ist sehr schön«, stellte Zak nüchtern fest. »Hat Adam dir erzählt, dass sie sich getrennt haben?«

Mitch nickte. »Ja, traurig.«

»Ja, kann man wohl sagen. Man sieht, dass sie ihren ganzen Schmerz in den Tanz legt. Sieh dir nur mal ihr Gesicht an, ihre Bewegungen. So präzise, engagiert und fokussiert.«

Mitchs Finger verharrte über dem Auslöser, und er wandte sich dem großen, durchtrainierten, tätowierten Rothaarigen zu, der seine eins siebenundachtzig noch um acht Zentimeter überragte. »Bist du, äh … an ihr interessiert?«

Zak schüttelte den Kopf, aber ohne zu lächeln. Und auf Mitch blickte er auch nicht herunter. Sein Bick blieb auf Paige gerichtet. »Nein, ich bin an niemandem interessiert, hab der Liebe für eine Weile abgeschworen. Den Frauen überhaupt.«

Mitchs Schultern gaben nach. Wieso waren sie eigentlich angespannt gewesen? »Willst du Liam nacheifern? ›Liebe ist was für Lutscher‹?«

Zak vergrub die Hände in den Hosentaschen und schaukelte auf den Fersen. »So was in der Art vielleicht. Ich brauche einfach mal eine Atempause.« Endlich fiel sein Blick auf Mitch. Die Intensität seines Blickes war nervtötend. »Adam kann's nicht sagen, weil Paige seine Ex ist und es deshalb bloß besitzergreifend rüberkommen würde. Außerdem läuft es für ihn und Violet gerade sehr gut, und ich weiß, dass er es sich mit ihr nicht verderben will. Aber ich darf so was sagen.«

Was sagen?

Zaks Mund verzog sich zu einem schiefen Grinsen. »Ich habe dich in den letzten Minuten beobachtet. Man konnte mit Händen greifen, wie du auf Paiges Auftritt reagiert hast. Du fühlst dich zu ihr hingezogen.«

Mitch zuckte die Achseln, in der Hoffnung, möglichst nonchalant zu wirken. »Sie ist schön, das will ich nicht leugnen.«

Zak nickte. »Ja, das ist sie. Aber sie ist auch sehr verletzlich. Sie macht gerade einiges durch. Geh es also behutsam an, wenn du was von ihr willst. Sie verdient es nämlich, glücklich zu sein. Wie wir alle. Sei einfach vorsichtig. Sie hat eine Menge hinter sich.«

Mitch drückte den Rücken durch und reckte sich zu seiner vollen Größe, um sich vor dem großen, muskulösen Mann aufzubauen. »Wie jeder von uns. Ich habe meine Frau verloren. Meinen Vater. Meine Tochter hat ihre Mutter verloren. Ich brauche keine Belehrung oder Ermahnung. Wenn jemand weiß, wie man behutsam vorgeht, dann bin ich das. Ich darf durchaus eine Frau anziehend finden, ich darf mich sogar zu ihr *hingezogen* fühlen, ohne deshalb gleich mit ihr ausgehen oder in die Kiste springen zu wollen. Ich bin nämlich schon groß, kein verdammter Teenager mehr. Ich verfüge über eine gewisse Selbstbeherrschung.«

Oh, fuck.

Mir deucht, die Dame widerspricht zu heftig.

Die Worte seiner verstorbenen Frau Melissa hallten in seinem Schädel wider. Sie hatte Shakespeare geliebt. Sie hatte es geliebt, seine Werke zu lesen und zu zitieren. In ihren gemeinsamen Jahren hatte sie ihn in so manche Theateraufführung geschleift und sich über die Kostüme und Sonette nicht mehr eingekriegt. Ihre Begeisterung war ehrlich erworben; sie hatte Englische Literatur studiert und gerade an der University of Arizona zu unterrichten begonnen, als sie sich kennenlernten.

Gott, wie er sie vermisste!